Também de Casey McQuiston:

Vermelho, branco e sangue azul
Eu beijei Shara Wheeler

CASEY McQUISTON

ÚLTIMA PARADA

Tradução
GUILHERME MIRANDA

SEGUINTE

Copyright © 2021 by Casey McQuiston
Todos os direitos reservados, incluindo o direito de reprodução total ou parcial, em qualquer meio.

O selo Seguinte pertence à Editora Schwarcz S.A.

Grafia atualizada segundo o Acordo Ortográfico da Língua Portuguesa de 1990, que entrou em vigor no Brasil em 2009.

TÍTULO ORIGINAL One Last Stop
CAPA E ILUSTRAÇÃO DE CAPA Isadora Zeferino
PREPARAÇÃO Sofia Soter
REVISÃO Adriana Moreira Pedro, Adriana Bairrada e Natália Mori Marques

Dados Internacionais de Catalogação na Publicação (CIP)
(Câmara Brasileira do Livro, SP, Brasil)

McQuiston, Casey
  Última parada / Casey McQuiston ; tradução Guilherme Miranda. — 1ª ed. — São Paulo : Seguinte, 2021.

  Título original: One Last Stop
  ISBN 978-85-5534-156-4

  1. Ficção norte-americana I. Título.

21-64236   CDD-813

Índice para catálogo sistemático:
1. Ficção : Literatura norte-americana   813
Aline Graziele Benitez – Bibliotecária – CRB-1/3129

4ª reimpressão

Todos os direitos desta edição reservados à
EDITORA SCHWARCZ S.A.
Rua Bandeira Paulista, 702, cj. 32
04532-002 — São Paulo — SP
Telefone: (11) 3707-3500
www.seguinte.com.br
contato@seguinte.com.br

*Para as comunidades LGBTQIAP+
do passado, do presente e do futuro*

*E para Lee & Essie, cujo amor não tem
como caber numa página de dedicatória*

Um

Colado em uma lixeira do lado de fora do Popeyes
Louisiana Kitchen na esquina das avenidas Parkside
e Flatbush.

PROCURAMOS ALGUÉM JOVEM PARA DIVIDIR O
APARTAMENTO 6F AQUI EM CIMA, 6º ANDAR, US$ 700/ MÊS.
TEM QUE SER DE BOA COM PESSOAS LGBTQIAP+. NÃO
PODE TER MEDO DE FOGO NEM DE CACHORRO. PROIBIDO
LIBRIANES, UMA JÁ É DEMAIS. LIGAR PARA NIKO.

— Posso tocar em você?

É a primeira coisa que o cara tatuado diz quando August se acomoda na almofada desbotada no meio do sofá de couro marrom — um móvel de segunda mão caindo aos pedaços que vem sendo um personagem frequente nos últimos quatro anos e meio de faculdade. Do tipo que você enche de livros teóricos, em que "apaga" na casa dos outros ou em que senta para tomar uma coca quente enquanto não fala com ninguém numa festa. O típico sofá detonado dos vinte e poucos anos.

A maioria dos móveis é tão detonada quanto o sofá, tudo descombinado, garimpado e trazido da rua. Entretanto, quando o Cara Tatuado — Niko, o panfleto dizia que o nome dele era Niko — senta na frente de August, é numa cadeira Eames surpreendentemente sofisticada.

O lugar é assim: um misto de familiar e completamente estranho. Pequeno e apertado, tons pesados de verde e amarelo nas paredes. Plantas pendendo de quase todas as superfícies, galhos compridos se estendendo entre as prateleiras, um leve cheiro terroso. As janelas têm os mesmos caixilhos fechados à tinta dos apartamentos antigos de New Orleans, mas metade está coberta de páginas de desenhos, e a luz vespertina que atravessa é opaca e cerosa.

Há uma escultura de um metro e meio de Judy Garland feita com peças de bicicleta e marshmallow colorido no canto. Só é possível reconhecê-la porque há uma placa dizendo: OLÁ, MEU NOME É JUDY GARLAND.

Niko olha para ela, a mão estendida, enevoada pelo vapor do chá. Todo de preto, ele tem um charme de rockeiro retrô, um *undercut* no cabelo escuro sobre a pele negra clara e um maxilar confiante, além de um cristal pendurado em uma orelha. Tatuagens correm os dois braços e sobem pela garganta sob a gola abotoada. Sua voz é um pouco rouca, como se estivesse se recuperando de um resfriado, e ele morde um palito de dente no canto da boca.

Beleza, Danny Zuko, vamos com calma.

— Desculpa, hm. — August o encara, sem entender a pergunta. — Como é que é?

— Não de um jeito esquisito. — A tatuagem no dorso da mão dele é uma prancheta de Ouija. Seus dedos dizem FULL MOON. Deus do céu. — Só quero sentir sua energia. Às vezes o contato físico ajuda.

— Como assim, você é...?

— Médium, isso — ele diz com naturalidade. O palito rola pela linha branca de seus dentes quando ele abre um sorriso largo e suave. — É uma palavra para descrever. Clarividente, abençoado, *brujo*, como preferir.

Jesus. Claro. Era óbvio que um quarto de setecentos dólares por mês no Brooklyn teria uma pegadinha, e a pegadinha é a Judy Garland de marshmallow e aquele Springsteen de araque que deve estar prestes a falar que a aura dela está amassada e virada do avesso feito uma meia-calça barata.

Mas ela não tem para onde ir, e tem um Popeyes no primeiro andar do prédio. August Landry não confia nas pessoas, mas confia em frango frito.

Ela deixa Niko tocar em sua mão.

— Legal — ele diz, inexpressivo, como se tivesse botado a cabeça para fora para ver como está o clima. Ele bate dois dedos atrás dos dedos dela e volta a se recostar. — Ah. Ah, uau, certo. Que interessante.

August pestaneja.

— O quê?

Ele tira o palito de dente da boca e o larga em cima do baú entre os dois, ao lado de uma tigela de chicletes. Faz cara de quem está com o intestino preso.

— Você gosta de lírios? — pergunta. — É, vou comprar uns lírios para o dia da sua mudança. Pode ser na quinta? Myla vai precisar de um tempinho para arrumar as tralhas dela. Ela tem muitos ossos.

— Eu... Espera, tipo, no corpo?

— Não, ossos de sapo. Bem pequenininhos. Difíceis de catar. Precisa de uma pinça. — Ele deve ter notado a cara que August faz. — Ah, ela é escultora. É para uma obra. É o quarto dela que você vai ocupar. Não se preocupa, vou defumar o lugar com sálvia.

— Ah, eu não estava com medo de... fantasmas de sapo?

Ela deveria ter medo de fantasmas de sapo? Talvez essa tal de Myla pratique assassinatos ritualísticos de sapos.

— Niko, para de falar de fantasmas de sapo para as pessoas — diz uma voz no corredor. Uma garota linda, negra, com um rosto redondo e simpático e cílios enormes, está encostada no batente, óculos de proteção enfiados nos cachos escuros. Ela sorri quando vê August. — Oi, eu sou a Myla.

— August.

— Encontramos nossa garota — Niko diz. — Ela gosta de lírios.

August odeia quando pessoas como ele fazem essas coisas. Palpites. Ela gosta mesmo de lírios, consegue até abrir uma página da Wikipédia na cabeça: *Lilium candidum*. A altura varia de sessenta a cento e oitenta centímetros. Estudados com disciplina da janela do apartamento de dois quartos da sua mãe.

Niko não tinha como saber — não *tem* como saber. August segura a respiração e segue em frente, do mesmo jeito que faz com os videntes embaixo dos guarda-sóis na Jackson Square da sua cidade.

— Então é isso? — ela pergunta. — O quarto é meu? Você, bom, não me perguntou nada.

Ele apoia a cabeça na mão.

— Que horas você nasceu?

— Eu... não sei? — Lembrando do panfleto, ela acrescenta: — Acho que sou virginiana, se isso ajuda.

— Ah, sim, bem virginiana.

Ela consegue manter o rosto neutro.

— Você é... um médium profissional? Tipo, as pessoas te pagam?

— Só meio período — Myla diz. Ela entra na sala, de uma maneira bem graciosa para alguém com um maçarico na mão, e se afunda na cadeira ao lado da dele. O chiclete cor-de-rosa que ela está mascando explica a tigela de chicletes. — No resto do tempo, ele é um péssimo barman.

— Não sou tão ruim assim.

— É claro que não — ela diz, dando um beijo na bochecha dele. Ela finge sussurrar para August: — Ele achou que *paloma* era um tipo de tumor.

Enquanto eles discutem sobre as habilidades de Niko como barman, August discretamente tira um chiclete redondo da tigela e o deixa cair para testar uma teoria sobre o chão. Como suspeitava, ele sai rolando pela cozinha até o corredor.

Ela limpa a garganta.

— Então vocês estão...?

— Juntos, é — diz Myla. — Quatro anos. Foi bom ter nossos próprios quartos, mas não estamos lá muito bem de grana, então vou me mudar para o quarto dele.

— E a terceira pessoa é?

— Wes. Aquele quarto no fim do corredor — ela diz. — Ele é mais noturno.

— Os desenhos são dele — Niko diz, apontando para as páginas nas janelas. — Ele é tatuador.

— Certo — August diz. — Então são dois mil e oitocentos dólares ao todo? Setecentos para cada?

— Isso.

— E o panfleto falava sobre... fogo?

Myla dá um aperto carinhoso no maçarico.

— Fogo controlado.

— E cachorros?

— Wes tem um — Niko intervém. — Um poodlezinho chamado Noodles.

— Noodles, o poodle?

— Mas ele vive no horário do Wes. Um fantasma da noite.

— Mais alguma coisa que eu precise saber?

Myla e Niko trocam um olhar.

— Umas três vezes por dia a geladeira faz um barulho bizarro, como se um esqueleto estivesse tentando comer um saco de moedas, mas a gente tem quase certeza de que não é nada — Niko diz.

— Um dos ladrilhos da cozinha está solto, então a gente meio que sai chutando o negócio por aí — Myla acrescenta.

— O cara do apartamento da frente é uma drag queen e às vezes ele pratica a apresentação no meio da noite, então, se ouvir Patti LaBelle, é por isso.

— A água quente leva vinte minutos para esquentar, mas dez se você for gentil.

— Não é mal-assombrado, mas, tipo, não que *não* seja mal-assombrado.

Myla estoura o chiclete.

— É isso.

August engole em seco.

— Certo.

Ela considera suas opções, observando Niko enfiar os dedos no bolso do macacão manchado de tinta de Myla, e se pergunta o que Niko viu quando tocou no dorso da mão dela, ou pensou ver. *Fingiu* ver.

Ela quer mesmo morar com um casal? Um casal que é metade um médium fajuto que parece o vocalista de uma banda cover dos Arctic Monkeys e metade uma incendiária com um quarto cheio de sapos mortos? Não.

Mas o semestre da Brooklyn College começa em uma semana, e ela não vai dar conta de procurar um lugar *e* um trabalho depois que as aulas começarem.

Para uma garota que carrega um canivete para todo lado porque uma mulher prevenida vale por duas, ao que parece August não planejou muito bem essa mudança para Nova York.

— Certo? — Myla pergunta. — Certo o quê?

— Certo — August responde. — Estou dentro.

No fim, August diria sim a esse apartamento de qualquer modo porque cresceu em um menor e mais feio, cheio de coisas ainda mais estranhas.

— Parece bonito! — sua mãe diz pelo FaceTime, apoiada no batente da janela.

— Você só está falando isso porque este tem chão de taco e não aquele carpete horroroso do apartamento de Idlewild.

— Aquele lugar não era tão ruim assim! — ela exclama, às voltas com uma caixa de arquivos. Seus óculos enormes escorregam pelo nariz, e ela os empurra para cima com a ponta de um iluminador, deixando um risco amarelo. — Ele nos proporcionou nove anos ótimos. E um carpete pode esconder uma infinidade de pecados.

August revira os olhos, empurrando uma caixa pelo quarto. O apartamento de Idlewild era um pardieiro de dois quartos meia hora depois de New Orleans, o tipo de pocilga suburbana construída nos anos 70 que não tem nem o charme nem a personalidade de estar na cidade.

Ela ainda consegue se lembrar do carpete nos pequenos intervalos entre as pilhas de revistas velhas e caixas de arquivo periclitantes. *Se vira nos trinta: Especial mãe solo.* Tinha um tom imperdoável de bege sujo, assim como as paredes, quando não estavam cobertas de mapas, quadros de aviso, páginas arrancadas de listas telefônicas e...

É, até que este lugar não é tão ruim assim.

— Você falou com o detetive Primeaux hoje? — August pergunta. É a primeira sexta-feira do mês, então ela já sabe a resposta.

— Nada de novo — ela diz. — Ele nem tenta mais fingir que vai reabrir o caso. Uma vergonha.

August empurra outra caixa para um canto diferente, perto do aquecedor que sopra um calorzinho contra o gelo de janeiro. Mais perto da janela, consegue ouvir melhor a mãe, cujo cabelo castanho igual ao dela cai encrespado em volta do rosto. Sob o cabelo, o mesmo rosto redondo e os mesmos olhos grandes e verdes de bebê que August tem, as mesmas mãos angulosas enquanto folheia os papéis. Sua mãe parece exausta. Ela sempre parece exausta.

— Bom — August diz. — Ele é um bosta.

— Ele é um bosta — sua mãe concorda, acenando, séria. — E o pessoal da casa nova?

— São legais. Quer dizer, meio esquisitos. Um diz que é médium. Mas não acho que eles sejam, tipo, assassinos.

— Hum — sua mãe diz, sem prestar atenção. — Lembre-se das regras. Número um...

— Nós contra todos.

— E número dois...

— Se tentarem me matar, é para pegar o DNA deles com as unhas.

— Essa é a minha garota. Escuta, preciso ir, acabei de abrir essa remessa de registros públicos e vou passar o fim de semana mergulhada nisso. Se cuida, tá? E me liga amanhã.

No momento em que elas desligam, um silêncio insuportável cai no quarto.

Se a vida de August fosse um filme, a trilha sonora seria composta pelos sons baixos de sua mãe, o estalido do teclado dela e os murmúrios enquanto busca um documento. Mesmo quando August parou de ajudar com o caso, quando se mudou e só passou a ouvir esses sons pelo celular, eles eram uma constante. A três mil quilômetros de distância, é como se alguém tivesse finalmente cortado a música.

Elas têm muito em comum — cartões de biblioteca estourados, solteirice perpétua, afinidade por molhos picantes, um conhecimento enciclopédico do protocolo de pessoas desaparecidas do Departamento de Polícia de New Orleans. Mas a grande diferença entre August e a mãe? Suzette Landry acumula tralha como se o inverno nuclear estivesse próximo, e August, muito deliberadamente, não tem quase nada.

O que ela tem são cinco caixas. Cinco caixas de papelão acumuladas ao longo de seus vinte e três anos. Vivendo como se estivesse fugindo do maldito FBI. Coisas comuns.

Ela empurra a última para um canto vazio, para não ficarem amontoadas.

No fundo da bolsa, depois da carteira, dos caderninhos e do carregador portátil do celular, está seu canivete. O cabo tem forma de peixe, com um adesivo rosa desbotado em forma de coração, colado quando ela tinha sete anos — mais ou menos quando aprendeu a usá-lo. Depois de abrir as caixas com ele, arruma as coisas em pilhas bem organizadas.

Perto do aquecedor: dois pares de botas, três pares de meias. Seis camisas, dois suéteres, três calças jeans, duas saias. Um par de Vans brancos — esses são especiais, um presente que ela deu para si mesma no ano anterior, ainda cheia de adrenalina e de palitos de mozarela do Applebee's, onde saiu do armário para a mãe.

Perto da parede com a rachadura no meio: o único livro físico que ela tem — um romance policial antigo — ao lado do tablet, que contém centenas de outros livros. Talvez milhares. Ela não sabe bem. É estressante pensar que pode ter muitos volumes de qualquer coisa.

No canto que cheira a sálvia e, talvez, vagamente, a centenas de sapos que, segundo lhe asseguraram, morreram de causas naturais: uma foto emoldurada de uma lavanderia velha da rua Chartres, um isqueiro Bic e uma vela. Ela dobra o canivete, o deixa ao lado e mentalmente pendura ali uma placa que diz OBJETOS PESSOAIS.

Ela está sacudindo o colchão inflável quando ouve alguém abrindo uma porta emperrada, seguido por um resvalar violento, como se uma aranha peluda enorme rolasse pelo corredor. O ser bate contra uma parede e, então, o que só pode ser descrito como um daqueles bichinhos de fuligem de *A viagem de Chihiro* entra em disparada no quarto de August.

— Noodles! — grita Niko, pouco antes de aparecer à porta. Tem uma coleira pendurada na mão e uma expressão constrangida nos traços angulares.

— Pensei que você tinha dito que ele era um fantasma da noite — August comenta.

Noodles está farejando as meias dela, o rabo acelerado, até notar a nova moradora e se atirar nela.

— Ele é — Niko diz, franzindo o rosto. — Quer dizer, mais ou menos. Às vezes, fico com dó e o levo comigo para o trabalho na loja durante o dia. Acho que não mencionamos a... é... — Noodles aproveita esse momento para apoiar as duas patas nos ombros de August e tentar enfiar a língua em sua boca. — Personalidade dele.

Myla aparece atrás de Niko, um skate embaixo do braço.

— Ah, você conheceu o Noodles!

— Ah, sim — August diz. — Intimamente.

— Precisa de ajuda com o resto das coisas?

Ela pestaneja.

— É isso.

— É... isso? — Myla pergunta. — Só isso?

— É.

— Você não... Bom. — Myla está olhando como se só agora percebesse que na verdade não sabia nada sobre August antes de aceitar que ela guardasse seus legumes ao lado dos deles na gaveta da geladeira. É um olhar que August lança a si mesma com frequência no espelho. — Você não tem nenhum móvel.

— Sou meio minimalista — August diz.

Se tentasse, August poderia transformar suas cinco caixas em quatro. Talvez seja uma boa tarefa para o fim de semana.

— Ah, queria ser mais assim. Niko vai começar a jogar meus novelos pela janela enquanto durmo. — Myla sorri, convencida de que August não está, na verdade, no programa de proteção à testemunha. — Enfim, vamos jantar panquecas. Você está a fim?

August preferia deixar que Niko a jogasse pela janela a dividir panquecas com pessoas que mal conhece.

— Não tenho dinheiro para comer fora — responde. — Ainda estou sem trabalho.

— Você acha que a gente vai te deixar pagar? É um jantar de boas-vindas — Myla diz.

— Ah — August diz.

Que... generoso. Uma luz de alerta se acende em algum lugar do cérebro de August. Seu guia de campo mental para fazer amigos é um panfleto de duas páginas que diz apenas: *NÃO*.

— A Casa de Panquecas de Billy Panqueca — diz Myla. — É um clássico de Flatbush.

— Aberto desde 1976 — Niko acrescenta.

August arqueia a sobrancelha.

— Quarenta e quatro anos e ninguém sugeriu um nome melhor?

— Faz parte do charme — Myla diz. — É, tipo, o nosso lugar. Você é do sul, né? Vai gostar. É bem despretensioso.

Eles ficam parados, se encarando. Um impasse de panqueca.

August quer ficar na segurança do quartinho horrível com o conforto de um jantar deprimente de Pop-Tarts e uma trégua silenciosa com seu cérebro. Mas ela olha para Niko e se dá conta de que, mesmo se estivesse fingindo quando fez o truque de médium, ele enxergou algo nela. E havia muito tempo desde a última vez que alguém fizera isso.

Argh.

— Está bem — ela diz, se levantando, e o sorriso de Myla se abre como a luz das estrelas.

Dez minutos depois, August está sentada em uma mesa de canto da Casa de Panquecas de Billy Panqueca, onde todos os garçons parecem conhecer Niko e Myla pelo nome. O garçom deles é um homem negro de barba, um sorriso largo e um crachá desbotado que diz WINFIELD fixado na camiseta vermelha do Billy Panqueca. Ele nem pergunta o pedido de Niko ou Myla — apenas serve uma xícara de café e uma *pink lemonade*.

Ela entende o que eles queriam dizer sobre o caráter lendário do Billy Panqueca. O lugar tem um tipo particular de espírito nova-iorquino, próximo de uma pintura de Edward Hopper ou da lanchonete de *Seinfeld*, mas com muito mais charme. Fica em uma esquina, com janelões para a rua dos dois lados, mesas de fórmica denteadas e bancos de vinil vermelho que são tirados das áreas mais movimentadas à medida que vão rachando. Tem um balcão de lanchonete ao longo de uma das paredes, fotos antigas e manchetes sobre os Mets do chão até o teto.

Tem também um cheiro poderoso, uma torpeza olfativa tão intensa que August consegue sentir se entranhando nela por dentro.

— Enfim, o pai do Wes deu para ele — Myla diz, explicando como um conjunto de cadeiras Eames de couro foi parar no apartamento. — Um presente de "parabéns por atender às expectativas familiares" quando ele começou a faculdade de arquitetura no Pratt.

— Pensei que ele fosse tatuador!

— Ele é — Niko diz. — Largou depois de um semestre. Meio que teve um... surto.

— Ele ficou sentado em uma escada de incêndio de cueca por catorze horas, e tiveram que chamar os bombeiros — acrescenta Myla.

— Só por causa do incêndio criminoso — Niko faz um adendo.

— Deus do céu — August diz. — Como vocês o conheceram?

Myla arregaça uma das mangas de Niko até depois do cotovelo, mostrando a Virgem Maria estranhamente sexy no antebraço dele.

— Ele fez isso. Pela metade do preço, já que estava aprendendo na época.

— Uau! — Os dedos de August coçam no cardápio grudento, ansiosos para escrever tudo. Seu instinto menos encantador quando conhece pessoas novas: tomar notas. — De arquitetura para tatuagens. Que mudança.

— Ele decorou bolos por um tempinho nesse intervalo, acredita? — Myla diz. — Às vezes, quando ele tem um dia bom, você chega em casa e o lugar todo está com cheiro de baunilha e ele deixa uma dezena de cupcakes confeitados no balcão.

— O novinho é uma caixinha de surpresas — Niko observa.

Myla dá risada e se volta para August.

— Então, o que a trouxe a Nova York?

August odeia essa pergunta. Envolve coisas demais. O que deu na cabeça de alguém como August, uma menina suburbana com uma piscina de dívidas estudantis e as habilidades sociais de uma lata de Pringles, para se mudar para Nova York sem amigos e muito menos um plano?

A verdade é que, para quem passou a vida inteira sozinha, é incrivelmente atraente se mudar para um lugar tão grande que dê para se perder, onde ficar sozinha pareça uma escolha. Mas, em vez disso, August diz:

— Sempre quis arriscar. Nova York é... sei lá, tentei a Universidade de New Orleans, depois a Universidade de Memphis, e me pareceram... pequenas, acho. Eu queria algo maior. Então pedi transferência para a Brooklyn College.

Niko está olhando para ela com serenidade, mexendo o café. August o acha praticamente inofensivo, mas não gosta de como ele olha para ela como se soubesse de coisas.

— Não eram desafiantes o bastante — ele diz. Outra observação sutil. — Você queria um desafio mais complexo.

August cruza os braços.

— Você não está... inteiramente errado.

Winfield chega com a comida deles, e Myla pergunta:

— Ei, cadê o Marty? Ele está sempre nesse turno.

— Pediu demissão — diz Winfield, servindo um pote de calda na mesa.

— *Não.*
— Voltou para Nebraska.
— Que triste.
— Pois é.
— Então quer dizer que vocês estão contratando — diz Myla, se debruçando sobre o prato.
— Isso. Por quê? Você conhece alguém?
— Já conheceu August?

Ela aponta dramaticamente para August como se fosse uma vogal do *Roda a Roda*.

Winfield volta a atenção para August, que fica paralisada, pingando molho de pimenta na batata rosti.

— Você já serviu mesas antes?
— Eu...
— Milhares — interrompe Myla. — Ela praticamente nasceu de avental.

Winfield estreita os olhos para August, em dúvida.

— Você teria que se candidatar. Vai depender da Lucie.

Ele aponta o queixo para o balcão, onde uma jovem branca, de cara séria, cabelo pintado de vermelho e delineador pesado está olhando com ferocidade para a caixa registradora. Se é ela que August tem de tapear, o mais provável é que consiga uma unha de acrílico na jugular.

— Lucie me adora — diz Myla.
— Ela não te adora.
— Ela me adora tanto quanto adora todo mundo.
— Isso não quer dizer muita coisa.
— Fala para ela que eu boto a mão no fogo pela August.
— Na verdade, eu... — August se arrisca a dizer, mas leva um pisão no pé. E Myla está usando coturnos; é difícil errar a mira.

A questão é que August tem a impressão de que essa não é exatamente uma lanchonete qualquer. Tem algo de cintilante e luminoso no ar, caloroso e acolhedor, que envolve as mesas decadentes e os garçons que circulam de uma a uma. Um lavador de pratos passa com uma bacia de louças e uma caneca cai da pilha. Winfield ergue a mão atrás de si, sem nem olhar, e a pega em pleno ar.

Parece mágica.

August não faz mágica.

— Poxa, Win — Myla diz enquanto Winfield tranquilamente ajeita a caneca de volta na bacia. — Somos seus clientes de quinta à noite há quanto tempo? Três anos? Eu não traria alguém que não desse conta.

Ele revira os olhos, mas sorri.

— Vou buscar uma ficha.

— Eu nunca servi mesas na vida — August diz, quando estão caminhando de volta para o apartamento.

— Você vai se dar bem — Myla incentiva. — Niko, diz que ela vai se dar bem.

— Eu não saio por aí distribuindo leituras do futuro de graça.

— Ah, só na semana passada quando eu queria tailandês, mas você pressentiu que manjericão tinha uma *energia negativa para nós*, né?

August escuta as vozes deles discutindo e os passos dos três na calçada. A cidade está escurecendo, com um tom monótono de laranja-amarronzado quase igual à noite de New Orleans, e é tão acolhedor que a faz pensar que talvez... talvez ela tenha uma chance.

No alto da escada, Myla destranca a porta, e eles tiram os sapatos e os deixam em uma pilha.

Niko aponta para a pia da cozinha e diz:

— Bem-vinda ao lar.

August nota pela primeira vez, ao lado da torneira: lírios, frescos, metidos num jarro.

Lar.

Bom. É o lar *deles*, não dela. São as fotos da infância *deles* na geladeira, o cheiro de tinta, fuligem e lavanda *deles* impregnado nos tapetes remendados, a rotina de jantar de panquecas *deles*, tudo isso estabelecido anos antes de August sequer chegar a Nova York. Mas é gostoso de olhar. Uma natureza morta reconfortante para ser admirada na cozinha.

August morou em uma dezena de quartos sem jamais saber como transformar um espaço em um lar, como se expandir até preencher seu espaço, como Niko, Myla ou até mesmo Wes, com seus desenhos na parede, fazem. Ela não sabe, na verdade, o que seria preciso a essa altura. Foram vinte e três anos de passagem, tocando tijolo após tijolo, sem nunca sentir um laço permanente.

Parece bobagem dizer isto, mas talvez... Talvez possa ser agora. Talvez uma faculdade nova. Talvez um trabalho novo. Talvez um lugar que pudesse querer que ela se sinta em casa.

Talvez uma pessoa, ela arrisca. Mas não consegue imaginar quem.

August está cheirando a panquecas.

O cheiro não *sai*, por mais banhos que tome ou vezes que lave as roupas na lavanderia vinte e quatro horas. Faz apenas uma semana que ela trabalha na Billy, e a gordura da batata rosti se uniu a ela em um nível molecular.

Definitivamente não é hoje que ela vai se livrar desse cheiro, não depois de um turno da noite, mal tendo tempo para se arrastar escada acima, vestir uma camisa limpa, enfiar a barra dentro da saia e voltar para o andar de baixo. Até seu casaco cheira a bacon. Ela é um sonho ambulante para lariquentos e caminhoneiros, um pratão de panqueca e linguiça levado pelo vento. Pelo menos conseguiu roubar um café gigante.

Primeiro dia de aula. Primeiro dia na faculdade nova. Primeiro dia no curso novo.

Não é letras (sua primeira tentativa) nem história (a segunda). Também não é psicologia (terceira), mas é basicamente a mesma coisa dos últimos quatro anos e meio: mais um *talvez seja este*, afinal, ela já juntou créditos de matérias e empréstimos estudantis demais, e não sabe ao certo o que fazer a não ser viver de prova em prova até o dia de sua morte.

Que seja sociologia, então.

As aulas da segunda começam às oito e meia, e ela já memorizou o trajeto. Descer a rua até a estação Parkside Avenue, linha Q no sentido de Coney Island, descer na Avenue H, andar dois quarteirões. Ela consegue ver as bolinhas com as letras do metrô em sua mente. Não leva jeito com pessoas, mas vai obrigar essa cidade a ser sua amiga custe o que custar.

August está tão concentrada nas linhas do metrô se desdobrando em seu cérebro que não nota a poça de gelo.

O calcanhar da bota escorrega, e ela cai de joelhos no chão, a meia-calça se rasgando, uma das mãos batendo no concreto, e a outra esmagando o copo em seu peito. A tampa se abre, e o café explode na camisa dela.

— *Puta merda!* — ela exclama enquanto a mochila se esparrama na calçada.

Ela vê, desamparada, uma mulher de parca chutar seu celular para a sarjeta.

Veja bem. August não chora.

Ela não chorou quando foi embora de Belle Chasse, nem de New Orleans, nem de Memphis. Ela não chora quando briga com a mãe, não chora quando sente saudade dela e não chora quando não sente saudade nenhuma dela. August não chorou nenhuma vez desde que chegou a Nova York. Mas August está sangrando e coberta de café quente, não dorme há dois dias e não consegue pensar em nenhuma pessoa em um raio de mil quilômetros que se importe, e sua garganta queima tão forte que ela pensa: *Deus, por favor, não na frente de toda essa gente*.

Ela poderia matar aula. Arrastar-se por seis lances de escada, se jogar no colchão inflável de solteiro, tentar de novo amanhã. Ela poderia fazer isso. Mas não veio do outro lado do país para se deixar abater por um joelho ralado e um sutiã encharcado de café. Como sua mãe diria: *Deixa de ser frouxa*.

Então, ela engole em seco. Junta suas coisas. Põe a mochila nas costas. Ajeita o casaco.

Ela vai pegar esse maldito metrô.

A estação Parkside Avenue é acima do nível do solo — colunas vermelhas grandes, mosaico de azulejos, hera subindo pelos tijolos da face de trás dos prédios que sombreiam os trilhos —, e August tromba em quatro pessoas para chegar à catraca. Ela encontra a plataforma exatamente quando o trem Q chega e é levada pelo empurra-empurra para um vagão com alguns lugares felizmente vazios. Ela consegue sentar.

Certo.

Durante os dez minutos seguintes, ela sabe exatamente onde está e aonde está indo. Tudo que precisa fazer é ficar sentada e se deixar levar.

Ela dá um suspiro. Volta a inspirar devagar pelo nariz.

Nossa, como esse trem *fede*.

Ela não vai chorar — ela *não* vai chorar —, mas então uma sombra bloqueia as luzes fluorescentes, o calor estático de alguém se aproximando, voltando o corpo e a atenção para ela.

A última coisa de que ela precisa é ser assediada por um tarado. Talvez, se começasse a chorar, um surto completo como o que o tal do Wes teve ao sair do Pratt, o cara a deixe em paz. Ela apalpa o canivete dentro do casaco.

Ergue os olhos, esperando encontrar um homem desgrenhado para combinar com as pernas compridas e o jeans rasgado na frente dela, mas, em vez disso...

Em vez disso.

Pernas Compridas é... uma garota.

Da idade de August, talvez um pouco mais velha, maçãs do rosto, maxilar e pele num tom dourado de marrom devastadores. Seu cabelo preto é curto, liso e penteado para trás, e ela está erguendo a sobrancelha para August. Usa uma camiseta branca para dentro da calça jeans rasgada e uma jaqueta de couro preta bem conservada por cima dos ombros, como se tivesse nascido com ela. O conjunto de traços e o sorriso sarcástico parecem o começo de uma longa história que August contaria em um bar se tivesse algum amigo.

— Vixe — ela diz, apontando para a camisa de August, onde a mancha de café se espalhou, o que é a última coisa em seus peitos que August gostaria que atraísse a atenção da menina.

A menina mais gata que August já viu na vida deu uma olhada para ela e disse "Vixe".

Antes que August consiga pensar no que dizer, a garota joga a mochila para a frente e August observa com cara de tonta enquanto ela desenrola um cachecol vermelho, guardando um pacote de chicletes e tirando fones de ouvido retrô.

August não consegue acreditar que pensou que essa modelo de jaqueta de motociclista fosse um tarado de metrô. Ela não consegue acreditar que uma anja bofinho do metrô a viu chorar com os peitos cobertos de café.

— Toma — a garota diz, oferecendo o cachecol. — Você parece estar indo para um lugar importante, então... — Aponta vagamente para o pescoço de August. — Fica com ele.

August fica olhando para ela, parada em sua frente com aquela cara de guitarrista de banda feminina de punk rock chamada Hora de Causar um Aneurisma em August.

— Você... ai, meu Deus, não posso ficar com seu cachecol.

A menina dá de ombros.

— Eu arranjo outro.

— Mas está frio.

— É — ela diz, e seu sorriso se transforma em algo indecifrável, uma covinha brotando em um lado da boca. August quer morrer naquela covinha. — Mas não sou muito de sair.

August continua olhando.

— Olha — insiste a anja do metrô. — Pode ficar, ou vou deixar no banco do seu lado, e ele pode ser absorvido pelo ecossistema do metrô para todo o sempre.

Os olhos dela são brilhantes, provocantes e calorosos, um calor castanho que não se dissolve nunca, e August não sabe como poderia fazer qualquer coisa além do que essa garota diz.

O ponto de tricô do cachecol é frouxo e macio. Quando as pontas dos dedos de August encostam nele, há um estalo de eletricidade estática. Ela leva um susto, e a garota ri baixinho.

— Já disseram que você cheira a panquecas?

O trem entra num túnel, estremecendo sobre os trilhos, e a menina solta um "Opa" baixo e leva a mão ao ferro em cima de August. A última coisa que August vê é a curva ligeiramente torta do queixo dela e um vislumbre da pele onde a camisa dela se abre antes das luzes fluorescentes se apagarem.

É apenas um ou dois segundos de escuridão, mas, quando as luzes voltam a se acender, a garota sumiu.

Dois

Qual é o problema da linha Q?

Por Andrew Gould e Natasha Brown
29 de dezembro de 2019

Os nova-iorquinos sabem que não devem esperar perfeição nem pontualidade do sistema de metrô. Mas essa semana houve um novo fator no serviço já irregular da linha Q: sobrecargas elétricas apagaram as luzes, causaram falhas nos painéis de avisos e pararam diversos trens.

Na segunda, a Manhattan Transit Authority alertou os usuários de que poderia haver atrasos de até uma hora na linha Q em ambos os sentidos enquanto a causa das falhas elétricas era investigada. O serviço voltou ao normal à tarde, mas relatos de paradas súbitas persistiram.

[A foto retrata passageiros da linha Q a caminho do Brooklyn sobre a Ponte de Manhattan. No primeiro plano está uma mulher sino-americana na casa dos vinte anos com o cabelo curto e uma jaqueta de couro, franzindo a testa para uma lâmpada que pisca.]

Moradora do Brooklyn, Jane Su pega a linha Q para Manhattan todos os dias.
Tyler Martin para o *New York Times*

— Decidi que vou lambuzar o saco do detetive Primeaux de pasta de amendoim e o jogar no lago Pontchartrain — a mãe de August diz. — Deixar que ele seja castrado pelos peixes.

— Essa é nova — August comenta, agachada atrás de um carrinho de pratos sujos, o único lugar dentro da Billy onde o celular dela consegue mais do que uma barra anêmica de sinal. Ela está com a cara a cinco centímetros de uma omelete meio comida. A vida em Nova York é extremamente glamorosa. — O que ele fez dessa vez?

— Mandou a recepcionista não repassar minhas ligações.

— Eles te falaram isso?

— Assim, ela não precisou falar. Mas deu para notar.

August morde o interior da bochecha.

— Bom. Ele é um bosta.

— É — ela concorda. August consegue ouvi-la tentando abrir as cinco fechaduras na porta de casa, chegando do trabalho. — Enfim, como foi o primeiro dia de aula?

— O de sempre. Um bando de gente que já se conhece e eu, a figurante de um filme universitário.

— Bom, eles devem ser todos uns bostas.

— Provavelmente.

August consegue imaginar sua mãe dando de ombros.

— Você lembra quando roubou a fita de *Digam o que quiserem* dos vizinhos? — a mãe pergunta.

August ri sem querer.

— Você ficou tão brava comigo.

— E você fez uma *cópia*. Sete anos de idade, e já sabendo piratear um filme. Quantas vezes peguei você assistindo àquilo no meio da noite?

— Tipo, um milhão.

— Você sempre se matava de chorar com aquela música do Peter Gabriel. Você tem um coração mole, filha. Eu tinha medo de que se machucasse. Mas me surpreendi. Você superou isso. Você é como eu: não precisa de ninguém. Lembre-se disso.

— Pois é. — Por meio segundo constrangedor, a mente de August volta ao metrô e à garota da jaqueta de couro. Ela engole em seco. — É, você tem razão. Vai ficar tudo bem.

Ela afasta o celular do rosto para ver a hora. Merda. O intervalo está quase acabando.

August teve sorte de arranjar um emprego, mas não sorte suficiente para ser boa nele. Talvez ela tenha sido convincente demais quando Lucie, a gerente, ligou para o número de referência e deu no celular reserva de August. O resultado: direto para o salão, sem treinamento, aprendendo tudo na prática.

— Porção de bacon? — o moço da mesa dezenove pergunta quando August serve o prato dele. É um dos fregueses que Winfield apontou no primeiro dia dela: um bombeiro aposentado que há vinte anos vem todos os dias tomar café da manhã. Pelo menos ele gosta tanto da Billy que não liga para o péssimo atendimento.

— Merda, desculpa. — August se encolhe. — Desculpa por dizer "merda".

— Esqueceu isso — diz uma voz atrás dela com um forte sotaque tcheco. Lucie chega com uma porção de bacon do nada e puxa August pelo braço na direção da cozinha.

— Obrigada. — August crispa-se com as unhas da gerente cravadas em seu cotovelo. — Como você sabia?

— Eu sei de tudo — Lucie retruca, o rabo de cavalo vermelho-vivo balançando sob as luzes encardidas. Ela solta August perto do balcão e volta para o sanduíche de ovo e o rascunho da escala da semana seguinte. — Você deveria se lembrar disso.

— Desculpa. Você me salvou. Minha salvadora de derivados suínos.

Lucie faz uma cara que fica igual a uma ave de rapina de delineador líquido.

— Você gosta de piadas. Eu não.

— Desculpa.

— Também não gosto de desculpas.

August engole mais um *desculpa* e se volta para a caixa registradora para se lembrar de como anotar um pedido urgente. Ela com certeza esqueceu a batata rosti da mesa dezessete e...

— Jerry! — Lucie grita pela janela da cozinha. — Batata rosti, rápido!

— Vai se foder, Lucie!

Ela grita algo em tcheco em resposta.

— Você sabe que não sei o que isso quer dizer!

— Passando — Winfield avisa, vindo por trás dela com uma pilha cheia em cada mão, mirtilo na esquerda, pecã e manteiga na direita. Ele vira a cabeça para a cozinha, as tranças balançando, e diz: — Ela te chamou de pinto feio, Jerry.

Jerry, o cozinheiro mais velho, solta uma gargalhada e começa a fazer batata rosti na grelha. August descobriu que Lucie tem uma visão sobre-humana e um hábito de supervisionar o trabalho de seus funcionários da caixa registradora de trás do balcão. Seria irritante, se ela não tivesse salvado August duas vezes em cinco minutos.

— Você esquece de tudo — ela diz, batendo as unhas de acrílico na prancheta. — Você comeu?

August relembra as últimas seis horas de seu turno. Ela derrubou meio prato de panquecas em si mesma? Sim. Comeu alguma?

— Hm... não.

— É por isso que esquece. Você não come.

Lucie franze a testa para August como uma mãe decepcionada, embora não deva ter mais do que uns vinte e nove anos.

— Jerry! — Lucie grita.

— *Quê?*

— Especial da Su!

— Já fiz um para você!

— Para August!

— *Quem?*

— A menina nova!

— Ah — ele diz, e quebra dois ovos na grelha. — Beleza.

August torce a barra do avental entre os dedos, segurando um *obrigada* para não ser esganada por Lucie.

— O que é um Especial da Su?

— Confia em mim — Lucie diz, impaciente. — Você pode fazer dois turnos na sexta?

O Especial da Su, na verdade, não está no cardápio: bacon, xarope de bordo, molho de pimenta e um ovo frito com a gema mole empilhados entre duas fatias de torradas de alho. Talvez seja por causa de Jerry, seu bigode de morsa sugerindo uma sabedoria insondável e seu sotaque do Brooklyn confirmando sete décadas acertando o relógio interno pela luz da Atlantic e da Fourth, ou de Lucie, a primeira pessoa nesse emprego a se lembrar do nome de August e se importar se ela está viva ou morta, ou porque a Billy é um lugar mágico — mas é o melhor sanduíche que August já comeu na vida.

É quase uma da madrugada quando August bate cartão e ruma para casa pelas ruas lotadas e cheias de vida em um tom turvo de marrom-alaranjado. Ela troca um dólar amassado das gorjetas por uma laranja na mercearia da esquina — tem quase certeza de que está prestes a pegar escorbuto.

Enfia as unhas na casca e começa a descascar enquanto seu cérebro gentilmente oferece os dados: humanos adultos precisam de sessenta e cinco a noventa miligramas de vitamina C por dia. Uma laranja contém cinquenta e um. Não chega a evitar o escorbuto, mas já é um começo.

Ela pensa na aula da manhã, em tentar arranjar uma escrivaninha barata, em qual deve ser a história de Lucie. Na menina gata da linha Q de ontem. De novo. August está usando o cachecol vermelho, envolvendo seu pescoço, macio e quente como uma promessa.

Não que ela tenha pensado muito na Garota do Metrô; é só que ela trabalharia cinco turnos duplos seguidos se pudesse ver a Garota do Metrô novamente.

Ela está passando pelo brilho rosa de uma placa de néon quando percebe onde está — na Flatbush, em frente a um lugar de trocar cheques. É ali que Niko disse que trabalha como vidente.

Entre uma casa de penhores e um salão de beleza, as letras descascadas na porta dizem MÃE IVY. Niko contou que a dona é uma argentina na menopausa chamada Ivy que fuma que nem uma chaminé. A loja não é lá grande coisa, só uma porta cinza industrial, surrada e suja de graxa, encaixada em uma fachada simples, o tipo de lugar que serviria como cenário para um episódio de *Law & Order*. A única indicação do que há ali dentro é uma janela com uma placa de néon anunciando leituras mediúnicas cercada por trouxinhas de ervas e alguns — *ah* — dentes.

August odeia esses lugares desde que se entende por gente.

Quer dizer, mais ou menos.

Houve uma trégua, na época da cópia pirata de *Digam o que quiserem*. August puxou a mãe para dentro de uma loja de vidente minúscula no Quarter, com xales sobre todas as lâmpadas espalhando a luz pelo cômodo como o crepúsculo. Ela se lembra de largar o canivete velho na mesa entre as velas, observando, fascinada, enquanto a pessoa do outro lado da mesa lia as cartas de sua mãe. Apesar de ter frequentado escolas católicas durante a maior parte da vida, essa foi a primeira e a última vez em que realmente acreditou em alguma coisa.

— Você perdeu uma pessoa muito importante. — Mas isso estava na cara da mãe dela. Depois foi dito que essa pessoa estava morta, e Suzette Landry decidiu que elas não veriam mais vidente nenhum naquela cidade porque aquilo era uma palhaçada. Então veio o furacão e, por um bom tempo, não viram mesmo mais nenhum vidente na cidade.

August deixou de acreditar. Ateve-se a provas concretas. A única cética em uma cidade cheia de fantasmas. Combinou perfeitamente.

Ela abana a cabeça e se afasta, virando a esquina a caminho de casa. Laranja: terminada. Escorbuto: sob controle, por ora.

No terceiro lance de escada do prédio, ela pensa que é irônico — quase poético — acabar morando com um vidente. Um, abre aspas, vidente, fecha aspas. Um cara particularmente observador com um charme não só confiante como também estranho e uma quantidade absurda de velas. Ela se pergunta o que Myla pensa, se acredita nisso. Com base na sua lista na Netflix e na sua coleção de produtos de *Duna*, Myla é uma grande nerd de ficção científica. Talvez curta essas coisas.

É só quando, na frente da porta, ela enfia a mão na bolsa que se dá conta de que as chaves não estão ali.

— Merda.

Ela arrisca bater na porta — nada. Poderia mandar mensagem para ver se tem alguém acordado... se a bateria do celular não tivesse acabado antes do fim do turno.

Parece que ela não tem escolha, então.

Pega o canivete, abre a lâmina e a posiciona na fechadura. Ela não faz isso desde que ficou trancada para fora do apartamento, aos quinze anos, porque a mãe tinha perdido a noção do tempo na biblioteca de novo, mas tem coisas que não se esquece. Com a língua entre os dentes, ela balança o canivete até a fechadura estalar e ceder.

Na verdade, tem sim alguém em casa, fazendo alguma coisa no corredor com fones de ouvido e um saco de ferramentas aos pés. Um maço de sálvia queima no balcão da cozinha. August pendura a jaqueta e o avental perto da porta e considera apagar o fogo — eles já tiveram um incêndio essa semana — quando a pessoa no corredor ergue os olhos e solta um ganido baixo.

— Ah — August diz enquanto o garoto tira os fones. Ele definitivamente não é Niko nem Myla, então: — Você deve ser Wes. Sou a August. Eu, hm, moro aqui agora?

Wes é baixo e franzino, um rapaz de pele marrom-clara com punhos e tornozelos finos, vestindo moletom cinza e uma camisa de flanela gigante com a manga dobrada cinco vezes. Todos os traços dele são pequenos e delicados, estranhamente angelicais apesar da careta que se forma quando ele relaxa o rosto. Assim como August, ele usa óculos na ponta do nariz, e estreita os olhos atrás das lentes.

— Oi.

— É um prazer te conhecer finalmente — ela diz.

Ele parece prestes a sair correndo. Ela entende a sensação.

— É.

— Está de folga?

— Uhum.

Até esse momento, August nunca havia conhecido alguém que causasse primeiras impressões piores do que as dela.

— Certo, então. Vou dormir. — August olha para as ervas queimando no balcão. — Não é melhor apagar?

Wes volta para o que estava fazendo — aparentemente mexendo na dobradiça da porta do quarto de August.

— Meu ex veio aqui. Niko disse que sentiu "energia de masculinidade tóxica". Vai apagar sozinho. As coisas do Niko sempre apagam sozinhas.

— Claro — ela responde. — Hm, o que você está... fazendo?

Ele não diz nada, só gira a maçaneta e balança a porta. Silêncio. Estava rangendo quando August se mudou. Ele consertou a dobradiça para ela.

Wes pega Noodles com um braço e seu saco de ferramentas com o outro, depois desaparece no corredor.

— Obrigada — diz August.

Ele ergue bem os ombros, como se nada o desagradasse mais do que ser agradecido por uma gentileza.

— Canivete maneiro — comenta ele antes de entrar e fechar a porta.

Na manhã de sexta, August está tremendo, a mão no chuveiro, implorando para ele esquentar. Está menos dois graus lá fora. Se ela tiver de entrar em um chuveiro gelado, sua alma vai abandonar o corpo.

Ela olha o celular — em vinte e cinco minutos precisa estar na plataforma para pegar o metrô para a aula. Sem tempo para responder as mensagens da mãe sobre os colegas irritantes da biblioteca, ela envia apenas emojis de solidariedade.

O que Myla disse? Vinte minutos para a água esquentar, mas dez se você for gentil? Já faz doze.

— Por favor — August pede para o chuveiro. — Estou com muito frio e muito cansada, e estou fedendo como a prefeita da Cidade da Batata.

O chuveiro permanece indiferente. Foda-se. Ela fecha a torneira e se resigna a mais um dia inteiro de experiência aromática.

No corredor, Myla e Wes estão de quatro, colando fita adesiva no chão.

— Eu gostaria de saber o porquê... — August diz ao passar por cima deles.

— É para o Bang de Rodinhas — Myla responde.

August veste um suéter e põe a cabeça para fora do quarto.

— Você sabe que só diz palavras em uma ordem aleatória como se fizessem algum sentido?

— Esse tipo de comentário nunca a impediu — responde Wes, que está com cara e voz de quem acabou de chegar de um turno noturno. August imagina o que Myla lhe ofereceu para conseguir ajuda antes que ele se retirasse para a sua caverna. — Bang de Rodinhas é uma brincadeira que a gente inventou.

— Você começa perto da porta em uma cadeira de rodinhas, e alguém te empurra pelo declive do chão da cozinha — Myla explica. É óbvio que ela encontrou uma maneira de usar uma violação do código de construção civil para o entretenimento. — Essa é a parte das Rodinhas.

— Tenho medo de descobrir o que é o Bang — August comenta.

— O Bang é quando você atinge aquela soleira ali — Wes diz. Ele aponta para a protuberância de madeira onde o corredor encontra a cozinha. — Basicamente te catapulta para fora da cadeira.

— As linhas são para medir o quanto você voa antes de cair no chão — Myla diz, rasgando o último pedaço de fita.

August passa por cima deles de novo, a caminho da porta. Noodles cerca os tornozelos dela, farejando, alvoroçado.

— Não consigo decidir se estou impressionada ou horrorizada.

— Meu estado emocional predileto — Myla diz. — É onde fica a safadeza.

— Vou deitar. — Wes joga a fita para Myla. — Boa noite.

— Bom dia.

August está pegando a mochila quando Myla a encontra perto da porta com a coleira de Noodles.

— Que caminho você pega? — ela pergunta enquanto Noodles pula de um lado para o outro, a língua e as orelhas balançando.

Ele é tão fofo que August nem consegue ficar brava por definitivamente ter sido levada a acreditar que esse cachorro não faria tanto parte da sua vida.

— Parkside Avenue.

— Aah, vou levar o Noodles para o parque. Posso ir com você?

August vem notando que o lance de Myla é que ela não planta a semente da amizade e depois vai cuidando, regando e iluminando com cuidado. Ela mergulha na sua vida, completamente desenvolvida, e simplesmente *está lá*. Uma amizade formada.

Estranho.

— Claro — August diz, e abre a porta.

Não tem gelo onde escorregar, mas Noodles está praticamente decidido a fazer August comer poeira no caminho para a estação.

— Ele é do Wes, mas a gente meio que divide os cuidados. A gente é bem trouxa mesmo — Myla diz, sendo puxada por Noodles. — Nossa, eu vivia descendo na Parkside quando morava em Manhattan.

— Ah, é?

— É, eu estudei na Columbia.

August desvia de Noodles quando ele corre para farejar a embalagem de comida mais fascinante do mundo.

— Ah, a faculdade de artes lá é boa?

Myla ri.

— Todo mundo pensa que fiz artes — ela diz, estourando uma bola de chiclete. — Sou formada em engenharia elétrica.

— Você... Foi mal, eu pensei...

— Pois é, né? A ciência é superinteressante, e eu sou boa nessas coisas. Tipo, muito boa. Mas engenharia como carreira meio que suga a sua alma, e meu trabalho até que me paga bem. Eu gosto de ter mais tempo para fazer arte agora.

— Isso é... — o pior pesadelo de August, ela pensa. Terminar a faculdade e não fazer nada com o diploma. Ela não consegue acreditar que Myla não fica paralisada com essa ideia a cada momento dos seus dias. — Achei incrível.

— Obrigada, eu também acho — Myla diz, contente.

Na estação, Myla se despede, e August passa pela catraca, voltando para os braços confortáveis e fétidos da linha Q.

Ninguém que mora em Nova York há mais do que alguns meses entende por que uma menina poderia gostar do metrô. Os moradores já se acostumaram com o encanto que é andar no subterrâneo e subir de volta para a cidade, com o conforto de saber que, mesmo se enfrentar um atraso de uma hora ou um caso de atentado ao pudor, você resolveu o maior quebra-cabeça da cidade. Fazer parte desse fluxo enorme, cruzar olhares com outro passageiro horrorizado quando uma banda de mariachis entra no vagão. No metrô, ela é uma nova-iorquina *de verdade*.

Mesmo assim, é horrível, óbvio. Ela escapou de se sentar em duas poças misteriosas diferentes. Tem quase certeza de que os ratos estão se sindicalizando. E, uma vez, durante um atraso de trinta minutos, um pombo cagou dentro da bolsa dela. Não em cima da bolsa. *Dentro*.

Mas ali está ela, odiando tudo menos a agonia singular e prazerosa do metrô.

Talvez seja bobagem — não, com certeza é. Com certeza é bobagem que parte disso seja por causa daquela garota. A Garota do Metrô.

A Garota do Metrô é um sorriso perdido nos trilhos. Ela apareceu, salvou o dia e deixou de existir no instante em que August desceu na Avenue H. Elas nunca mais vão se ver de novo. Mas toda vez que August pensa no metrô, lhe vêm à mente os olhos castanhos, a jaqueta de couro e o jeans todo rasgado ao longo da canela.

Depois de duas estações, ela tira os olhos da Pop-Tart que está comendo, e...

Garota do Metrô.

Está sem a jaqueta de couro e com as mangas da camiseta branca dobradas. Recostada e com o braço pendurado no encosto de um assento vazio, e para completar ela... ela tem *tatuagens*. Meio braço coberto. Uma ave vermelha descendo pelo ombro, caracteres chineses abaixo do cotovelo. Uma âncora das antigas no bíceps.

Puta que pariu, August nem acredita na própria sorte.

A jaqueta está lá, em cima da mochila aos seus pés, e August olha fixamente para o All Star de cano alto, o vermelho desbotado da lona, quando a Garota do Metrô abre os olhos.

Sua boca forma uma leve exclamação de surpresa.

— Garota do Café.

Ela sorri. Um de seus dentes da frente é ligeiramente torto no ângulo mais arrasador de corações. August sente todos os pensamentos inteligentes se esvaírem de seu crânio.

— Garota do Metrô — consegue dizer.

O sorriso da garota aumenta.

— Bom dia.

O cérebro de August pensa em "hm" e sua boca faz "bom-dia" e o que sai é:

— Bundinha.

Talvez não seja tarde demais para rastejar para baixo do banco junto com o cocô de rato.

— Ah, quem não gosta? — a Garota do Metrô retruca tranquilamente, ainda sorrindo, e August se pergunta se há cocô de rato suficiente no mundo para isso.

— Desculpa, estou... meio dormindo ainda. Ainda está cedo.

— Está? — a Garota do Metrô pergunta com o que parece interesse genuíno.

Ela está usando os fones de ouvido que August viu no outro dia, aqueles dos anos 80 com almofadas laranja nas orelhas. Ela revira a bolsa e tira um walkman para pausar a música. Um walkman de verdade. A Garota do Metrô é... uma hipster do Brooklyn? Será que é um ponto fraco dela?

Mas, quando ela se volta para August com as tatuagens, o dente da frente um pouco torto e sua atenção total, August sabe: essa menina poderia estar carregando um gramofone na bolsa todos os dias, e ainda assim August se jogaria no meio da Quinta Avenida por ela.

— Hm, está sim — August engasga. — Fiquei acordada até tarde.

As sobrancelhas da Garota do Metrô fazem algo inescrutável.

— Fazendo o quê?

— Ah, hm, eu trabalhei à noite. Sou garçonete na Billy Panqueca, e lá funciona vinte e quatro horas, então...

— Billy Panqueca? — pergunta a Garota do Metrô. — É... na Church, certo?

Ela apoia os cotovelos nos joelhos, o queixo nas mãos. Seus olhos são muito brilhantes, e os nós de seus dedos são quadrados e fortes como se ela soubesse sovar pão ou desmontar um carro.

August absoluta e definitivamente não está imaginando a Garota do Metrô assim toda encantadora e afetuosa sentada diante dela em um terceiro encontro. Sem dúvida não é o tipo de pessoa que fica imaginando uma desconhecida do seu lado no trem montando um estrado de cama. Tudo está completamente sob controle.

Ela limpa a garganta.

— Isso. Você conhece?

A Garota do Metrô morde o lábio, e está. Tudo. Bem.

— Ah... ai, caramba, eu fui garçonete lá também — ela diz. — Jerry ainda está na cozinha?

August ri. Quanta sorte.

— Sim, ele está lá desde sempre. Não consigo imaginar aquele lugar sem ele. Todo dia quando bato cartão ele solta...

— "Bom dia, doçura" — ela diz em uma imitação perfeita do forte sotaque do Brooklyn de Jerry. — Ele é um brotinho, não é?

— Um *brotinho*, ah, meu Deus.

August começa a gargalhar, e a Garota do Metrô ri, roncando como um porquinho, e, porra, esse som é uma verdadeira revelação. As portas se abrem e se fecham em uma estação e elas ainda estão rindo, e talvez haja... talvez haja alguma coisa acontecendo ali. August não descartou essa possibilidade.

— Mas aquele Especial da Su... — August diz.

O brilho nos olhos da Garota do Metrô se inflama tanto que August pensa que ela vai pular do banco.

— Espera, esse é o meu sanduíche! Fui eu que inventei!

— Como assim, sério?

— É, é o meu sobrenome! Su! Pedi tantas vezes para o Jerry fazer especialmente para mim que todo mundo começou a pedir também. Não acredito que ele ainda faz.

— Ele faz, e é bom pra caralho. Me reviveu algumas vezes, então, obrigada.

— Por nada. — A Garota tem um brilho distante nos olhos, como se fregueses ranzinzas reclamando de pilhas de panquecas fossem a melhor coisa que já aconteceu na vida dela. — Nossa, que saudade daquele lugar.

— É. Já notou que é meio...

— Mágico — a Garota do Metrô completa. — É mágico.

August morde o lábio. Ela não acredita em mágica. Mas, quando elas se conheceram, August pensou que faria qualquer coisa que essa menina dissesse e, por incrível que pareça, isso não parece estar mudando.

— É uma surpresa não terem me demitido ainda — August comenta. — Derrubei uma torta em um menino de cinco anos ontem. A gente teve que dar uma camiseta nova para ele.

A Garota do Metrô dá risada.

— Você vai pegar o jeito — ela diz, confiante. — Mundo pequeno da porra, hein?

— Pois é. Mundo pequeno da porra.

Elas continuam ali, sorrindo sem parar uma para a outra, e a Garota do Metrô acrescenta:

— Belo cachecol, aliás.

August baixa os olhos — ela esqueceu que estava usando. Começa a tirar, mas a menina ergue a mão.

— Eu te dei. Além do mais — ela enfia a mão na bolsa e tira outro, xadrez com franjas —, ele foi substituído.

August consegue sentir seu rosto ficar vermelho como o cachecol, igual a uma camaleoa bissexual gaguejante. Um erro evolutivo.

— Eu, é... obrigada de novo, muito. Eu queria... quer dizer, era meu primeiro dia de aula, e eu realmente não queria andar por aí daquele, daquele jeito...

— Assim, você não estava nada *mal* — a Garota do Metrô argumenta, e August sabe que sua pele ultrapassou o limiar de rubor e chegou à queimadura de férias. — Você só... parecia estar precisando de uma melhoradinha no seu dia. Portanto.

Ela bate uma leve continência.

A voz do metrô surge pelo sistema de comunicação interno, mais distorcida que o normal, mas August não sabe se são as caixas de som toscas ou o sangue latejando em seus ouvidos. A Garota do Metrô aponta para o painel.

— Brooklyn College, certo? Avenue H?

August ergue os olhos — ah, A Garota do Metrô tem razão. É a parada dela.

Ela percebe enquanto pega a mochila: talvez nunca tenha essa sorte de novo. Mais de oito milhões e meio de pessoas em Nova York e apenas uma Garota do Metrô, perdida tão facilmente quanto foi achada.

— Amanhã vou pegar o turno do café da manhã. Na Billy — August fala de repente. — Se quiser dar uma passada, posso arranjar um sanduíche para você. Para te retribuir.

A Garota do Metrô olha para ela com uma expressão tão estranha e indecifrável que August se pergunta se já conseguiu estragar tudo, mas então passa, e ela diz:

— Ah, cara. Eu adoraria.

— Certo — August diz, andando de costas em direção à porta. — Certo. Ótimo. Legal. Certo.

Ela vai parar de disparar palavras em algum momento. Vai mesmo.

A Garota do Metrô a observa ir, o cabelo caindo nos olhos, um sorriso no rosto.

— Como você se chama? — ela pergunta.

August tropeça na soleira da porta, quase sem ver o vão. Alguém esbarra em seu ombro. Como se chama? De repente ela não sabe. Tudo que consegue ouvir é a algazarra de seus neurônios fugindo pela saída de emergência.

— Hm, é... August. Me chamo August.

O sorriso da Garota do Metrô fica mais suave, como se, de alguma forma, ela já soubesse.

— August — repete. — Meu nome é Jane.

— Jane. Oi, Jane.

— O cachecol fica melhor em você mesmo.

Jane pisca, e a porta se fecha na cara de August.

Jane não vai à Billy.

August passa a manhã toda na frente da cozinha, observando a porta e esperando Jane entrar como Brendan Fraser em *A múmia*, andando despreocupadamente contra o vento, o cabelo naquele topete perfeito. Mas ela não aparece.

É claro que não. August enche frascos de ketchup e se pergunta que demônio baixou nela e a fez convidar uma desconhecida gata para aturar seu serviço terrível numa manhã de sábado num lugar em que a garota já trabalhou. Exatamente o que todo flerte em transporte público precisa: ex-colegas de trabalho e uma idiota suada derrubando calda na mesa. Que proposta extremamente sexy. *Você é mesmo muito transuda, hein, Landry.*

— Não tem problema — Winfield diz depois que consegue arrancar dela o motivo de tanto nervosismo. Ele está distraído, escrevendo em uma folha de partitura escondida em seu bloquinho de comandas. Gosta de distribuir cartões de sua banda de piano e saxofone, composta só por ele, para os fregueses. — Passam umas cem lésbicas gatas por aqui toda semana. Você vai encontrar outra.

— É, não tem problema — August concorda, tensa.

Não tem problema. Não é nada de mais. Ela só está dando continuidade à velha tradição familiar de morrer sozinha.

Mas então chega a segunda-feira.

Chega a segunda-feira e, por algum motivo, em uma coincidência insana que Niko chamaria de destino, August entra no trem, e Jane está lá.

— Garota do Café — Jane diz.

— Garota do Metrô — August responde.

Jane ergue a cabeça e dá risada, e August não acredita em quase nada, mas é difícil duvidar que Jane foi parar na linha Q só para foder com a sua vida.

August a vê de novo à tarde, voltando para casa, elas riem, e August se dá conta: elas fazem exatamente o mesmo trajeto. Se ela se planejar direito, consegue pegar o trem com Jane todos os dias.

Assim, em seu primeiro mês no apartamento na esquina da Flatbush com a Parkside em cima do Popeyes, August descobre que a Q é uma hora, um lugar e uma pessoa.

Há algo de especial em ter uma parada para chamar de sua quando se passa a maioria dos dias atravessando um longo marasmo de vários nadas. Antes, havia uma August Landry que dissecaria essa cidade até compreendê-la, que arrancaria todas as coisas assustadoras espreitando das paredes de seu quarto e examinaria as ruas como se fossem veias. Ela tenta deixar essa vida para trás. É difícil entender Nova York sem fazer isso.

Mas tem um trem que passa por volta das 8h05 na estação Parkside Avenue e August não o perdeu nenhuma vez desde que decidiu que era o seu trem. Também é o trem da Jane, e Jane nunca perde a hora, então August também não perde.

E, assim, a Q é uma hora.

Talvez August ainda não tenha entendido como se adaptar a nenhum dos espaços que ocupa, mas é na Q que ela se encolhe sobre a mochila para comer um sanduíche roubado do trabalho. É onde ela se atualiza com as matérias da *The Atlantic*, assinatura que consegue bancar porque rouba sanduíches do trabalho. A Q tem cheiro de moedas e às vezes de lixo quente, e está sempre, sempre lá esperando por ela, mesmo quando August se atrasa.

E, assim, a Q é um lugar.

O trem segue balançando pelos trilhos, passando de estação em estação. Chacoalhando e zumbindo, leva August aonde ela precisa ir. De alguma forma, sempre, sem falta, leva *ela* também. A Garota do Metrô. Jane.

Então por vezes, digamos, August não entra até ver o cabelo preto e o couro mais preto ainda pela janela. Talvez não seja apenas uma coincidência.

De segunda a sexta, Jane faz amizade com todas as pessoas que passam. August a viu oferecer chiclete para um rabino. Viu quando ela se ajoelhou no chão imundo para acalmar criancinhas birrentas com piadas. Prendeu a respiração enquanto Jane separava uma briga com meia dúzia de palavras e um sorriso. Sempre um sorriso. Sempre uma covinha no canto da boca. Sempre a jaqueta de couro, sempre um par de All Star batido, sempre o cabelo escuro rebelde e ali, manhã e tarde, até o som de sua voz baixa se tornar mais uma nota reconfortante no ruído de seu trajeto. August parou de usar fones de ouvido. Ela quer escutar.

Às vezes, é para August que ela oferece um chiclete. Às vezes, Jane interrompe seu papo encantador com algum tio chinês para ajudar August com uma pilha de livros da biblioteca. August nunca teve coragem de sentar ao lado de Jane, mas às vezes Jane senta ao lado de August e pergunta o que ela está lendo ou o que o pessoal da Billy anda aprontando.

— Você... — Jane diz certa manhã, olhando August entrar no trem. Não é a primeira vez que está com essa expressão no rosto, como se tentasse decifrar alguma coisa. August acha que está olhando para Jane da mesma forma, mas definitivamente sem um ar descolado e misterioso. — Seu batom.

— O que é que tem? — Ela leva a mão aos lábios. Não costuma usar batom, mas precisava equilibrar as olheiras nessa manhã. — Sujei os dentes?

— Não, é só que é... — Um canto da boca de Jane se ergue. — Bem vermelho.

— Hm. — Ela não sabe se isso é bom ou ruim. — Obrigada?

Jane nunca fala nada da sua vida pessoal, então August começou a preencher as lacunas. Ela imagina pés descalços em um chão de taco de um apartamento no SoHo, óculos escuros nos degraus de entrada de um predinho de tijolos, um pedido confiante e rápido no balcão de um restaurante chinês, um gato que se deita embaixo da cama. Ela pensa sobre as tatuagens e o que significam. Há algo em Jane que é... insondável. Uma gaveta de arquivos limpinha cuja fechadura August aprendeu a arrombar certa vez. Irresistível.

Jane fala com todo mundo, mas nunca deixa de falar com August, sempre algumas palavras sagazes ou uma piada rápida. August se pergunta se, talvez, de alguma forma, Jane também pensa muito nela, se desce em sua estação e fantasia com o que August está fazendo.

Tem dias, quando está tendo uma longa jornada no trabalho ou passa muitas horas trancada no quarto, em que Jane é a única pessoa gentil com ela.

E, assim, a Q é uma pessoa.

Três

Localização & horário

> **Achados e Perdidos do Metrô**
> 34th St. e 8th Ave.

 21/1/2012

Esse serviço NÃO conseguiu encontrar meus objetos perdidos! Perdi um cachecol de vicunha vermelho na linha Q enquanto visitava um amigo na cidade. Liguei para o número 511 e falei exatamente onde tinha visto o cachecol pela última vez, e me falaram que eles não tinham nenhum item que correspondesse à descrição e nem procuraram nos trens, nem mesmo DEPOIS que falei o quanto o cachecol valia! A única pessoa solícita que encontrei nessa experiência EXTREMAMENTE decepcionante foi uma passageira simpática chamada Jane que me ajudou a procurar o cachecol no trem. Só me resta pensar que ele se perdeu para sempre.

O envelope está esperando no balcão da cozinha quando August entra na tarde de sexta, finalmente livre da aula e do trabalho até domingo. Passou o caminho de volta para casa pensando em fazer uma maratona de tutoriais de sobrancelha no YouTube até pegar no sono com uma pizza do lado.

— Chegou um negócio para você hoje pelo correio — Myla diz antes mesmo de August tirar os sapatos para cumprir a regra rígida de Myla e Niko quanto a não usar sapatos dentro de casa.

Myla ergue a cabeça por trás da pilha de ratoeiras que ela passou os últimos três dias desmontando. Não dá para saber se isso é para a mesma escultura que os ossos de sapos. A arte dela às vezes vai além da compreensão de August.

— Ah, valeu — August diz. — Você não trabalha hoje?

— Trabalho, nós fechamos mais cedo.

Por "nós" ela se refere à Rewind, a loja de artigos usados responsável pela parte dela do aluguel. Pelo que August entendeu, é um lugar extremamente bolorento e extremamente caro e tem a melhor seleção de eletroeletrônicos antigos do Brooklyn. Eles deixam Myla desmontar tudo que não vende. Tem metade de uma TV dos anos 70 ao lado do micro-ondas.

— *Caralho* de asa — Myla xinga quando uma das ratoeiras prende seu dedo. — Enfim, é, você recebeu um envelope gigante. Acho que veio da sua mãe…

Ela aponta para o envelope de plástico grosso perto da torradeira. Remetente: Suzette Landry, Belle Chasse, LA.

August o pega, sem fazer a menor ideia do que sua mãe poderia ter enviado dessa vez. Na semana passada, foram meia dúzia de doces de nozes e um chaveiro de spray de pimenta.

— Então, por um segundo, pensei que minha mãe tivesse enviado coisas para o Ano-Novo Lunar — Myla continua. — Comentei que meus pais são chineses, certo? Enfim, minha mãe é professora de artes e esse ano ela pediu para os alunos fazerem cartões de Ano-Novo Lunar, e ficou de me mandar um junto com um *fah sung thong* de um restaurante que… Eita, o que é isso?

Não são docinhos, nem itens de defesa pessoal, nem um presentinho festivo de Ano-Novo Lunar feito por criancinhas do segundo ano. É uma pasta de arquivos em papel pardo, como as outras milhões do apartamento da mãe de August, recheadas de registros públicos, classificados e páginas de listas telefônicas. Tem um bilhete preso com um clipe na capa.

Sei que anda ocupada, mas encontrei uma amiga de Augie que pode ter ido parar em Nova York, o garrancho desleixado diz. *Pensei que você poderia dar uma olhada.*

— Meu Deus, sério? — August resmunga para a pasta.

As pontas esfarrapadas retribuem com um olhar imparcial de esguelha.

— Opa — diz Myla. — Má notícia? Você está parecendo o Wes quando o pai mandou o lance sobre cortar a poupança dele.

August ergue os olhos para ela, sem entender.

— Wes tem poupança?

— Tinha — Myla diz. — Mas você...?

— Está tudo bem — August diz, tentando despistá-la. — Não é nada.

— Desculpa, mas não parece nada.

— Não mesmo. Quer dizer, é, sim. Nada.

— Tem certeza?

— Tenho.

— Tá. Mas, se quiser conversar...

— Está bem, é meu maldito tio morto. — August tapa a boca. — Desculpa... falei merda. É só que, hm, é meio que um assunto delicado.

O rosto de Myla passa de curioso a gentil e preocupado, e é quase o suficiente para fazer August dar risada. Myla não sabe nem a metade.

— Eu não fazia ideia, August. Sinto muito. Vocês eram próximos?

— Não, não estou, tipo, triste por isso — August diz, e uma expressão de choque perpassa o rosto de Myla. Nossa, como ela é ruim para explicar essa história. É por isso que nunca tenta. — Quer dizer, é triste, mas ele não morreu, tipo, recentemente. Não o conheci. Quer dizer, tecnicamente nem sei se ele está morto...

Myla deixa de lado a ratoeira.

— Certo...

August supõe que chegou a hora de finalmente descobrir como explicar para alguém como foram os primeiros dezoito anos de sua vida. É aí que cai por terra toda a fachada encantadora de mãe solo e filha única, melhores amigas para sempre, juntas contra o mundo. É o lance que criou o ceticismo de August, mas ela não gosta de admitir.

Mas ela gosta de Myla. Myla é surpreendente, engraçada e generosa, e August gosta dela o bastante para se importar com sua opinião. O bastante para querer se explicar.

Então ela resmunga, abre a boca e conta para Myla aquilo que governou a maior parte de sua vida:

— O irmão mais velho da minha mãe desapareceu em 1973, e ela passou quase a vida toda, a *minha* vida toda, tentando encontrá-lo.

Myla se apoia na geladeira, tirando algumas fotos do lugar.

— Puta merda. Certo. Então ela mandou...?

— Uma caralhada de informações sobre uma pessoa aleatória que *talvez* o tenha conhecido e *talvez* esteja nessa região. Sei lá. Falei para ela que não faço mais essas coisas.

— Por "essas coisas", você quer dizer procurar um parente desaparecido? — pergunta Myla, lentamente.

Nesses termos, August parece mesmo uma filha da puta.

Ela não sabe como fazer outra pessoa entender como é, em que nível foi programada para fazer isso, para *ser* isso. Ela ainda guarda na memória rostos e cores de camisa, ainda quer verificar a poeira em todo peitoril de janela em busca de impressões digitais. Cinco anos depois, e seus instintos ainda a puxam de volta a essa imitação barata de Veronica Mars, e ela odeia isso. Ela quer ser *normal*.

— É... — Ela tropeça nas palavras e começa de novo. — Certo, é tipo assim... Uma vez, quando eu estava no sexto ano, a festa de fim de ano foi em um rinque de patinação. Minha mãe combinou de me buscar e esqueceu. Porque estava em uma biblioteca a dois distritos dali pesquisando registros policiais de 1978. Fiquei sentada no meio-fio por horas e ninguém me ofereceu uma carona para casa porque adolescentes católicas sabem ser bem cuzonas com a menina pobre, filha de uma mãe solo excêntrica e acumuladora que acredita em teorias da conspiração. Então passei a primeira semana das férias de verão com a pior queimadura de sol da minha vida por ter ficado sentada no estacionamento até as sete. Essa era basicamente... a minha *vida*. O tempo todo.

August guarda a pasta de volta no envelope, jogando-o em cima da geladeira entre um engradado de água tônica e um jogo de Catan.

— Eu ajudava a minha mãe... Pegava o ônibus sozinha até o tribunal para protocolar pedidos de registros públicos, fazia umas paradas pesadas em troca de informações depois da aula. Não que eu tivesse amigos com quem sair. Mas então entendi *por que* eu não tinha amigos. Quando me mudei para a faculdade falei para minha mãe que estava caindo fora. Não queria me tornar igual a ela. Preciso descobrir o que é que vou fazer com a minha vida e não, tipo, solucionar casos antigos que não têm solução. E ela se recusa a aceitar isso.

Há uma pausa extremamente longa antes de Myla dizer:

— Uau, então é *isso*.

August franze a testa.

— É isso *o quê*?

— O seu lance — Myla diz, balançando a chave de fenda. — Tipo, o que está pegando. Desde que você se mudou estou tentando entender. Você é, tipo, uma detetive mirim na reabilitação.

Um músculo no maxilar de August se contrai.

— É... Dá para dizer que sim.

— Você é tipo a detetive particular gostosona de um filme *noir*, mas se aposentou, e ela é sua antiga chefe tentando fazer você voltar à *ativa*.

— Acho que você se perdeu um pouco na narrativa.

— Desculpa, tipo, é a sua vida e tudo mais, mas você já reparou que soa muito maneiro?

É *mesmo* a vida de August. Mas Myla está olhando para ela como se não tivesse nenhum problema com isso — ao contrário de todas as pessoas durante a maior parte da vida de August. Myla olha desse mesmo jeito quando Niko recita Neruda para as plantas, ou quando Wes teima em passar horas desmontando e remontando um móvel que alguém montou errado. Como se fosse apenas mais uma peculiaridade inconsequente de alguém que ela ama.

A história é toda meio ridícula mesmo. Uma das ratoeiras de Myla se fecha sozinha, salta do balcão, escorrega pelo piso da cozinha e para perto do dedão de meia de August, que não tem como não rir.

— Enfim — Myla diz, virando-se para abrir o congelador. — Que saco isso. Eu sou sua mãe agora. As regras são: filmes do Tarantino são proibidos e a hora de dormir é nunca.

Ela puxa um pote de sorvete de algodão-doce de uma prateleira lotada e o coloca no balcão da pia, depois abre uma gaveta e tira duas colheres.

— Quer ouvir sobre os aluninhos da minha mãe? — ela pergunta. — Eles são uns demônios. Ela precisou tirar um do telhado dia desses.

August pega uma colher e segue o exemplo de Myla.

O sorvete é de um tom radioativo de azul e terrivelmente açucarado, August adora. Myla fala sem parar sobre a mãe adotiva, sobre as tentativas desajeitadas mas bem-intencionadas dela de cozinhar *waakye* na infância de Myla para que a filha pudesse ter uma conexão com a própria ancestralidade, sobre os projetos de marcenaria do pai (ele está fazendo uma guitarra), sobre seu irmão que mora em Hoboken (está no meio da residência médica), sobre a principal atividade familiar, que é maratonar episódios antigos de *Star Trek*. August acha relaxante ser inundada por isso. Uma família. Parece gostoso.

— Então… todas essas ratoeiras… — August cutuca com o pé a que está no chão. — O que exatamente você está fazendo?

— Hm — Myla diz, pensativa. — Na real? Não faço ideia. Era a mesma coisa com os ossos de sapo, cara. Eu ficava tentando entender qual é *a* obra para mim, sabe? A obra de perspectiva. A coisa que resume tudo que estou tentando dizer enquanto artista.

August olha para a Judy de marshmallow do outro lado da sala.

— Pois é — Myla diz. — Não faço ideia de qual é a perspectiva daquele troço.

— Hm — August arrisca. — É, hm. Um comentário sobre... açúcar refinado e vício.

Myla assobia.

— Uma interpretação generosa.

— Eu sou uma acadêmica.

— Você é boa em encher linguiça.

— Isso é... verdade.

— Vem, vou te mostrar o que estou fazendo.

Ela dá meia-volta, o cabelo balançando como fumaça de desenho animado em uma fuga de alta velocidade.

O quarto de Myla e Niko é igual ao de August — comprido e estreito, uma única janela na ponta. Assim como ela, eles não se deram ao trabalho de arrumar um estrado, colocando apenas um palete duplo no chão embaixo da janela, uma bagunça de lençóis e almofadas surradas banhadas pela luz do fim de tarde.

Myla se joga de barriga ali e puxa um engradado transbordando de discos. Enquanto ela vasculha, August fica enrolando na porta, observando a escrivaninha coberta de tubos de tinta e latas de epóxi, a mesa redonda cheia de cristais e velas derretendo.

— Ah, pode entrar — Myla diz por sobre o ombro. — Não repara a bagunça.

É, realmente, uma bagunça, e August fica arrepiada vendo essas tralhas porque lembra das pilhas de revista e caixas de arquivo. Mas as paredes são cobertas com moderação por desenhos e polaroides, e August só precisa desviar de um suéter abandonado e uma lata de carvão para conseguir entrar.

Sobre um pano no centro do piso está uma escultura que vai ganhando forma devagar. Parece a parte de baixo de uma pessoa, quase em tamanho real, composta de vidro moído, peças de computador e um milhão de outros fragmentos. Fios transbordam por entre as fendas como se fossem vinhas que a comem de dentro para fora.

— Eu não faço a menor ideia do que isso vai se tornar — Myla diz enquanto August rodeia a escultura lentamente. De perto, ela consegue ver os pedaços de osso entranhados e pintados de ouro. — Estou tentando fazer uma instalação para ela se mexer e acender as luzes, mas, tipo, que porra isso quer dizer? Não faço ideia.

— Os detalhes são incríveis — August comenta. De perto ela consegue ver todas as peças pequeninas, mas, de longe, parece uma obra elaborada e reluzente de contas delicadas. — É mais do que a soma de suas partes.

Myla estreita os olhos para a escultura.

— Acho que sim. Quer ouvir alguma coisa?

Quase todos os discos dela são velhos e de segunda mão, sem nenhuma organização discernível. É um nível de caos confortável que combina com Myla.

— A coleção era dos meus pais — explica. — Eles iam dar uma de Marie Kondo com todos os vinis alguns anos atrás, mas eu os salvei.

— Eu tenho, tipo, o gosto musical mais sem graça — August fala para ela. — Só escuto podcasts sobre assassinato. Não sei quem é metade dessas pessoas.

— Vamos resolver isso — Myla diz. — O que você está a fim de ouvir? Funk? Punk? Post-punk? Pop punk? Pop? Pop das antigas? Pop moderninho? Pop moderninho das antigas...

August pensa em Jane sentando ao lado dela ontem, falando, esbaforida, sobre The Clash e estendendo os fones. Ela ficou muito decepcionada quando August confessou, sem jeito, que não conhecia a banda.

— Você tem algum punk dos anos 70?

— Aah, sim — Myla diz. Pega um disco e se vira de barriga para cima como um lagarto tomando sol. — Essa é fácil. Você já deve conhecer.

Ela vira a capa, preta e coberta de linhas brancas finas e irregulares. August tem a impressão de reconhecer a imagem de alguma camiseta, mas não sabe de onde.

— Ah, fala sério — Myla diz. — Joy Division? Todo mundo que já chegou perto de um cigarro de cravo conhece Joy Division.

— Eu falei. Você vai ter que ser paciente comigo.

— Certo, está bem. — Ela põe o disco na vitrola que fica num canto. — Vamos começar por aqui. Vem.

Myla afofa uma almofada ao lado.

August hesita. Está se acostumando a ter amigos assim como Winfield se acostuma aos turnos do café da manhã: com mau humor e insegurança. Ela se senta na cama mesmo assim.

Ficam ali por horas, virando o disco infinitas vezes enquanto Myla explica que, tecnicamente, Joy Division não é punk, mas pós-punk, e qual a diferença entre os dois, e como é possível que pudesse haver pós-punk nos anos 70 se também havia punk nos 80 e 90. Myla abre a Wikipédia no celular e começa a ler em voz alta, o que é uma novidade para August: outra pessoa fazendo a pesquisa por ela.

Ela escuta as frases de baixo se derramando uma sobre a outra, e tudo começa a fazer sentido. A música, e por que ela poderia significar tanto para alguém.

August consegue imaginar Jane em algum lugar da cidade, jogada na cama, escutando a mesma coisa. Talvez ela ouça "She's Lost Control" enquanto anda pela cozinha preparando o jantar, fazendo a valsa tranquila da rotina, pegando em panelas e facas que levou de um apartamento a outro, uma vida inteira cheia de coisas. August aposta que ela tem mais do que cinco caixas. Ela deve ser plenamente realizada. Deve ter uma série de amores do passado, e beijos não são mais grande coisa para ela porque ela tem as meias de uma ex-namorada misturadas em sua roupa suja e o brinco de outra embaixo da cômoda.

É louco como August consegue imaginar toda uma vida para essa menina que ela mal conhece, mas não consegue nem começar a imaginar como sua própria vida deveria ser.

Em algum momento, Myla se vira e olha para ela enquanto a música continua.

— A gente vai dar um jeito, né? — ela pergunta.
August bufa.
— Você vem perguntar isso para *mim*?
— Você tem, tipo, a energia de alguém que sabe das coisas.
— Você está pensando no seu namorado.
— Não. Você sabe das coisas.

— Eu não sei nem como, tipo, criar relações humanas.

— Não é verdade. Eu e Niko te amamos.

August ergue os olhos para o teto, tentando absorver as palavras dela.

— Isso é... legal e tudo mais, mas vocês dois são... sabe. Diferentes.

— Como assim?

— Tipo, vocês dois são seus próprios planetas. Vocês têm campos gravitacionais. Vocês atraem as pessoas e é isso. É, tipo, inevitável. Eu não sou nem de longe tão calorosa ou acolhedora. Não abrigo vida.

Myla suspira.

— Cacete, eu não sabia que você conseguia ser tão negativa.

August fecha a cara e Myla ri.

— Sério, você já ouviu o que diz? — insiste Myla. — Você é descolada. É inteligente. Talvez as pessoas dessa sua escola católica idiota fossem só um bando de manés, cara. Você brilha mais do que imagina.

— Eu... tipo, talvez. É gentileza sua.

— Não é gentileza, não, é verdade.

As duas ficam em silêncio, o disco continua a girar.

— Você também — August diz, por fim, olhando para o teto. É difícil para ela dizer essas coisas na cara. — Brilha.

— Ah, eu sei.

O período de trancamento acaba e August continua com seus montes de provas e aula após aula cinco dias por semana. Isso a deixa com os turnos da noite, e ela se vê testemunha dos personagens mais estranhos e dos acontecimentos mais bizarros que surgem na calada da noite na Billy.

Na primeira semana, ela passou vinte minutos explicando, inutilmente, para um bêbado por que ele não poderia pedir uma *bratwurst* e, depois, por que não podia fazer exercícios para o assoalho pélvico em cima do balcão. August descobriu que parte de ser uma instituição clássica do Brooklyn é reunir toda a estranheza de Nova York no fim da noite como um filtro de piscina cheio de besouros.

Hoje, é uma mesa de homens de macacão de couro conversando alto sobre os escândalos sociais da comunidade fetichista de vampiros da cidade. Eles mandaram de volta o primeiro pedido de panquecas porque queriam mais chocolate e não levaram na boa a piada de vampiro só beber sangue que August tentou fazer. Esses não vão deixar gorjeta.

Tomando um milk-shake no balcão, tem uma drag queen recém-saída de uma apresentação, de collant apertado e salto alto, as unhas postiças dispostas em duas fileiras de cinco alinhadas no balcão. Alisando as pontas da peruca rosa, ela observa August na caixa registradora. Tem algo de familiar que August não consegue identificar.

— Deseja mais alguma coisa?

A drag ri.

— Uma lobotomia frontal para esquecer a noite que eu tive.

August franze o rosto, solidária.

— Foi ruim?

— Dei de cara com uma das meninas sofrendo as consequências muito explícitas de um sanduíche de atum vegano no camarim. É por isso que estou... — Ela aponta para o próprio corpo. — Normalmente eu me desmonto antes de pegar o metrô, mas estava tudo cagado lá.

— Eca. Pensei que estava ruim para mim com os Garotos Perdidos ali.

A drag olha para os discípulos das trevas vestidos de couro e passando pacientemente o xarope de peça de mão enluvada em mão enluvada.

— Nunca pensei que veria um vampiro com quem eu definitivamente não quisesse trepar.

August ri e se debruça no bar. De perto, ela consegue sentir o cheiro doce e pegajoso de laquê e glitter. Tem cheiro de carnaval em New Orleans — incrível.

— Espera aí, eu te conheço — a drag diz. — Você mora em cima do Popeyes, né? Parkside com Flatbush?

August hesita, observando como o iluminador dourado dela brilha sobre a pele muito escura do maxilar.

— Sim?

— Já te vi por ali algumas vezes. Também moro lá. Sexto andar.
— Ah — August diz. — Ah! Você deve ser a drag queen do apartamento da frente!
— Eu sou contador — ela diz, muito séria. — Não, brincadeira. Quer dizer, é realmente meu emprego. Mas, sim, sou eu, Annie.
Ela faz um gesto amplo para imitar um letreiro, o milk-shake na mão.
— Annie Antidepressiva. Orgulho do Brooklyn. — Ela pensa por um segundo. — Ou pelo menos de Flatbush. Nordeste de Flatbush. Mais ou menos. — Ela dá de ombros e leva o canudinho de volta à boca. — Enfim, eu trabalho muito.
— Meu nome é August — diz, apontando para o crachá. — Eu não, hm, sou famosa, nem para os padrões de Flatbush, nem para nenhum outro.
— Tudo bem. Bem-vinda ao condomínio. As instalações incluem um luxuoso encanamento da época da Segunda Guerra Mundial e uma drag queen vegetariana que pode fazer seu imposto de renda.
— Obrigada — August diz. O prédio dela deve ter a concentração mais alta de pessoas agressivamente simpáticas por metro quadrado da cidade. — É, eu até que... gosto de lá?
— Ah, é ótimo — Annie diz prontamente. — Você se mudou para o apartamento da frente? Então mora com o Wes?
— Isso, você o conhece?
Annie suga o milk-shake ruidosamente e diz:
— Sou apaixonada pelo Wes faz, sei lá, uns quinhentos anos.
August quase derruba o pano que está usando para limpar o balcão.
— Como assim? Vocês estão... juntos?
— Ah, não — Annie diz. — Só sou apaixonada por ele mesmo.
August abre e fecha a boca algumas vezes.
— Ele sabe disso?
— Ah, sabe, eu já falei para ele — Annie diz, com um gesto de que não é nada. — A gente se pegou umas três vezes, mas ele tem esse lance de morrer de medo de ser amado e se recusa a acreditar que merece amor. É *tão* entediante. — Ela vê a expressão de August e dá ri-

sada. — Estou brincando. Quer dizer, esse é mesmo o problema dele. Mas nunca achei aquele menino entediante.

Quando Annie está pagando a conta, August bate cartão e se vê voltando para casa com uma drag queen meio metro mais alta do que ela, o estalido dos saltos quinze cortando os passos graves dos tênis de August.

Sob o brilho laranja do Popeyes, August faz menção de destrancar a porta para o saguãozinho malcuidado do prédio, mas Annie a pega pelo cotovelo.

— Aquela escada, depois da noite que tivemos?

August se deixa levar enquanto Annie entra com desenvoltura no Popeyes e vai até o balcão. O moço da caixa registradora lança um olhar furtivo ao redor antes de entrar no corredor que leva aos banheiros, onde destranca uma porta em que está escrito: APENAS FUNCIONÁRIOS.

Annie dá um beijo na bochecha dele ao passar, enquanto August acena, constrangida, embarcando na correnteza de energia de Annie. Elas viram à esquerda e ali, atrás das caixas e dos galões de óleo de soja da Popeyes, está algo que August nunca imaginou encontrar nessa espelunca magnífica que é seu prédio: um elevador.

— Elevador de serviço — Annie explica, apertando o botão com o polegar. — Ninguém usa, mas não é que esse velhinho ainda funciona?

Durante a subida, August desamarra o avental e Annie começa a tirar os seis pares de cílios postiços, depositando-os em um estojo junto com as unhas. Ela tem uma meticulosidade confiante no próprio caos, uma festa regada a champanhe perfeitamente contida. August consegue imaginá-la em seu apartamento no meio da noite, todos os miseráveis quartinhos vagos que o salário de contador consegue bancar, cantarolando Patti LaBelle enquanto guarda as unhas e os cílios com cuidado em seus devidos lugares na penteadeira.

O elevador anuncia o sexto andar, e as portas se abrem.

— É por isso que é bom fazer amigos aonde quer que a gente vá — Annie diz alegremente ao sair. Ela está com os saltos nas mãos, guiando o caminho pelo corredor com os pés de meia arrastão, mas parece capaz de durar mais uma noite inteira. — Seis andares, nem um único degrau.

Minha história com aquele cara é antiga, desde quando apartei uma briga entre uns babacas bêbados por causa de um peito de frango.

— Por causa de um frango que nem *osso* tem?

Annie concorda.

— Pois é! Olha que eu não como carne há nove anos, mas... porra.

Elas chegam cada uma a sua porta: a de August, 6F, a de Annie, 6E.

— Venha ver um show meu qualquer dia — Annie diz. — E, se me vir por aí e eu estiver de menino, pode me chamar de Isaiah.

— Isaiah. Certo. — August leva a mão à bolsa e tira as chaves. — Obrigada pelo elevador.

— Sem problema. — Sob a luz suave do corredor, August vê como o rosto de Annie se transforma, um meio-termo entre Annie e Isaiah. — Manda um oi para o Wes. E fala que ele ainda me deve uma fatia de pizza e trinta pilas.

August faz que sim e então. Bom. Ela não sabe direito o que a leva a perguntar. Talvez seja por estar começando a se sentir uma figurante em uma versão de baixíssimo orçamento de *Simplesmente amor*, cercada por pessoas que amam e são amadas de maneiras confusas e imprevisíveis, e ela não acredita nem entende isso direito. Ou talvez seja por vontade própria.

— Tipo, isso não... sei lá. Faz você se sentir solitária? Amar alguém que não consegue te corresponder?

Ela se arrepende logo em seguida, mas Annie dá risada.

— Às vezes. Mas sabe aquela sensação? Quando você acorda de manhã e tem alguém em quem pensar? Um cantinho para a esperança? É bom. Até quando é ruim, é bom.

E August... bom, August fica completamente sem palavras.

Tem duas coisas apertando o peito de August nos últimos dias.

A primeira é o de sempre: um misto de ansiedade e pavor absoluto. A parte dela que diz: não confie em ninguém, muito menos naqueles que tentam entrar nas câmaras de seu coração. Não interaja.

Carregue um canivete. Não é para *esfaquear* ninguém, mas esfaqueie se for preciso.

A outra, porém, é a que realmente lhe dá medo.

Esperança.

August completou o último semestre na Universidade de Memphis no outono passado em uma névoa de provas, metade das suas coisas ainda dentro de caixas de papelão. A colega de quarto que ela havia encontrado na Craigslist vivia na casa do namorado, então August ficava sozinha na maior parte dos dias, indo e voltando do campus no Corolla tosco que comprara usado, passando pela Catfish Cabin e pelas pessoas aglomeradas na frente de bares, sem saber o que os outros tinham que ela não tinha. Memphis era calorosa, tanto nas tardes úmidas quanto na forma como seus moradores tratavam uns aos outros. Menos August. Por dois anos, August era um cacto em um campo de íris do Tennessee.

Ela havia se mudado para ter um pouco de espaço — um espaço *saudável* — em relação à mãe e ao caso e a todos os fantasmas de New Orleans em que ela não acreditava. Mas Memphis também não era lugar para ela, por isso pediu transferência.

Escolheu Nova York porque pensou que seria uma cidade tão cética quanto ela, que a permitiria deixar o tempo passar sem pressão. Pensou, para ser sincera, que finalmente pararia em um lugar que combinasse com ela.

E combina, em boa parte do tempo. As ruas cinzentas, as pessoas com os ombros curvados sob o peso de mais um dia, distribuindo cotoveladas e olhares cansados. August consegue entrar no clima.

Mas o perigo é que tem gente como Niko, Myla e Wes, como Lucie, Winfield e Jerry. Tem uma gentileza que ela não entende e provas de coisas que ela se convenceu de que não existem. Pior de tudo, pela primeira vez desde que era criança, ela quer confiar em alguma coisa.

E: tem a Jane.

Sua mãe consegue notar que está acontecendo alguma coisa.

— Parece que você está sonhando acordada — ela diz no telefone, em uma das ligações de toda noite.

— Ah, é — August balbucia. — É que estou pensando em pizza.

— Você realmente puxou a mim, hein? — aprova sua mãe.

August já teve outras crushes antes. Garotas que se sentavam a duas cadeiras da dela na sala de geometria do primeiro ano, garotos que encostaram no dorso da mão dela em uma festa de UNO, pessoas que cruzaram seu caminho em aulas e trabalhos de meio período. Quanto mais velha ela fica, mais prefere pensar em amor como um hobby para outras pessoas, como escalada ou tricô. Legal, invejável até, mas ela não quer investir no equipamento.

Mas Jane é diferente.

Uma menina que pega o trem em um ponto indefinido e desce em um destino desconhecido, que anda por aí com uma mochila cheia de objetos úteis como uma protagonista vigorosa de videogame, cujo nariz se enruga muito quando ri, tipo, ri *de verdade*. Ela é um raio de sol em manhãs frias, e August quer se enroscar nela como Noodles se enrosca nas frestas de luz que rodeiam o apartamento.

É como esbarrar em um fogão quente e em seguida enfiar a mão na boca acesa em vez de pôr gelo. É doido. É irracional. É a antítese de toda a distância de mil metros de precaução que ela sempre manteve. August não acredita em nada além de sua cautela e seu canivete.

Mas Jane está lá, no trem e na sua cabeça, andando de um lado para o outro dos tacos do quarto de August em seus tênis vermelhos, repetindo as palavras de Annie para ela: *Até quando é ruim, é bom.*

August precisa admitir: é bom.

Na quarta de manhã, ela entra no trem com um otimismo perigoso.

Encontra um grupo bastante típico — meia dúzia de meninos adolescentes ao redor do celular, um casal de executivos carregando maletas, uma grávida barriguda e a filha curvadas sobre um livro infantil, turistas concentrados no Google Maps.

E Jane.

Jane está apoiada em um ferro, as mangas da jaqueta de couro arregaçadas na altura dos cotovelos e a mochila pendurada no ombro, os fones de ouvido na cabeça, cabelo preto caindo nos olhos enquanto ela balança a cabeça ao som da batida. E é pura... esperança. August olha para ela e a esperança se abre como botões de resedá entre suas costelas. Como malditas *florzinhas*. Que vergonha do cacete.

Jane ergue os olhos.

— Oi, Garota do Café.

— Oi, Garota do Metrô — August diz, segurando o ferro e se empertigando por todo o seu um metro e sessenta e dois de altura. Jane ainda assim é mais alta. — Ouvindo o que de bom?

Ela puxa o fone para trás.

— Sex Pistols.

August solta uma risada.

— Você não escuta nada lançado depois de 1975?

Jane também ri, e lá vem outra vez uma esperança desesperada e ridícula no peito de August. É repulsivo. É novo. August quer estudar esse sentimento num microscópio e ao mesmo tempo nunca mais pensar nele pelo resto de sua bendita vida.

— Por que eu ouviria? — Jane pergunta.

— Bom, você está perdendo Joy Division — August comenta, se referindo aos tópicos que talvez ela tenha anotado depois da aula de Myla sobre punk. — Embora eles devam muito ao The Clash.

Ela ergue a sobrancelha.

— Joy Division?

— É, eu sei que eles tecnicamente são pós-punk e tal, mas. Sabe.

— Acho que nunca ouvi falar. Eles são novos?

Jane está tirando uma com a cara dela. August faz sua voz sarcástica e tenta levar numa boa.

— É, supernovos. Vou gravar uma fita para você.

— Pode ser — Jane diz. — Ou talvez, se você se comportar, te deixo ouvir a *minha* coleção.

A luz muda enquanto elas passam por um túnel, e há um solavanco no movimento do trem. August, que vinha se inclinando para o espaço de Jane como uma das plantinhas mais desesperadas de Niko em busca do sol, perde o equilíbrio e quase cai de cara no peito dela.

Jane a segura com facilidade, uma das mãos no ombro de August, a outra na cintura, e August não consegue segurar o suspiro que escapa ao sentir o toque dela. O som se perde sob o rangido do trem contra os trilhos, estremecendo até parar.

As luzes se apagam.

Há um murmúrio baixo, alguns palavrões do grupo de meninos.

— Putz — August diz no escuro.

Ela consegue sentir a palma da mão de Jane ardendo contra a sua cintura.

— Não se mexe — Jane diz, tão perto que August consegue sentir a respiração dela soprar seu cabelo no escuro. Ela tem cheiro de couro e açúcar. A mão passa da cintura de August para a sua lombar, firme, sem deixar que ela caia. — Estou te segurando.

Fisicamente, August não reage, mas, espiritualmente, está em chamas.

— As luzes de emergência vão se acender... — Jane diz, confiante. — Agora.

As luzes de emergência se acendem, banhando o vagão inteiro com uma luz amarela pálida, e August pisca ao ver Jane subitamente ali, a milímetros de seu rosto. Ela consegue sentir as saliências dos ossos do quadril de Jane contra seu corpo, ver os fios arrepiados em sua nuca e o ligeiro sorriso se formando no canto de sua boca.

August nunca quis tanto ser beijada em toda a sua vida.

Uma voz distorcida crepita pelo sistema de comunicação interno por trinta segundos indecifráveis.

— Alguém entendeu isso? — pergunta o moço de terno.

— Estamos parados em razão de problemas elétricos — Jane diz. A mão dela ainda apoiada nas costas de August. — Indefinidamente.

Um resmungo coletivo se ouve. Jane abre um sorriso de compreensão.

— Você fala a língua dos metrôs? — August pergunta.

— Faz tempo pra caralho que pego esse trem — Jane diz. Ela tira a mão e vai até um banco vazio para se sentar. Depois olha para August e aponta para o lugar ao lado. — É melhor se acomodar.

Então, lá estão elas. As duas e um trem cheio de desconhecidos, sem ter para onde fugir.

Quando August vai se sentar, calmamente, Jane estica o braço nas costas do banco por trás dos ombros dela. Jane tem esse jeito de atravessar o mundo como se fosse a dona de todos os lugares em que pisa, como se nunca tivesse ouvido que não pode fazer tal coisa. Ela disfarça bem, porque é provável que já tenha ouvido isso *sim* — inúmeras vezes — e simplesmente não deu a mínima.

Um olhar de soslaio: Jane de perfil, o queixo erguido para as luzes de emergência. Seu nariz é arredondado na ponta, bom de beijar. August *não pode* continuar pensando em beijos se quiser sair dessa viva.

— Então, você nunca comentou de onde é — Jane diz, olhando para o teto.

Ela continua por um tempo com o rosto para cima, como se estivesse tomando sol na escuridão.

— Nasci em New Orleans. Quer dizer, pertinho de lá. E você?

— New Orleans, hein? — Ela finalmente baixa os olhos e encara August, que se esquece que fez uma pergunta. Ou o que são perguntas. Ou todo o processo da fala. — O que a trouxe para cá?

— Hm, faculdade — August diz. A luz já não favorece muito, e para piorar tem esse tom de vermelho que assume seu rosto quando ela é confrontada pelo contato visual direto de uma bofinho de jaqueta de couro. — Eu pedi transferência. Tentei algumas faculdades em cidades diferentes, mas nunca me apaixonei por nenhuma delas.

— Você acha que vai se apaixonar aqui?

— Hm...

— Ei, talvez você se apaixone — Jane diz, e, sem sacanagem, ela dá uma piscadinha.

August vai pagar um anúncio de duas páginas no *Times* para contar para todo mundo. A cidade precisa saber.

— Talvez.

Jane ri.

— Como estão as coisas na Billy?

— Tudo bem. Estou começando a pegar o jeito. Meio que dei um trambique sobre as minhas referências, então precisei fingir até começar a ter uma noção do que estava fazendo.

Ela ergue as sobrancelhas.

— Não imaginava que você fosse trambiqueira.

— Bom — August diz. — Vai ver você estava me subestimando.

Isso arranca uma gargalhada dela, uma gargalhada das boas, do fundo do peito.

Jane cutuca o ombro de August e se aproxima, tão perto que as dobras da manga de couro roçam no braço dela.

— Então, qual você acha que é a história daqueles ali?

Ela aponta o queixo para o casal executivo alguns bancos depois. Ele está com um terno impecável, rindo de alguma história que ela, com um vestido azul-escuro, sapatos não muito altos e de bico fino, está contando.

— Aqueles dois? — August os examina. — Bom, nunca os vi antes, então talvez eles não costumem pegar nosso trem. Os dois estão usando alianças de casamento, e as maletas estão embaixo dos pés dela, então imagino que sejam casados. Eles pegam o metrô juntos, então devem trabalhar no mesmo lugar. Vai ver se conheceram lá. — Ela estreita os olhos na luz baixa. — Ah, as mangas da camisa dele estão molhadas: alguém esqueceu de secar a roupa ontem à noite. É por isso que eles não estão no trem de sempre; estão atrasados.

Jane solta um assobio baixo.

— Caramba. Isso foi... detalhado.

August se encolhe. Ela deixou escapar — seu estúpido modo detetive — sem nem perceber.

— Foi mal, péssimo hábito. Eu cresci com histórias de crimes, então, tipo... presto atenção nas coisas. — Ela contorce as mãos sobre o colo. — Eu sei, é bizarro.

— Eu acho legal. — Jane diz. August se vira para olhar a expressão dela, mas Jane está observando o casal. — Eu estava imaginando que eles eram espiões soviéticos disfarçados.

August morde o interior da bochecha.
— Ah. É, tá, entendo o porquê.
— Certo, Nancy Drew. E aquele menino ali? O de jaqueta vermelha.

August, que estava bastante convencida de que esse era o seu lado menos atraente, se recosta e mostra todo o seu poder para Jane.

— Mais alto que os amigos, mais barba. Teve que repetir um ano, mas isso fez com que todos achassem que ele é mais legal porque é mais velho: olha como ficam olhando para ele, ele é o centro gravitacional do grupo.

— Interessante. Acho que ele é o Homem-Aranha.
— Ah, é?
— É, ele tem físico para isso.
August ri.
— Ele realmente parece aerodinâmico.

Jane ri, e essa risada está subindo em disparada na lista de sons preferidos de August no universo. Ela vai prender esse som dentro de uma concha como uma bruxa do mar. Sem problemas.

— Certo — August diz. — A moça grávida. Qual é a história dela?
— Não está grávida. Traficando um sacão de *pierogi*.
— Uma sugestão ousada.
— Pois é. Ela me lembra uma polonesa do meu prédio que faz os piores *pierogi* do mundo. — August ri, e Jane faz cara de quem está comendo o prato de novo. — É sério! Ai, cara, é tão ruim! Mas ela é tão boazinha que eu como mesmo assim.
— Bom, *eu* acho que ela é costureira.
— De onde você tirou isso?
— Lupa saindo da bolsa — August observa. — Jovem demais para precisar disso a menos que faça trabalhos detalhados. E, olha, a sola do sapato direito dela é mais desgastada do que a do esquerda. Pedal de máquina de costura.
— Puta merda — Jane diz, impressionada de verdade. — Certo. Uma costureira *e* traficante de *pierogi*.
— Cada mulher, um universo.

Ela cantarola baixo, estendendo um silêncio confortável, até se voltar para August e perguntar:

— E eu?

August fica olhando.

— E você o quê?

— Diz aí, o que você acha? Se tinha palpite para eles, deve ter para mim também.

Óbvio que August tem um arquivo mental sobre ela. Passou semanas ticando uma lista de pistas sobre Jane, tentando analisar os broches da jaqueta e *patches* na mochila para avaliar se ela daria uns beijos em August se a encontrasse sozinha. Mas Jane não precisa saber dessa parte.

— Hm — August diz. — Você... Você tem um trajeto super-regular: toda manhã, toda tarde, mas não é uma estudante, porque não desce comigo na estação da Brooklyn College. Quase a mesma roupa todos os dias, então sabe exatamente quem você é e o que quer, e não trabalha com nada formal. Um passado de trabalho em lanchonetes. E todos que você conhece parecem te adorar, então... hm, então. Você trabalha no turno do café da manhã ao almoço em um restaurante perto dessa linha, e é boa no que faz. Consegue boas gorjetas porque as pessoas gostam de você. E é provável que só esteja fazendo isso para financiar algum tipo de projeto pessoal, que é o que você realmente quer fazer.

Jane olha para ela como se estivesse avaliando tudo em torno de August também. August não sabe dizer se isso é bom ou ruim. Ela só sabe que as maçãs do rosto de Jane ficam muito lindas desse ângulo.

— Hm. É um bom palpite.

August ergue as sobrancelhas.

— Cheguei perto?

— Errou a parte do trabalho.

— Então o que você faz?

Ela inspira fundo, balançando a cabeça.

— Não, não. Assim não tem graça. Você precisa adivinhar.

— Não é justo! Você está sendo misteriosa de propósito.
— Eu sou misteriosa por natureza, August.
August revira os olhos.
— Puta que pariu.
— É verdade! — Ela ri, acotovelando August. — Você precisa se esforçar um pouco mais para decifrar essa charada, gracinha.
Gracinha. É só jeito de falar — Jane deve chamar todo mundo de *gracinha* —, mas a palavra ainda desce com gostinho doce.
— Tá — August diz. — Me dá mais algumas pistas.
Jane pensa, e diz:
— Ok, que tal isso?
Ela se afasta um pouco, abre o zíper da mochila e vira o conteúdo no espaço entre elas.
Em cima do cachecol, do walkman e dos fones laranja caem uma dezena de fitas cassete, um livro de edição econômica com a capa rasgada, e um outro surrado de capa dura. Dois pacotes de chicletes, um quase vazio, de uma marca que August não reconhece. Alguns Band-Aids, um canivete suíço, um cartão-postal dizendo SAUDAÇÕES DA CALIFÓRNIA, um pote de Tiger Balm, um chaveiro, um isqueiro, um tubo de hidratante labial da Lip Smackers que August não vê desde que era criança, três cadernos, cinco lápis, um apontador. Ela deve guardar o celular na jaqueta, porque não está nessa bagunça.
— São meio que basicamente tudo que encontrei — Jane diz enquanto August começa a revirar as fitas. — Podem ser difíceis de achar, então pego quase tudo que consigo. Às vezes, dou sorte de levar no papo alguém que tem muitas e escolho o que quero.
São de eras diferentes — primeiras edições dos anos 70, uma mistura de 80 e 90. Tem Diana Ross, Michael Bolton, Jackson 5, Sex Pistols. Todas muito bem cuidadas, protegidas de riscos e rachaduras. Parece que ela as trata como as coisas mais valiosas que possui. Como a maioria deve estar fora de produção, August imagina que sejam valiosas mesmo.
— Por que cassetes?

Jane encolhe os ombros.

— São como vinis, mas portáteis.

August pega o walkman retangular, revirando-o nas mãos.

— Faz séculos que não vejo um desses. Onde você arranjou?

Jane leva um segundo para responder, bobinando com cuidado uma fita cassete com a ponta do dedo.

— Não lembro. Cá entre nós, não faço ideia de como isso funciona.

— Eu também não — August diz. — Parece antiquíssimo.

— Esta é uma das minhas preferidas — Jane diz, tirando uma fita debaixo da pilha.

O encarte é uma foto azul desbotada, as palavras RAISING HELL em verde-limão.

— Run-DMC. Você conhece?

— Sim — August diz. — "It's Tricky", não é?

Jane pega o walkman e abre o compartimento.

— Sabe... tenho a teoria de que Run-DMC pode começar uma festa em qualquer lugar.

Ela encaixa a fita e desconecta os fones. August sente um frio na barriga.

— Ai, Deus, você não vai...

— Ah, mas eu vou, sim — ela diz, se levantando. — Você não acha que esses passageiros presos merecem um pouco de entretenimento?

— Ah, não, não não não, por favor, não...

— Olhe só — ela diz e, para a extrema angústia de August, começa a desafivelar o cinto.

O cérebro de August evoca uma apresentação de dança de Magic Mike ao som de Run-DMC em detalhes aterrorizantes e eróticos, até Jane passar o cinto pela alça do walkman e o afivelar de novo.

Ah. Ah, não.

— Vou te matar — August diz.

— Tarde demais — Jane diz, e aperta o play.

Os pratos começam curtos e agudos e, quando chega o primeiro verso, August observa, em silêncio e apavorada, Jane se segurar no ferro e pular do banco, na direção do resto do trem, sua boca acompanhando as palavras, anunciando que esse discurso é seu recital.

Meu Deus, essa caixinha de som ancestral aguenta o tranco. É alta o suficiente para cruzar o vagão, mas é Nova York, então quase ninguém ergue os olhos.

Sem se deixar abalar pela falta de reação, Jane pula em um assento, os tênis rangendo sobre o plástico, e August esconde o rosto nas mãos enquanto Jane grita a letra.

Surpreendentemente, o menino Homem-Aranha grita do outro lado do vagão:

— *It's tricky*!

— Jesus do céu — August murmura.

A questão é que, em Nova York, todos ficam exaustos do metrô, dos turistas e do valor do aluguel. Todos já viram de tudo um pouco. Mas isso também quer dizer que, às vezes, todos estão a um pequeno passo do delírio — de estarem presos no metrô numa manhã de quarta e transformarem isso numa balada de hip-hop dos anos 90. Quando o baixo entra, Jane se joga pelo corredor, os adolescentes gritam a plenos pulmões, e é isso aí. A festa começa *pra valer*.

É possível, August pensa, que não seja apenas o delírio catastrófico de Nova York o responsável por isso. É possível que seja Jane, irresistível e fulgurante, seus ombros estreitos mas robustos sob a jaqueta de couro, o walkman pendurado no cinto enquanto ela balança os quadris. Até as luzes de emergência parecem brilhar mais forte. Jane é um relâmpago de pernas compridas — o escuro nunca teve chance.

De repente a canção entra no primeiro refrão, e Jane surge na frente de August.

Coloca um pé no assento, apoia-se no joelho, os rasgos da calça jeans se alargando, e faz uma expressão de puro pecado.

— *I met this little girly. Her hair was kinda curly.* — Dizendo os versos "Eu conheci uma garota. Seus cabelos eram cacheados", Jane passa a mão pelo maxilar de August, ajeitando seu cabelo para trás, esfregando o polegar em sua orelha. August sente que está em uma projeção astral.

Jane pisca, se afastando tão rápido quanto se aproximou, descendo pelo corredor, instigando o tumulto, deixando August boquiaberta.

Conforme a música segue, o casal do outro lado entra no clima, ela fazendo os passos de hip-hop mais perfeitos que August já viu, ele se segurando no ferro na frente dela para balançar a bunda. A mulher solta uma gargalhada quando ele desce até o chão do metrô, e o menino de jaqueta vermelha e seus amigos berram de rir. Até a Mãe dos Pierogi está rindo baixo.

A canção seguinte é "My Adidas", e depois "Walk This Way", e Jane consegue manter a festa rolando por todo esse lado da fita. Volta para perto de August, sorrindo com aquele dentinho da frente torto, pula em cima de um assento e começa a recitar em voz alta as fitas que tem.

— Phil Collins?
— Não! — o Moço de Terno grita em resposta.
— Britney Spears?

Os adolescentes vaiam.

— Jackson 5?

Um murmúrio de concordância, ela tira uma *Greatest Hits* e põe para tocar. "I Want You Back" surge nas caixinhas de som, e a festa começa de novo.

August está apoiada em um ferro agora, balançando a cabeça ao som da música, e é impossível não observar Jane. Ela é sempre charmosa, sempre puxando assuntos bem-humorados com passageiros rabugentos, mas hoje está diferente. Uma dose sorridente de dopamina.

Por mais que tenha jurado parar de resolver mistérios, August precisa saber a história de Jane. Tem que saber como pode existir alguém assim.

Depois de Jackson 5, os adolescentes assumem o controle tirando uma caixa de som Bluetooth da mochila. Os adultos protestam quando eles tentam tocar Post Malone, mas encontram um meio-termo em Beyoncé e aumentam o volume de "Countdown".

Jane está rindo tanto, lágrimas acumuladas nos cantos enrugados dos olhos, e ela tira a jaqueta e a joga em cima da pilha de fitas cassete.

— Ei — diz, pegando August pela mão. — Dança comigo.

August congela.

— Ah, hm, não, eu não sei dançar.

— Não sabe ou não quer?

— Os dois? Tipo, é melhor para o mundo se eu não dançar.

— Ah, vá, você é de New Orleans. A galera lá tem ritmo.

— Tem, mas eu não absorvi.

A música continua, Beyoncé mandando ver em uma mudança de tom em "Love On Top". As pessoas continuam gritando, rindo e girando no corredor, e lá vem a mão de Jane na lombar de August, puxando-a para perto até seus peitos estarem quase se tocando.

— Garota do Café, não me entristeça — Jane pede.

Então, August dança.

E algo acontece quando ela começa a dançar.

O rosto de Jane se ilumina — se ilumina de verdade, como a árvore de Natal do Rockefeller Center, a Frenchmen Street às duas da manhã, a luz do sol em toda a sua potência. Ela ergue a mão de August; August dá um giro desajeitado. Era para ser um vexame. Mas Jane olha para ela como se nunca tivesse ficado mais encantada em toda a sua vida, e August não consegue fazer nada além de rir.

Parece uma cena em câmera lenta. É como se alguém tivesse entrado no quarto de August, jogado todos os livros da faculdade pela janela e dito: *é isso que você tem que aprender*. Jane a puxa de volta, os dedos tocando seu cabelo, bem atrás da orelha, e, por um segundo, Jane é o único motivo para ela estar nessa cidade.

August está abrindo a boca para falar quando as luzes fluorescentes voltam a se acender. O trem retoma um movimento trêmulo e hesitante ao som de gritos de comemoração, e Jane balança junto, para longe de August. Ela está corada e profundamente satisfeita.

August olha o celular — quase meio-dia. As aulas já eram. O barzinho decadente onde Niko trabalha fica escondido a alguns quarteirões dali. Deve abrir logo mais.

August olha para Jane, a um passo de distância, mas ainda perto, e pensa na mão dela em seu cabelo minutos antes, o riso murmurado em seu ouvido. Só porque Jane não foi à Billy não quer dizer que não haja esperança.

— Não sei você — August diz —, mas eu tomaria um drinque. Tem um barzinho bem legal perto da minha estação, se, hm, você não estiver fazendo nada...

E Jane... fica olhando para a cara dela, como se estivesse tentando entender se August realmente perguntou aquilo.

— Ah — ela diz finalmente. August consegue ouvir a recusa no tom antes mesmo que ela diga o resto. — Acho que não posso.

— Ah, eu...

— Assim, seria ótimo, mas eu não posso.

— Não, sem problema, eu estava, hm... Eu não queria... Ah. Não se preocupa.

— Desculpa — Jane diz.

Ela parece sincera.

August é salva pelo rangido dos freios quando eles param em uma estação. Antes que Jane possa dizer mais alguma coisa, August vai embora.

Quatro

(CL) nova york > brooklyn > comunidade > contatos perdidos

Publicado em 3 de novembro de 2007

Mina gata na linha Q entre a Church Av e a King's Highway (Brooklyn)

Oi, se estiver lendo isto. Nós duas estávamos na linha Q sentido Manhattan. Eu estava à sua frente. Você estava usando uma jaqueta de couro e um All Star vermelho de cano alto, escutando alguma coisa nos fones. Eu estava usando uma saia vermelha e lendo uma edição barata de *Minha querida Sputnik*. Ontem à noite, 2 de novembro, por volta das 20h30. Você sorriu para mim, eu derrubei o livro, e você riu, mas não com maldade. Desci na King's Highway. Por favor, por favor, leia isto. Não consigo parar de pensar em você.

August nunca mais vai poder pegar a linha Q.
    Ela não acredita que chamou Jane para sair. *Jane*. A mesma Jane que distribui sorrisos e faz festas no metrô, que é provavelmente uma poeta do caralho ou, quem sabe, uma mecânica de motocicletas. Ela deve ter

voltado para casa naquela noite e encontrado as amigas poetas motociclistas tão gatas quanto ela num bar e comentado que foi muito engraçado aquela menina esquisita no trem chamando-a para sair, depois foi para a cama com sua namorada ainda mais gata e fez um sexo bom, prazeroso e nada desajeitado com alguém que não é uma virgem deprimida de vinte e três anos. Elas vão se levantar de manhã e fazer torradas descoladas e sexy de gente transona e, com o tempo, depois que August tiver evitado a linha Q por algumas semanas, Jane já vai ter se esquecido dela.

O professor de August passa o slide do PowerPoint, e August abre o Google Maps e começa a planejar seu novo trajeto.

Ótimo. Tranquilo. Ela nunca mais vai ver Jane novamente. Nem chamar ninguém mais para sair pelo resto da vida. Ela estava seguindo uma trilha sólida de solidão hostil. Já pode voltar.

Numa boa.

A aula de hoje é sobre pesquisa correlacional, e August está fazendo anotações. Está mesmo. Medir duas variáveis para encontrar a relação entre elas sem nenhuma influência de outras variáveis. Certo.

Como a correlação entre a capacidade de August de se concentrar nessa aula e a quantidade de sexo atlético e mutuamente gratificante que Jane está fazendo com sua namorada hipotética supergostosa e quem sabe francesa, tipo, nesse exato momento. Sem levar em conta variáveis externas como o estômago vazio de August, sua dor na lombar resultante de turnos duplos no trabalho, ou seu celular vibrando no bolso enquanto Myla e Wes discutem no grupo sobre o jantar. Ela já foi capaz de ignorar isso tudo para fazer suas anotações antes. Nada disso a distraía tanto quanto Jane.

É irritante porque Jane é apenas uma pessoa no metrô. Simplesmente uma mulher muito bonita com uma jaqueta de couro cheirosa e um talento para se tornar o verdadeiro ponto central cintilante de qualquer espaço que ocupa. Apenas ligeiramente a razão para August não ter alterado seu trajeto nenhuma vez durante todo o semestre.

Está tudo numa boa. August está, como esteve em toda a sua vida, muito profundamente numa boa.

Ela desiste e olha o celular.

august mozinho sei que vc odeia brócolis mas vamos fazer brócolis sinto muito, Myla escreveu.

Não tenho nada contra brócolis, August responde.

Sou eu que odeio brócolis, Wes manda com um emoji chateado.

aaa nesse caso não sinto muito não :), Myla responde.

Isso deve bastar, ela pensa. Ainda que tenha lá suas reservas, August se meteu nesse emaranhado de pessoas que querem que ela faça parte do grupo. Ela viveu tempo pra cacete sem nem metade desse amor. Já esteve sozinha em todos os sentidos possíveis. Agora só está sozinha em *alguns* sentidos.

Ela responde: Curiosidade: brócolis é uma excelente fonte de vitamina C. Escorbuto é o caralho.

Em questão de segundos, Myla responde AÊÊÊÊÊÊÊ e muda o nome do grupo para FORA ESCORPUTO.

Quando August abre a porta à noite, Wes está sentado no balcão da cozinha com um pacote de gelo na cara, sangue escorrendo pelo queixo.

— Jesus! — exclama August, deixando a mochila ao lado do skate de Myla perto da porta — O que vocês aprontaram dessa vez?

— Bang de Rodinhas — Wes diz, sofrendo. Myla ali do lado pica legumes no balcão, enquanto Niko joga os cacos de um vaso de plantas na lixeira. — Eles me convenceram a fazer uma rodada antes de ir para o trabalho e agora tenho que avisar que não vou por motivos de lábio cortado e desgaste emocional porque *alguém* empurrou a cadeira com força demais.

— Você disse que queria quebrar o recorde — Myla argumenta, imparcial.

— Eu poderia ter quebrado um *dente* — Wes diz.

Myla seca as mãos no macacão e dá uma olhada.

— Você está bem.

— Eu fui *mutilado*.

— Você sabia dos riscos.

— Isso é um jogo que você inventou quando estava chapada de cookies de maconha e do *kombucha* esquisito do Niko, não uma maldita batalha do *Game of Thrones*.

— É por isso que vocês devem esperar a juíza chegar em casa — August diz. — Quando todos se matarem, sou eu que vou herdar o apartamento.

Wes se afunda no sofá com um livro, e Myla continua fazendo o jantar enquanto Niko cuida das plantas que não se perderam no acidente. August espalha suas anotações sobre métodos de pesquisa no chão da sala e tenta recuperar o que perdeu na aula.

— Enfim — continua Myla, contando a Niko sobre o trabalho. — Falei que não dou a mínima para quem é o marido morto dela, não compramos cuecas usadas, nem mesmo de membros do Pittsburgh Steelers que venceram o Super Bowl de 1975, porque vendemos coisas *de qualidade* e *não* cobertas de suor de saco.

— Existem mais coisas cobertas de suor de saco do que você imagina — Niko diz, pensativo. — Na verdade, o suor de saco está em tudo que nos rodeia.

— Certo, então, encharcadas em suor de saco — Myla argumenta. — Marinado como um peru de Natal em suor de saco. Era esse o caso.

— Podemos talvez não falar sobre suor de saco logo antes do jantar? — sugere August.

— Boa ideia — Myla admite.

Niko ergue os olhos do tomateiro para August, com a mesma expressão de Noodles quando sente cheiro de bacon.

— Ei, o que está pegando? Quem machucou seu coraçãozinho?

Morar com um médium é um pé no saco.

— É... Ai, bobagem.

Myla franze a testa.

— Quem a gente precisa incriminar por homicídio?

— Ninguém! — August diz. — É que... vocês ficaram sabendo que a linha Q parou por algumas horas dia desses? Então, eu estava lá, e tinha uma menina, e eu achei que estava, tipo, rolando um *clima*.

— Ai, caralho, jura? — Myla pergunta. Ela começou a picar pimentões com um entusiasmo imprudente que sugere que não se importa se tiver que reimplantar um dedo depois. — Ah, parece um filme da Kate Winslet. Presas em uma situação de emergência. Vocês tiveram que se abraçar nuas para se esquentar? O trauma uniu vocês para sempre?

— Estava uns vinte graus e, na verdade — August diz —, eu *pensei* que estivesse rolando um clima, então a chamei para tomar um drinque, mas levei um fora e agora tenho que pensar em um caminho novo para a faculdade, torcer para nunca mais encontrar com ela de novo e esquecer que isso já me aconteceu.

— Levou um fora em que sentido? — Myla pergunta.

— No sentido que ela disse não.

— Mas como? — Niko insiste.

— Ela disse: "Desculpa, mas não posso".

Myla estala a língua.

— Então, não é que ela não esteja interessada, mas, tipo... ela não pode? Isso pode significar qualquer coisa.

— Talvez ela tenha parado de beber — Niko sugere.

— Talvez ela estivesse ocupada — Myla acrescenta.

— Talvez ela estivesse a caminho de terminar com a atual namorada para ficar com você.

— Talvez ela esteja, tipo, em algum rolo complicado com uma ex e tenha que resolver isso antes de se envolver com alguém.

— Talvez ela tenha sido amaldiçoada por uma bruxa malévola para nunca mais sair do metrô, nem para beber com meninas supergatas com cheiro de limão.

— Você me falou que esse tipo de coisa não acontece — Wes diz para Niko.

— Não, não, claro que não acontece — Niko admite.

— Obrigada por notar meu sabonete de limão — murmura August.

— Aposto que sua mina do metrô também notou — Myla diz, erguendo as sobrancelhas sugestivamente.

— Jesus! Não, com certeza tinha um tom de ultimato. Não era "agora não". Era "nunca".

Myla suspira.

— Não sei. Talvez seja melhor esperar e tentar de novo se encontrar com ela.

É fácil para Myla dizer, com seus lábios perfeitamente delineados, sua autoconfiança e seu namorado bonito, mas August tem os poderes sexuais de um peixinho-dourado e o vocabulário emocional no mesmo nível. Essa *foi* a segunda tentativa. Não existe uma terceira.

— Amor, pode pegar as cebolinhas para mim na geladeira? — Myla pede.

Niko, que agora está avaliando sua coleção de colônias espirituais caseiras com extrema atenção, diz:

— Um segundo.

— Eu pego. — August se levanta e vai até a geladeira.

As cebolinhas estão em uma prateleira lotada entre uma embalagem de *pad thai* e algo que Niko vem fermentando em um pote desde que August se mudou. Depois de passar a erva para Myla, August continua ali examinando as fotos na porta da geladeira.

No alto: Myla com o cabelo roxo desbotado, alaranjado nas pontas, sorrindo na frente de um mural. Uma polaroide desfocada de Myla passando glacê no nariz de Wes. Niko, o cabelo um pouco mais comprido, fazendo caretas para uma banca de rabanetes na feira.

Embaixo, algumas mais antigas. Uma Myla minúscula e seu irmãozinho enrolados em toalhas ao lado de uma placa em chinês anunciando a praia, seus pais cobertos por xales e chapéus de sol. E uma foto de uma criança que August não consegue identificar: cabelo comprido com um laço rosa, fazendo biquinho em um vestido de Cinderela enquanto Disney World reluz no fundo.

— Quem é essa? — August pergunta.

Niko segue o dedo dela e abre um leve sorriso.

— Ah, sou eu.

August olha para ele, as sobrancelhas angulosas, a presença confiante e o jeans justo… bom, August tinha cogitado. Costuma ser observadora, embora tente nunca pressupor esse tipo de coisa. Mas é tomada por um ímpeto agressivamente caloroso e retribui o sorriso.

— *Ah*. Legal.

Ele dá uma risada, rouca e calorosa, depois um tapinha no ombro de August enquanto vai mexer na planta no canto perto de Judy. August jura que aquele negócio cresceu uns trinta centímetros desde que ela se mudou. Às vezes acha que a planta cantarola baixinho durante a noite.

É engraçado. Esse é um grande passo entre os quatro, mas também não é nada de mais. Faz diferença, mas também não faz diferença nenhuma.

Myla distribui tigelas, Wes fecha o livro, e eles se sentam no chão em volta do baú, pegam os hashis e vão passando um prato de arroz.

Niko aumenta o volume de *House Hunters*, que eles andam assistindo ironicamente com o gato que Myla fez da TV a cabo do vizinho. No episódio, a esposa vende cookies de amamentação, o marido desenha janelas de vitral customizadas, e eles têm um orçamento de setecentos e cinquenta mil dólares e extrema necessidade de uma cozinha americana e um quintal para a filha, Calliope.

— Por que gente rica sempre tem péssimo gosto? — Wes pergunta, dando um pedaço de brócolis para Noodles. — Essas bancadas são um crime.

August bufa de tanto rir com a cara no jantar, e Niko escolhe esse momento para pegar a máquina polaroide na estante. Ele tira uma foto de August em uma gargalhada pouco lisonjeira, um minimilho quase alojado na traqueia.

— Porra, Niko! — Ela se engasga.

Ele gargalha e sai andando de meia.

Ela escuta o estalo de um ímã: ele incluiu August na geladeira.

Não parece uma sexta-feira capaz de mudar tudo.

Toda sexta-feira é a mesma coisa. Brigar com o chuveiro para ter água quente (ela finalmente está pegando o jeito), se empanturrar de sobras frias, voltar ao campus. Devolver um livro à biblioteca. Desviar da mão boba de um estranho perto do carrinho de falafel e comer qualquer coisa na rua com o dinheiro das gorjetas. Subir de escada porque ela não se chama Annie Antidepressiva e não tem a cara de pau de pedir para usar o elevador de serviço do Popeyes.

Vestir a camiseta da Billy Panqueca. Massagear as olheiras. Guardar o canivete no bolso de trás e ir trabalhar.

Pelo menos, ela pensa, sempre haverá a Billy. Sempre haverá Winfield, explicando os especiais do dia a algum funcionário novo que está com a mesma cara de cagaço que August devia ter em seu primeiro dia. Sempre haverá Jerry, resmungando diante da grelha, e Lucie, sentada no balcão, monitorando tudo. Assim como o metrô, ela tem a Billy todos os dias, uma constante no centro de seu universo nova-iorquino confuso — uma estrelinha encardida e engordurada.

No meio do turno, ela vê.

Está entrando no corredor dos fundos, conferindo as notificações no celular: uma mensagem da mãe, mais uma dúzia no grupo de casa, um lembrete de carregar o cartão do metrô. Ela fica olhando para a parede, tentando lembrar se a máquina do cartão do metrô da nova estação funciona, desejando que não tivesse sido obrigada a mudar todo o seu trajeto...

E, *ah*.

Há centenas de fotos nas paredes da Billy, molduras descombinadas, uma ao lado da outra, como ombros esqueléticos abrindo espaço numa aglomeração. August passou muitas e muitas horas, nos intervalos menos movimentados, contando celebridades que comeram ali, as fotos antigas do Dodgers encaixadas entre Ray Liotta e Judith Light. Mas tem uma foto específica, a uns trinta centímetros da porta do banheiro masculino, tamanho dez por quinze, em tons de sépia e moldura azul-pérola. August deve ter passado por ela umas mil vezes.

Tem um cartão amarelado colado nela com quatro camadas de fita, reforçadas inúmeras vezes ao longo dos anos. Em tinta preta e escrito à mão: *Grande Abertura da Casa de Panquecas de Billy Panqueca — 7 de junho de 1976.*

É a Billy em seu momento mais imaculado, nenhum pedaço de fórmica chamuscado, enquadrada de cima como se o fotógrafo tivesse subido, orgulhoso, em um banquinho. Há clientes de topete e shorts tão curtos que suas coxas devem ter grudado no vinil. À esquerda da foto, Jerry — não mais do que vinte e cinco anos de idade — servindo uma xícara de café. August tem de admitir: ele *era* um brotinho.

Mas o que a faz arrancar a foto da parede, com moldura e tudo, e fingir ânsia de vômito para bater cartão mais cedo com a fotografia enfiada dentro da camisa é a pessoa no canto inferior direito.

A garota está apoiada em uma mesa do canto, o avental sugerindo que ela saiu da cozinha para conversar com alguns fregueses, as mangas curtas da camisa dobradas sobre a curva sutil do bíceps. Seu cabelo arrepiado, cortado na altura do queixo e penteado para trás. Um pouco mais comprido do que August está acostumada a ver.

Abaixo da dobra da manga, uma tatuagem de âncora. Acima, as plumas da cauda de um pássaro. No cotovelo, a linha caprichada de caracteres chineses.

1976. Jane. Uma covinha no canto da boca.

Nem um dia mais nova do que aparenta ser em todas as manhãs no metrô.

August atravessa os doze quarteirões até sua casa correndo sem parar.

A primeira palavra de August foi "caso".

Não foi uma palavra fofa para o livro de bebês como "mamãe" (ela chamava sua mãe de Suzette quando era pequena) ou "papai" (nunca teve pai, apenas um doador de esperma uma semana depois do aniversário de trinta e sete anos da mãe). Não foi nada que magicamente faria seus avós intolerantes e abastados de New Orleans acharem que valia a pena falar com a filha ou conhecer a neta; nada como "sonegação de impostos" ou "Huey P. Long". Não foi nem mesmo maneiro.

Não, foi simplesmente a palavra que ela mais ouviu enquanto sua mãe assistia a episódios gravados de *Dateline*, lia romances policiais em voz alta para sua bebezinha molenga e trabalhava no grande caso de desaparecimento da vida delas.

Caso.

Ela fez psicologia do desenvolvimento no segundo ano do ensino médio, para aprender as fases cruciais do desenvolvimento. Aos três anos, aprendeu a ler, para que pudesse dar à mãe o arquivo que começa com *M* em vez de *N*. Aos cinco, já era capaz de desenvolver uma conversa por conta própria, por exemplo, explicando às lágrimas para o homem da recepção de um prédio do French Quarter que estava perdida, distraindo-o o suficiente para que sua mãe pudesse pegar os arquivos dele. Ela foi programada para isso.

É fácil demais, agora, trazer tudo à tona.

Ela está sentada no chão do quarto, a foto em um lado, o caderno com cinco páginas, frente e verso, cheias de anotações, perguntas e teorias semiformadas como "zumbi gata?" e "marty mcfly???". Está enrolada no lençol como se fosse uma sobrevivente de acidente aéreo enrolada em uma manta térmica. Entrou completamente no modo *True Detective*. Já faz horas agora.

Ela desenterrou a senha da mãe do LexisNexis, fez três pedidos de registros públicos, reservou cinco livros diferentes na biblioteca. Já está na casa dos dois dígitos de resultados do Google, tentando encontrar algum tipo de resposta que não seja uma maluquice completa. "Gata imortal" não traz nenhum resultado relevante, apenas pessoas de bandas góticas que parecem o Kylo Ren.

Ela tirou a foto da moldura, examinando sob luz natural, luz de LED, luz amarela, a segurou a centímetros do rosto, desceu até a loja de penhores ao lado do trabalho de Niko e comprou uma maldita lupa. Nenhuma evidência de adulteração. Apenas o contorno desbotado de Jane, tatuagens, covinha, curva confiante dos quadris e o fato contínuo e impossível de que lá está ela. Quarenta e cinco anos atrás, lá está ela.

Ela disse isso, no dia em que se apresentou para August. Que trabalhou na Billy.

Nunca mencionou quando.

August anda de um lado para o outro do quarto, tentando dar sentido às informações que tem. Jane trabalhou na Billy Panqueca quando a lanchonete abriu, em 1976, tempo suficiente para um item especial ser batizado em homenagem a ela. Tem um conhecimento íntimo das operações da linha Q e, provavelmente, mora no Brooklyn ou em Manhattan.

Os resquícios de postagens na Craigslist, artigos, inquéritos policiais e uma postagem de 2015 no Instagram de Pessoas da Cidade com Jane desfocada em segundo plano são tudo que August tem para continuar. Ela pesquisou todas as permutações possíveis de Jane Su que conseguiu imaginar, grafias alternativas e romanizações — Sou, Soo, So, Soh. Sem sorte.

Mas tem outra coisa, um padrão que ela está começando a reconhecer, e que provavelmente teria notado antes se não estivesse sempre tão determinada a encontrar motivos racionais para descartar suas hipóteses.

Jane nunca foi vista com um casaco mais pesado do que sua jaqueta de couro, mesmo quando o frio castigava em janeiro. Ela não sabia o que era Joy Division. Andava com aquela coleção bagunçada de cassetes e, para piorar, um walkman. Não era para ser tão fácil sempre pegar o mesmo vagão que ela. Deveriam ter se desencontrado pelo menos uma vez. Mas elas nunca se desencontraram, não depois da primeira semana.

Ela... Nossa. E se...

August puxa o laptop para o colo. Suas mãos pairam, indecisas, sobre as teclas.

Jane não envelhece. Ela é magnética, charmosa e lindíssima. Ela... meio que mora no subterrâneo.

O cursor na barra de pesquisa do Google pisca cheio de expectativa. August pisca em resposta.

Através da ligeira névoa de histeria, ela se lembra daqueles manés esquisitos da Billy conversando sobre a comunidade de vampiros. Estava quase certa de que era alguma brincadeira de BDSM. Mas e se...

August fecha o laptop.

Deus do céu. O que ela está pensando? Que Jane é uma espécie de súcubo milenar que curte punk mas não consegue se manter atualizada dos lançamentos? Que passa as noites assombrando os túneis, comendo ratos, se excitando com sangue O+ e usando seu charme sobrenatural para roubar protetores solares fator setenta e cinco da sacola da farmácia dos outros? É a Jane. Apenas a *Jane*.

Numa boa, sinceramente, do fundo do coraçãozinho de August: que porra é essa?

Em algum lugar no fundo disso tudo, uma voz que parece a da mãe de August diz que ela precisa de uma fonte primária. Uma entrevista. Alguém que possa lhe dizer exatamente com o que está lidando.

Ela pensa em Jerry, ou mesmo Billy, o dono do restaurante. Eles devem ter conhecido Jane. Jerry poderia lhe dizer há quanto tempo cozinha o Especial da Su. Se ela mostrar o retrato, eles podem lembrar se já a flagraram sibilando para os potes de alho picado no frigorífico. Mas, se o emprego de August já está por um fio, imagina se ela entrar na cozinha querendo saber se algum ex-funcionário demonstrou sinais de sede de sangue...

Não, tem outra pessoa que ela pode consultar primeiro.

Cinco

Classificados

PESSOAIS
FANCHONA NA LINHA Q — Você é a mulher asiática de cabelo curto, entre vinte e trinta anos, que pega a linha Q de Manhattan para o Brooklyn nas tardes de quinta? Usa uma jaqueta preta de couro? Gosta de ser paparicada? Sou uma executiva mais velha e bem-sucedida que pode lhe proporcionar uma vida de sensualidade e luxo. Caixa postal 2348, Queens, NY 11101. 18/10/1983

Niko descreveu o bar onde trabalha tantas vezes que August poderia tê-lo registrado em Locais Pertinentes do Brooklyn: embaixo de uma livraria, descendo um lance de escadas de metal rangentes que ameaçam derrubá-la para as entranhas obscuras da cidade. Ela tem um café na mão a título de suborno e, felizmente, a menina que verifica as identidades não comenta nada a respeito.

Ela não acredita que está trabalhando em um caso. E acredita menos ainda que está prestes a fazer aquilo que sua mãe jurou não fazer novamente nem morta: consultar um vidente.

Slinky é exatamente o tipo de lugar onde ela imaginava Niko trabalhando. Todo o salão é banhado por uma luz vermelho-sangue e pisca-

-piscas multicoloridos cobrem um balcão que parece pegajoso mesmo de longe. A maior parte do piso é coberta por mesinhas redondas cercadas por bancos curvos estofados, couro roxo surrado e remendado em todas as estampas de tecido existentes, de galáxia estrelada a xadrez de piquenique. O toque final é o teto, forrado por centenas de roupas de baixo, cuecas e calcinhas com babados, um ou outro sutiã ou peça de lingerie pendurado em uma viga.

Niko está atrás do balcão, usando um colete jeans, os dois braços tatuados à mostra. Ele sorri por trás de uma asa de frango quando vê August.

— August! — Ele termina de comer e guarda os ossos no bolso do colete com naturalidade. August acha melhor não questionar. — Que legal! Oi!

Ela se senta em um banquinho cintilante do bar, hesitando entre dezenas de abordagens diferentes — *Era uma promoção de dois por um. O barista sem querer me deu um pedido duplo. Vampiros existem?* — antes de desistir e deixar o café no balcão.

— Comprei um café para você. Sei como são os turnos da noite.

Ele pestaneja feito uma coruja de trás dos óculos redondos e de lentes amarelas.

— Um presente de August? Que deus eu agradei?

— Eu não sou tão pão-duro assim.

Ele abre um sorriso enigmático.

— É claro que não.

— Você gosta de lavanda, não? — pergunta August. — Eles fazem um latte de mel com lavanda na Bean & Burn e... sei lá, pensei em você. Posso, hm, jogar fora se você odiar.

— Não, não! — Niko diz. Ele pega o copo e cheira. — Mas a gente vai ter que conversar sobre sua escolha burguesa de cafeteria depois. Tem um lugarzinho que vende uma combinação perfeita de frangos e donuts do outro lado da rua e tem xícaras por cinquenta centavos.

— Certo — August continua. — Posso te fazer uma pergunta?

— Se é sobre as cuecas no teto — Niko diz, virando-se para pegar algumas garrafas —, começou quando um cara deixou a cueca no banheiro, agora as pessoas simplesmente continuam trazendo e o dono acha engraçado.

August ergue os olhos para uma cueca — dentes de desenho animado na virilha e LIBERTE O MONSTRO na bunda — depois volta para Niko. Ele alinhou três garrafas na estação de trabalho e está misturando um punhado de ervas e frutas vermelhas.

— Não era isso que eu ia perguntar, mas bom saber.

— Ah — Niko diz com uma piscadinha, e August se dá conta de que ele já sabia.

Malditos médiuns. Ela ainda nem sabe direito se *acredita* que Niko vê alguma coisa, mas não tem nenhuma opção além de confiar nele.

— Então, hm... Sua linha de trabalho... você entende de, tipo, hm. Coisas sobrenaturais?

O sorriso enigmático dele volta.

— Sim?

— Tipo... — August decide não fazer nada com a própria expressão facial. — Criaturas?

— Ah, já estou adorando essa conversa — Niko diz prontamente. — Que tipo de criaturas?

— Quer saber? — Ela desce do banco. — Isso é loucura. Deixa pra lá.

— *August* — ele diz, e não é em tom de brincadeira nem de desculpas nem mesmo como se estivesse tentando fazê-la ficar. É como ele sempre a chama, suave e compreensivo, como se soubesse algo sobre August que ela não sabe.

Ela volta a se sentar e esconde o rosto nas mangas do suéter.

— Certo, beleza. Então, tipo. Sabe aquela garota que eu comentei? Aquela que eu chamei para sair?

Niko não diz nada. Quando ela ergue os olhos, ele ainda está medindo as bebidas.

— Ela se chama Jane. E pega a mesma linha que eu. A Q, toda manhã e toda tarde. No começo pensei que, sei lá, nossa, legal, puta coincidência, mas milhares de pessoas devem fazer o mesmo trajeto e... definitivamente me esforcei para pegar o mesmo trem que ela, o que sei que parece perseguição, mas juro que não fiz nenhuma bizarrice... mas, *enfim*, hoje, no trabalho, encontrei isto.

Ela desliza a foto pelo balcão, e Niko leva os óculos de sol até a testa para examinar.

— É ela — August diz, apontando. — Estou mil por cento segura de que é ela. Tem as mesmas tatuagens. — Ela olha para ele. — Niko, essa foto é da inauguração da Billy. Verão de 1976. Ela não envelheceu em quarenta e sete anos. Acho que ela é...

O chacoalhar da coqueteleira de Niko corta a frase dela, abafando sua voz, e ele ergue as sobrancelhas até os óculos voltarem a cair sobre o nariz.

August ainda vai quebrar a cara dele um dia.

Ela tem que esperar trinta segundos até ele tirar a tampa da coqueteleira e servir o drinque em uma caneca.

— Acho que ela... não é humana.

Niko empurra o drinque.

— *Moscow Mule* com hortelã e amora. Por conta da casa. O que você acha que ela é?

Ela vai ter que dizer isso em voz alta, não vai? Bella Swan, chupa essa, sua mormonzinha tarada.

— Acho que ela pode ser... uma vampira? — Niko ergue a sobrancelha, e ela volta a esconder o rosto entre os braços. — Falei que era loucura!

— Não é loucura! — ele diz, um riso na voz, mas sem maldade. Niko nunca tem maldade. — Quando se entra para o outro lado, é muito fácil começar a enxergar além deste. Tipo, por exemplo, Wes. Nunca o vejo, vive à noite, aparece do nada para arrumar uma mesa ou consertar uma janela? Achei que ele fosse um duende por uma semana quando fomos morar juntos. Mas, até onde sei, duendes não existem, e vampiros também não.

August levanta a cabeça.

— Certo. Claro. Sou uma idiota.

— Então — Niko diz. — Ela não é uma vampira. Mas talvez esteja morta.

August fica paralisada.

— Como assim?

— Parece que ela pode ser uma aparição — ele explica. — Uma aparição especialmente... forte. Vai ver ela nem sabe que é...

— Um fantasma? — August arrisca, desolada. Niko faz uma careta solidária. — Ai, meu Deus, então ela está *morta*? E não sabe que está morta? Eu não posso nem chamar a menina para sair; como vou contar que ela está *morta*?

— Certo, espera aí. Você não pode simplesmente falar para uma pessoa que ela está morta. Antes a gente precisa ter *certeza* de que ela está morta.

— Certo. Beleza. Como fazemos isso? — Ela pegou o celular, já pesquisando "como saber se uma pessoa é um fantasma". Aparentemente, tem um Groupon para isso. — Espera. Puta que pariu. Ela está *sempre* usando exatamente a mesma coisa.

— Só agora você notou que ela só tem *uma* roupa?

— Sei lá! É um jeans rasgado e uma jaqueta de couro! Todas as lésbicas que já conheci usam isso!

— Hm. Faz sentido — Niko diz, pensativo. — Você já tocou nela?

— Hm. Sim?

— E como foi? Frio?

— Não, pelo contrário. Tipo... muito quente. Às vezes elétrico. Como um choque.

— Hmm. Interessante. Você é a única que consegue enxergá-la?

— Não, ela vive falando com as pessoas no trem.

— Certo, você já a viu encostar em alguma coisa ou pessoa?

— Já, ela tem, tipo, uma mochila cheia de coisas, e ela já me deu coisas da mochila, chiclete, um cachecol. Uma vez ela deu um Band-Aid para um menininho que tinha ralado o joelho na escada.

Ele apoia o queixo na mão.

— Que fofa. Talvez ela seja uma *poltergeist*. Uma *poltergeist* fofa. Me apresenta?

August ergue os olhos do celular.

— Como é que é?

— Bom, se eu a conhecer, posso ter uma noção melhor do que ela é exatamente, se está neste lado ou não, ou em algum lugar no meio-termo. Seriam só algumas perguntas. Talvez um leve contato físico.

Ela tenta imaginar Niko, com todo o seu Nikismo, segurando o ombro de Jane. *Oi, tudo bem, então, acho que você pode ser um espírito desgarrado preso em uma espécie de purgatório do metrô.*

— Você disse que não queria assustar a menina.

— Eu nunca disse isso. Eu disse que não é bom falar para uma pessoa que ela está morta a menos que ela esteja mesmo. Energia muito negativa.

— O que você vai perguntar para ela?

— Não sei. Depende de como eu sentir as coisas.

August range os dentes.

— Não tem nada que a gente possa fazer antes? Tipo... um círculo de sal em volta dela, jogar água benta ou coisa assim? Mas, tipo, de um jeito sutil?

— Eu e você temos conceitos bem diferentes de sutil — Niko comenta. — Mas podemos fazer uma sessão espírita.

August praticamente consegue ouvir sua mãe rindo com desprezo enquanto come comida congelada a um fuso-horário de distância.

— Uma... sessão espírita?

— Isso — ele diz tranquilamente. — Para conversar com ela. Se ela for um fantasma, deve conseguir visitar a gente e, então, nós saberíamos.

— E se nada acontecer, podemos descartar a ideia de fantasma?

— Podemos.

Assim, August Landry, a maior cética do mundo, abre a boca e diz:

— Certo, vamos fazer uma sessão espírita.

— Perfeito. — Niko tira um palito de dente do bolso e começa a mascá-lo enquanto limpa o balcão. — Tá, vamos precisar de mais gente, então é melhor convidar Myla e Wes. Podemos fazer na loja depois de fechar. Mas não gosto de como a lua está agora, então vamos fazer depois de amanhã. Você tem alguma coisa que pertença a ela?

— Eu, hm, na verdade, tenho. Ela me deu seu cachecol.
— Vai servir.
Ela se abaixa para tomar um gole do drinque e se engasga imediatamente.
— Deus do céu, isso é nojento. Você é péssimo nisso.
Niko ri.
— Myla tentou te avisar.

— Então — Wes diz, observando, com uma expressão extremamente descrente, August encharcar as batatas em molho de pimenta. — Você nos reuniu aqui hoje para dizer que gamou numa fantasma.
— Jesus, dá para falar baixo? — August o repreende, olhando para Winfield passando pela mesa deles. Ela deveria saber que não podia soltar essa informação nessa mesa depois do expediente e esperar discrição desse grupo particular de delinquentes. — Eu *trabalho* aqui.
— Espera, então... — Myla interrompe. — Ela trabalhava aqui? Quando o lugar abriu? E agora está *exatamente igual* no metrô?
— Isso.
Ela se recosta no banco, os olhos brilhando.
— Não acredito que você está em Nova York, tipo, há um *mês* e já encontrou a pessoa mais legal da cidade. Total *De volta para o futuro*.
— Estamos mais no cruzamento entre *Ghost* e *Contratempos* — August observa. — Mas não é essa a questão.
— A questão é que vamos fazer uma sessão espírita para avaliar a situação — Niko diz. — E adoraríamos se vocês pudessem ajudar.
Assim, no domingo à noite, os quatro se reúnem na Church Street, tentando passar despercebidos na frente da porta fechada de Mãe Ivy.
— Quer que eu arrombe a fechadura? — August pergunta, olhando com nervosismo para a rua.
— Quê? Arrombar a fechadura? — Wes questiona. — Que tipo de menina selvagem é você? Jessica Jones?
— Não vamos invadir nenhuma propriedade alheia — Niko diz. — Eu tenho a chave. *Em algum lugar.*

August se vira para farejar na direção de Myla.
— Você está com cheiro de McRib.
— Como assim?
— Sabe, tipo, defumado.
Myla dá uma cotovelada nas costelas de Wes.
— *Alguém* esqueceu o almoço na torradeira hoje e eu tive que apagar um incêndio na cozinha — ela explica. — Estamos, tipo, a *um* incêndio de perder nossa caução.
— Nós perdemos a caução quando você inventou de trocar a fiação do apartamento inteiro — Wes responde.
Niko ri baixinho. Ele está passando os dedos pelas chaves de um chaveiro sob a luz fraca dos postes. August se pergunta para que servem todas aquelas chaves — conhecendo Niko, ele deve ter usado a lábia para conseguir a chave de metade das lojas de jardinagem e barzinhos do Brooklyn.
— É uma piada nosso apartamento ter caução — August diz. — O forno nem passa de cento e oitenta graus.
— E não passava nem de dez antes de eu trocar a fiação — retruca Myla.
— Wes?
Os quatro levam um susto feito a turma do Scooby Doo, pegos nos flagra. *Tecnicamente*, Niko não pode usar sua chave para se comunicar com os mortos depois do expediente. Nada de ligação particular, basicamente — eles não podem ser pegos.
Mas é apenas Isaiah, recém-saído de um show a julgar pela mochila pendurada no ombro e pelo delineador borrado. É a primeira vez que August realmente o vê desmontado. De camiseta e jeans, parece sua identidade secreta de super-herói.
— Isaiah — Wes diz. Niko volta a procurar a chave certa. — Oi.
Mesmo na escuridão desbotada da rua, fica óbvio que Wes está corando sob as sardas. Como diria Niko, isso é interessante.
— Oi, hm... o que vocês estão fazendo? — Isaiah pergunta.
— Hm... — Wes balbucia.

Niko olha para trás e diz com naturalidade:
— Uma sessão espírita.
Wes fica constrangido, mas a informação intriga Isaiah.
— Ah, jura?
— Quer participar? — convida Niko. — Tenho um bom pressentimento sobre o número cinco hoje.
— Claro, hm... — Ele se vira para o rapaz que está lhe esperando. — Você se incomoda de voltar sozinho?
— Sem problemas, meu bem — o cara diz.
Ele acena e sai andando em direção à estação de metrô mais próxima.
— Quem é esse? — Wes pergunta, muito obviamente tentando fingir que não se importa.
Isaiah sorri.
— É minha filha drag. Bebezinha recém-nascida. Atende por Sara Tonina.
Myla ri.
— Genial.
— A-há! — Niko exclama, vitorioso, e a porta da loja se abre.
Ele deixa as luzes do teto apagadas e se move com determinação pela loja, acendendo velas até o brilho se misturar com o luar e a luz turva dos postes. O lugar é cheio de estantes, de parede a parede, um monte de pedras, ramos de ervas, crânios de animais e garrafas das colônias espirituais caseiras de Niko. Uma estante bamba está arqueada sob o peso de centenas de frascos e potes, a maioria cheia de óleos escuros e coisas rotuladas como SORTE RÁPIDA e SANGUE DE DRAGÃO. Há uma coleção de velas também, com cartões identificando a finalidade. A mais próxima de August é ou para se reconciliar com amores antigos ou aumento peniano. Ela precisa trocar de óculos.
— Então... essa é uma... sessão espírita geral? — Isaiah pergunta. Ele está do outro lado da sala, examinando um pote de dentes. — Ou vamos tentar conversar com alguém em particular?
Agora August está na posição de Wes, balbuciando e torcendo para Niko não revelar a verdade.

— Vamos fazer uma sessão para entrar em contato com uma menina que a August gosta — Niko diz, revelando a verdade.

— Por favor, senhor — pede Myla imitando um sotaque sulista absolutamente terrível. — É a minha namorada, ela está mortinha da silva.

August considera derrubar uma estante de poções sobre si mesma e acabar com isso de uma vez.

— Obrigada por me fazerem parecer uma necrófila.

— Sabe, te achei mesmo um pouco intensa quando nos conhecemos — comenta Isaiah, levando surpreendentemente na boa.

— Nós não *sabemos* se ela está *morta* — August explica. — Ela só não envelheceu desde 1976.

— É basicamente o que a gente falou — Niko diz. — Venham comigo.

Nos fundos, há uma salinha minúscula com uma mesa redonda coberta pelo mesmo pano preto pesado que as paredes em volta. É cercada de pequenos pufes e coberta por um lenço cintilante e transparente, roxo e brilhante sob a luz baixa, espirais douradas e estrelas prateadas piscando para eles.

Niko já colocou um ramo de sálvia aceso em uma tigela de abalone e agora está à mesa, preparando cuidadosamente o incenso e um círculo de cristais em volta de velas brancas altas, do tipo que se vê em uma igreja católica quando se faz uma oração para a Virgem Maria, exceto que August definitivamente é a única virgem ali e pensa que rezar para ela não daria em nada.

— Sentem-se — Niko diz.

Ele está com um fósforo apagado entre os dentes e um aceso entre o polegar e o indicador. August nunca o viu tão à vontade. Myla parece que está excitada.

— Como isso vai funcionar? — pergunta August.

— Vamos tentar chamar o espírito de Jane — Niko explica. — Se ela estiver morta, deve conseguir se projetar aqui e conversar com a gente, assim a gente vai ter certeza. Se não, bom. Acho que não vai acontecer nada de mais.

— Acha?

— Alguma outra coisa pode vir — ele diz, acendendo outro fósforo com muita calma, como se não tivesse acabado de sugerir que uma força misteriosa do além pudesse meter um Beetlejuice na sala e passar suas mãozinhas demoníacas em cima deles. — Acontece. Quando se abre uma porta, qualquer coisa pode sair. Mas vai dar tudo certo.

— Juro por Deus que, se um fantasma me matar, vou assombrar o chuveiro — Wes diz. — Vocês nunca mais vão ter água quente.

— Já não temos água quente — August comenta.

— Verdade, vou assombrar a privada.

— Bicha, por que você quer assombrar um banheiro? — Isaiah pergunta.

— É onde as pessoas ficam mais vulneráveis — Wes diz, como se fosse óbvio.

Isaiah franze a testa, pensativo, e assente.

— Fantasmas não podem matar — Niko diz calmamente. — Agora silêncio.

Ele acende as últimas velas, falando baixo em espanhol para alguém que ninguém consegue ver. Wes fica tenso ao lado de August quando a chama da última vela se ergue.

— August? — chama Niko.

Ele está olhando com expectativa para ela, que se dá conta: o cachecol. August o desenrola do pescoço e o põe na mesa. A lembrança do canivete de seu tio ao lado de um pano fino passa pela sua cabeça.

— Certo — ele diz. — Deem as mãos.

A mão calejada de Myla aperta a de August. Wes hesita, parecendo relutante a soltar as mangas de seu moletom que está apertando com firmeza, mas finalmente cede e entrelaça os dedos nos de August. São tão úmidos e esqueléticos quanto parecem, mas são reconfortantes. Tímido, ele pega a mão de Isaiah.

Do outro lado da mesa, Niko fecha os olhos e solta uma longa expiração calma e constante antes de falar.

— Isso funciona melhor se todos estiverem abertos ao que está acontecendo. Mesmo se você não souber se acredita ou estiver com medo, tente abrir a mente e se concentrar em irradiar uma sensação de acolhimento e ternura. Estamos pedindo um favor. Sejam gentis.

August morde o lábio. O brilho radiante habitual de Isaiah se contém em uma brasa reverente enquanto ele acaricia a mão de Wes com o polegar. Está bem tarde para uma sessão espírita pós-drag, ainda mais considerando que Isaiah trabalha amanhã cedo, mas ele não parece incomodado com a hora.

— August — Niko diz, e ela olha para ele. — Você está pronta?

Concentração. Acolhimento e ternura. Mente aberta. Ela solta o ar e faz que sim.

— Guias espirituais — Niko começa —, viemos até vocês nesta noite em busca de compreensão, na esperança de receber um sinal de sua presença. Por favor, sintam-se à vontade em nosso círculo e juntem-se a nós quando estiverem prontos.

August deveria fechar os olhos? Deixá-los abertos? Myla fecha os dela, totalmente em paz; August imagina que ela já teve tempo de sobra para se acostumar com esse tipo de coisa. A expressão típica de leve constipação de Niko está dominando seu rosto, e August morde o interior da bochecha, contendo um ataque de riso nervoso.

— Jane — Niko diz. — Jane, se estiver aí. August está aqui. Adoraria que você pudesse vir. Adoraria conversar com você.

De repente, August não conseguiria rir nem se quisesse.

Uma coisa era falar em hipóteses — *se* Jane não for o que parece, *se* eles conseguirem entrar em contato com ela, *se* ela estiver morta. Outra completamente diferente é estar ali, inspirando fumaça, cara a cara com qualquer que possa ser a resposta. Essa menina com quem August passou quase todas as manhãs e tardes desde que se mudou para a cidade, que a fez sentir coisas que ela não sentia desde criança, como uma esperança inconsequente...

Os olhos de Niko se abrem.

— Vai ficar tudo bem, August.

August engole em seco.

— Jane — ele chama, mais alto e claro dessa vez. — Talvez você esteja perdida, ou talvez não saiba direito quem é, ou em quem confiar. Mas pode confiar em mim.

Eles esperam. O ponteiro no relógio de Myla faz tique-taque. Os dedos de Isaiah se contraem. Wes solta uma expiração trêmula. August não tira os olhos do rosto de Niko, do ângulo de sua boca, das pálpebras se contraindo e relaxando, movendo os cílios sobre as bochechas. Minutos se passam em silêncio.

Talvez esteja imaginando coisas — talvez sejam o medo, a incerteza, a atmosfera arrepiante —, mas ela jura sentir algo. Um frio roçando na nuca. Um sussurro rouco nos rangidos do prédio antigo. Uma eletricidade no ar, como se alguém tivesse derrubado uma torradeira na banheira em outro prédio, um pico de energia logo antes de as luzes se apagarem. As chamas das velas se inclinam para um lado, mas August não sabe se é por causa da inspiração forte dela ou de alguma coisa que ela não consegue enxergar.

— Hm — Niko resmunga de repente, fechando a cara.

Os dedos de Myla ficam brancos, apertando a mão de Niko com mais força, e August se pergunta por um momento quantas vezes ela não deve ter feito isso antes, mantendo Niko firme neste lado enquanto ele mergulha os dedos no outro.

Niko murmura baixo, a testa franzida, e, de repente, o ar se estabiliza. Algo que havia se desdobrado volta a se recolher e se fechar. Os ouvidos de August começam a zumbir.

Niko abre os olhos.

— Cacete, ela não está lá mesmo, não — ele diz, quebrando o clima, e Wes suspira, aliviado. Niko olha para August com cara de desculpas. — Ela não é um fantasma, August. Ela não está morta.

— Tem certeza? — August pergunta. — Tipo, cem por cento de certeza?

— Os guias espirituais estão me falando que foi engano, então... — Ele encolhe os ombros.

Faz uma oração de encerramento, agradece educadamente aos guias espirituais e promete falar com eles em breve, como se fossem um avô para quem ele liga em dias especiais — o que, August pensa, talvez seja o caso. Ele apaga as velas e começa a amarrar as ervas de volta. Os outros se levantam, ajeitando as camisas, desdobrando as mangas. Como se nada tivesse acontecido.

August fica sentada, paralisada na cadeira.

— O que isso quer dizer? — pergunta a Niko. — Se ela não é um fantasma? Se não está morta, e não está viva, o que ela é?

Niko coloca os cristais em uma tigela de sal grosso e se volta para August.

— Para falar a verdade, não sei. Nunca vi nada parecido antes.

Talvez haja mais pistas, algo que ela tenha deixado escapar. Talvez precise reavaliar as informações que tem. Talvez consiga invadir os registros empregatícios na Billy. Talvez...

Merda. Ela está parecendo a mãe.

— Certo — August diz, levantando-se e espanando a calça jeans. Ela atravessa a loja em questão de segundos, desviando de uma mesa de pêndulos e cartas de tarô, tirando a jaqueta do dorso de uma cadeira. Aponta um dedo para Niko. — Você. Vem comigo.

Quando as portas do trem se abrem, há alguns segundos terríveis em que August olha de canto de olho para Niko e pensa se não está prestes a fazer papel de palhaça.

É plena madrugada. E se Jane não estiver no trem? E se nunca esteve? E se ela for uma alucinação solitária causada pela falta de sono e pelos muitos anos sem sexo? Ou pior: se ela for uma mulher simpática, normal e inocente apenas tentando fazer sua viagem sem ser atormentada por uma doida varrida que acha que ela é uma *poltergeist* sexy?

Mas lá está Jane. No meio de um banco vazio, lendo um livro, tão concreta quanto os riscos nas paredes do túnel.

Lá está Jane, e o mundo balança.

A cética dentro de August queria acreditar que não era de verdade. Mas lá está Jane, no mesmo trem, de novo.

Niko a cutuca para que ela avance, e Jane continua ali, pernas compridas um pouco esticadas para a frente, o livro surrado de capa dura no colo. Niko entra atrás dela, e Jane levanta o rosto e vê os dois.

— Garota do Café — ela diz, marcando a página com o dedo.

É a primeira vez que August vê Jane desde que levou um fora dela. Apesar de todo o mistério sobrenatural — se Jane é uma vampira ou um fantasma ou uma porra de um lobisomem adolescente —, continua sendo humilhante. E Jane continua sendo perturbadoramente gata, com seus olhos castanhos simpáticos, seu jeans rasgado e um sorriso suave e conspiratório. Ajudaria muito se Jane parasse de confundi-la tanto com sua beleza enquanto eles tentam descobrir se ela é ou não humana.

O trem entra em movimento, e Niko precisa segurar August pela cintura para ela não se desequilibrar. Jane olha para eles, os dedos de Niko segurando a jaqueta de August.

— Vocês estão na rua até tarde — comenta ela.

— É, vamos encontrar minha namorada no SoHo — Niko mente com facilidade.

É efeito da iluminação, August pensa, quando um músculo no maxilar de Jane se contrai e relaxa.

Niko empurra August para um assento, e ela se concentra em não deixar transparecer seu interrogatório iminente sobre a corporalidade de Jane.

— Legal — Jane diz, com um pouco de sarcasmo. — Este livro é uma droga mesmo. — Ela mostra a capa. É uma edição antiga de *Em busca de Watership Down*, a tinta vermelho-alaranjada desbotada no meio. — Tenho a impressão de que já li umas dez vezes tentando entender qual é a graça que as pessoas veem nele. É um livro deprimente sobre coelhos. Não entendo.

— Será que não é uma alegoria? — Niko arrisca.

— Muitas pessoas acham isso — August diz automaticamente. Sua voz entra no tom de filha de bibliotecária, e ela não consegue evitar.

Está nervosa demais para se conter. — Tipo, muita gente pensa que é simbolismo religioso, mas Richard Adams disse que eram apenas as aventuras de um coelho de uma história de ninar que ele inventou para as filhas.

— Muita carnificina para uma historinha de ninar — observa Jane.

— Pois é.

— Então, por onde você andou? — Jane pergunta. — Faz um tempo que não te vejo.

— Ah — August diz. Ela não pode dizer que mudou todo o seu trajeto em sinal de luto pela conta conjunta na Netflix que elas nunca vão compartilhar. — Eu... hm, então, a gente só deve estar se desencontrando. Uma hora ou outra a gente ia acabar entrando em trens diferentes, né?

Jane apoia o queixo na mão.

— É, faz sentido.

Niko cruza as pernas e intervém.

— Vocês realmente pegavam sempre o mesmo metrô até agora?

— O mesmo vagão, até — Jane diz. — Doideira.

— Pois é — ele retruca. — As chances são... Uau.

— Devo ter sorte, então — Jane diz com um sorrisão. August está ocupada demais tentando entender todo o resto para pensar no que isso significa. — Meu nome é Jane, aliás.

Ela se inclina para a frente e estende a mão para Niko, e uma curiosidade empolgada brilha nos olhos dele como se Myla tivesse lhe mostrado um despertador de antiquário. Ele a segura com cautela, colocando a outra mão em cima, o que seria estranho ou medonho se fosse qualquer pessoa além de Niko. O sorriso de Jane se suaviza, e August nota uma levíssima expressão perpassar o rosto de seu amigo antes de ele soltar.

— Você não é daqui, é? — Niko pergunta.

— Você é? — retruca ela.

— Eu sou de Long Island. Mas passei muito tempo na cidade antes de me mudar para cá.

— Você veio para a faculdade também? — Jane pergunta, apontando para os dois.

— Não. Vim por causa da minha namorada. Faculdade não é para mim. — Ele passa o polegar na beira do assento, contemplativo. — Esses trens sempre têm os cheiros mais interessantes.

— Como assim, tipo, mijo?

— Não, tipo... você já sentiu o cheiro, tipo, de petricor? Ou enxofre?

Jane olha para ele, a língua no canto da boca.

— Hm, acho que não? Mijo, principalmente. Às vezes alguém derruba comida e vira mijo com yakisoba.

— Uhum — Niko diz. — Interessante.

— Seu amigo é esquisito — Jane diz para August, mas sem maldade. Ela não está irritada, mas parece achar graça, como se curtisse o rumo que sua noite tomou.

— Ele, hm — August arrisca —, curte muito cheiros?

— Adoro cheiros — Niko diz vagamente. — Amo um aroma. Você mora no Brooklyn? Ou em Manhattan?

Ela demora um instante para responder.

— Brooklyn.

— Nós também — ele diz. — Moramos em Flatbush. Em que região você mora?

— Hm, em Flatbush também — ela diz.

Isso surpreende August. Jane nunca mencionou que morava em Flatbush. Ela também nunca tinha parecido tão evasiva. Niko endireita os ombros. Os dois sabem que Jane está mentindo, mas isso não significa nada — talvez só não queira revelar onde mora para um cara que acabou de conhecer.

— Que interessante — ele diz. — Talvez a gente se veja por aí qualquer dia.

— É, quem sabe — ela diz com uma risadinha.

August não sabe de quanto tempo Niko precisa, ou o que exatamente ele está pensando de Jane, mas, com a palma das mãos virada para cima sobre os joelhos, os dedos relaxados, segurando o peso do ar, ele observa Jane voltar para seu livro.

August fica esperando que ele dispare outra pergunta. *Ei, já atravessou alguma parede?* Ou: *Você tem algum assunto pendente na esfera dos vivos, como um homicídio trágico não solucionado ou um ente querido que precisa dar folga de Natal a todos os funcionários da fábrica?* Ou: *Por acaso você vê criaturas de chifre quando fecha os olhos?* Mas ele fica ali, e Jane também, os dois incompreensíveis.

Finalmente, quando eles estão chegando à primeira estação de Manhattan, Niko anuncia:

— É aqui que a gente desce.

August olha para ele.

— É?

Ele faz que sim, decidido.

— É. Está pronta?

Ela olha de soslaio para Jane, como se ela pudesse ter desaparecido nos últimos segundos.

— Se você estiver.

Eles têm de passar por Jane para sair, e August sente um toque delicado em volta de seu cotovelo.

— Ei — Jane diz.

Quando August se vira, aquele músculo da mandíbula dela está se contraindo de novo.

— Não some.

Niko parou na plataforma para olhar para elas.

— Está bem — August responde. — Talvez... A gente se veja na segunda.

Ela alcança Niko exatamente quando o metrô parte, mas ele está olhando para o teto, pensativo. Ela espera como uma das freiras de sua escola católica esperaria para saber se escolheram um novo papa.

— É — ele diz finalmente. — Certo.

Descruza os braços e se vira, descendo a plataforma. August precisa correr para acompanhar.

— Certo, o quê?
— Hmm?
— Qual é o veredito?
— Ah, tacos. Escolhi tacos. Tem uma barraca que fica aberta até tarde a alguns quarteirões daqui; podemos comprar alguns e pegar a B para voltar para casa.
— Eu quis dizer se *Jane* está ou não *morta*!
— Ah! — ele diz, parecendo genuinamente surpreso. Às vezes, August gostaria de saber ao menos por um segundo o que se passa na cabeça de Niko. — É, não, acho que não.
Seu coração faz um tipo desconfortável de manobra de parkour.
— Você... acha que não? Tem certeza?
— Quase. Ela é muito, tipo, presente. Sólida. Não é um fantasma. Ela é corpórea. Você acha que eu deveria experimentar o de *seitan* dessa vez?
August ignora a pergunta.
— Então, ela é uma pessoa *viva*?
— Ah, eu não diria isso. — Os cristais pendurados no pescoço balançam sobre o peito conforme ele anda. — Sim, vou comprar o de *seitan*.
— *Então o que ela é?*
— Ela está viva. Mas... ao mesmo tempo não? Não acho que esteja morta. Está mais ou menos... no meio-termo. Nem aqui, nem do outro lado. Ela parece muito... distante, como se não estivesse totalmente ancorada no aqui e agora. Exceto que, quando encostou em você, ela pareceu *super* aqui. O que é interessante.
— Tem... Tem alguma outra forma de testar isso?
— Não que eu saiba — Niko diz. — Desculpa, amiga, não é bem uma ciência exata. Ah. Talvez eu deva comer o al pastor vegano.
Certo. Não é bem uma ciência exata. É por isso que August nunca consultou um médium antes. Sua mãe sempre dizia: você não pode começar a partir de palpites. A primeira coisa que ela aprendeu com a mãe: comece a partir daquilo de que você tem certeza.
Ela sabe que... Jane estava em 1976 e que Jane está aqui. Sempre aqui, na Q, então talvez...

A primeira vez que viu Jane, August se apaixonou em questão de minutos, e depois desceu do trem. É isso que acontece no metrô — você cruza os olhos com alguém, imagina uma vida com essa pessoa entre uma estação e outra, e volta à sua rotina como se a pessoa que você amou nesse meio-tempo não existisse em nenhum outro lugar. Como se ela nunca pudesse existir fora daquele trem.

Talvez, no caso de Jane na Q, seja isso mesmo.

Talvez a Q seja a resposta.

Talvez a Q seja o ponto de partida para August.

Ela olha para a plataforma oposta e quase consegue identificar o painel de avisos. Q a caminho do Brooklyn, chegando em dois minutos.

— Ah. — August começa a falar involuntariamente. — Ai, cacete, por que não pensei nisso antes?

— Pois é — Niko diz —, al pastor vegano, né?

— Não, eu... — Ela dá meia-volta, correndo para a escada, gritando para trás. — Vai buscar seu taco, encontro você em casa, eu... Eu tenho uma ideia.

Ela perde Niko de vista enquanto desce correndo, trombando em uma lixeira e fazendo uma caixa de pizza sair voando. Tem uma maneira de provar de uma vez por todas que Jane é mais do que parece. Que isso não está na cabeça dela.

August conhece esse trajeto. Ela o memorizou antes de começar a fazê-lo, decidida a entendê-lo. É uma viagem de dois minutos entre Canal e Prince, e Jane foi na direção oposta. É fisicamente impossível que Jane esteja no próximo metrô que vai parar ali, mesmo que tenha saído correndo. Ela deveria estar a caminho de Manhattan. Se estiver no próximo metrô, August já sabe.

Um minuto.

August está sozinha. São quase quatro da madrugada.

O barulho do metrô se aproxima, as luzes do farol iluminando as pontas de seus tênis.

Os freios rangem, e August imagina a noite quinze metros acima, o universo assistindo à sua tentativa de montar uma ponta desse quebra-

-cabeça. Ela olha para os próprios sapatos, a linha amarela e o chiclete mascado no concreto, e tenta não pensar em nada além do chão sob seus pés, a certeza absoluta disso. É real.

Ela se sente incrivelmente pequena. Sente como se essa fosse a maior coisa que já aconteceu na sua vida.

Ela vê o metrô diminuir a velocidade até parar. Não importa se for atrás de algum vagão em particular. O resultado será o mesmo.

August entra.

E lá está ela.

Jane parece exatamente a mesma — jaqueta, mochila do lado, um tênis meio desamarrado. Mas o trem é diferente. O último era mais novo com longos bancos azuis e lustrosos e um mapa da linha em cima das propagandas. Este é mais velho, os pisos empoeirados, os assentos de uma mistura de laranja e amarelo desbotado. Não faz sentido nenhum, mas ali está ela. Parece tão confusa em ver August quanto August em vê-la.

— Quando eu falei para não sumir — Jane diz —, não pensei que você voltaria tão cedo.

Elas são as duas únicas pessoas no vagão. Talvez sejam as duas únicas pessoas vivas.

Talvez uma delas não esteja viva, afinal.

É isso, então. Jane fez o impossível. O que quer que seja, ela é impossível.

August se aproxima e se senta enquanto o trem volta a andar lentamente, guiando-as para Coney Island. Ela se pergunta se Jane já chegou a sair alguma vez no final da linha e mergulhou os pés na água.

Vira-se para Jane, que está olhando para ela.

Sempre houve um esquema na cabeça de August sobre como as coisas deveriam ser. Durante toda a sua vida, a forma que encontrou de controlar o ruído, o zumbido e o pavor angustiante em seu cérebro foi mapeando as coisas, falando para si mesma que, se ela se esforçasse o bastante, encontraria uma explicação para tudo. Mas ali estão elas duas, uma olhando para a outra num pano de fundo que August consegue entender mas que ao mesmo tempo começa a se turvar.

— Posso te perguntar uma coisa? — August ergue a mão, colocando o cabelo atrás da orelha. — É... hm. Pode parecer esquisito.

Jane a observa. Talvez ela ache que August vai chamá-la para sair de novo. Jane é linda, sempre improvavelmente linda sob as luzes fluorescentes do metrô, mas um encontro é a última coisa que passa pela cabeça de August.

— Pode — Jane diz. — Claro.

August cerra os punhos sobre o colo.

— Quantos anos você tem?

Jane ri baixo, alívio brilhando em seus olhos.

— Fácil. Vinte e quatro.

Certo. Faz sentido para August.

— Você... — Ela respira fundo. — Então, em que ano você nasceu? E...

Leva apenas um segundo, uma respiração, mas algo perpassa o rosto de Jane como os faróis de um carro que passam sobre a parede de um quarto à noite, desaparecendo tão rapidamente quanto surgiram. Jane retoma seu sorriso maroto de sempre. August nunca considerou que esse sorriso pudesse ser um disfarce.

— Por que você está perguntando?

— Então... — August diz com cautela. Ela está observando Jane, e sendo observada por ela. August consegue sentir esse momento se abrir como um bueiro embaixo das duas, esperando que elas caiam. — Eu tenho vinte e três. Você deveria ter nascido mais ou menos um ano antes de mim.

Jane se empertiga, indecifrável.

— Certo.

— Então — August diz. — Então foi em... foi em 1995?

O sorriso de Jane vacila, e August jura que uma lâmpada fluorescente acima delas também perde o brilho.

— Como assim?

— Eu nasci em 1996, então você deveria ter nascido em 1995 — August diz a ela. — Mas não foi nesse ano que você nasceu, foi?

Uma das mangas da jaqueta de Jane está erguida, e ela está traçando os caracteres sobre o cotovelo, cravando as unhas de modo a deixar a pele vermelha embaixo da tinta.

— Certo — ela diz, tentando um sorriso diferente, olhando para o chão. — Você está caçoando de mim. Saquei. Você é muito fofa e engraçadinha.

— Jane, em que ano você nasceu?

— Eu disse que já saquei, August.

— Jane...

— Olha — ela diz e quando levanta o rosto, há algo nele, aquilo que August entreviu antes: raiva, medo. Ela estava esperando que Jane fosse dar risada, como faz quando falam de seu walkman e de sua mochila velha. Mas não. — Eu sei que tem alguma coisa... errada comigo. Mas não precisa zombar de mim, beleza?

Ela não sabe. Como pode não saber?

É a primeira vez que Jane deixa transparecer sua incerteza, e as linhas de seu rosto enfatizam isso. Ela era uma menina saída do mundo dos sonhos, boa demais para ser verdade, mas é real, finalmente, tão real quanto os tênis de August na plataforma do metrô. Perdida. Essa sensação August consegue entender.

— Jane — August diz com cautela. — Não estou zombando.

Ela tira a foto do bolso, desdobra, alisa o vinco no meio. Mostra para Jane: as mesas desbotadas, tingidas de amarelo, o néon fraco da placa sobre o balcão de pedidos para viagem. O sorriso de Jane, congelado no tempo.

— É você, não é?

Jane é atingida por uma corrente avassaladora, como o trem soprando o cabelo de August para trás quando ela desce na estação.

— Sim... Sim, sou eu — Jane diz. Suas mãos só tremem um pouco quando ela pega a foto. — Falei para você. Consegui um trabalho lá assim que abriu.

— Jane. — O trem avança. A palavra é quase silenciosa demais para ser ouvida em meio ao barulho. — Essa foto foi tirada em 1976.

— Deve ter sido — ela diz, com a voz distante. Parou de traçar a tatuagem no braço; agora, passa o dedo pela linha de seu queixo na foto. August se pergunta a distância que há entre a pessoa diante dela e a da foto. Décadas. Tempo nenhum. — Eu me mudei para cá faz uns dois anos.

— Você sabe em que ano?

— Nossa, acho que... 1975?

August se concentra em manter o rosto e a voz calmos, como se estivesse falando com alguém prestes a pular de uma janela.

— Certo. Vou te perguntar uma coisa. Juro por Deus que não estou te zoando. Tente escutar. Você se lembra da última vez em que não estava neste trem?

— August...

— Por favor. Só tente se lembrar.

Ela ergue o rosto para August. Seus olhos estão brilhando, úmidos.

— Eu... Eu não sei. *Eu não sei.* Está... Está confuso. Está tudo confuso. Até onde consigo me lembrar. Eu sei que... Eu sei que trabalhei na Billy. 1976. Essa é a última coisa de que me lembro, e só sei disso porque você me fez lembrar. Você... Você trouxe isso de volta, acho. — Sua confiança habitual desapareceu; no lugar há uma garota trêmula e assustada. — Eu te falei, acho que, hm. Tem alguma coisa errada comigo.

August leva a mão ao punho de Jane, pousando a foto em seu colo. Nunca encostou nela assim antes. Nunca teve coragem para fazer isso. Nunca destruiu a vida de alguém antes.

— Certo — August diz — Tudo bem. Não tem nada de errado com você. Mas acho que alguma coisa aconteceu. E acho que você está presa neste trem há muito tempo. Tipo, muito mesmo.

— Quanto?

— Hm. Uns quarenta e cinco anos.

August pensa que ela vai rir, chorar, xingar, falar um monte de palavrão, ter algum tipo de crise. Mas ela só segura a barra do metrô e se levanta, com um equilíbrio treinado e seguro mesmo quando o trem faz uma curva.

Quando se volta para August, sua mandíbula está tensa, o olhar firme e sombrio. Ela é tão linda que chega a doer, mesmo agora. Especialmente agora: preparada para encarar o universo.

— É tempo pra caralho, hein? — diz apenas.

— Do que, hm — August arrisca. — Do que você *consegue* se lembrar?

— Eu lembro... Lembro de momentos. Às vezes dias, ou só horas. Sei que fiquei presa aqui, de alguma forma. Sei que tentei sair e pisquei e abri os olhos em um vagão diferente. Lembro de algumas pessoas que conheci. Que metade das coisas na minha mochila são coisas que eu troquei, roubei ou achei. Mas é... É tudo difuso. Sabe quando você apaga porque bebeu demais e só lembra de alguns fragmentos? É assim. Se eu tivesse que chutar, diria que estou aqui há... talvez alguns meses.

— E antes? Do que você consegue se lembrar de antes do trem?

Ela encara August com firmeza.

— Nada.

— Nada?

— Nada além de um momento da Billy.

August morde o lábio.

— Você lembra seu nome.

Jane olha para ela como se tivesse pena, um lado da boca se erguendo em uma tentativa triste de sorriso. Ela tira a jaqueta e a vira do avesso. A etiqueta de tecido desgastada está costurada na gola, letras grandes bordadas em uma cuidadosa linha vermelha.

JANE SU.

— Sei meu nome porque é o que diz nesta jaqueta. Não faço a menor ideia de quem sou eu.

Seis

25 de julho de 1976

Só um bando de punks
A vida efervescente dentro das paredes do santuário punk de East Village, o CBGB

"Deixei uma mancha de sangue naquela mesa ali. Beijei aquela bartender. Aquele outro dormiu no meu sofá na semana passada. Olha... está vendo como meus sapatos grudam no chão? Esta é a minha casa."

— Jane Su

— Certo, agora!
Jane pula e...
Desaparece, de novo.
August suspira e entra no trem antes que as portas se fechem, anotando no bloquinho que começou a carregar no bolso da jaqueta. *Bergen Avenue: não.*

— Está ficando repetitivo — diz a voz de Jane, o queixo de repente apoiado no ombro de August.

August leva um susto e cai em cima dela.

— Eu sei. — August deixa que Jane a ampare. — Mas e se você conseguir descer em alguma dessas estações? Temos que explorar o terreno.

Elas tentam todas, começando pela reluzente 96th Street na ponta de Manhattan. Toda vez que a porta se abre, August sai, diz "Agora!", e Jane tenta ir em seguida.

Não que ela veja Jane desaparecer ou reaparecer fisicamente. Jane dá um passo ou um pulinho ou — uma vez em um momento de frustração delirante — um salto em alta velocidade em direção às portas abertas, e nada acontece. Ela não dá de cara com uma barreira invisível nem desaparece com um estalo como um personagem de Harry Potter. Ela está ali, e depois não está mais.

Às vezes retorna ao lugar onde estava quando começou. Às vezes August pisca e Jane está na outra ponta do mesmo vagão. Às vezes ela desaparece por completo, e August tem de esperar o próximo trem para encontrá-la encostada na barra. Nenhum passageiro nota sua presença repentina; eles continuam ouvindo seus audiolivros e passando rímel como se ela estivesse ali desde sempre. Como se a realidade se curvasse em volta dela.

— Então, você realmente não consegue sair do trem.

August finalmente admite sob os arcos de vidro e aço de Coney Island. A última parada da linha. Jane não conseguiu lá também.

É o primeiro passo: descobrir em que nível Jane está presa. A resposta: completa e totalmente presa. A pergunta seguinte é: como?

August não faz a mínima ideia.

Ela só lidava com fatos objetivos. Evidências concretas e quantitativas. Consegue criar uma linha de raciocínio lógico que chega até o ponto-chave para entender como isso está acontecendo e então: beco sem saída. Uma parede feita de coisas que não deveriam ser possíveis.

Jane, no fundo, está muito tranquila. Por incrível que pareça, até que vem digerindo bem a ideia de estar há quarenta e cinco anos longe de casa e condenada a pegar o mesmo metrô em todos os minutos dos seus dias. Ela sorri e diz:

— Para falar a verdade, é melhor do que meu primeiro apartamento, de acordo com o meio segundo que me lembro dele. — Seu olhar tem um sentido indecifrável. — A companhia é melhor também.

Mas Jane ainda não sabe quem é, *por que* está aqui, nem como ficou presa.

August olha para ela enquanto o trem dá a volta, passando pelos telhados de Gravesend, essa menina fora do tempo, o mesmo rosto, corpo, cabelo e sorriso que pegou a vida de August pelos ombros em janeiro e a chacoalhou. Ela não consegue acreditar que Jane teve a coragem, a *audácia*, de se tornar a única coisa a que August não consegue resistir: um mistério.

— Certo. Hora de descobrir quem você é.

O sol da tarde cai sobre os olhos castanhos de Jane, e August pensa que vai precisar de mais cadernos. Vai precisar de um milhão de cadernos para segurar essa garota.

Quando August tinha oito anos, sua mãe a levou ao dique.

Foi logo depois do Dia da Independência dos Estados Unidos. Ela faria nove em breve e realmente curtia sua idade naquele ano. Falava para todo mundo que não tinha oito, mas oito e meio, oito e três quartos. Ir ao dique foi uma das poucas coisas que elas já fizeram sem um arquivo de evidências no meio — só uma bolsa gigante de fatias de melancia, uma toalha de praia e um lugar perfeito para se sentar.

Ela se lembra do cabelo da mãe, o castanho-acobreado que brilhava no sol de verão como as tábuas úmidas das docas. Sempre gostou de ter o cabelo parecido com o da mãe, assim como tantas outras coisas em comum. Era nesses momentos que August às vezes imaginava sua mãe mais nova, antes de ela própria ter nascido e, no entanto, não conseguia imaginar um tempo em que elas não tivessem uma à outra. August tinha a mãe, e a mãe tinha August, e elas conversavam em códigos secretos que mais ninguém sabia, e era isso. Bastava.

Ela se lembra de sua mãe explicando a finalidade dos diques. Não servem só para estendermos uma toalha de praia e fazermos piquenique, ela disse — eram para protegê-las. Para impedir que a água saísse quando as tempestades chegassem.

Não muito tempo depois uma tempestade grande demais para os diques chegou. 2005. O apartamento delas em Belle Chasse, no prédio em Idlewild, ficou dois metros e meio embaixo d'água. Todos os arquivos, mapas, fotos, todas as anotações escritas à mão, uma massa úmida jogada pela janela de um edifício condenado. A mãe de August salvou uma Tupperware de arquivos sobre o irmão e nenhuma foto de August bebê. August perdeu tudo e pensou que talvez, se ela conseguisse se tornar alguém que não tinha nada a perder, nunca precisasse se sentir daquele jeito de novo.

Ela fez nove anos em um abrigo da Cruz Vermelha, e algo começou a se amargurar em seu coração; algo que ela não teve como impedir.

August está sentada na ponta de um colchão de ar no Brooklyn e tenta imaginar como seria não ter nenhuma dessas memórias e tentar entender o que a tornou quem ela é. Se acordasse um dia e simplesmente *fosse*, sem saber por quê.

Ninguém fala que essas noites que se destacam na memória — noites de pôr do sol no dique, noites de furacão, noites de primeiro beijo, noites de festa do pijama com saudade de casa, noites na janela do quarto olhando para os lírios no jardim e pensando que eles se destacariam, singulares e cristalizados, na memória para sempre — na verdade não são qualquer coisa. São tudo e nada. Fazem de nós quem somos, e acontecem ao mesmo tempo que uma menina de vinte e três anos a um milhão de quilômetros de distância esquenta as sobras do jantar, dorme cedo, apaga a luz. São tão fáceis de perder.

Só mais velha a gente aprende a se afastar dessa proximidade extrema e encaixar essas memórias no quadro geral da vida. Para August, foi só quando esbarrou no metrô com uma garota que não lembra quem é e tentou ajudá-la a montar esse quebra-cabeça.

Os dias seguintes são assim:

O despertador toca mandando August para a aula. Chega a hora de seus turnos na Billy. Seus trabalhos, projetos e provas continuam se avultando sobre ela como uma caverna cheia de morcegos. Ela ignora tudo.

Volta ao trabalho exatamente uma vez, para pendurar a foto do dia de inauguração na parede e interceptar Jerry na saída do banheiro.

— Ei — ela diz —, nunca notei como essa foto é legal. Os anos 70 parecem ter sido uma época e tanto.

— É o que dizem — Jerry responde. — Mal me lembro.

— Ah, mas você deve se lembrar disso, não? Dia de inauguração? Toda a equipe original da Billy?

Ela segura o ar e se inclina para examinar a foto.

— Doçura, qualquer um desses putos podia entrar aqui e me dar um soco na cara que eu não faria a menor ideia de quem é.

Ela insiste.

— Nem mesmo quem inventou o Especial da Su?

— Na época eu era o que você poderia chamar de alcoólatra — Jerry diz. — Tenho sorte de lembrar o que vai naquele sanduíche.

— Tem certeza?

Jerry ergue a sobrancelha peluda.

— Você sabe que as pessoas em Nova York cuidam da própria vida, né?

Ele volta para a cozinha, August faz uma careta. Como pode ter se esquecido de Jane?

Ela chama Lucie na saída, perguntando sobre a última vez em que o próprio Billy visitou o restaurante, pensando que talvez possa perguntar para ele — mas não. Ele está praticamente aposentado, mora em Jersey com a família e quase nunca vem, só assina os cheques. Ele deixou Lucie e Winfield no comando e não parece aberto a receber telefonemas de garçonetes inexperientes que são novas na cidade.

Então, ela sai. Mata aula. Liga para o trabalho para dizer que está doente. Ouve Lucie estalar a língua ao telefone, como se soubesse que August está fingindo. August não está nem aí.

Ela enfia as pernas na calça jeans, os pés nos Vans e o coração bem, mas bem no fundo do peito, onde ele não possa fazer nenhuma bobagem, e vai para a estação.

Toda manhã, Jane está lá. Normalmente os bancos são de um azul-claro e limpo, as luzes, fortes e brilhantes, mas, de vez em quando, é um trem velho, bancos laranja chamuscados e com pichações desbotadas que dizem FODA-SE REAGAN em caneta permanente. Às vezes há apenas alguns viajantes sonolentos e, outras, vários executivos gritando ao telefone e bêbados cantando no meio do fluxo matinal.

Mas Jane está sempre lá. Então August também.

— Ainda não entendo — Wes diz, quando August finalmente consegue reunir todos no mesmo cômodo.

Ele acabou de chegar do estúdio de tatuagem, um bagel na mão, enquanto Niko serve o café com os olhos turvos e Myla escova os dentes na pia da cozinha. O encanamento do banheiro deve estar se rebelando de novo.

— Ela está presa no metrô — August explica pelo que parece a quingentésima vez. — Ela se perdeu no tempo nos anos 70, não consegue sair da linha Q, e não se lembra de nada antes de chegar lá.

— E você, tipo — Wes diz —, descartou *definitivamente* a possibilidade de tudo isso ser invenção dela?

— Ela é sincera — Niko murmura. Ele parece incomodado por ter de abrir o terceiro olho antes das oito da manhã. Mal abriu os dois primeiros. — Eu a conheci. Deu para notar. Sincera e sã.

— Me desculpa, mas você falou a mesma coisa do menino que se mudou para o andar de baixo, e ele roubou toda a minha maconha, me deu um perdido e se mudou para Long Beach para viver chapadinho na praia. Nem tão sincero, nem são, só comatoso na Califórnia.

Myla cospe na pia.

— *Comatoso na Califórnia* é meu álbum preferido da Lana Del Rey.

— Niko tem razão — August intervém. — Eu acredito nela. Não tem nenhuma vez que eu suba no trem e ela não esteja, mesmo se for um trem diferente um minuto depois. Não vejo como ela poderia fazer isso a não ser desafiando as leis da realidade.

— Então, o que você vai fazer? *Como se fosse a primeira vez*? Namorada desmemoriada?

— Em *primeiro* lugar — August diz, pegando a bolsa e o suéter —, esse filme é sobre perda de memória recente, não perda de memória de longo prazo: ela lembra quem *eu* sou. *Segundo*, ela não é minha namorada.

— Mas você está usando esse batom vermelho para ela — observa Myla.

— Eu... é por estilo. — August enfia o suéter na cabeça para que ninguém veja que está corando e fala com o rosto enfiado na lã. — Mesmo se ela quisesse que eu fosse sua namorada, não posso. Nós nem sabemos quem ela *é*. Descobrir isso é muito mais importante.

— Tão altruísta da sua parte — Wes diz, desembalando o bagel. — Eu... ai, caramba, erraram meu pedido. Que ousadia.

— Um crime.

— Eu vou lá toda manhã e peço exatamente a mesma coisa, e mesmo assim eles não acertam. Falta de *respeito*. Nós vivemos em *sociedade*.

— Boa sorte com isso — August diz, colocando a mochila nas costas. — Tenho que desamnesiar um fantasma.

— Ela não é um fantasma — Niko diz, mas August já saiu.

Wes acabou dando uma ideia. Ela não sabe como resolver o problema de Jane, mas a primeira regra é começar por aquilo que sabe. Ela sabe que Jane era uma nova-iorquina. Então elas vão começar por aí: com seu pedido de café e bagel.

— Não lembro — Jane responde quando August pergunta. — É assim com várias coisas. Lembro que cheguei aqui. Sei que houve coisas antes. Mas não me lembro do que era ou como me sentia, até alguma coisa *estalar*. Como quando vi a moça que me fez lembrar da minha vizinha dos *pierogi*.

— Tudo bem — August diz, e entrega um café com uma colher de açúcar e um bagel simples com queijo cremoso. — Você morou em Nova York por pelo menos alguns anos. Deve ter um pedido habitual de café e bagel. Vamos fazer o processo por eliminação.

Jane dá uma mordida e franze o nariz.

— Não acho que seja esse.

Durante os quatro dias seguintes, August traz café e bagel diferentes. Café preto e pão integral com salmão defumado. Capuccino com canela e parmesão tostado com ervas e alho. É só no quinto dia (gotas de chocolate e pasta de amendoim) que ela abre o saco de papel, fareja e diz:

— Ai, meu Deus. *Chocolate.*

— Jesus! — August exclama, enquanto Jane devora metade em uma única mordida, parecendo uma jiboia. — Todo nova-iorquino em um raio de cinquenta quilômetros acabou de ficar furioso e nem sabe o porquê.

— Pois é. O moço da mercearia sempre parecia enojado.

— Tipo, então por que não comer um donut?

— Tem menos recheio — ela diz de boca cheia. Então pega a mão de August e acrescenta: — Espera. Cinco colheres de açúcar!

É assim que elas descobrem que Jane é uma formiga. Ela toma o café com duas colheres de creme e cinco de açúcar como uma verdadeira maníaca. August começa a trazer para ela um bagel de gotas de chocolate com pasta de amendoim e um café cheio de açúcar e creme toda manhã.

Ela pega a linha para cima e para baixo e para cima de novo. Em uma tarde de terça, atravessando o rio East e passando pela Ponte de Manhattan, ao longo dos pontos turísticos que ela cresceu colando nos cantos de envelopes na forma de selos de correio. Em uma manhã de sábado, até a Coney Island e as vigas arqueadas da estação, acotoveladas por criancinhas de chapéu de praia e listras de protetor solar nas bochechas e pais resignados com bolsas cheias.

— Quem vai à praia em março? — murmura August enquanto elas esperam o trem sair de Coney Island, o fim da linha.

É lá que o trem fica parado por mais tempo. Jane gosta de dizer que, prestando bem atenção, dá para ouvir o oceano.

— Ah, vai, piqueniques de fim de inverno perto da costa? — Jane comenta, gesticulando com o bagel na mão. — *Eu* pelo menos acho romântico pra caramba.

Ela olha para August como se esperasse uma resposta, como se houvesse uma piada e August não tivesse entendido a graça. August faz uma careta e continua comendo.

Elas continuam sentadas, comem seus bagels e conversam. É tudo que dá para fazer — August chegou a um beco sem saída. Sem pistas sobre sua família ou sua vida antes de Nova York, Jane é a fonte principal.

Sua fonte principal, e sua amiga, a essa altura.

Só isso. Nada mais. É o que dá para ser.

August olha para a pasta de amendoim que ficou no lábio de Jane. Numa boa.

Em uma quarta-feira, Jane está na terceira mordida do bagel quando se lembra do ensino fundamental.

A cidade continua vaga, mas ela se lembra de uma salinha de aula, outras crianças de seu bairro sentadas em carteirinhas e o pôster de um balão na parede. Ela se lembra do cheiro de pontas de lápis, traduções feitas com atenção, sua melhor amiga, uma menina chamada Jia que adorava sanduíches de pasta de amendoim, e a caminhada na névoa entre a casa delas, o cheiro de pavimento úmido dos lojistas lavando as calçadas com mangueira ao fim da noite.

— A sensação é mais ou menos essa quando tento me lembrar das coisas. De quando cheguei no primeiro dia de aula e só entendia metade do que as pessoas diziam porque eu falava cantonês em casa. Como se eu tivesse que montar um quebra-cabeça no escuro.

Em outro dia, ela acaba de beber o café e seus olhos se iluminam quando ela conta para August sobre o dia em que chegou a Nova York. Ela fala de um ônibus interestadual, um senhorzinho simpático na estação que explicou como chegar ao Brooklyn, deu uma piscadinha e pregou um broche no bolso dela, o pequeno triângulo rosa embaixo do ombro. Ela conta a August que pagou em dinheiro na primeira vez que andou de metrô, subiu do subterrâneo para uma manhã cinza e deu uma voltinha lenta, absorvendo tudo, e então comprou seu primeiro café em Nova York.

— Você vê o padrão, não? — pergunta August quando termina de anotar tudo.

Jane vira o copo vazio nas mãos.

— Como assim?

— São coisas sensoriais. Você sente cheiro de café, isso traz de volta algo associado. Sente o gosto de pasta de amendoim, mesma coisa. É assim que podemos conseguir alguma coisa. Só temos que experimentar.

Jane fica em silêncio, estudando o painel que mapeia as estações.

— Que tal uma música? Será que funcionaria também?

— Provavelmente. Na verdade, conhecendo você e música, aposto que pode ajudar bastante.

— Certo — Jane diz, se empertigando de repente, com total atenção. August passou a reconhecer essa expressão no rosto dela como disposição a aprender algo que não entende: a cabeça ligeiramente inclinada, uma sobrancelha erguida, em parte confusa, em parte ansiosa. Às vezes Jane exala a mesma energia que um golden retriever. — Lembro um pedaço de uma música. Não sei de quem era, mas é assim: *ohhh, giiiiirl...*

— Isso poderia ser de muitas músicas — August diz, tirando o celular do bolso. — Você se lembra de alguma outra parte da letra?

Jane morde o lábio e franze a testa. Canta baixo, calorosa e desafinada e um pouco crepitante, como o ar em volta dela parece ser.

— *How I depend on youuu, to give me love how I need it.*

Como eu aposto que você vai me dar amor como eu precisar? August se esforça muito para focar apenas a curiosidade científica enquanto consulta o Google.

— Ah, certo. *When.* É *give me love* when *I need it.* Me dar amor *quando* eu precisar. O título da música é "Oh, Girl". É de uma banda chamada The Chi-Lites. Lançada em 1972.

— É! É isso mesmo! Eu tinha em um single de sete polegadas. — Jane fecha os olhos, e August está imaginando a mesma coisa: Jane, pernas cruzadas no chão de um quarto em algum lugar, deixando o vinil rodar. — Nossa, queria poder ouvir isso agora.

— Você pode — August diz, navegando pelos aplicativos. — Espera aí.

Ela leva um total de três segundos para encontrar, desenrola os fones do bolso e dá um para Jane.

A música começa, sentimental e ardorosa, cordas e gaita, e as primeiras palavras são exatamente como Jane as cantou: *Ohhh giiiiirl...*

— Ai, meu Deus — Jane diz, recostando-se no banco. — É essa mesmo. Puta merda.

— Põe puta merda nisso.

A canção continua por mais um minuto até Jane se empertigar e dizer:

— Eu ouvi essa música pela primeira vez no rádio de um caminhão. O que é estranho, porque realmente acho que não cheguei a dirigir nenhum caminhão. Mas acho que andei em alguns. Tem uns... tipo, flashes, sabe?

August anota.

— Carona, talvez? Era bem comum naquela época.

— Ah, sim, era. Aposto que é isso. É... isso mesmo, um caminhão vindo da Califórnia, no sentido leste. Mas não consigo me lembrar para onde a gente estava indo.

August chupa a ponta da borracha do lápis, e Jane olha para ela. Para sua boca, especificamente.

Ela tira o lápis da boca, acanhada.

— Não tem problema, é um bom começo. Se lembrar de mais alguma música, posso ajudar você a encontrar.

— Então você consegue... ouvir qualquer música que quiser? — Jane pergunta, olhando para o celular de August. — Quando quiser?

August faz que sim. Elas já passaram por explicações bastante rudimentares sobre como smartphones e a internet funcionam, e Jane aprende muito por observação, mas ainda fica admirada e arregala os olhos.

— Quer que eu arranje um celular como esse para você? — August pergunta.

Jane pensa a respeito.

— Então... sim e não? É impressionante, mas tira um pouco da graça não ter que se esforçar para conseguir escutar uma música. Eu amava minha coleção de vinis. Foi o maior dinheiro que já gastei em um só lugar, enviando para um endereço novo sempre que eu parava em uma cidade nova. Eu queria ver o mundo, mas ainda assim ter uma coisa que fosse só minha.

O lápis de August voa sobre o papel.

— Certo, então você era uma nômade. Uma nômade mochileira. É tão...

— Descolado? — Jane sugere, erguendo a sobrancelha. — Ousado? Aventureiro? Sexy?

— Inacreditável que não tenha sido estrangulada por um dos vários assassinos em série que matavam mochileiros em toda a Costa Oeste nos anos 70, é isso que eu ia dizer.

— Bom — Jane ergue o pé, cruzando o tornozelo sobre o joelho, e olha para August, as mãos atrás da cabeça. — Qual é o sentido da vida sem um pouco de perigo?

— Não *morrer* — August sugere.

Ela consegue sentir o rubor queimando inconvenientemente em suas bochechas.

— É, eu não morri em toda a minha vida, e olha onde vim parar.

— Tá. Verdade. — August fecha o bloquinho. — Mas essa foi uma boa memória. Conseguimos uma pista.

August dá seu celular velho para Jane, a ensina a usar, e elas saem explorando, como um tipo de caça ao tesouro amnésica. Jane envia por mensagem trechos de letras ou imagens de filmes que ela assistiu entrando em cinemas baratos às escondidas, e August garimpa sebos em busca de vinis que as mãos de Jane reconheçam e também uma lancheira antiga de *Tubarão*. August traz todas as comidas em que consegue pensar para a Q: rosquinhas, *challah*, fatias de pizza, falafel com a embalagem de papel engordurado, bolo chinês, sorvete escorrendo pelo punho.

As coisas começam a voltar devagar, aos poucos, um momento de cada vez. Uma caixa de pizza de pepperoni dividida com um amigo em um pátio na Filadélfia. Descer o quarteirão de sandália em uma tarde quente de julho para comprar bolos de chá verde com as moedas achadas no sofá. Um breve amor que sentiu por uma menina que bebia três Arnold Palmers por dia. Um breve amor que sentiu por uma menina que roubou uma garrafa de vinho da Seudat Purim de sua família porque as duas eram pobres demais para comprar vinho. Um breve amor que sentiu por uma menina que trabalhava em um cinema.

August nota que Jane teve muitos breves amores. Há uma contagem secreta no verso de um de seus cadernos. Até agora foram sete meninas. (Ela está completamente de boa com isso.)

Elas reviram a mochila de Jane em busca de pistas — os cadernos em sua maioria preenchidos por relatos pessoais, como um diário, e receitas com abreviações bagunçadas, o cartão-postal da Califórnia, com um número de telefone que está desligado. August tira fotos dos broches para pesquisá-los e descobre que Jane era meio radical nos anos 70, o que abre toda uma nova linha de pesquisa.

August revira os arquivos da biblioteca até encontrar cópias de panfletos, zines, folhetos, tudo que pudesse ter sido fixado, colado ou enfiado por baixo de portas de bares decadentes quando Jane andava pelas ruas de Nova York. Ela encontra uma edição do jornal de *I Wor Kuen*, páginas em chinês e inglês sobre marxismo, autodeterminismo e contra o alistamento militar. Ela encontra um folheto anunciando uma apresentação de teatro de rua do Redstockings sobre o direito ao aborto. Imprime uma edição inteira da revista da Frente de Libertação Gay e leva para Jane, um post-it rosa marcando um artigo de Martha Shelley intitulado "Gay é bom".

— "Seu sorriso simpático de aceitação, na segurança da sua heterossexualidade, não é suficiente" — Jane lê em voz alta. — "Enquanto você alimentar a convicção secreta de que é um pouco melhor do que nós porque dorme com o sexo oposto, estará dormindo em seu berço... e nós seremos o pesadelo que despertará você."

Ela dobra a página e lambe o lábio inferior.

— É — diz, sorrindo. — É, eu me lembro disso.

Dizer que os jornais desvendam novas partes de Jane seria mentira, porque são coisas que sempre estiveram lá. Eles não revelam nada que já não estivesse estampado na firmeza de seu maxilar e em como ela firma os pés no espaço que ocupa. Mas eles colorem a imagem, fixam os contornos — ela folheia e se lembra de protestos, tumultos, cerra os punhos e fala sobre o que criou a memória muscular de seus dedos, cartazes pintados à mão, olhos roxos e uma bandana cobrindo boca e nariz.

August toma nota após nota e acha quase engraçado — todas as brigas só conspiraram para tornar Jane gentil. Destemida, charmosa e cheia de piadas ruins, um gosto incorrigível por doces e uma bota com biqueira de aço como último recurso. Essa, August está descobrindo, é Jane.

Seria mais fácil, August pensa, se ela não estivesse gostando tanto da verdadeira Jane. Na verdade, seria extremamente conveniente se Jane fosse entediante, egoísta ou uma panaca. August adoraria examinar o caso sem todo esse lance de estar se apaixonando pelo seu objeto de investigação para atrapalhar.

Nesse meio-tempo, quando Jane precisa de uma pausa, August faz aquilo que tentou ao máximo evitar durante a maior da vida: falar de si mesma.

— Não entendo — August diz quando Jane pergunta sobre sua mãe —, o que isso tem a ver com as suas memórias?

Jane encolhe os ombros, juntando a ponta dos pés.

— Só quero saber.

Jane pergunta sobre a faculdade, e August conta de suas transferências e semestres extras e da colega de quarto do Texas que adorava Takis Fuego, e isso faz Jane se lembrar de uma estudante com quem ela ficou quando tinha vinte anos e mochilava pelo Meio-Oeste (a oitava da lista). Jane pergunta sobre o apartamento de August, e August fala das esculturas de Myla e de Noodles correndo pelos corredores, e isso faz Jane se lembrar do cachorro do vizinho do seu apartamento no Brooklyn, do lado da moça polonesa.

(Elas quase nunca conversam sobre 2020 e sobre como é na superfície. Ainda não. August não sabe se ela quer ouvir. Jane não pergunta.)

August se senta ao lado ou na frente ou, às vezes, em algum banco próximo quando, agitada, Jane anda pelo vagão. Elas se juntam diante do mapa da cidade fixado perto das portas e tentam traçar os antigos trajetos de Jane pelo Brooklyn.

Em duas semanas, August tem três cadernos cheios de histórias de Jane, suas memórias. Ela os leva para casa à noite, os espalha sobre o colchão de ar e faz anotações sobre suas anotações, pesquisando todos os nomes que Jane lembra, vasculhando a cidade atrás de listas telefônicas antigas. Leva o cartão-postal da Califórnia para casa e fica lendo e relendo: *Jane — Que saudades. Vem me ver?* Está assinado apenas com as palavras *Sonhos de moscatel* e um número de telefone com código de Oakland, mas nenhuma das Jane Sus na San Francisco dos anos 70 leva a algum lugar.

Ela compra dois mapas: um dos Estados Unidos e um de Nova York, todos os cinco distritos dispostos em tons pastel. Ela os cola na parede do quarto, morde a língua e espeta tachinhas em todos os lugares que Jane menciona.

Elas vão encontrar Jane. Ela deve ter deixado coisas para trás, lugares e pessoas que se lembrem. August vê a luz de Jane brilhar na vibração constante do metrô todos os dias e não consegue imaginar como alguém poderia se esquecer.

Certa tarde, quando trocou uma aula de revisão antes da prova para ficar no metrô fazendo piadas à meia-voz sobre os passageiros que entram e saem, August pergunta:

— Quando você percebeu que estava presa?

— Para ser sincera? — Jane diz. Ela estende a mão e, devagar, limpa a cobertura do donut daquela manhã do lábio de August. O contato visual é tão terrivelmente próximo que August precisa baixar os olhos antes que seu rosto diga algo que ela não vai conseguir retirar. — No dia em que conheci você.

— Sério?

— Assim, não ficou óbvio na hora. Mas antes era meio que... uma névoa. Essa foi a primeira vez que realmente me dei conta de que estava em algum lugar no tempo e no espaço por alguns dias. Depois de uma semana, mais ou menos, notei que não tinha saído daqui. No começo, eu só conseguia saber contando os dias em que eu via e não via você. Na semana em que você não veio? Tudo começou a ficar turvo de novo. Então...

O silêncio cai no espaço entre elas: talvez sejam elas. Talvez seja August. Talvez ela seja o motivo.

Myla suborna August com um saco de batatinhas Zapp's comprado em uma mercearia a quatro quarteirões dali para que ela a apresente a Jane.

Depois de Niko, ela tem evitado apresentar as pessoas. Afinal, Jane já tem problemas suficientes na cabeça depois de ter sido informada de que é uma anomalia científica presa quarenta e cinco anos no futuro sem nenhuma memória de como foi parar lá e tudo mais. Ela ainda está se acostumando com a ideia de que não vai ser presa por ser lésbica em público, o que foi toda uma montanha-russa emocional por três dias. August tenta pegar leve com a garota.

— Você mesma pode pegar a Q — August diz a Myla, guardando as batatinhas em sua prateleira na despensa. Depois de pensar por um momento, cola um post-it que diz VOCÊ VAI MORRER SE ENCOSTAR A MÃO NISSO. — Ela está sempre lá.

— Eu tentei — Myla diz. — Não a vi.

August franze a testa, tirando uma embalagem de Pop-Tarts de morango da despensa. Não há tempo para um bagel.

— Sério? Que estranho.

— Pois é, acho que eu não tenho todo o vínculo de *almas gêmeas mágicas* que você tem com ela.

É uma tarde chuvosa de sexta, e ela está usando uma capa de chuva amarela brilhante.

— Nós *não* temos um vínculo de almas gêmeas mágicas. Por que você está tão empenhada nesse relacionamento, aliás?

— August, eu te amo muito e quero que você seja feliz, e estou confiante de que você e essa menina são, tipo, predestinadas pelo universo a colarem velcro até a morte. Mas sinceramente? Estou curtindo todo esse lance de ficção científica. Estou vivendo um episódio real de *Arquivo X*, está bem? Essa é a coisa mais interessante que já me aconteceu, e olha que a minha vida não é *nada* sem graça. Então, podemos *ir*, Scully?

Na plataforma molhada, Myla se atira para dentro do metrô tão rápido que quase derruba August em cima de uma velhinha saindo devagar.

— Tchau, dona Caldera! — Jane grita para ela. — Manda um oi para o Paco e fala que é melhor ele estudar para a prova de álgebra! — Ela vê August, e seu sorriso simpático se transforma em algo que August ainda não consegue identificar. — Ah, oi, August!

Myla avança, estendendo a mão para Jane.

— Oi, nossa, meu nome é Myla, grande fã. Adoro seu trabalho.

Sorridente, Jane aperta a mão dela, e August consegue ver que Myla está fazendo todo um catálogo de observações científicas enquanto elas se cumprimentam. August realmente deveria tê-la jogado nos trilhos quando teve oportunidade.

— *Dá para sentar?* — sussurra August, empurrando Myla para um assento. Ela tira o pacote de Pop-Tarts do bolso e entrega para Jane, que rasga a embalagem na hora. — Hm, Jane, essa é uma das pessoas que comentei que dividem apartamento comigo.

— Estava louca pra te conhecer — Myla diz. — Tive que subornar August com salgadinhos. Zapp's. Sabor cebola.

Jane ergue os olhos da embalagem de Pop-Tarts que está destruindo.

— Zapp's?

— É uma marca de salgadinho da Louisiana — August explica. — São uma delícia. Vou trazer para você.

— Uau — Myla interrompe —, você consegue comer?

— *Myla!*

— Que foi? É uma pergunta válida!

Jane ri.

— Tudo bem. Sim, consigo comer. E beber, mas acho que não consigo ficar bêbada. Achei um cantil de uísque uma vez, e não deu em nada.

— Talvez seu primeiro erro tenha sido beber de um cantil encontrado no metrô — August sugere.

Jane revira os olhos, ainda sorrindo.

— Olha — ela diz de boca cheia —, se eu torcesse o nariz para tudo que deixam no metrô, não teria nada para fazer.

— Espera, então — Myla diz, se inclinando para a frente, os cotovelos em cima dos joelhos —, você sente fome?

— Não — Jane diz. Ela pensa por um segundo. — Eu *consigo* comer, mas acho que não preciso.

— E... digestão?

— Myla, juro por Deus...

— Não acontece nada — Jane diz, dando de ombros. — É como...

— Animação suspensa — Myla sugere.

— É, acho que sim.

— Uau, fascinante! — Myla diz, e, embora August esteja morrendo de vergonha, não pode fingir que não está guardando tudo mentalmente para registrar depois. — E você não consegue se lembrar de nada mesmo?

Jane franze a testa, pensativa, enquanto dá outra mordida.

— Agora me lembro de mais coisas. É meio que uma... memória muscular? Cultura pop é mais fácil de lembrar do que assuntos pessoais por algum motivo. E, muitas vezes, tenho a sensação de que estou fazendo alguma coisa que já fiz antes, por mais que não consiga me lembrar dos detalhes. Por exemplo, sei falar cantonês e inglês, mas não me lembro de aprender nenhuma dessas línguas. Cada dia mais coisas voltam.

— Uau. E...

— Myla — August diz —, a gente pode talvez não tratar a menina como a criatura da semana?

— Ah, foi mal. — Myla franze o rosto. — Desculpa! É só que... isso é tão legal. Quer dizer, é óbvio que não é legal para você, mas é fascinante. Nunca ouvi falar de nada assim.

— Isso é um elogio? — Jane pergunta.

— Pode ser.

— *Enfim* — August diz. — Myla é uma gênia e curte muito ficção científica e a teoria dos multiversos e, tipo, coisas de gente esperta, então ela vai ajudar a entender o que exatamente aconteceu com você e como podemos resolver isso.

Jane, que está devorando a segunda bolacha como se estivesse tentando bater um recorde de velocidade, estreita os olhos para August e pergunta:

— Você está montando uma força-tarefa, Landry?

— Não é uma força-tarefa — August diz, o coração batendo mais forte ao som de seu sobrenome na boca de Jane. — Só um... bando de desajustados.

Os cantos da boca de Jane se contraem em um sorriso malandro.

— Adorei.

— Muito *Goonies* isso — Myla intervém.

— O que são goonies? — Jane pergunta.

— Só um dos maiores filmes de aventura de 1985 — Myla diz. — Espera, ai, caramba, você perdeu todos os filmes do Spielberg, não?

— Ela deve ter pegado *Tubarão*. 1975 — August responde automaticamente.

— Obrigada, Enciclopédia Brown — Myla diz. Ela se inclina e fala para Jane: — August sabe tudo sobre tudo. É o superpoder dela. Deveria estar te ensinando tudo sobre os filmes dos anos 80.

— Eu *não* sei tudo.

— É verdade, você não sabia nada sobre o punk dos anos 70. Isso eu tive que te ensinar.

Jane olha para ela, com um leve sorriso irônico. August engole em seco.

— Foi você que ensinou isso para ela?

— Ah, sim — Myla exclama alegremente —, acho que ela queria algum assunto para conversar com v...

— *Enfim!* — August interrompe. O metrô está chegando a uma estação, e ela levanta Myla pela manga. — A Billy não é longe daqui, e estou com fome. Você não está com fome? Vamos lá, tchau, Jane!

Tanto Myla como Jane parecem visivelmente assustadas, mas é August quem está a um comentário vergonhoso de se jogar pela saída de emergência. Essas duas são uma combinação perigosa.

— Espera, qual é seu signo? — Myla grita enquanto é arrastada por August.

Jane franze o rosto como se estivesse tentando se lembrar de onde deixou as chaves, não do próprio aniversário.

— Não lembro. Mas no verão? Quase certeza de que nasci no verão.

— Já ajuda! — Myla diz.

August lança um sorriso de desculpas para Jane, puxa Myla para fora, e Jane desaparece na multidão de passageiros.

— Vou te matar — August diz, abrindo caminho para chegar à escada.

— A coisa mais interessante que já aconteceu na minha vida! — grita Myla em direção ao metrô.

— O que você achou dela?

Myla salta da escada, ajeitando a minissaia.

— Tipo, sinceramente? Aquela mulher é pra casar. Tipo, ter três filhos e um cachorro. Se ela olhasse para mim do jeito que ela olha para você, meu DIU teria estourado como fogos de artifício.

— Jesus *Cristinho* — August diz. E involuntariamente: — Como você acha que ela olha para mim?

— Como se você fosse a anja da bolacha dela. Como se você cagasse arco-íris. Como se você tivesse inventado o próprio conceito de amor.

August fica olhando para a cara dela, tentando assimilar essa informação, depois dá meia-volta e se encaminha para a saída.

— Não, ela não me olha assim.

— Como se ela quisesse comer você viva — acrescenta Myla, correndo para acompanhar.

— Não precisa mentir para tentar me animar.

— Não estou mentindo! Ela... ai, *caceta*.

Myla parou de repente — a sola de borracha das botas guinchando no piso úmido — na frente de um cartaz na parede da estação. August volta para ler.

ALERTA DE SERVIÇO, o cartaz avisa.

Abaixo, tem a bolha amarela da linha Q. Os passageiros continuam passando pelo cartaz como se não fosse nada, apenas mais um inconveniente em seu dia a dia, mas August congela e sente que todas as suas viagens na Q passam ao seu redor como uma bobina de filme até apertarem um disjuntor e tudo ficar preto.

— Vão fechar a linha para manutenção no fim do verão — Myla lê.

— *Fechar*? — As datas indicam 1º de setembro a 31 de outubro. — Dois *meses*? Eu vou ficar sem ver Jane por *dois meses*?

Myla se volta para ela, os olhos arregalados.

— Você não disse que... se ela não vir você...?

— Sim — August diz. — Quando parei de pegar a Q, tudo ficou turvo para ela de novo. Você... Você acha que ela poderia...?

August imagina Jane presa por meses, sozinha, confusa, estática e esquecida, ou pior — saindo deste exato ponto do tempo assim como chegou a ele, perdida de novo, mais distante do que a investigação de August conseguiria encontrar. Elas não sabem se Jane está realmente fixa no aqui e agora.

August *acabou* de encontrá-la. É cedo demais para perdê-la.

Na Billy, Lucie não parece feliz quando elas chegam, considerando que August está forjando uma mononucleose há semanas. Mesmo assim, Lucie entrega dois cardápios e dois conjuntos de talheres para elas e as coloca no balcão sem falar nada.

Winfield deixa um prato de batatas fritas e, depois que ele se afasta, August cochicha:

— O que vamos fazer?

— Certo — Myla diz. — Tenho uma teoria.

August abre a boca, mas fecha quando Winfield chega para deixar ketchup. Assim que ele sai, ela pergunta:

— Qual?

— Você sabe alguma coisa sobre lapsos de tempo? — cochicha Myla.

August a encara.

— Não.

— Certo — Myla diz. Ela despeja o ketchup sobre as fritas. August faz uma careta, e Myla a ignora. — É um recurso narrativo de ficção científica, quando alguém se perde no tempo. Então, por exemplo, *Um ianque na corte do rei Artur*. Livro do Mark Twain. O cara leva uma pancada na cabeça e acorda em Camelot. Talvez tenha acontecido alguma coisa com ela no trem que a tirou da linha temporal.

August franze a testa.

— Tipo, ela viajou no tempo?

— Meio que sim — Myla diz, pensativa. — Mas você encontrou provas de que ela esteve nos anos 80 e 90, certo? Então não é apenas daquela época para agora. Talvez ela esteja, tipo... passeando pelo tempo. Talvez esteja presa no metrô porque algum grande acontecimento, alguma grande anomalia, a fixou lá. Ela está, tipo, presa no meio-termo.

— No meio-termo entre o quê?

— Morta e viva, talvez. Real e não real.

— Então o trem é tipo o... purgatório?

Que católico.

— Sim, mas... não. Tipo, então. Você e eu, nós somos reais. Estamos fixadas na realidade, nessa linha do tempo. Linear. Começamos no ponto A e avançamos pelos pontos B, C, D etc. Isso é porque nada interferiu em nossa linha do tempo. Então nossos pontos A, B, C e D correspondem à mesma ordem de pontos do tempo linear. Mas se houvesse um acontecimento como... por exemplo, em *Lost*, quando eles detonam a bomba H e são lançados para o futuro. Alguma coisa grande o suficiente para causar uma fenda em que uma pessoa pudesse entrar e isso a tirasse da linha do tempo real. O ponto B dela poderia ser nosso ponto D, o ponto E dela poderia ser nosso ponto C. Não é linear para ela. Ela pode estar em 1980 em um momento e em 2005 no próximo e em 1996 no seguinte, porque ela está à deriva.

August passa as mãos no cabelo, tentando fazer as peças se encaixarem em seu cérebro.

— Certo, então, tipo... por exemplo, música no rádio — ela tenta. — Tipo, as ondas de rádio começam em um lugar e são captadas pelos receptores. Ela é a transmissão, e os receptores dela estão...

— Todos em momentos diferentes do tempo, isso. Então, se virmos desse ponto de vista, ela é a música, e nós somos o receptor que a capta.

— E as outras pessoas que ela viu e que interagiram com ela no metrô ao longo dos anos são...

— Como antenas em carros captando uma estação de rádio enquanto passam pela cidade. Ela está... Ela está sempre sendo transmitida da mesma torre.

August sente que seu cérebro vai sair escorrendo pelo nariz.

— A Q. Ela está sendo transmitida pela Q.

— Isso. Então... alguma coisa aconteceu quando ela estava naquela linha — Myla diz devagar. As fritas estão ficando molengas. — É isso que a gente precisa descobrir.

— Como?

— Não faço ideia.

August se empertiga, ajeitando os óculos. Ela consegue. Seu cérebro está programado para solucionar coisas.

— Então, um acontecimento grande o suficiente para fazer uma pessoa sair do tempo... deve ter algum registro, certo?

Myla olha para ela.

— Gata, sei lá. Isso é tudo hipotético. — Ela deve ter visto a frustração que perpassa o rosto de August, porque pega uma batata e a aponta para ela. A batatinha se dobra, patética, derrubando ketchup na mesa. — Olha, você pode estar certa. Mas pode ter sido extremamente pontual. Às vezes as pessoas nem notaram.

August suspira. Apoia os cotovelos na mesa. Tenta desviar do ketchup.

— E as memórias dela? Por que sumiram?

— Como eu disse, não sei. Talvez seja porque ela não tem raízes em nada. Ela não é inteiramente real, então as memórias também não são. O importante é que não sumiram para sempre.

— Então... Então temos que fazer com que ela se lembre do que aconteceu. E...

— E talvez a gente encontre um jeito de resolver isso antes do fim do verão.

August deixa essa ideia pairar no ar: elas podem libertar Jane. Ela estava tão concentrada em ajudar Jane a descobrir seu passado que não pensou no que viria depois.

— E então o... O quê? — August pergunta, encolhendo-se pela oscilação na própria voz. — Se a gente descobrir o que aconteceu e como resolver isso, como vai ser? Ela volta para os anos 70? Ela fica aqui? Ela... Ela desaparece?

— Não sei. Mas...

August solta a batata frita. Perdeu o apetite.

— Mas o quê?

— Então, ela não falou que para ela só faz alguns meses até agora? Acho que está ancorada no aqui e agora. E, pelo que você me contou, essa é a primeira vez que isso acontece.

— Então a gente pode ser a única chance dela? Certo — August cruza os braços e abaixa a cabeça, trincando os dentes. — Aconteça o que acontecer, nós vamos tentar.

Então, é isso. August meio que já sabia, mas agora *não resta dúvidas*. Ela não vai conseguir fazer tudo isso tendo uma quedinha por Jane.

Tranquilo. É só que August adorava *Digam o que quiserem* antes de a vida intervir e ela passar a odiar tudo, e Jane é a primeira pessoa a fazê-la se sentir tão John Cusack e Ione Skye de novo. Não importa que a mão de Jane seja do tamanho perfeito para apertar a cintura de August nem que August não possa olhar Jane nos olhos porque seu coração fica tão espalhafatoso e barulhento que o resto do corpo mal consegue disfarçar. August vai sobreviver.

Resumindo: ela não tem a menor chance. Mesmo se, de alguma forma, Jane sentir o mesmo, August tem um prazo. Ela precisa ajudar Jane a descobrir quem é, como ficou presa e como libertá-la.

E, se August conseguir, Jane não vai estar exatamente ali para sempre. Ou melhor, ela nem sequer está exatamente ali agora. E, bom, August nunca teve seu coração partido de verdade, mas tem certeza de que se apaixonar por alguém para depois enviar a pessoa de volta para os anos 70 iria, em termos de coração partido, vencer as Olimpíadas na categoria Você se Fodeu Pra Valer.

Enfim, ela pode separar as coisas. Passou a infância sendo paga em McLanches Felizes para invadir os arquivos pessoais dos outros e fingiu que isso era normal. Pode muito bem fingir que nunca pensou em Jane segurando sua mão em um chalé bonitinho de East Village com um sofá da West Elm e uma adega de vinhos. Esse crush, ela conclui, tem *tudo* para dar errado.

O que obviamente significa que, no minuto em que August pisa de novo na linha Q, Jane diz:

— Acho que vou ter que te beijar.

Não é bem assim que começa. Começa com August, tão ocupada pensando em não pensar em Jane que não percebeu o temporal se formando antes de sair de casa, e entrou no vagão tropeçando em sua própria poça d'água.

— *Uau!* — exclama Jane, pegando-a pelo ombro antes que ela caísse no chão. — Quem tentou te afogar?

— A porra do metrô — August diz, aceitando a ajuda para se levantar. Ela tira o cabelo ensopado dos olhos, piscando para as lentes dos óculos cheias de pingos. — Um atraso de vinte minutos em uma plataforma ao ar livre. Eles querem que eu morra.

August tira os óculos e procura desesperadamente algum centímetro de tecido seco em sua roupa para secar as lentes.

— Me dá aqui — Jane diz, erguendo a barra da camisa. August vê a pele macia da barriga dela, prenúncios de uma tatuagem secreta no quadril chegando até a cintura, e se esquece de respirar. Jane pega os óculos de August para secar. — Não precisava vir hoje.

— Eu queria vir — August diz. E acrescenta rápido: — Estamos fazendo um bom progresso.

Jane ergue os olhos, meio sorrindo, e para, com os óculos de August ainda na mão.

— Ah, uau — diz, baixinho.

August pisca.

— O que foi?

— É... sem os óculos, o cabelo molhado. — Ela os devolve, mas seu olhar, distante e um pouco atordoado, está fixo no rosto de August. — Tive um flashback.

— Uma memória?

— Mais ou menos. Uma memória pela metade. Você me fez lembrar.

— *Ah* — August diz. — O que é?

— Um beijo. Não... não consigo me lembrar exatamente onde eu estava, ou quem *ela* era, mas, quando você olhou para mim, eu consegui me lembrar da chuva.

— Certo — August diz. Ela anotaria isso se seu caderno não estivesse completamente encharcado. E se julgasse ter equilíbrio suficiente para segurar uma caneta. — Do que, hm, do que mais você se lembra?

Jane morde o lábio.

— Ela tinha o cabelo comprido, como o seu, só que loiro, talvez? É estranho porque... parece um filme que eu vi, mas sei que aconteceu comigo, porque me lembro do cabelo molhado dela grudado na lateral do pescoço e que tive que tirar para dar um beijo ali.

Deus do céu.

Descrições arrasadoras de coisas que Jane poderia fazer com a boca à parte, isso realmente apresenta uma... possibilidade. A maneira mais rápida de recuperar as memórias de Jane é fazer com que ela cheire, escute ou toque em algo do passado.

— Sabe o negócio que a gente fez com os bagels — Jane diz, aparentemente pensando a mesma coisa — e a música, as coisas sensoriais? Se eu... se *nós*... conseguirmos recriar a *sensação* que eu tive naquele momento, talvez eu consiga me lembrar do resto.

Jane olha ao redor — é um dia devagar para a Q, apenas algumas pessoas no fim do vagão.

— Você quer... Você pode tentar, hm, pegar no meu pescoço? — August sugere sem jeito, com raiva de si mesma. — Tipo, pela investigação.

— Talvez. Mas foi... Foi num beco. Estávamos em um beco fugindo da chuva, e ríamos, e eu ainda não a tinha beijado, mas fazia semanas que estava pensando em beijá-la. Então...

Ela se vira distraidamente para a parede vazia nos fundos do vagão, perto da saída de emergência.

— Ah.

August vai atrás, os tênis molhados rangendo de um jeito nada sexy.

Jane se volta para ela, passa dois dedos no dorso da sua mão. Está concentrada, como se segurasse a memória com força em sua mente, transpondo-a para o presente. Ela pega August pelo punho, a jogando contra a parede e, ai, *cacete*.

— Ela estava encostada na parede — Jane explica simplesmente.

August sente seus ombros acertarem o metal liso e, em pânico, imagina tijolos raspando suas costas, um céu em vez de corrimões e lâmpadas vacilantes, ela em si sem nenhum tipo de desenvoltura para sobreviver a esse momento.

— Certo — August diz. Ela e Jane já estiveram mais próximas do que isso em horas do rush, mas nunca, nenhuma vez, foi *assim*. Ela ergue o queixo. — Assim?

— Isso — Jane diz. Sua voz sussurrada. Ela ainda deve estar concentrada. — Assim mesmo.

August engole em seco. Quase chega a ser engraçado o quanto está prestes a morrer.

— E eu coloquei minha mão aqui. — Jane se inclina e apoia a mão na parede perto da cabeça de August. O calor de seu corpo crepita entre elas. — Assim.

— Uhum.

É a investigação. Apenas a *investigação*. Relaxa e pensa na maldita classificação decimal de Dewey.

— E eu me aproximei — Jane diz. — E...

Sua outra mão paira sobre o pescoço de August e vai até a nuca, o polegar roçando a veia de August, que fecha os olhos por instinto. Jane encosta no cabelo de August com a ponta dos dedos e afasta delicadamente os fios da lateral do pescoço. O ar frio é um choque contra a sua pele.

— Isso... ajuda?

— Espera aí — Jane diz. — Posso...?

— Pode — August responde. Não importa qual é a pergunta.

Jane faz um barulho muito suave, baixa a cabeça e sopra a pele nua de August, perto o bastante para reproduzir o gesto, mas por milímetros sem fazer contato, o que é pior do que um beijo seria. É mais íntimo, a promessa silenciosa de que ela poderia se quisesse, e de que August deixaria, se as duas quisessem a mesma coisa da mesma forma.

Os lábios de Jane tocam a pele de August quando ela diz:

— Jenny.

August abre os olhos.

— Quê?

— Jenny — Jane diz, recuando. — O nome dela era Jenny. Estávamos a um quarteirão do meu apartamento.

— Onde?

— Não lembro — Jane diz. Ela franze a testa e acrescenta: — Acho que vou ter que te beijar.

A mente de August fica ardentemente vazia.

— Você... quê?

— Estou quase lá — Jane diz, e como August poderia conter um arrepio com essas palavras nessa voz saindo daquela boca carnuda? — Acho que...

— Que se você... — August limpa a garganta e tenta outra vez. — Você acha que, se... se me beijar...

— Eu vou lembrar, isso.

Ela está olhando para August com um tipo preciso de interesse. Não como se estivesse pensando em um beijo, mais sim se concentrando muito em um objetivo. Por acaso, é uma expressão que lhe cai desastrosamente bem. Sua mandíbula fica toda protuberante e angulosa, e August quer dar tudo que ela desejar e depois trocar de nome e mudar de continente.

Jane está observando seu rosto, seguindo uma gota de chuva que escorre de seu cabelo até o queixo, e August sabe, tem *certeza*, que, se fizer isso, nunca mais vai pensar em outra coisa pelo resto da vida. Não dá para desbeijar a pessoa mais impossível que já se conheceu. Ela nunca vai esquecer o sabor.

Mas Jane parece esperançosa, e August quer ajudar. E... bom. Quando se trata de coleta de evidências, ela acredita que é preciso colocar a mão na massa e se dedicar. É apenas isso.

Acalme-se, August diz a si mesma. *Pelo amor de Deus, Landry. Acalme-se.*

— Certo. Não é uma má ideia.

— Tem certeza? — Jane pergunta suavemente. — Não precisa se não quiser.

— Não é... — Não é essa a questão, mas, se Jane não sabe a essa altura, ela provavelmente nunca vai saber. — Por mim, tudo bem.

— Certo. — Jane fica visivelmente aliviada.

Nossa, ela não faz ideia.

— Certo — August diz. — Pela investigação.

— Pela investigação — Jane concorda.

August endireita os ombros. Pela investigação.

— O que eu faço?

— Pode pegar em mim? — Jane puxa uma das mãos de August e a aperta em seu colo, logo abaixo da linha dura de sua clavícula. — Bem aqui.

— Tá — August diz, mais uma expiração trêmula do que uma palavra. — E depois?

Jane se aproxima, aproveita sua altura para envolver August, queimando tanto que August mal consegue notar o arrepio que sobe pela sua espinha. Tão resoluta, linda e perto, perto demais, nunca perto o bastante, e August está muito completamente, irreversivelmente, espetacularmente ferrada.

— E eu dei um beijo nela.

O trem sai de um túnel e volta à chuva ensurdecedora.

— Ela retribuiu o beijo?

A outra mão de Jane desce até a cintura de August, ao lugar que parece projetado pela profunda injustiça do universo para se encaixar perfeitamente com aquela mão.

— Sim — Jane diz. — Sim, ela retribuiu.

Jane a beija.

Quando se passa uma vida inteira querendo que alguém beije você, a verdade é: raramente o beijo chega à altura do que se imaginou. Beijos de verdade são atrapalhados, estabanados, secos demais, molhados demais, imperfeitos. Faz anos que August aprendeu que beijos de cinema não acontecem. O melhor que se pode desejar de um primeiro beijo é ser retribuído.

Mas então... vem esse beijo.

Jane segurando sua cintura, a chuva caindo no teto do trem, encostadas em uma parede de tijolos voltando à memória, e esse beijo, e August não poderia ter nem sonhado que a sensação seria essa.

A boca de Jane é suave mas insistente, e August sente a pressão dela em seu corpo, em um lugar perto demais do coração. Se olhar para Jane é como ver uma flor se abrindo, ser beijada por ela é mais pesado, como um corpo que vai embora pela manhã se aconchegando ao seu lado na cama. Lembra a August a sensação de provar um gosto antigo depois de meses se sentindo nostálgica e então perceber que o gosto é ainda melhor do que na sua lembrança, porque vem com aquele doce soco no estômago que é reconhecer e ser reconhecida. Derrete na boca como o sorvete que ela tomava na esquina aos oito anos. Dói como bater a canela em algo duro.

Jane a beija sem parar, e August perde completamente a noção de qual era o objetivo disso, porque está beijando Jane também, passando o polegar em sua clavícula, e a língua de Jane está traçando o contorno delicado de seus lábios, e a boca de August se abre. Jane tira a mão da parede e segura o rosto de August, enroscando-se em seu cabelo molhado. Jane está em todos os lugares e em lugar nenhum — em sua boca, em sua cintura, em seus quadris, tocando demais para August fingir que isso não é real para ela mas não o suficiente para saber se isso é real para Jane também.

E então Jane se afasta e diz:

— Ai, *caralho*.

August precisa piscar umas cinco vezes até se lembrar de como focar a visão. Que merda ela estava fazendo? Trocando sua sanidade por uns amassos, é isso?

— O que foi? — ela pergunta. A voz sai abafada. A mão de Jane ainda está em seu cabelo.

— New Orleans — ela diz. — Em Bywater. É lá que eu estava.

— Quê?

— Eu morei lá — ela diz. August está olhando fixamente para a boca de Jane, rosa-escura e inchada, e tentando desesperadamente arrastar seu cérebro na direção contrária. — Eu morei em New Orleans. Um ano, pelo menos. Era um apartamento, e eu dividia com alguém, e... ah, puta merda, estou *lembrando*.

— Tem certeza? — August pergunta. — Tem certeza de que não está se confundindo porque *eu* sou de lá?

— Não, não, agora estou lembrando. — Ela se move de repente, como faz quando está sentindo algo intenso, e pega August em seus braços e a gira no ar. — Ai, meu Deus, caralho, como você é *mágica*!

August pensa, enquanto seus pés são erguidos do chão, que ninguém nunca a chamou de mágica em toda a sua vida.

Elas retomam seus lugares habituais: August sentada na ponta de um assento com o caderno aberto na página mais seca que consegue encontrar, e Jane andando de um lado para o outro pelo corredor listando tudo que consegue lembrar. Ela fala de uma hamburgueria no Quarter onde trabalhou, de Jenny (a décima primeira da lista), de um apartamento no segundo andar de uma casa antiga e alguém de rosto doce que morava lá com ela cujo nome ainda não descobriu. August escreve tudo e não pensa que Jane a beijou — Jane *a beijou* —, Jane levou a mão ao rosto de August e *a beijou*, e August sabe o gosto dos lábios dela, e não tem como deixar de saber, e...

— Você anotou? — Jane pergunta, parando de andar, parecendo completamente não afetada. — A sorveteria em Marigny? Você parecia estar viajando agora.

— Ah, claro. Anotei, com certeza.

Quando August volta cambaleante ao apartamento naquela noite, Niko dá uma olhada para ela e diz:

— Ah, você fez merda.

— Está tudo bem! — August passa por ele em direção à geladeira.

— Você está projetando tantos sentimentos agora que nem sei como ainda não se desintegrou.

— Estou reprimindo! — Ela tira uma caixa de frango xadrez de ontem e abre a tampa, enfiando a comida fria na boca. — Me deixa reprimir!

— Estou vendo que é isso que você pensa que está fazendo — ele diz, parecendo realmente sentir pena dela.

Sete

DEPARTAMENTO DE POLÍCIA
CIDADE DE NOVA YORK
Queixa prestada em 17 de abril de 1992

Incidente: às 17h15 de 17 de abril de 1992, eu, oficial Jacob Haley, nº 739, fui enviado à estação de metrô da Times Square — 42nd Street. Mark Edelstein (data de nascimento 7/8/1954) relatou que um homem branco de meia-idade de cerca de 1,75 m o atingiu no olho com um soco em uma discussão sobre um assento na linha Q, sentido Brooklyn. Ele afirma que o homem gritou um insulto antissemita contra ele antes da agressão. Suspeito ausente da cena. Vítima afirma que outra passageira, mulher asiática na casa dos vinte por volta de 1,70 m, forçou o agressor a sair do trem na estação 49th Street. Passageira também ausente da cena.

    O telefone de August apita às seis da manhã em uma quinta-feira com uma mensagem de Jane.

Ela revira para o lado, o cotovelo fincado no colchão de ar, que começou a se esvaziar durante a noite — ela *precisa* arranjar uma cama de verdade. Três mensagens da mãe. Uma ligação perdida e uma mensagem de voz da Billy. Uma bolha vermelha anunciando dezessete mensagens não lidas no e-mail da faculdade. Uma notificação do banco: seu saldo está em 23,02 dólares.

Normalmente, qualquer soma de duas dessas notificações a deixaria em um acesso de produtividade agressiva durante aproximadamente uma hora movida à ansiedade até tudo estar em ordem, mesmo se tivesse de mentir e trapacear.

As mensagens da sua mãe dizem:

Ei, queria ver no que deu aquele arquivo
que mandei para você.
Você está ignorando minhas ligações, sua peste?
Sempre sinto saudades de você mas
especialmente quando chega uma remessa
de arquivos novos. Você sempre foi tão melhor
em organizar isso do que eu.

Ela vai responder. Com certeza *vai*. Só que... amanhã.
Abre a mensagem de Jane.

Ei, August, tenho uma nova: um lugar de bolinho
chinês perto do Columbus Park. Acho que me
meti numa briga com uma cozinheira de lá.
Não sei o ano. Alguma ideia? Valeu, Jane Su

Jane ainda não entendeu que não precisa incluir uma saudação e uma assinatura, e August ainda não criou coragem para corrigi-la.

P.S. Ainda estou pensando naquela piada que
você fez sobre o John F. Kennedy. Morrendo
de rir. Você é genial.

No que acredita ser uma demonstração de extrema maturidade e dedicação a ajudar Jane, August decidiu fingir que o beijo foi completamente irrelevante. Proporcionou as informações de que elas precisavam? Sim. Ela ficou acordada por três horas e meia naquela noite? Sim. Isso significou alguma coisa? Não. Então, não, ela não passa o dia imaginando Jane jogando a jaqueta no chão do quarto de August e a atirando na cama, quebrando a cama, montando a cama de novo — *Meu Deus do céu, vamos parar com essa fantasia ridícula de montar a cama.*

Não, isso não seria nem um pouco prático. Enquanto gasta sete de seus últimos dólares em uma caixa de bolinhos chineses para levar para Jane, August pensa que é uma pessoa muito prática, e está tudo totalmente sob controle.

— Minha heroína — Jane suspira quando August embarca na Q e entrega a sacola.

Ela parece especialmente animada hoje, banhada pelo sol que entra pelas janelas. Falou para August na semana passada que é muito grata por estar presa em um trem que pelo menos passa boa parte da rota acima da superfície, e isso fica mesmo na cara. Sua pele emite um brilho marrom-dourado que lembra tardes úmidas de verão em Bywater — o que, August se dá conta, é algo que as duas viveram. Que coincidência.

— Está lembrando alguma coisa? — August pergunta, sentando-se no lugar ao lado.

Ela apoia os tênis na beira do assento, abraçando os joelhos junto ao peito.

— Me dá um segundo — Jane diz, mastigando pensativamente. — Nossa, como isso é bom.

— Posso...?

O estômago de August ronca para completar a frase.

— Claro, toma.

Jane oferece um bolinho na ponta do garfo de plástico, abrindo bem a boca, indicando que August deve fazer o mesmo. Jane enfia o bolinho recheado inteiro, rindo quando August se esforça para mastigar e erguendo a mão para limpar o molho no queixo dela.

— Tem que comer tudo de uma vez.

— Você é muito má comigo — August diz quando consegue engolir.

— Você pediu! Estou mostrando como comer comida chinesa do jeito chinês! Estou sendo *muito* legal!

August ri, e... nossa. Ela tem que parar de imaginar o que todos os outros passageiros veem nelas: um casal rindo enquanto come, zombando uma da outra a caminho de Manhattan. Tem um casal no mesmo vagão, um homem e uma mulher, abraçadinhos como se estivessem tentando se fundir por osmose, e August odeia a parte dela que quer ser como eles. Seria tão fácil segurar a mão de Jane.

Em vez disso, ela tira um caderno da bolsa e um lápis do cabelo, onde ficou a manhã toda segurando um coque meia-boca todo desgrenhado.

— Me avisa se vier alguma coisa — August diz, balançando o cabelo, que cai sobre seus ombros, suas costas, por toda parte.

Com um sorriso, Jane observa August brigar com o cabelo.

— Quê? — pergunta Jane distraidamente.

— Tipo, se você lembrar de alguma coisa.

— Ah — ela diz, piscando. — É... Aquele lugarzinho perto do Columbus Park vendia meus bolinhos preferidos na cidade... eu ia lá uma ou duas vezes por semana, no mínimo. Acho que eu passeava muito em Chinatown, embora morasse no Brooklyn. Era fácil pegar a Q até a Canal.

— Certo — August diz, fazendo uma anotação.

— Mas eu fiz merda. Transei com a ex-namorada da cozinheira, e ela descobriu e partiu *para cima* de mim quando apareci lá depois, então não pude voltar mais. Mas, porra, *valeu* a pena.

O lado detetive de August considera uma pergunta complementar, mas o lado dela que quer continuar viva acha melhor não.

— Certo — August diz, sem desviar os olhos do caderno. — Um lugar de bolinhos chineses em Chinatown. Só tem, tipo... uns cinco milhões.

— Foi mal — Jane diz, voltando à caixa de isopor. — Você pode se limitar àqueles que estavam abertos nos anos 70?

— Claro, supondo que eles ainda estejam em funcionamento e tenham registros de empregados daquela época, eu poderia *talvez* conseguir um nome dessa funcionária e *talvez* rastreá-la e *talvez* ela saiba de alguma coisa. — Ela baixa o lápis e olha finalmente para Jane, que está com as bochechas cheias de bolinho chinês e uma expressão assustada. Então, August reza para sobreviver. — Ou podemos fazer você se lembrar do nome dessa garota.

— Como vamos fazer isso? — Jane pergunta, com a boca cheia de massa e carne de porco.

August olha para as bochechas inchadas e o topete dela e ultrapassa todas as placas mentais de alerta para dizer:

— Me beija.

Jane engasga.

— Você... — Jane tosse, fazendo força para engolir. — Você quer que eu te beije de novo?

— É o seguinte. — August está calma. Totalmente calma, só trabalhando em um caso. Não significa nada. — Estamos em abril. A linha Q fecha em setembro. Nosso tempo está se esgotando. E, no outro dia, quando a gente se beijou, deu *certo*. Trouxe uma grande memória de volta. Então, acho...

— Você acha que, se eu te beijar, vou me lembrar dessa garota como me lembrei da Jenny?

— Isso. Então. Vamos lá... — August pensa no que elas disseram da última vez. — Pela investigação.

— Certo — Jane diz, a expressão indecifrável. — Pela investigação.

Jane guarda a embalagem de comida no saco, e August se levanta e joga o cabelo para trás. Ela consegue fazer isso. Começar pelo que você sabe e trabalhar a partir daí. August sabe que pode funcionar.

— Então — August pede —, me diz o que fazer.

Um segundo. Jane ergue os olhos para ela, e um sorriso se insinua no canto da boca, o canto da covinha.

— Certo — ela diz, e abre um pouco as pernas, fazendo sinal para August se sentar. — Aqui.

Merda. August supõe que ela esteja mesmo pedindo isso.

August se acomoda em uma das coxas de Jane e passa as pernas para dentro, os pés rentes ao chão entre os tênis de Jane. Para ser sincera, ela já imaginou mais de uma, ou algumas vezes, como seria estar sentada nas coxas de Jane. São fortes e firmes, mais robustas do que parecem, mas August não tem tempo de sentir nada em relação a isso antes de a ponta dos dedos de Jane erguerem seu queixo para si.

— Tudo bem assim? — Jane pergunta.

Sua mão aperta o quadril de August, segurando-o com firmeza.

August olha para ela, deixando que seu olhar desça para os lábios de Jane. Essa é a intenção. É mecânico.

— Tudo. É assim que você se lembra?

— Mais ou menos. Puxa meu cabelo.

Por alguns segundos atordoantes, August se imagina derretendo no chão do trem como os fantasmas de um milhão de raspadinhas e sorvetes derrubados no metrô.

Completamente sob controle.

Ela enfia os dedos no cabelo de Jane, arranhando o couro cabeludo antes de fechar o punho e puxar.

— Assim?

Jane solta um suspiro rápido.

— Mais forte.

August obedece, e Jane solta outro gemido, profundo, gutural, que August interpreta como um bom sinal.

— Agora... — Jane está olhando para a boca de August, os olhos escuros como uma roda punk. — Quando eu te beijar, morda.

Antes que August possa perguntar o que isso significa, Jane avança para cima dela.

O beijo é... diferente dessa vez. Mais gostoso, de certo modo, embora não seja de verdade. *Não é de verdade*, August repete mentalmente enquanto tenta fingir que há algo de acadêmico em como sua boca se abre com a pressão dos lábios de Jane, algo de cientificamente imparcial em como ela puxa o cabelo de Jane com força e se entrega, deixando-se absorver.

As palavras de Jane voltam a ela, açucaradas e lentas, *morda*, então ela suga o lábio inferior de Jane e crava os dentes nele. Ouve a inspiração súbita, sente a mão de Jane apertar sua camisa e pensa nisso como um progresso. Resultados. Ela se move como imagina que a garota do passado de Jane teria se movido, tenta trazer a lembrança para ela com a boca — morde com mais força, suga o lábio, passa a língua sobre ele.

Dura apenas um minuto ou dois, mas parece que um ano se passou no cabelo de Jane e nos lábios de Jane e no passado de Jane, nas mãos de Jane apertando seus cachos, nas coxas quentes e firmes de Jane embaixo dela, Jane por horas, Jane por dias. Ela é puxada para baixo como por uma correnteza, e o caso está na superfície, onde August também tenta se manter.

Quando elas se separam, os óculos de August estão tortos e embaçados, e uma senhora do outro lado do corredor está olhando com desgosto.

— Algum problema? — Jane diz, os braços envolvendo os ombros de August de maneira protetora.

A mulher não diz nada e volta para seu jornal.

— Mingxia — Jane diz, voltando-se para August. — Era esse o nome dela. Mingxia. Eu a levei para a minha casa em Prospect Heights na… Underhill. Era um predinho. Eu morava no segundo andar. Foi o primeiro lugar em que morei em Nova York.

August anota o nome da rua, o playground do outro lado da rua e o cruzamento mais próximo e passa a tarde verificando os registros de todos os predinhos no quarteirão, ligando para proprietários até encontrar o filho de um deles que se lembra de uma inquilina sino-americana que morava no segundo andar quando ele era criança.

O beijo revela: Jane se mudou para Nova York em fevereiro de 1975.

Assim, essa se torna mais uma das coisas que elas fazem. A comida, as músicas, os jornais antigos e, agora, os beijos.

Há certas informações cruciais que elas ainda não têm — a infância de Jane, a certidão de nascimento que insiste em se esconder, ou o acontecimento que deixou Jane presa —, mas não há como prever qual memória poderia causar uma reação em cadeia que leve a outra mais importante.

Os beijos são unicamente para coletar informações. August sabe disso. August tem cem por cento de certeza, certeza absoluta. Ela beija Jane, mas Jane beija Jenny, Molly, April, Niama, Maria, Beth, Mary Frances, Mingxia. Não tem nada a ver com elas duas.

— Me beija devagar — Jane diz, sorrindo em uma quinta à tarde, as mangas arregaçadas de maneira provocante, e ainda não tem nada a ver com elas.

Elas se beijam sob a luz sarapintada da estação Brighton Beach, com gosto de sorvete de morango na língua, e Jane se lembra do verão de 1974, um mês hospedada na casa de uma velha amiga chamada Simone que tinha se mudado para Virginia Beach, e cujo gato se recusava terminantemente a deixar que elas ficassem sozinhas na cama. Elas se beijam dividindo os fones de August, ouvindo Patti Smith, e Jane se lembra do outono de 1975, uma baixista chamada Alice que deixou marcas de batom no seu pescoço no banheiro do CBGB. Elas se beijam à meia-noite em um túnel escuro, e Jane se lembra do réveillon de 1977, de Mirna, que tatuou o pássaro vermelho em seu ombro.

August descobre tudo isso, mas também descobre que Jane gosta de ser beijada de todas as formas: como um segredo, como uma pancada, como um docinho, como um incêndio. Ela descobre que Jane consegue fazê-la suspirar e esquecer do próprio nome até tudo se misturar, passado e presente, as duas em sacadas de Manhattan, em bares de New Orleans e no corredor de doces de uma loja de conveniência de Los Angeles. Jane beijou garotas nos quatro cantos do país e, em pouco tempo, August tem a impressão de que ela mesma também.

Pela investigação.

Não que beijar seja tudo que August faça — além do tempo que passa pensando sobre os beijos e seguindo pistas dos beijos quando não está de fato *dando* os beijos propriamente. Faz três semanas que ela não trabalha um único turno. Ela precisa pagar o aluguel em algum momento e, portanto, para evitar a falência absoluta, finalmente liga para a Billy e, com algumas tosses e súplicas, convence Lucie a incluí-la na escala.

— Deus do céu, ela está viva — Winfield diz, fingindo desmaiar dramaticamente no balcão quando August volta à lanchonete.

— Você literalmente me viu na semana passada. — August passa por ele para bater ponto.

— Era você? — Winfield pergunta, se levantando e começando a trocar o filtro do café. — Ou era alguma garota que parecia você mas *não* estava de cama há semanas como você falou para Lucie?

— Eu estava me sentindo melhor naquele dia — August diz, sob o olhar cético de Winfield. — Que foi? Quer que eu feche a Billy por passar mononucleose para todos os fregueses da mesa quinze à vinte e dois?

— Uhum. Certo. Então. Por falar nisso. Você perdeu a grande notícia da semana passada.

— O velhote do Jerry vai se aposentar finalmente?

— Não, mas talvez agora ele precise.

August olha ao redor.

— Como assim? Por quê?

Winfield se vira sem dizer uma palavra, cantarolando algumas notas de uma marcha fúnebre enquanto segue para a cozinha e Lucie ocupa o lugar dele no balcão.

Ela parece… mal. Uma de suas unhas de acrílico normalmente impecáveis está quebrada, e alguns fios de cabelo escapam do rabo de cavalo. Ela crava um olhar passageiro em August antes de pôr um frasquinho no balcão.

— Se você não estiver doente, eu não ligo — ela diz, e aponta para o frasco. — Se estiver, tome isto. Três colheradas. Vai se sentir melhor.

August olha para o frasco.

— Isso é…?

— Cebola e mel. Receita antiga. Só toma.

Mesmo a um metro do balcão, o cheiro é letal, mas August não está em posição de desafiar Lucie, então guarda o frasco no avental e pergunta:

— O que está acontecendo? O que eu perdi?

Lucie funga, pegando um pano para atacar uma mancha de calda no balcão, e diz:

— A Billy vai fechar.

August, que estava no processo de enfiar discretamente um punhado de canudinhos no bolso, erra e os deixa cair por todo o piso.

— Quê? Quando? *Por quê?*

— Tantas perguntas para alguém que nem trabalhar vem. — Lucie estala a língua.

— Eu...

— O proprietário vai dobrar o aluguel no fim do ano — ela diz. Ela ainda está limpando o balcão como se não se importasse, mas seu rímel está borrado e há um leve tremor em suas mãos. Ela não está lidando bem com isso. August se sente uma cretina por faltar. — O Billy não tem como pagar. Vamos fechar em dezembro.

— Isso é... a Billy não pode fechar. — A ideia da Billy fechada ou, pior, sofrendo o mesmo destino das tantas lanchonetes tradicionais e lojinhas de esquina que August frequentava na infância em New Orleans, transformada em um fast food ou uma academia chique caríssima, é um sacrilégio. Aqui não, um lugar que está aberto desde 1976, um lugar que Jane também amava. — E se ele... Ele perguntou se o proprietário aceita vender?

— Perguntou — Winfield diz, aparecendo na janela da cozinha —, mas, a menos que você tenha cem mil para compensar o empréstimo que o banco não quis dar para o Billy, essa porra vai virar uma loja de sucos orgânicos em seis a oito meses.

— Então é isso? — August pergunta. — Acabou?

— Pois é, é *assim* que funciona a gentrificação. — Winfield passa um prato enorme de panquecas pela janela. — Lucie, essas são suas. August, a mesa dezesseis parece prestes a explodir, é melhor passar lá.

Quando August bate cartão oito horas depois, vai para a Q, olhando para Jane, que está aconchegada lendo um livro. Algumas semanas antes, ela trocou o *Em busca de Watership Down* velho com um colecionador de primeiras edições e agora está lendo uma edição surrada de Judy Blume. Está amando profundamente. Para uma punk que gosta de sair na porrada, ela parece amar tudo profundamente.

— E aí, Garota do Café — Jane diz quando a vê. — Alguma novidade hoje?

August pensa na Billy. Jane merece saber. Mas está sorrindo, e August não quer que ela pare, então decide não contar. Por enquanto.

Talvez seja egoísmo, ou talvez seja pelo bem de Jane. Está ficando difícil saber qual é qual.

Então, ela se senta no banco ao lado de Jane e passa um sanduíche enrolado duas vezes em papel-alumínio para que a gema, o xarope e o molho não vazem.

— Um Especial da Su — August diz.

— Nossa — Jane solta um gemido. — Que inveja de você que pode comer isso quando quiser.

August dá uma cotovelada na costela dela.

— Você já beijou alguma menina que trabalhava na Billy?

Jane rasga um pedaço do papel-alumínio, os olhos brilhando.

— Quer saber? — ela diz. — Acho que sim.

— Desculpa, como é que é?

Os escritórios da Brooklyn College são pequenos, escondidos ao lado de um auditório. Uma mulher lixa as unhas na recepção. A chuva pesada aos poucos vai testando os limites das janelas antigas, causando um efeito parecido com o que August está sentindo nas entranhas: agitação, apreensão, sem saber o que está acontecendo.

A orientadora continua digitando no teclado.

Segunda parada na turnê de reparação de danos da August pós--Jane: descobrir se está ferrada naquele semestre. Aparentemente não, visto que conseguiu compensar as duas provas que perdeu. Pensou que teria de rastejar, inventar um parente morto ou coisa do tipo, tudo menos o que se encontra na mesa à sua frente: um histórico impresso com quase todos os requisitos cumpridos.

— Estou surpresa que você não soubesse — a mulher diz. — Sua média ponderada é ótima. Andou caindo um pouco nos últimos tempos, óbvio, mas agora que você está de volta aos eixos, vai se dar bem. Mais do que bem. A maioria dos alunos que têm um desempenho tão bom... especialmente os que estão matriculados há tantos anos quanto você... — Ao falar isso, ela olha para August por cima dos óculos de gatinho. — Bom, normalmente são vocês que batem na minha porta o semestre inteiro perguntando quando vão poder concluir a graduação.

— Então minha graduação está... completa?

— Quase. Faltam a monografia e algumas eletivas. Mas pode fazer no outono. — Ela termina de digitar e se volta para August. — Se você der um gás neste mês, consegue se formar em um semestre.

August pisca algumas vezes.

— Me formar, tipo... terminar. A faculdade.

Ela olha para August, desconfiada.

— A maioria das pessoas ficaria mais feliz ao ouvir isso.

Dez minutos depois, August está embaixo de uma marquise esfarrapada, observando seu histórico murchar lentamente sob a umidade.

Ela estava evitando de propósito fazer as contas dos créditos, presa no limbo da ansiedade entre mais um empréstimo estudantil e o empurrão inevitável para o precipício da vida adulta. Este é o precipício, ela pensa. E o empurrão. Ela se sente uma personagem de desenho animado despencando no deserto com uma jacuzzi cheia de dinamite duzentos metros abaixo.

Que merda ela faz agora?

Poderia ligar para a mãe, mas a mãe só morou em um único lugar, só quis uma única coisa. É fácil saber quem você é quando se toma a decisão um dia e nunca mais muda de ideia.

Em todos os lugares em que já morou, August teve a mesma sensação, de não estar lá de verdade. Como se tudo estivesse acontecendo em um sonho. Ela desce a rua, e é como se flutuasse a alguns centímetros da calçada, sem nunca fincar raízes. Toca nas coisas, um açucareiro em um café, ou o ferro de uma placa de trânsito aquecida pelo sol da tarde, e sente que na verdade não encostou em nada, como se só ocupasse os lugares conceitualmente. Ela só está lá, os sapatos desamarrados, o cabelo desgrenhado, sem fazer ideia de seu atual destino, os joelhos ralados mas sem sangrar.

Então talvez seja por isso que, em vez de ligar para a mãe, ou se arrastar de volta para casa para ouvir uma verdade dura de Myla ou um encorajamento enigmático de Niko, ela se vê entrando na Q. Pelo menos ali sabe onde está. Hora, lugar, pessoa.

— Parece que você viu um fantasma. — Jane balança os ombros, apontando os dedos em L para August. Está usando um boné de beisebol com a aba para trás que pegou de um adolescente na semana passada. August planeja uns trinta minutos entre os trabalhos da faculdade e os registros públicos para pirar com essa imagem. — Sacou?

— Que engraçadinha.
Jane fecha o sorriso.
— Certo. Mas, sério, qual é o problema?
— Descobri que, hm. — Ela pensa em seu histórico, inevitável, encharcado e dobrado no bolso do casaco impermeável. — Posso me formar no próximo semestre, se eu quiser.
— Ah, nossa, que demais! Faz séculos que você está na faculdade!
— Pois é. Séculos. Tanto é que essa é a única coisa que sei fazer.
— Não é verdade — Jane diz. — Você sabe fazer muitas coisas.
— Eu sei *logisticamente* como realizar *algumas tarefas* — August responde, fechando bem os olhos. Aquela banheira de dinamite está começando a parecer uma excelente opção. — Não sei como ter o meu lance, algo que eu *faça* todos os dias, como uma pessoa adulta tem. É louco como todos nós começamos com umas ideias vagas do que gostamos de fazer, hobbies, interesses, e então um dia todo mundo arruma seu próprio *lance*, sabe? Antes eram pessoas, depois viram um... um arquiteto ou um banqueiro ou um advogado ou... ou um assassi-

no em série que faz joias com dentes humanos. Tipo, *lances*. Coisas que eles *fazem*. Que *são*. E se não houver um *lance* para mim, Jane, tipo, e se eu nunca quis ser nada além da August? E se minha vida se resumir a isso? E se a Billy fechar e ninguém mais quiser me contratar? E se eu acabar descobrindo que não existe nenhum sonho para mim, nem nenhum propósito, nem nada...

— Tá — Jane interrompe. — Certo, vem comigo.

Quando August abre os olhos, Jane está na frente dela, a mão estendida.

— Vamos.

— Aonde? — August pergunta, pegando a mão. Imediatamente, ela é puxada para o fundo do vagão, tropeçando nos próprios pés. — Estou tentando ter um ataque de nervos aqui.

— Pois é, exatamente — Jane diz.

Elas estão na saída de emergência, e Jane segura a maçaneta da porta.

— Ai, meu Deus, o que você está *fazendo*?

— Vou te mostrar minha coisa preferida de fazer quando sinto que vou surtar aqui embaixo. Você só precisa me acompanhar.

— Por que sinto que daqui a alguns minutos a minha vida vai estar nas minhas próprias mãos?

— Porque é assim que tem que ser — Jane diz tranquilamente. Ela pisca como se estivesse selando o destino de August em um envelope com um beijo. — Mas prometo que vai ficar tudo bem. Você confia em mim?

— Quê? Que tipo de pergunta é essa?

— Dá para desligar esse seu cérebro por um segundo e confiar?

August abre a boca mas volta a fechar.

— Acho... acho que posso tentar.

— Já é o suficiente — Jane diz, e abre a porta.

Nem dá tempo de entrar em pânico com o barulho, o vento e o movimento explosivo do outro lado da porta antes de Jane subir na plataforma minúscula entre os vagões, puxando August junto pela mão suada.

É um caos — a escuridão do túnel, os lampejos azuis e amarelos das luzes do metrô e das luminárias tremeluzentes de parede, o ruído ensurdecedor dos trilhos à medida que o trem passa em alta velocidade, poeira e concreto voando. August comete o erro absolutamente terrível de olhar para baixo e sente que vai vomitar.

— *Ai, meu Deus, puta merda* — ela diz, mas não consegue ouvir a própria voz.

Os trilhos estão *bem* ali. No momento, ela se encontra a um passo em falso e alguns centímetros entre estar viva e ser triturada nos trilhos. Essa é a pior ideia possível que alguém poderia ter, e é a *diversão* de Jane.

— Faz a gente se sentir viva, não faz? — Jane grita e, antes que August consiga puxá-las de volta para o vagão, Jane pula o vão para a plataforma do vagão seguinte.

— Me faz sentir que estou prestes a morrer! — August grita em resposta.

— É a mesma coisa!

August está agarrada ao vagão, sem desgrudar as costas da porta, tentando se segurar com as unhas. Jane pega a maçaneta da porta seguinte e estende a outra mão para August.

— Vem! Você consegue!

— Não consigo, não!

— August, você consegue!

— Não consigo!

— Não olha para os trilhos! Olha para cima, Landry!

Tudo no cérebro de August está gritando para ela não fazer isso, mas ela tira os olhos dos trilhos e mira o vagão à sua frente, a plataforma minúscula. Jane está lá com a mão estendida, o vento agitando seu cabelo em volta do rosto.

August se dá conta, de repente, que essa é a primeira vez que vê Jane fora do trem.

É isso que a faz seguir em frente. Porque August não *faz* esse tipo de coisa, mas *Jane está do lado de fora.*

— Ai, cacete — August murmura, e segura a mão de Jane.

Ela pula o vão num piscar de olhos, um grito preso na garganta, até que seus pés encostam no metal.

Ela conseguiu. Ela atravessou.

August tromba no peito de Jane, que a pega pela cintura como fez no dia em que as luzes se apagaram, no dia em que August pensou que tinha estragado tudo de vez. Jane ri e, em uma descarga histérica de adrenalina, August ri também, seu casaco impermeável voando em volta delas.

Ali estão Jane e August. Dois pares de tênis em um pedaço de metal. Duas garotas no meio de um furacão, cortando a linha em alta velocidade. Ela está olhando para Jane, e Jane está olhando para ela. August sente Jane em toda parte, até nos lugares que não estão em contato, grudada nela enquanto o mundo avança ruidosamente.

— Viu? — Ela está olhando para a boca de August ao falar isso. — Você conseguiu.

August pensa, enquanto ergue o queixo, que ali, entre dois vagões de metrô, no limite do espaço em que Jane existe, é onde Jane finalmente vai beijá-la de verdade. Sem fingimento. Sem memórias. Mas porque quer. Seus dedos estão se abrindo na cintura de August, apertando sua jaqueta, e...

— Vem — Jane diz, abrindo a porta, e elas entram aos tropeços no vagão seguinte.

Jane a puxa quase correndo por passageiros impassíveis, desviando das barras e das pessoas em pé até chegarem à porta seguinte. Elas pulam de um vagão a outro, saindo por uma porta e entrando na seguinte, até que a travessia deixe de ser tão aterrorizante, até que August mal hesite antes de pegar a mão dela.

— Certo — Jane diz, quando elas chegam à sétima passagem. — Você primeiro.

August se vira, os olhos arregalados. Não era esse o plano.

— Quê?

— Você confiou em mim, certo?

August faz que sim.

— Agora confie em si mesma.

August se vira para o vagão seguinte. Seu cérebro escolhe esse momento para lembrá-la de que quarenta e oito pessoas morreram em acidentes de metrô em 2016. Ela não acha que consegue fazer isso sem Jane ali para segurá-la caso ela escorregue e não está interessada em entrar para a história como um atraso na linha Q enquanto alguém chama o médico-legista.

Mas ela confiou em *Jane*. Confiou que Jane, com o tempo que passou nesse trem e naquele sorriso presunçoso, a levaria até ali em segurança. Por que não pode confiar em si mesma também? Ela conhece esse trem de trás para a frente. A Q é como seu lar, e August é a menina com o canivete dissecando as estações uma a uma. Ela não acredita nas coisas. Mas nisso ela pode acreditar.

August pula.

— Isso aí! — Jane comemora atrás dela, e, sem esperar pela mão de August, salta também. — Essa é a minha garota!

Jane abre a porta e, lá dentro, August desaba no assento mais próximo.

— Puta merda — August diz, ofegante. — Puta merda, não acredito que fiz isso.

Jane se apoia na barra para recuperar o fôlego.

— Você conseguiu. É *nisso* que precisa confiar. Porque você tem o que precisa. E, às vezes, o universo ajuda.

August respira fundo e solta o ar. Olha para Jane, a quarenta e cinco anos de distância de onde deveria estar e é verdade, August pode dizer que, em alguns sentidos, o universo ajuda mesmo.

— Então, vamos resumir a uma coisa. O que mais te assusta?

August pensa enquanto seus pulmões retornam ao normal.

— Eu... — ela começa. — Não sei quem sou.

Jane bufa, erguendo a sobrancelha.

— Porra, então somos duas.

— É, mas...

— Para, tá? Por cinco minutos, vamos fingir que nada mais importa, e eu sou eu, e você é você, e estamos sentadas neste trem, estamos tentando dar um jeito. Consegue fazer isso?

August range os dentes.

— Consigo.

— Certo — Jane diz. — Agora, me escuta.

Ela se agacha na frente de August, apoiando as mãos em seus joelhos, obrigando-a a encará-la.

— Ninguém sabe bem quem é, e adivinha? Isso não quer dizer porra nenhuma. Só Deus sabe como estou perdida, mas vou encontrar meu caminho. — Ela passa o polegar sobre a patela de August e aperta com carinho sua perna. — Tipo... olha, eu saía com uma menina que era artista, certo? E ela desenhava anatomia, mas começava deixando um espaço vazio em volta e, depois, preenchia com as pessoas. É assim que estou tentando enxergar as coisas. Talvez eu não saiba como me preencher ainda, mas consigo olhar para o espaço ao redor, onde estou no mundo, o que cria o contorno, e consigo me preocupar com o que torna esse mundo o que ele é, se é bom, se machuca alguém, se faz as pessoas felizes, se *me* faz feliz. E isso pode ser o suficiente por enquanto.

Jane olha para ela com sinceridade, como se estivesse vagando por esses trilhos todo esse tempo com base nessa esperança. Ela é uma militante, uma mochileira, uma punk feminista, e não pode ser nenhuma dessas coisas aqui embaixo, então corre entre os trens para sentir alguma coisa. Se consegue estar aqui, viver assim e ainda ter energia suficiente para fazer essas coisas, ela deve saber do que está falando.

— Caralho — August diz. — Você é boa nisso.

Jane abre um sorriso grande.

— Olha, eu era lésbica nos anos 70. Sei lidar com uma emergência.

— Nossa — August suspira enquanto Jane se senta no banco. — Não acredito que fiz *você* me tirar de uma crise existencial.

Jane inclina a cabeça para olhar August. Jane tem esse jeito de alternar entre bonitinha e deslumbrante de uma hora para a outra, uma diferença sutil ao erguer o queixo ou mexer a boca. No momento, é a garota mais lindinha que August já viu na vida.

— Cala a boca — Jane diz. — Você está passando a vida no metrô para ajudar uma desconhecida sem nenhum sinal de que pode dar certo, sabia? Me deixa fazer algo em troca.

August respira fundo e fica surpresa porque faz as pontinhas do cabelo de Jane balançarem. Não tinha reparado que estavam tão próximas.

Jane continua olhando para ela, e August jura ver um movimento atrás daqueles olhos, como acontece quando ela se lembra de Mingxia ou de Jenny ou de uma das outras garotas, mas é novo, diferente. Delicado como uma faísca, e apenas para August. É a mesma sensação da plataforma: talvez, dessa vez, seja para valer.

August não deveria se importar. Não deveria nem querer. Mas seu coração acelerando em um novo compasso revela que ela ainda quer, e muito.

— Você não é uma desconhecida — August diz nos poucos centímetros que as separam.

— Não, você tem razão — Jane concorda. — Definitivamente não somos desconhecidas. — Ela se afasta de August e espreguiça os braços no alto, virando o rosto para o outro lado. — Acho que você é minha melhor amiga, né?

O trem entra em outra estação, e algo se tensiona perto da mandíbula de August.

Amiga.

— É — August diz. — É, acho que sim.

— E vai me mandar de volta para onde eu deveria estar — Jane continua, sorrindo. Sorrindo com a ideia de voltar para os anos 70 e nunca mais ver August. — Porque você é uma gênia.

O trem chacoalha e para com um rangido.

— É — August diz, e força um sorriso.

— Vocês estão fazendo o *quê* pela investigação? — É difícil entender a pergunta que Myla faz com uma chave de fenda entre os dentes, mas August saca a ideia geral.

Myla tem sua própria sala nos fundos da Rewind, com prateleiras cheias de máquinas de escrever e rádios antigos e uma estação de trabalho coberta de peças. Ela contou para August que conseguiu a vaga depois de entrar na loja no meio do último semestre na Columbia e tirar um alicate das mãos do proprietário para consertar a fiação de um toca-discos da década de 40. Ela é uma nerd de velharias, como sempre diz, e isso veio a calhar. É claramente tão boa no que faz que seu chefe não liga que ela decore a estação de trabalho com um bordado caseiro que diz PICA DAS GALÁXIAS É GÊNERO NEUTRO.

Ela está olhando para August de trás da lupa gigante montada em cima de sua estação, então sua boca e seu nariz estão do tamanho normal, mas seus olhos estão do tamanho de pratos de jantar. August tenta não rir.

— Beijando, tá, a gente está se pegando...
— No *trem*?
— Não pense que Niko não me contou sobre a vez embaixo da caixa de pizza no Dia de Ação de Graças do ano passado.
— Tá, aquilo foi um *feriado*.
— *Enfim, como eu estava dizendo,* quando ela se lembra de beijos e de meninas por quem, sabe, sentiu alguma coisa acaba se lembrando de muitas outras coisas junto, e a melhor maneira de fazer isso é recriar esses momentos. — A careta que Myla faz é ampliada dez vezes pela lente, distorcida como um Dalí reprovador. — *Para de fazer essa cara,* tá, eu *sei* que é uma má ideia.
— Tipo, é como se você gostasse de ser torturada emocionalmente — Myla diz, finalmente se recostando e fazendo suas proporções faciais voltarem ao normal. — Espera, você gosta? Porque se for isso, caramba, mas beleza.
— Não, esse é o problema. Preciso parar. Não posso continuar fazendo isso. Porque está... está fodendo com a minha cabeça. Então vim para cá... tenho uma ideia que pode funcionar.
— Qual?
— Um rádio — August diz. — Outra coisa importante para ela é música. Ela me falou que não quer Spotify nem nada, mas talvez músicas aleatórias do rádio possam ajudá-la a se lembrar de coisas. Queria saber se vocês têm algum rádio portátil no estoque.

Myla se afasta da bancada, cruzando os braços e observando seu domínio de caixas registradoras desconstruídas e peças de jukebox como uma Tony Stark steampunk de saia de couro.

— Talvez tenha algum lá nos fundos.

— E eu vi Jane fora do trem — August diz, seguindo-a até o depósito nos fundos da loja.

Myla se vira de repente.

— Ela desceu do trem, e você começou esta conversa falando de *beijos*? Caramba, você é a bissexual mais inútil que já vi em toda a minha vida.

— Ela não *desceu* do trem, ela ficou do lado de *fora*. — August esclarece. — Consegue andar entre os vagões.

— Então não é no trem que ela está presa, é na linha — Myla conclui simplesmente, destrancando a porta do depósito. — Bom saber.

August sai quinze minutos depois com um rádio portátil e um lembrete de Myla para comprar pilhas. Quando entrega o rádio, tem a oportunidade de ver o rosto de Jane se iluminar como se fosse Natal. August tem de admitir que esse era um dos objetivos do plano. O outro vem logo em seguida.

— Tem uma coisa que estou tentando lembrar — Jane diz. — De Los Angeles. Tinha um carrinho de tacos, coca com limão, uma música do Sly and the Family Stone... e uma menina.

Ela olha para August. August poderia... poderia descer do trem e voltar com uma fatia de limão e um beijo, ela até *quer*, mas pensa no que Jane disse sobre dar o fora dali, em como sorriu só de pensar em ir embora.

— Ai, cara — August diz. — Essa, hm... essa parece uma boa pista, mas preciso bater cartão. Tenho um turno duplo hoje, sabe, preciso do dinheiro, então... enfim. — Ela pega a bolsa, olhando para o painel para conferir qual é a próxima estação. Nem perto do trabalho está. — Tenta o rádio. Vê se você consegue encontrar uma estação de funk. Aposto que vai ajudar.

— Ah — Jane diz, sintonizando o rádio. — Certo. É, boa ideia.

August sai do trem junto com uma multidão assim que as portas se abrem.

Ela acha... tem quase certeza, na verdade, de que encontrou uma solução para seu problema. Um rádio. Vai dar tudo certo.

O problema começa no sábado de manhã quando Jane manda:

August, Liga seu rádio na 90.9 FM. Valeu, Jane

Obviamente, August não tem rádio. Nunca passaria pela cabeça de Jane que August não tem rádio. Mesmo se tivesse, ela está fora de casa, para variar um pouco, sentada perto da água no Prospect Park, observando os patos disputarem bordas de pizza e maconheiros fumarem um baseado embaixo de um coreto. Ela estaria no trem com Jane, mas Niko pessoalmente lhe preparou um sanduíche e insistiu que ela aproveitasse a manhã de sábado para se "recentrar", "absorver energias diferentes" e "experimentar esse *havarti* que comprei semana passada na feira, tem muita personalidade".

Mas August leva apenas um minuto para baixar um aplicativo sintonizador de FM e passeia pelo mostrador até encontrar a estação. Um homem com a voz seca está lendo uma lista da programação das próximas seis horas, então ela responde a mensagem:

Pronto, e agora?

Jane responde:

Só espera. Lembrei de outra música,
então liguei e pedi.

O cara no microfone muda de tom e diz:
— E, agora, um pedido de uma garota do Brooklyn que quer ouvir um punk das antigas, aqui vai "Lovers" de Runaways.

August se recosta no banco, enquanto a guitarra pesada e a bateria retumbante começam a tocar. Seu celular vibra.

> Hoje lembrei que eu saía com uma menina
> do Spanish Harlem que gostava de ser
> chupada ouvindo esse álbum! Bjs, Jane

August se engasga com o sanduíche.

Esse se torna o novo ritual: Jane manda mensagens para August dia e noite, Ei! Liga o rádio! Com amor, Jane. E, em poucos minutos, tem uma música que ela pediu. Felizmente, depois da primeira, quase nenhuma outra serviu de trilha sonora para ela chupar garotas.

Às vezes é só alguma que Jane lembrou e quer ouvir. Um dia é "War" de Edwin Starr, e ela fica toda animada contando para August sobre um protesto contra a Guerra do Vietnã em 1975 em que quebrou o dedo numa briga com um velho racista enquanto a música bombava nos alto-falantes e um pessoal que vivia na rua Mott foi passando uma lata de café para juntar dinheiro para consertar o dedo dela.

Mas às vezes é uma música que ela gosta ou que quer que August escute, uma canção que desenterrou da mente ou de sua coletânea de cassetes. Michael Bolton com a voz áspera em "Soul Provider" ou o rap de Jam Master Jay em "You Be Illin'". Não importa. A 90.9 vai tocar, e August vai ouvir só para ter aquela sensação de estar embaixo da mesma lua que Jane escutando a mesma coisa ao mesmo tempo enquanto passa sobre a Ponte de Manhattan.

E de repente August está colada ao rádio, como Jane costumava ficar. É inconveniente pra cacete, na verdade. Ela está ocupada se preocupando com o que vai acontecer com Lucie, Winfield e Jerry quando a Billy fechar as portas. Ela tem trens para pegar, turnos para trabalhar, aulas para acompanhar e, em um domingo específico, um anúncio da Craigslist para responder do outro lado do Brooklyn.

— Por favor, Wes — August suplica.

Ele tem a noite de folga, então está acordado antes do pôr do sol, usando suas horas diurnas para desenhar no sofá e cravar um olhar profundamente irritado em August do outro lado do apartamento. Para alguém tão determinado a nunca demonstrar emoções, ele consegue ser incrivelmente dramático.

— Desculpa, como exatamente você acha que a gente vai pegar uma mesa e uma cama inteira lá no cu de Gravesend?

— É uma escrivaninha e um colchão de solteiro. A gente pode trazer no metrô.

— Não vou ser o babaca que leva um colchão no metrô.

— As pessoas vivem levando coisas absurdas no metrô! Eu estava na Q na semana passada e tinha alguém com uma poltrona reclinável! Com *porta-copos*, Wes.

— Pois é, e essa pessoa era babaca. Você nem está em Nova York há tempo suficiente para ter o direito de ser babaca impunemente. Você ainda é quase uma turista.

— *Não* sou uma *turista*. Um rato subiu no meu sapato ontem, e eu simplesmente deixei. Uma turista faria *isso*?

Wes revira os olhos, sentando-se e lutando contra uma vinha pendurada que caiu na sua cara.

— Enfim, pensei que você curtisse minimalismo.

— Eu curtia. — August tira os óculos para limpá-los, torcendo para o vulto desfocado de Wes não reconhecer o verdadeiro motivo desse gesto: não ter que olhar nos olhos de ninguém ao dizer algo vulnerável. — Mas era... antes de encontrar um lugar onde valia a pena guardar coisas.

Wes fica em silêncio, depois suspira, largando o caderno em cima do baú.

Range os dentes.

— Isaiah tem um carro.

Duas horas depois, eles estão voltando para Flatbush, com August encaixada no banco de trás ao lado de uma nova escrivaninha bamba e um colchão de solteiro amarrado no teto do Volkswagen Golf de Isaiah.

Isaiah está falando alguma coisa sobre o trabalho de contador, sobre influenciadores de Instagram perguntando se podem deduzir coroas de orquídeas artesanais do imposto de renda, e Wes está gargalhando — olhos fechados, cabeça para trás, nariz franzido, *gargalhando*. August sabe que está olhando fixo para a cena. Ela nunca, em momento nenhum desde que se mudou, viu Wes dar mais do que um sorrisinho sarcástico.

— Está tudo bem aí atrás? — Isaiah pergunta, olhando pelo retrovisor. August tira o celular do bolso, fingindo que não está monitorando a conversa deles. — Tem espaço para sua perna?

— Vou sobreviver. Obrigada de novo. Você salvou minha vida.

— Sem problema. Quando ajudei o Wes foi bem pior. A cama dele é de casal. Aquilo sim foi um saco de transportar.

— Você ajudou o Wes a trazer uma cama?

— Eu... — Wes começa.

— É de muito bom gosto — Isaiah continua. — Cabeceira de bétula, combinando com a cômoda. Ele pode não ser mais um menino rico, mas ainda tem um gosto burguês.

— Não é bem...

— Você já viu o quarto do Wes? — August interrompe. — *Eu* nunca vi o quarto do Wes, e olha que divido uma parede com ele.

— Vi, é fofinho! Você acha que vai parecer uma toca de hobbit, mas é bem bonito.

— Uma *toca de hobbit*? — Wes murmura.

Ele está se fazendo de indignado, mas sua boca se abre em um sorriso relutante.

Eita. Ele está *apaixonado*.

O celular de August vibra. Jane, falando para ela ligar o rádio de novo.

— Ei — ela diz. — Tudo bem se eu ligar o rádio?

— Nossa, pelo amor de Deus — Isaiah retruca, tirando o cabo do celular de Wes. — Se eu tiver que ouvir Bon Iver por mais um quarteirão, vou bater o carro num poste.

Wes bufa mas não protesta quando August estende o braço para sintonizar na 90.9. Ela reconhece a música começando — piano suave, um pouco teatral.

"Love of My Life" do Queen.

Ah, não.

Havia, ela percebe agora, uma grande falha em seu plano. Ela pode ter parado de beijar Jane, mas isso é pior. Como August vai saber se deveria interpretar a letra, quando Jane pede "I've Got Love On My

Mind", por exemplo? Cara Natalie Cole, quando cantou o verso *When you touch me I can't resist, and you've touched me a thousand times*, você estava pensando em uma bissexual confusa que não resiste quando uma certa garota do metrô encosta nela e que isso já aconteceu umas mil vezes? Caro Freddie Mercury, quando você escreveu "Love of My Life", sua intenção era que essa música atravessasse o tempo e o espaço em um sentido platônico ou era uma coisa mais literal no sentido parta meu coração, me jogue na parede e acabe com minha vida?

— Tem certeza que você tem espaço suficiente? — Isaiah pergunta. — Você parece que está morrendo aí atrás.

— Estou bem — August responde com a voz rouca, voltando a guardar o celular no bolso.

Se é mesmo para ter sentimentos, que pelo menos seja em particular.

Eles descarregam o carro e levam tudo por seis lances de escada até o quarto de August. Isaiah manda um beijo para os dois ao sair. Wes se senta ao lado de August no colchão inflável murcho, balançando a bunda para forçar o ar a sair.

— Então... — August diz.

— Não começa.

— Só estou... curiosa. Não entendo. Você gosta dele. Ele gosta de você.

— É complicado.

— Tem certeza? Tipo, eu tô a fim de uma garota que mora no *metrô*. Para você é muito mais fácil.

Wes resmunga, levantando-se abruptamente, e a falta de contrapeso faz a bunda de August bater com força no chão.

— Eu seria uma decepção para o Isaiah — ele diz, mantendo um contato visual teimoso enquanto espana a calça jeans. — Ele não merece uma decepção.

Wes a deixa no chão. Ela acha que deve ter feito por merecer.

Depois, quando consegue montar o estrado barato que encomendou e fazer a cama nova com lençol e tudo, ela pega o celular.

                    Qual é a história por trás da música?

Jane responde um minuto depois. Com saudação e assinatura, como sempre. August está tão acostumada que seus olhos começaram a pular essas partes.

　　Não lembro muita coisa. Eu ouvia num
　　apartamento onde eu morava aos vinte anos.
　　Eu achava que era uma das músicas
　　mais românticas que já conheci.

                    Sério? A letra é meio deprimente.

　　Não, escuta só a ponte. Fala sobre amar muito
　　uma pessoa e não suportar
　　a ideia de perdê-la, mesmo que envolva
　　sofrimento. Fala que todas as adversidades no
　　final valem a pena se for possível enfrentá-las
　　ao lado de quem se ama.

August pesquisa a música, deixa tocar as duas primeiras estrofes, até chegar em *You will remember, when this is blown over…*
　　O Freddie Mercury está mesmo avisando que ela vai lembrar bem quando tudo desmoronar?

　　Certo

August pensa em como Wes está decidido a não deixar que Isaiah lhe entregue seu coração, em Myla apertando a mão de Niko enquanto ele fala com coisas que ela não consegue ver, em sua mãe e toda uma vida de investigação, em si mesma, em Jane, em horas no metrô — todas as coisas que as pessoas fazem por amor.

　　Certo, entendi.

Oito

(CL) nova york > brooklyn > comunidade > contatos perdidos

Publicado em 8 de junho de 1999

Garota de jaqueta de couro na linha Q na 14th Street-Union Square (Manhattan)

Linda Desconhecida, você não deve ver isso nunca, mas preciso tentar. Só vi você por trinta segundos, mas não consigo esquecer. Eu estava na plataforma esperando a Q na sexta de manhã quando o trem chegou e você estava lá dentro. Você olhou para mim, e eu olhei para você. Você sorriu, e eu sorri. Então as portas se fecharam. Eu estava tão distraída olhando para você que esqueci de entrar no vagão. Tive que esperar dez minutos pelo próximo trem e me atrasei para o trabalho. Eu estava usando um vestido roxo e tênis plataforma. Acho que estou apaixonada.

Isaiah abre a porta de cartola, legging de couro e camisa de botão violentamente feia.

— Você parece um membro da Toto — Wes diz.

— E que dia melhor do que esse domingo abençoado para ouvir "Africa"? — ele pergunta, convidando-os com um floreio a entrarem em seu apartamento.

A casa de Isaiah é a *cara* dele: um lindo sofá em L de couro, estantes cheias organizadas meticulosamente, tapetes e pinturas dando toques de cor e um robe de seda pendurado no encosto de uma cadeira da cozinha. Elegante, estiloso, organizado, com um quarto extra cheio de figurinos de drag ao lado da cozinha. Sua mesa de jantar de nogueira lustrada está decorada com dezenas de estatuetas de Jesus usando roupinhas improvisadas de drag, e o som baixo da trilha sonora de *Jesus Cristo Superstar* acompanha a preparação do ponche no balcão.

Então esse é o evento anunciado por um panfleto escrito à mão enfiado por baixo da porta deles: o brunch anual de Páscoa da família drag de Isaiah.

— Amei o sacrilégio — Niko diz, deixando uma bandeja de *pasteles* vegetarianos na mesa. Ele pega uma das estatuetas, envolta por uma meia de lantejoulas. — O Jesus branco fica lindo de roxo.

August traz sua contribuição — um prato de alumínio cheio de biscoitos da Billy — e considera se ela é o que fez essas casas enfim se misturarem. É tecnicamente a primeira vez que o grupo é convidado para o brunch, a menos que se conte o ano anterior, quando a festa transbordou para o corredor e Myla acabou ganhando uma *lap dance* de uma drag do Bronx a caminho da caixa de correio. Mas, na semana anterior, August pegou o elevador de serviço da Popeyes com Isaiah e fez questão de mencionar a tristeza de Wes depois que a irmã dele postou no Instagram um seder de Pessach sem ele.

— Somos os primeiros? — August pergunta.

Isaiah vira-se para trás, lançando para ela um olhar enviesado.

— Você já conheceu uma drag queen pontual? Por que acha que vamos fazer um brunch às sete da noite?

— Faz sentido — ela diz. — Wes preparou bolinhos.

— Não é nada especial — Wes resmunga enquanto tromba nela ao passar para a cozinha.

— Fala para ele do que é.

Há uma pausa pesada em que ela quase consegue ouvir os dentes de Wes rangendo.

— Laranja e cardamomo com um toque de *chai* de bordo — ele diz, entredentes, com toda a fúria de seu corpo minúsculo.

— Ai, merda, é o que minha irmã vai trazer — Isaiah diz.

Wes faz cara de pânico.

— Sério?

— Não, tonto, ela vai chegar com um monte de Doritos e um saquinho de maconha como sempre — Isaiah diz com um riso alegre, e Wes fica em um tom encantador de rosa.

— Jah seja louvado — Myla comenta, sentando-se no sofá.

Quando os primeiros membros da família drag de Isaiah começam a chegar — Sara Tonina em um vestido florido e meia dúzia de jovens de vinte e poucos anos com as unhas feitas e óculos de aro grosso para esconder as sobrancelhas raspadas —, a música aumenta e as luzes diminuem. August logo percebe que é um brunch apenas no sentido mais amplo da palavra: tem pratos de brunch, sim, e Isaiah a apresenta a uma drag de Montreal que acabou de chegar de uma apresentação de turnê com um punhado de dinheiro e uma garrafa térmica cheia de mimosas. Mas, basicamente, é uma festa.

O apartamento 6F não é o único grupo além da família drag de Isaiah a ser convidado. Tem o moço do turno da manhã da mercearia, o dono de um dos restaurantes jamaicanos, maconheiros do parque. Tem a irmã de Isaiah, recém-saída do trem da Filadélfia com tranças roxas até a cintura e uma bolsa de uma ONG de vegetarianismo nas costas. Todos os empregados da Popeyes do térreo vão parar ali no instante em que batem cartão, passando caixas de frango apimentado. August reconhece o moço que sempre os deixa entrar pelo elevador de serviço, ainda usando um crachá que diz GREGORY, embora mais pareça REG RY porque metade das letras estão apagadas.

A festa vai ficando cada vez mais cheia, e August se espreme na cozinha entre Isaiah e Wes. Isaiah tenta cumprimentar todas as pessoas que chegam, enquanto Wes finge não estar de olho nele.

— Espera, ai, meu Deus do céu — Isaiah diz de repente, voltando-se de olhos arregalados para a porta. — Aquele é... Jade, *Jade*, aquele é a Vera Harry? Ai, meu Deus, nunca a vi desmontada, você tinha *razão*, bicha! — Ele se vira para os dois, apontando para um rapaz incrivelmente bonito de barba por fazer que acabou de entrar. Parece ter saído de uma série de super-herói diretamente para a sala de Isaiah. Wes faz cara feia no mesmo instante. — *Aquele* ali é uma drag nova, que se mudou de Los Angeles mês passado. Todo mundo anda falando dela. É uma drag meio bagaceira no palco, mas desmontado? *Gato*. Melhor coisa que já aconteceu numa noite de quinta.

— Se isso é o melhor, coitada da noite de quinta — Wes murmura, mas Isaiah já desapareceu na multidão.

— Eita — August diz —, você está com ciúme.

— Uau, puta merda, você descobriu tudo. Merece o Prêmio Peabody de reportagem — Wes diz, inexpressivo. — Cadê o barril de cerveja? Me falaram que teria um barril de cerveja.

Minutos barulhentos se passam em uma baderna de pálpebras brilhantes e da playlist de Isaiah — que acabou de passar de "Your Own Personal Jesus" para "Faith" de George Michael — e August está pegando um biscoito da bandeja que trouxe quando alguém serve uma travessa de pão com queijo ao lado e diz:

— Porra, eu quase trouxe a mesma coisa. Teria sido constrangedor.

August ergue os olhos, e lá está Winfield em uma camisa de seda estampada com peixes de desenho animado, suas tranças enroladas no topo da cabeça. Ao lado dele está Lucie, que, quando não está usando o uniforme da Billy, aparentemente gosta de vestidos pretos extremamente minúsculos e botas. Ela parece mais uma menina em um filme sobre um assassino de aluguel do que gerente de uma lanchonete. August os encara.

— Vocês... O que vocês estão fazendo aqui? Vocês conhecem o Isaiah?

— Eu conheço a Annie — Winfield diz. — Não foi ela que me vestiu de drag pela primeira vez, mas ela se sentou tantas vezes no meu balcão que me convenceu a tentar.

Como é que é?

— Você... você faz drag? Nunca comentou... E você não é... — August se atrapalha com uma meia dúzia de formas de terminar essa frase antes de se decidir pela eloquente: — Mas você tem barba!

— Que foi, nunca conheceu uma drag queen pansexual de barba?

Ele ri, e é então que August nota: Winfield e Lucie estão de mãos dadas. O que um brunch de Páscoa de uma família drag não faz...

— Eu... você... vocês são...?

— Uhum — Winfield responde alegremente.

— Por mais divertido que seja ver seu cérebro pifar — Lucie diz —, ninguém no trabalho sabe. Se você contar, eu quebro seu braço.

— Ai, meu Deus. Beleza. Vocês são... — A cabeça de August vai explodir. Ela olha para Winfield e exclama: — Ai, cacete, então é por *isso* que você entende tanto de tcheco!

Winfield ri, eles desaparecem tão rapidamente quanto surgiram, e é... fofo, August pensa. Os dois juntos. Como Isaiah e Wes ou Myla e Niko, faz um sentido estranho. E Lucie... ela parecia *feliz*, afetuosa até, o que é incrível, visto que August meio que achava que ela fosse feita do mesmo material que eles usam para esfregar os ralos da Billy. Palha de aço emocional.

Perto do ponche, a conversa foi parar nas tradições de Páscoa de cada família. August enche o copo enquanto Isaiah pergunta para Myla:

— E você?

— Meus pais são, tipo, agnósticos hippies, então a gente nunca celebrava. Tenho quase certeza de que essa é a única coisa que os pais de Niko não gostam em mim, minha criação pagã — ela diz, revirando os olhos enquanto Niko ri e passa um braço em volta dos seus ombros. — Nosso maior feriado de abril na infância era o Dia da Limpeza dos Túmulos, mas meus avós e bisavós se recusavam a morrer, então a gente só queimava uma Ferrari de papel todo ano para meu tio-avô que amava o carro dele.

— Meus pais sempre nos faziam ir à vigília de Páscoa — Niko conta. — Eles são completamente católicos.

— Jura? — Isaiah diz, compreensivo. — Meu papai é pastor. Minha mãe é a líder do coral. Nossos pais deveriam se unir no sangue de Cristo qualquer dia. Mas os meus são metodistas, então tem que ser suco de uva.

— Os seus também estão se lamentando e rangendo os dentes porque o filho pródigo não foi para a casa na Páscoa?

— Eu disse que fui ao culto de manhã. — Isaiah dá uma piscadinha. — Liguei para eles pelo FaceTime todo suado para convencer.

Wes, que está sentado no balcão observando a conversa com um vaguíssimo interesse, diz:

— August, você não passou um milhão de anos em uma escola católica? Sua família também é tarada por Jesus?

— Só os parentes mais distantes. Não estudei lá por causa de Jesus, nem nada. As escolas públicas de Louisiana são muito mal financiadas e minha mãe queria que eu fosse para uma escola particular, então eu fui e a gente passou a vida inteira sem grana. *Grande* momento da minha vida. Uma das freiras foi demitida por vender cocaína para os alunos.

— Caramba! — Wes não chegou a encontrar o barril, mas pega uma lata de um engradado com umas trinta ao lado dele. — Vamos destruir essa latinha?

— De jeito nenhum — August diz, e pega a cerveja que Wes oferece mesmo assim.

Ela tira o canivete do bolso e empresta para ele, depois segue o exemplo de Wes e crava o canivete na lateral da lata.

— Ainda acho esse canivete maneiro — Wes diz, e eles alargam o buraco e tomam tudo de uma vez.

Quando as pessoas começam a ter de beber no corredor, Myla abre a porta do 6F e grita:

— Tirem os sapatos e não mexam nas plantas!

A festa flui entre os dois apartamentos, drag queens sentadas no baú, aventais da Popeyes largados no corredor, Wes deitado na mesa da cozinha de Isaiah como uma pintura renascentista, Vera Harry abraçando Noodles em seus braços musculosos. Myla abre o saco de doces do Ano-

-Novo Lunar que sua mãe mandou e vai passando-o pela sala. A amiga canadense de Isaiah passa com uma caixa de vinho no ombro, cantando "maaaais Fraaanziaaaaa" a plenos pulmões na melodia de "O Canada".

Em algum momento, August percebe que seu celular está vibrando insistentemente no bolso. Quando ela o pega, todas as mensagens se aglomeraram na tela. Ela engole em seco um gritinho constrangedor de alegria e tenta fingir que é um arroto.

— Quem está enchendo seu celular, Bebê Smurf? — Myla pergunta, como se não soubesse.

August vira a tela para Myla, que se inclina tão perto que August consegue sentir o cheiro da loção alaranjada que ela passa depois do banho.

Oi, estou muito entediada. — Jane

Oi, August! — Jane

Você está recebendo essas mensagens? — Jane

Alôôôôô? — Jane Su, Linha Q, Brooklyn, NY

— Ah, ela já aprendeu a etiqueta de espaçar as mensagens para não parecer muito desesperada — Myla diz. — Ela acha que precisa assinar como se fosse uma carta?

— Acho que esqueci de explicar essa parte quando estava ensinando a usar o celular.

— É tão fofo. *Vocês* são tão fofas.

— Eu não sou fofa — August diz, franzindo a testa. — Eu sou... eu sou durona. Como um cacto.

— Ah, August. — A voz de Myla está muito alta. Ela está muito bêbada. *August* está muito bêbada, conforme se dá conta, porque não para de olhar para Myla e pensar que a sombra nos seus olhos é muito legal e que ela é linda e como é doido pensar nela querendo ser amiga de August. Myla pega seu queixo com a mão, apertando até as bochechas dela se projetarem como um peixinho. — Você é um profiterole. Você é um bolinho. Você é um novelo de lã. Você é... você é um docinho de abóbora.

— Eu sou um dente de alho — August diz. — Pungente. Cinquenta camadas.

— *E* a melhor parte de todos os pratos.

— Que nojo.

— A gente deveria ligar para ela.

— Quê?

— É, vamos, liga para ela!

Como acontece, ela não sabe; August não faz ideia se concorda, ou por que, mas seu celular está em sua mão e ela está telefonando e...

— August?

— Jane?

— Você me ligou em um show? — Jane grita mais alto que Patti LaBelle berrando em "New Attitude" na caixinha de som Bluetooth de alguém. — Onde você está?

— Brunch de Páscoa! — August grita em resposta.

— Olha, eu sei que não sou a pessoa com a maior noção de tempo do mundo, mas tenho quase certeza de que está muito tarde para um brunch.

— Desde quando você começou a curtir essas regras?

— Longe de mim — Jane diz, imediatamente ofendida. — Tem que ser muito reacionário para se importar com o horário do brunch.

Ela pegou essa mania de Myla — August acabou permitindo que as duas se encontrassem de novo — e que adora dizer que tudo é coisa de reacionário: pagar o aluguel em dia, pedir rosquinha de passas com canela. August sorri porque seus amigos estão influenciando Jane, porque tem amigos, porque tem alguém que seus amigos podem influenciar. Ela deseja tanto que Jane esteja ali que enfia o celular no bolso perto do coração e começa a carregar Jane pela festa.

É uma daquelas noites. Não que August tenha vivido noites como essa — não pessoalmente, pelo menos. Ela já foi a festas, mas nunca foi muito de beber ou fumar, muito menos de ter conversas fascinantes. Era mais observadora, como uma espécie de antropóloga de festas, sem nunca entender como as pessoas podiam entrar e sair de conexões e conversas, mudando humor e padrões de discurso com tanta facilidade.

Mas ela se vê envolvida em uma discussão sobre queijo quente em um grupo ("A partir do momento em que você inclui qualquer proteína além de bacon, essa merda passa a ser outro sanduíche", Jane comenta, do bolso) e em um jogo revelador de bebida em outro ("Eu nunca não atirei um coquetel molotov", Jane diz. "Você não ouviu as regras? Quando fala desse jeito, quer dizer que *já* atirou", August responde. "Eu sei", Jane concorda, "isso mesmo."). Pela primeira vez, ela não está pensando em se manter atenta para desviar de perigos. São pessoas que Isaiah conhece e em quem confia, e August conhece e confia em Isaiah.

E está com Jane, uma das coisas que ela mais ama no mundo. Isso torna tudo mais fácil, isso a torna mais corajosa. Uma Jane em seu bolso. Jane de bolso.

Ela se vê entre Lucie e Winfield, gritando sobre os clientes da Billy mais alto que a música. Depois troca piadas com o moço da mercearia, ri tanto que cospe a bebida no próprio queixo, e a irmã de Isaiah grita:

— Longe de mim dizer que essa porra saiu do controle, mas acabei de ver alguém misturar schnapps com suco concentrado e tem uma pessoa distribuindo cogumelos na banheira.

De repente, sabe-se lá como, ela vai parar ao lado de Niko, enquanto ele discorre sobre o pavor existencial de ser um jovem no meio da mudança climática, tecendo o fio da conversa em torno do dedo como um mágico. A ficha cai como costuma acontecer quando você está tão bêbado que se esquece do contexto que seu cérebro criou para entender algo: Niko é *médium*. Ela é amiga de um médium de verdade, e *acredita* nele.

— Posso fazer uma pergunta pessoal? — August fala para ele assim que o grupo se dispersa, ouvindo a própria voz sair enrolada.

— É melhor eu ir? — Jane pergunta em seu bolso.

— Nããão — August fala para o celular.

Niko bebe o drinque e olha para ela.

— Manda bala.

— Quando você soube?

— Que era trans?

August fica olhando para ele.

— Não. Que você era médium.

— Ah. — Niko balança a cabeça, chacoalhando o dente pendurado em seu brinco. — Sempre que alguém me faz uma pergunta pessoal, é sobre ser trans. Essa é, tipo, uma das coisas menos interessantes sobre mim. Mas é engraçado porque a resposta é a mesma. Eu sempre soube.

— Sério? — August pensa vagamente em sua própria autodescoberta gradual da bissexualidade, os anos de paixões confusas que ela tentava ignorar. Ela não consegue imaginar como é saber algo importante sobre si mesma sem nunca se questionar.

— Sério. Eu sabia que era menino e que minha irmã era menina e sabia que as pessoas que moraram em nossa casa antes de nós tinham se divorciado porque a mulher estava tendo um caso, e era isso. Nem lembro de me assumir para meus pais ou contar para eles que via coisas que eles não. Eu simplesmente era... o que era.

— E sua família, eles...?

— Sim — Niko diz tranquilamente. — Eles são católicos legais.

— Que legal — Jane diz.

— Muito legal — August concorda, levantando-se e limpando a saia. Ela fica contente. Esfaquearia qualquer pessoa que fosse cruel com Niko, mesmo se fossem os pais dele. Ela o pega pelo braço. — Vem.

— Aonde?

— Você tem que ficar no meu time de Bang de Rodinhas.

A cadeira surrada de escritório surge do nada, e Wes cola as fitas no chão do corredor enquanto Myla sobe em uma mesa e grita as regras. Uma variedade de equipamentos de proteção surge no balcão da cozinha: dois capacetes de bicicleta, os óculos de solda de Myla, um equipamento de esqui que deve ser de Wes, uma joelheira solitária. August cola uma folha de papel na parede e chama Isaiah para ajudar a elaborar uma chave de torneio — dois cérebros bêbados formam um cérebro inteligente —, e assim vai, a cozinha esvazia e as torcidas entusiasmadas se dividem, uma para cada lado do apartamento, enquanto os jogos começam.

August coloca um capacete e sai voando aos berros quando Niko empurra sua cadeira na direção do corredor. Jane permanece quentinha em seu bolso e sem nenhuma preocupação de quebrar alguma coisa. O único pensamento de August é que ela tem vinte e três anos de idade. Tem vinte e três anos e está fazendo algo completamente idiota, e tem o direito de fazer coisas completamente idiotas sempre que quiser, e o resto não precisa importar agora. Como ela pôde não ter se dado conta disso antes?

E não é que é *divertido* se permitir se divertir?

— De onde está vindo essa voz desencarnada? — pergunta Isaiah chegando ao lado de August entre uma rodada e outra. Ele está usando uma touca de pele no lugar de um capacete.

— É a namorada de August — Wes responde, enrolando um pouco a língua. — Ela é um fantasma.

— Ai, meu Deus, eu sabia que esse lugar era mal-assombrado — Isaiah diz. — Espera, é aquela da sessão espírita? Ela é...

Alguém se mete na conversa.

— Sessão espírita?

— Fantasma? — Sara Tonina intervém de cima da geladeira.

— Ela é gata? — A irmã de Isaiah pergunta.

— Ela não é minha namorada — August diz, ignorando-os. Aponta para o celular no bolso. — E ela não é um fantasma, só está no viva-voz.

— Bu — diz Jane.

— Ela está sempre usando exatamente a mesma roupa — Wes conta enquanto empurra a cadeira de escritório de volta, uma das rodinhas pendendo de maneira patética. — Para mim isso é comportamento de fantasma.

— Se um dia virar um fantasma, tomara que eu possa escolher a roupa que vou ter que usar pelo resto da eternidade — Isaiah diz. — Tipo, vocês acham que é simplesmente o que você está usando quando morre? Ou será que tem uma pasta no Pinterest do além com nossas melhores inspirações para a gente montar nossa própria drag fantasma?

— Se eu puder escolher, quero vestir, tipo… — Myla pensa por um segundo, derramando um pouco de bebida no braço. — Um dos macacões do fim de *Mamma Mia*. Vou chegar para assombrar as pessoas, mas sempre vai acabar virando um número de musical. Essa é a energia que quero levar para o além.

— Terno brocado, paletó aberto, sem camisa — Niko diz, confiante.

— Wes — Myla enquanto ele se senta na cadeira de rodinhas —, o que seu fantasma usaria?

Ele afivela um par de óculos de esqui.

— Um cobertor com mangas coberto de migalhas de salgadinho de camarão.

— Bem vira-lata abandonado — Isaiah comenta.

— Cala a boca e me empurra para o outro lado da cozinha, sua bicha chata.

Isaiah obedece, e o torneio continua, mas ele volta três rodadas depois, com um sorriso largo, o espacinho entre seus dois dentes da frente tão charmoso que chega a ser injusto com o mundo.

Ele aponta para o celular de August.

— Como ela se chama?

— Jane — August diz.

— Jane — Isaiah repete, aproximando-se dos seios de August para gritar para o celular. — *Jane!* Por que você não está *aqui* na minha *festa*?

— Porque ela é uma interferência na realidade dos anos 70 presa à linha Q e não consegue sair — Niko responde.

— Isso aí que ele disse — Jane concorda.

Isaiah os ignora e continua a gritar para os peitos de August.

— Jane! A festa ainda não acabou! Você tem que vir!

— Cara, eu adoraria — Jane diz —, faz séculos que não vou a uma festa boa. E tenho quase certeza de que meu aniversário está chegando.

— Seu aniversário? — Isaiah diz. — Você vai dar uma festa, não vai? Eu quero ir.

— Provavelmente não. Estou meio que... bom, meus amigos estão meio que indisponíveis.

— Que bobagem. Ai, meu Deus. Você não pode fazer aniversário e não comemorar. — Isaiah se levanta e se dirige à festa. — Ei! Ei, pessoal! Como a festa é minha, eu posso decidir que tipo de festa é, e estou decidindo que essa é a festa de aniversário da Jane!

— Não sei quem é Jane, mas beleza! — alguém grita.

— Em quanto tempo você consegue chegar aqui, Jane?

— Eu...

Talvez Isaiah se lembre da sessão espírita, talvez ele acredite no que está rolando, talvez ele veja o olhar assustado que August e Niko trocam, ou talvez ele só esteja bêbado. Mas seu sorriso se abre ainda mais, e ele diz:

— Na verdade. Espera aí. Pessoal, por favor, transfiram suas bebidas para um recipiente sem rótulo, vamos continuar a festa no metrô!

Os amigos de Isaiah topam tudo — e, em muitos casos, estão tão bêbados quanto chapados —, então eles descem a escada e inundam a rua como uma barragem se rompendo, empunhando as bebidas, com túnicas, capas e aventais esvoaçando às suas costas. August está entre Lucie e Sara Tonina, carregada pela corrente na direção de sua estação habitual.

— Qual deles é? — Sara está perguntando para Lucie.

Lucie aponta para Winfield, que está jogando a cabeça para trás de tanto rir, glitter cintilando na barba, parecendo a alma da festa. Ela contém um sorriso e diz:

— É aquele.

August ri e deseja muito saber como é a sensação de apontar para a sua pessoa do outro lado da multidão.

Então todos eles se amontoam dentro do trem, August na frente, apontando para Jane e falando para Isaiah:

— É ela.

Ela repara que sabe *sim* a sensação. Talvez o que realmente queira é ser a pessoa do outro lado da multidão que seja apontada por alguém.

— Você me trouxe uma *festa*? — Jane pergunta enquanto o vagão se enche.

Alguém já começou a tocar Carly Rae Jepsen no volume máximo.

— Tecnicamente, *Isaiah* trouxe a festa — August responde.

Mas Jane olha ao redor para as dezenas de pessoas no trem, unhas pintadas e risos esganiçados quebrando a calmaria de sua noite, e é para August, e não Isaiah, que ela olha quando sorri e diz:

— *Obrigada*.

Alguém põe uma coroa de plástico na cabeça de Jane, outro alguém entrega um copo na mão dela, que se joga na noite, radiante e orgulhosa como uma heroína de guerra.

O saco de doces de Myla começa a circular outra vez — August não tem certeza, mas acha que alguém acrescentou alguns bolinhos de maconha — e, em algum momento, talvez depois do duelo de dança entre Isaiah e o canadense entusiasta de vinho de caixinha, August tem uma ideia. Ela convence uma das filhas drag de Isaiah a lhe dar o alfinete espetado em sua orelha, e volta até Jane, segurando os ombros dela para se equilibrar.

— Oi de novo — Jane diz, observando enquanto August prende o alfinete na gola de sua jaqueta de couro. — O que é isso?

— Uma coisa que a gente faz em New Orleans — August diz, tirando um dólar do bolso e o fixando no peito de Jane. — Pensei que você talvez se lembrasse.

— Ah... ah, sim! Você prende um dólar na camisa do aniversariante e, quando ele sai...

— ... todo mundo que vê tem que acrescentar um dólar — August completa, e a luz de reconhecimento alegre nos olhos de Jane é tão forte que August se surpreende com o volume da própria voz quando grita para a multidão: — Ei! Ei, nova regra da festa! Preguem dinheiro na aniversariante! Passem para a frente, falem para os seus amigos!

Quando o trem dá a volta e entra outra vez no Brooklyn, tem pessoas penduradas nas barras do metrô e uma pilha de notas fixada no alfinete de Jane, e August quer fazer coisas que nunca quis. Quer falar com as pessoas, conversar aos berros. Quer dançar. Ela observa Wes enquanto ele devagar, desconfiado, se permite encostar no ombro de Isaiah, então ela se volta para Jane e faz o mesmo. Ao passar com a câmera polaroide, Niko tira uma foto das duas juntas, e August nem pensa em se afastar.

Jane olha para ela através de uma nuvem de confetes que surgiu do nada e sorri, e August não consegue controlar seu corpo. Ela quer subir no banco, então sobe.

— Eu gosto de ser mais alta do que você — ela fala para Jane, mastigando um doce chinês de amendoim e gergelim da bolsa de Myla.

— Sei não — Jane a cutuca. — Acho que não combina com você.

August engole em seco. Ela quer fazer uma coisa idiota. Tem vinte e três anos, tem o direito de fazer coisas idiotas. Toca o lado do pescoço de Jane e diz:

— Você já beijou uma menina mais alta do que você?

Jane olha para ela.

— Acho que não.

— Que pena. — August se inclina para a frente, obrigando Jane a erguer o queixo para manter o contato visual. August descobre que gosta muito desse ângulo. — Nenhuma memória para recuperar.

— Pois é — Jane diz. — Eu só estaria beijando por beijar.

August sente um calorzinho, e Jane é linda. Segura, improvável e diferente de todas as pessoas que August já conheceu na vida.

— É mesmo.

— Uhum. — Jane segura a mão de August, os dedos se enlaçando. — E você está bêbada. Não sei se...

— Não estou tão bêbada — August diz. — Estou feliz.

Ela balança para a frente, e se permite dar um beijo na boca de Jane. Por meio segundo, o trem e a festa e tudo mais passam a existir do outro lado de uma bolha de ar. Elas estão embaixo da terra, embaixo da água, compartilhando o mesmo sopro. August passa o polegar atrás da orelha de Jane, a boca de Jane se entreabre, e...

Jane se afasta abruptamente, perguntando:

— O que é isso?

August pestaneja.

— Hm. Era para ser um beijo.

— Não, isso... os... seus lábios. Estão com gosto de amendoim. E... pasta de gergelim? Têm gosto de...

Ela leva a mão à boca e recua, os olhos arregalados, e August sente um aperto no peito. Ela está se lembrando de algo. Alguém. Outra menina que não August.

— Ah — Jane diz finalmente. Alguém esbarra em seu ombro enquanto passa dançando, e ela nem nota. — *Ah*, é... *Biyu*.

— Quem é Biyu?

Jane abaixa a mão devagar e diz:

— Eu.

Os pés de August tocam o chão.

— Eu sou Biyu — Jane continua. August ergue a mão sem olhar e aperta a jaqueta de Jane, observando o rosto dela, segurando-a enquanto ela mergulha nas próprias memórias. — Esse é meu nome... o nome que meus pais me deram. Su Biyu. Eu era a mais velha, e eu e minhas irmãs, a gente costumava... a gente costumava comer todo o *fah sung thong*, esse doce de amendoim, antes da festa de Ano-Novo acabar, então meu pai os escondia em cima da geladeira em uma caixa de costura, mas eu sempre sabia onde estava, e ele sempre sabia quando eu roubava algum porque me pegava cheirando a... a amendoim.

August a segura com mais força. A música continua tocando. Ela pensa em tempestades, torrentes e tsunamis, e a aperta ainda mais, sente que a onda está chegando e se mantém firme.

— O nome dele, Jane — ela diz, súbita e surpreendentemente sóbria. — Me fala o nome dele.

— Biming — ela diz. — Minha mãe se chama Margaret. Eles têm um... um restaurante. Em Chinatown.

— Aqui?

— Não... não. San Francisco. É de lá que eu sou. A gente morava em cima do restaurante em um apartamento pequeno, e o papel de parede na cozinha era verde e dourado, e eu e minhas irmãs dividíamos um quarto e a gente... a gente tinha um gato. A gente tinha um gato e um vaso de plantas perto da porta e uma foto da minha po po, minha vó, perto do telefone.

— Certo — August diz. — Do que mais você se lembra?

— Acho que... — Um sorriso se abre em seu rosto, deslumbrado e distante. — Acho que me lembro de tudo.

Nove

```
612.6  Jade Snow Wong
Quinta filha chinesa                H899038
7.50
                  LIVRO DE DUAS SEMANAS
```

4 FEV 1976	10 FEV 1976	*Biyu Su*

A festa acabou. August está no trem há cinco horas, purpurina no cabelo, notas de dólar na gola de Jane, percorrendo a linha e ouvindo o fluxo de memórias dela. As duas assistiram ao nascer do sol sobre o rio East junto com os primeiros passageiros do dia, gravaram uma série de áudios no celular de August, esperaram Niko voltar com um sorriso encorajador, dois cafés e uma pilha de cadernetas vazias.

August escreve, Jane fala e — encaixadas entre rastafáris sonolentos e mulheres com seus três filhos —, elas reconstroem toda uma vida do zero. E, mais do que nunca, mais do que quando ela chamou Jane para sair, mais do que na primeira vez que elas se beijaram, August deseja que Jane pudesse sair desse maldito metrô.

— Barbara. Eu tinha dois anos quando minha irmã Barbara nasceu. Betty veio no ano seguinte. Meus pais me deram o único nome chinês porque eu era a mais velha, mas eles não queriam que elas tivessem problemas. Eles viviam falando para mim: "Biyu, cuida das meninas". E eu abandonei as duas. Que... merda. Tinha me esquecido dessa sensação. Eu abandonei as duas.

Ela engole em seco, e as duas esperam até ela recuperar a voz para explicar que saiu de casa aos dezoito anos.

— Meus... meus pais... eles queriam que eu assumisse o restaurante. Meu pai me ensinou a cozinhar, e eu adorava, mas não queria ficar presa. Tipo, eu saía escondida à noite para encontrar meninas, e meus pais queriam que eu cuidasse da contabilidade. Eu... acho que nem sabia direito que era lésbica, entende? Só sabia que era diferente, e eu e meu pai brigávamos, e minha mãe chorava, e eu me sentia um lixo o tempo todo. Eu não conseguia fazê-los felizes. Pensei que fugir seria melhor do que decepcioná-los.

Sair de casa, ela diz, foi a coisa mais difícil que já fez na vida. Sua família estava em San Francisco havia gerações. Em momento nenhum pareceu a escolha certa. Mas parecia a única opção.

— No verão de 1971, eu tinha dezoito anos, e uma banda... uma bandinha qualquer, total protopunk que tocava umas merdas, perguntou para o meu pai se podia tocar no restaurante. Ele deixou. E eu me apaixonei... pela música, pelas roupas, pela atitude. Eu subi, cortei todo o meu cabelo, e arrumei minha mochila.

No furgão, eles perguntaram seu nome, e ela disse: "Biyu".

— Primeiro foi Los Angeles. Três meses trabalhando para um peixeiro porque meu tio tinha uma peixaria lá em San Francisco... daí esta tatuagem aqui. — Ela aponta para a âncora. Sua primeira. — Eu tinha um amigo que havia se mudado para lá, então ele me arranjou onde ficar, depois conseguiu um trabalho em Pittsburgh e eu fui embora. Foi então que comecei a pegar caronas para onde quer que as pessoas estivessem indo e vendo se eu curtia o lugar. Fiquei umas semanas em Cleveland, foi um pesadelo. Des Moines, Filadélfia, Houston. E, em 1972, fui parar em New Orleans.

Ela se lembra de detalhes esparsos sobre cada cidade por onde passou. De um apartamento com grades nas janelas. De repetir o número de telefone dos pais olhando para o teto de um sótão em Houston Heights, se perguntando se deveria telefonar. De quase quebrar o braço em um protesto contra a Guerra do Vietnã na Filadélfia.

New Orleans é uma lembrança turva, mas August acha que é porque deve ter sido mais significativa. Para Jane, as memórias mais importantes são coloridas e nítidas ou pixelizadas e opacas, como se fossem pesadas demais para carregar na cabeça. Ela se lembra de dois anos, um apartamento dividido com alguém de rosto doce cujo nome ela ainda não resgatou, um cesto de roupas em comum, na cozinha entre os quartos.

Ela se lembra de conhecer outras lésbicas em bares sujos — aprendeu a fritar hambúrgueres e batatas na cozinha de um bar chamado Jane Bêbada. As meninas passaram o primeiro mês olhando para ela do outro lado do balcão, se desafiando a falar com ela, até que uma a chamou para sair e confessou que a chamavam de Jane Bêbada porque ninguém tinha coragem de perguntar seu nome. Todas as lésbicas do grupo tinham um apelido — Piu-Piu, Cachorra, Carrapata, Loura Gelada, um milhão de nomes engraçados que vinham de um milhão de histórias confusas. Brincavam que pareciam um bando de piratas. Ela se considerou sortuda, na verdade, por ter pegado um nome como Jane Bêbada e que, com o passar dos meses, se resumiu apenas a uma palavra. Jane.

New Orleans foi o primeiro lugar em que ela se sentiu em casa desde a baía de San Francisco, mas os detalhes são difíceis, e o motivo para ter ido embora continua um mistério.

Aconteceu alguma coisa lá, alguma coisa que a fez fugir novamente. A primeira vez que perguntaram o nome dela depois disso — um motorista de ônibus em Biloxi —, ela engoliu em seco e deu seu apelido, porque era a única coisa dessa parte da vida que ela decidiu manter: Jane. Assim ficou.

Depois de New Orleans, passou um ano de cidade em cidade, mochilando pela Costa Leste, se apaixonando por praticamente uma menina em cada cidade e então cortando relações e fugindo. Jane diz que seu amor por todas as meninas foi como o verão: luminoso, quente e passageiro, nunca profundo demais porque ela partiria em breve.

— Tinha gente na militância antiguerra que odiava gays e gente na militância lésbica que odiava asiáticos. Algumas meninas queriam que eu usasse um vestido como se isso fosse fazer os héteros nos levarem a sério. E lá estava eu, punk, asiática, sapatão. Em qualquer lugar que eu fosse, alguém me amava. Mas, em qualquer lugar que eu fosse, alguém me odiava. E então tinha outras meninas que eram como eu, que... sei lá, eram mais fortes do que eu, ou mais pacientes. Elas ficavam e construíam pontes. Ou pelo menos tentavam. Eu não era de construir coisas. Não era uma líder. Eu era uma lutadora. Fazia jantar para as pessoas. Levava a galera para o hospital. Dava pontos. Mas só ficava tempo suficiente para aproveitar o barato, e ia embora quando a coisa ficava feia.

(Jane diz que não é uma heroína. August discorda, mas não quer interromper, então guarda isso para depois.)

Ela leu sobre San Francisco, sobre os movimentos que estavam acontecendo lá, sobre lésbicas asiáticas em cima de teleféricos só para mostrar para a cidade que elas existiam, sobre bares de couro na Fulton Street e reuniões em porões em Castro, mas ela não podia voltar.

Só parou quando chegou a Nova York.

Suas amigas de New Orleans falavam de uma sapa que tinha se mudado para Nova York. Chamava-se Stormé e patrulhava os arredores de bares lésbicos com um cassetete, socou policiais no Stonewall Inn e instigou uma rebelião em 1969. Parecia o tipo de pessoa que ela queria conhecer e o tipo de briga em que queria se meter. Então Jane foi para Nova York.

Ela se lembra de fazer amigos em uma Chinatown diferente, em Greenwich Village, em Prospect Heights, em Flatbush. Ela se lembra de dividir colchões de solteiro com meninas que trabalhavam à noite para juntar dinheiro para a grande operação, acariciava-lhes os cabelos e preparava *congee* para elas no café da manhã. Ela se lembra de brigas de rua, invasões a bares, ser algemada e arrastada pela polícia por usar roupas masculinas, cuspir sangue no chão de uma cela lotada. Foi no começo — muito no começo para que tivessem alguma ideia do que estava acontecendo —, mas ela se lembra de amigos adoecerem, de levar o vizinho do andar de cima para o hospital em um táxi e ouvir que não tinha permissão de visitar o rapaz, o mesmo que posteriormente disseram ao namorado dele. Roupas brancas estéreis, tornozelos finos, curvada em cadeiras de sala de espera com hematomas de policiais ainda cobrindo sua pele.

Mas ela também se lembra de luzes fortes no rosto em baladas cheias de penas, vestidos de gala de brechó e turbantes cintilantes em cima de perucas ruivas, ombros nus manchados de batom, gim barato. Ela lista os nomes dos caras com delineador pesado que caíam na porrada na CBGB e recita de cor o calendário de shows do verão de 1975, que ficava colado na parede do seu quarto. Ela se lembra de entrar numa discussão com o mesmo vizinho de cima, antes de ele adoecer, e resolver a briga com um maço de cigarro e uma partida de bridge, chorando de tanto rir. Ela se lembra de fazer bolinhos no vapor em uma cozinha do tamanho de um guarda-roupa e de convidar meninas de Chinatown para comer em sua mesa de centro e falar sobre coisas de que elas estavam começando a desconfiar sobre si mesmas. Ela se lembra da Billy, de dar uma cotovelada nas costas de Jerry diante da grelha, molho de pimenta e xarope escorrendo por seu punho enquanto ela mordia seu sanduíche e dizia que era a melhor ideia que já teve, expressão que também estampou o rosto de Jerry quando ele experimentou e concordou.

Ela se lembra do telefone, sempre o telefone olhando para ela, sempre os mesmos nove dígitos se repetindo em sua mente. Seus pais. Ela sabia que deveria ligar. Ela *queria* ligar. Nunca ligou.

August percebe como isso a deixa tensa — em volta dos olhos, da boca. Às vezes ela ri, lembrando como ficava enjoada de tanto frango frito que comia na lanchonete do quarteirão enquanto sua mãe murmurava *"yeet hay"* olhando para ela com ar de repressão e acariciava sua cabeça lhe dando chá de crisântemo. Às vezes ela olha para o teto quando fala sobre as irmãs e sobre como elas conversavam aos sussurros no quarto à noite e riam no escuro. Ela encontrou e perdeu tudo isso, em questão de poucas horas.

Mas tudo faz sentido. Preenche a maioria das lacunas na investigação de August — a ausência de documentos oficiais com o nome dela, as linhas do tempo confusas, a impossibilidade de apontar com precisão onde Jane estava na maior parte dos anos 70. Para Jane também tudo se encaixa. Ela fugiu porque não achava que poderia fazer sua família feliz, e nunca voltou porque achava que tinha feito um favor a eles. Ela continuou fugindo porque nunca aprendeu como era ter um lar. Isso, em particular, August consegue entender.

É difícil imaginar a vida de Jane quarenta e cinco anos antes e ter que entender como, para ela, é uma realidade tão próxima — como se só tivessem se passado alguns meses, Jane disse certa vez. Para August, está sempre envolta em sépia, granulada e com bordas desgastadas. Mas Jane conta em cores vívidas, e August enxerga isso em seus olhos, no tremor de suas mãos. Ela quer voltar. Para ela, tudo isso foi no verão passado.

Mas ainda falta saber como Nova York acabou para Jane. Ela pegava a linha Q para ir e voltar com frequência, mas não lembra como ficou presa ali.

— Tudo bem. — August encosta o ombro no de Jane, que se apoia. August afasta o pensamento de que a beijou poucas horas atrás, enterra isso sob todo o resto. Jane observa mais uma estação passar com uma expressão suave no rosto, a liberdade inalcançável do outro lado de uma porta corrediça. — É para isso que estou aqui.

Quando August bate cartão na Billy na quinta à tarde, Lucie está ao telefone, olhando fixamente para um recorte de jornal do Mets na parede.

— Só podemos vender três — ela diz com a voz monótona, parecendo absolutamente entediada. — Cem dólares cada, duzentos e cinquenta dólares pelo conjunto. É um marco histórico de Nova York. Não, não está registrado. — Uma pausa. — Entendi. — Uma pausa mais longa. — Sim, obrigada. Fique à vontade para ir se foder. Tchau.

Ela bate o telefone com tanta força que a cafeteira atrás do balcão balança.

— Quem era? — August pergunta.

— Billy quer arrecadar dinheiro para comprar o imóvel vendendo coisas que estão sobrando aqui — Lucie explica. — Colocou alguns bancos nos classificados. As pessoas são pão-duro. E idiotas. Pão-duro idiotas.

Ela entra feito um furacão na cozinha, e August ouve alguns palavrões em tcheco. Pensa no frasco de cebola e mel e em como Lucie escondia um sorriso sob a luz dos postes, e se volta para Winfield, que está dando a volta pelo canto.

— Tem mais coisa aí, não tem?

Winfield suspira, colocando uma toalha sobre o ombro.

— Sabe, eu sou do Brooklyn — ele diz, depois de um instante. — Parece que ninguém que mora aqui é daqui, mas eu sou... cresci em East Flatbush, família jamaicana enorme. Mas Lucie... ela emigrou quando tinha dezessete anos, ficou sozinha por mais tempo. Chegou aqui com fome um dia e não podia pagar a conta, e o Billy veio dos fundos e ofereceu um trabalho para ela em vez de cobrar.

Ele sobe no balcão, por pouco não se senta em uma torta de nozes.

— Eu tinha entrado aqui no ano anterior. Era só uma criança. *Ela* era só uma criança. Era tão magricela, uma megerazinha, loira oxigenada, mas eu e Jerry a ajudamos a aprender inglês, ela começou a dar ordem nas pessoas, e então, um dia, apareceu com o cabelo ruivo e unhas pretas como uma espécie de evolução da Mulher-Maravilha. Este lugar a moldou. É o primeiro lar que ela teve. Cara, até eu que *tinha* casa sinto isso às vezes.

— Deve ter um jeito de salvar a Billy — August diz.

Winfield suspira.

— Estamos no Brooklyn, cara. Lugares abrem e fecham o tempo inteiro.

Ela espia pela janela da cozinha, onde Jerry está às voltas com uma omelete. Perguntou na semana passada se ele lembra quem inventou o Especial da Su. Ele disse que não.

August passa o turno pensando em Jane e em fantasmas, coisas que desaparecem da cidade mas que não podem ser apagadas de verdade. À tarde, August a encontra na linha Q, sentada de pernas cruzadas ocupando três assentos.

— Hmm — Jane murmura quando August se senta ao lado dela. — Você está com um cheiro bom.

August faz uma careta.

— Estou com o cheiro de uma fritadeira usada.

— Sim, foi o que eu disse. — Ela enfia o nariz no ombro de August, inspirando a aura engordurada da Billy. O rosto de August fica vermelho. — Você está com um cheiro bom.

— Você é esquisita.

— Talvez — Jane diz, se afastando. — Talvez eu só sinta falta da Billy. O cheiro é exatamente o mesmo. É bom saber que certas coisas nunca mudam.

Nossa, isso é uma droga. Lugares como a Billy nunca são apenas lugares. São lares, pontos centrais de memórias, primeiros amores. Para Jane, é uma âncora tanto quanto aquela em seu braço.

— Jane, eu, hm — August começa. — Tenho uma coisa para te contar.

Ela dá a notícia.

Jane se inclina para a frente, os cotovelos apoiados nos joelhos, lambendo o lábio inferior.

— Nossa, eu... nunca imaginei que ela deixaria de existir, nem mesmo agora.

— Pois é.

— Talvez... Talvez, se você conseguir me mandar de volta para onde eu deveria estar, eu consiga fazer alguma coisa. Talvez eu possa dar um jeito nisso.

— Assim, talvez. Não sei como essas coisas funcionam. Myla tem quase certeza de que tudo que está acontecendo agora está acontecendo por causa de tudo que aconteceu no passado.

Jane franze a testa, murchando um pouco.

— Acho que entendi alguma coisa disso aí. Então, você quer dizer que... se houvesse algo que eu pudesse fazer, já estaria feito.

— Talvez. Mas a gente não tem como saber.

Há um longo momento de silêncio, e Jane diz:

— Você já... Já encontrou alguma coisa sobre mim agora? Tipo, se eu tiver conseguido voltar, e continuar no passado... deve haver uma outra de mim em algum lugar, certo? De volta na linha certa do tempo? Toda velha e sábia e tal?

August cruza as mãos no colo, baixando os olhos para os tênis vermelhos de Jane. Ela estava pensando quando Jane perguntaria isso; é algo que incomoda August desde o começo.

— Não — admite. — Tenho certeza de que ela existe em algum lugar, mas ainda não a encontrei.

Jane suspira.

— Droga.

— Ei. — Ela ergue os olhos, tentando um pequeno sorriso. — Isso não quer dizer nada, necessariamente. A gente não *sabe* se as coisas não podem mudar. Talvez possam. Ou talvez você mude de nome de novo, e é por isso que não consigo te encontrar.

— É — Jane diz, um som baixo e pesado. — Talvez.

August sente aquilo pairando em volta de Jane, a mesma coisa que a incomodava na outra manhã enquanto ela contava suas histórias.

— Quer conversar sobre alguma coisa? — August pergunta.

Jane solta um longo suspiro e fecha os olhos.

— É só que... eu sinto falta.

— Da Billy?

— Sim, mas também... da vida. — Ela cruza os braços e se ajeita, escorregando até estar deitada no banco, a cabeça no colo de August. — Meu restaurante chinês. O gato da mercearia. Bater no teto porque o vizinho estava ensaiando trombone alto demais, sabe? Coisas bestas. Sinto falta de planejar uns trambiques com os amigos. Tomar cerveja. Ir ao cinema. Bobagens da vida.

— Sei — August diz, porque não tem mais o que dizer. — Entendo o que você está falando.

— É só que... é um saco. — Os olhos de Jane estão fechados, seu rosto voltado para August, a boca delicada, o maxilar tenso. August quer massagear suas sobrancelhas fortes e retas com os polegares e tirar a tensão de dentro dela, mas se contenta em passar a mão em seu cabelo. Jane se entrega ao toque. — Agora me lembro de como me sentia a minha vida toda... eu queria ir a lugares, ver o mundo. Sempre odiei ficar em um lugar só por muito tempo. Que ironia do caralho, hein?

Ela fica em silêncio, passando a ponta dos dedos pela lateral do corpo, onde uma tatuagem se insinua sob a barra da camiseta.

August queria ser melhor nisso. Ela é ótima em fazer anotações e destrinchar fatos, mas nunca foi boa em navegar pelos rios de sentimentos que correm por baixo. O queixo de Jane está encostado em seu joelho, por cima da calça jeans, e August quer tocar nele, puxá-la para perto, fazer com que ela se sinta melhor, mas ela não sabe como.

— Não sei se ajuda, mas... — August diz finalmente. O cabelo de Jane é liso e grosso entre seus dedos, e ela sente um calafrio quando August coça seu couro cabeludo. — Eu também nunca tinha encontrado um lugar onde quisesse ficar, até agora. E ainda assim me sinto presa às vezes, dentro da minha cabeça. Tipo, mesmo quando estou com meus amigos, me divertindo, fazendo um monte de coisinhas bestas da vida, às vezes sinto que tem alguma coisa errada. Errada *comigo*. Até pessoas que não estão presas no metrô se sentem assim. E sei que isso parece... deprimente. Mas descobri o seguinte: nunca estou tão sozinha quanto penso.

Jane fica em silêncio, considerando até que diz:

— Ajuda, sim.

— Legal. — August balança o joelho um pouco, fazendo a cabeça de Jane balançar também. — Você falou que sente falta de ir ao cinema, certo?

Jane abre os olhos finalmente, encarando August.

— Certo.

— Bom, então, meu filme favorito de todos os tempos — August diz, tirando o celular do bolso. — É dos anos 80. *Digam o que quiserem*.

A gente pode fazer o seguinte: vou colocar a trilha sonora e te conto tudo sobre o filme, e vai ser quase tão bom quanto assistir.

August estende um fone para ela, que só fica olhando.

— Myla falou *mesmo* que você deveria me ensinar essas coisas.

— Ela é uma mulher esperta — August diz. — Vamos lá.

Jane pega o fone, e August liga a música. Conta para Jane sobre Lloyd e Diane, a festa e as chaves, o jantar, os discursos sobre capitalismo e o banco de trás do carro. Conta sobre a caixa de som, a caneta e a cabine telefônica. Sobre o avião no final do filme, sobre Diane falando que ninguém acredita que vai dar certo, Lloyd dizendo que toda história de sucesso começa assim.

Jane cantarola e acompanha o ritmo da música com a ponta do tênis, e August continua fazendo carinho no cabelo dela e tenta deixar seus sentimentos calmos e contidos o bastante para se concentrar em resolver, aquela frase sobre não saber o que você deveria estar fazendo ou quem deveria ser quando todos os outros ao redor parecem tão seguros: *Não sei, mas sei que nada sei.* Essa parece importante.

É constrangedor para a August que gosta de pagar de durona que esse filme besta signifique tanto para ela, mas "In Your Eyes" começa a tocar, e Jane expira como se tivesse levado um soco no estômago. Ela entende.

August não quer pensar em beijar Jane quando a música acaba, nem quando as portas se abrem em Parkside Avenue, nem quando enfia o avental embaixo do braço e dá um aceno de boa-noite. Mas ela pensa, e pensa, e pensa.

Quando chega em casa, Myla está esparramada no sofá e Niko está às voltas na cozinha, lavando a louça dos últimos dias.

— Decidimos terminar uma temporada de *Lost* — Niko diz enquanto seca uma tigela de cereal. — Não acredito que eles mudaram a ilha de lugar. Estou, como Isaiah diria, passado e embalado a vácuo.

— Pois é, espera até chegar na parte do bebê medonho de *Bruxa de Blair* que é aquele filhinho da Claire.

— Sem spoiler! — Myla está ninando um saco enorme de jujubas como se fosse um bebê. August desconfia de que esteja chapada.

— Ele não é vidente?
— Mesmo assim.
August ergue as mãos em sinal de rendição.
— Como está nossa menina hoje? — Niko pergunta.
— Bem — August responde. — Meio triste. É difícil para ela estar presa lá embaixo.
— Eu não estava perguntando de Jane. Estava perguntando de você.
— Ah. Estou... estou bem.
Niko estreita os olhos.
— Não está. Mas não precisa conversar sobre isso.
— É só que... — August vai até uma das cadeiras Eames e desaba. — *Argh.*
— Qual é o problema, minha sapinha do brejo? — Myla pergunta, enfiando um punhado de jujubas na boca.
August esconde o rosto nas mãos.
— Como saber se uma menina gosta de você?
— Ah, esse assunto de novo — Myla diz. — Eu já te falei.
August resmunga:
— É só que... tudo ficou tão complicado, e nunca sei o que é verdade e o que não é e o que é carência dela e o que é carência minha, e é... *argh*. É só *argh*.
— Você precisa *falar alguma coisa* para ela, August.
— Mas e se ela não sentir o mesmo que eu? Estamos ligadas uma à outra. Eu sou a única pessoa que pode ajudá-la. Vou deixar a situação esquisita, e ela vai acabar me odiando porque é sempre constrangedor, e não posso fazer isso com a gente.
— Certo, mas...
— Mas e se ela de fato gostar de mim e voltar para os anos 70 e sumir e eu perder a oportunidade de falar para ela? E se ela nunca souber? Se alguém sentir isso por mim, eu gostaria de saber. Quer dizer que ela *merece* saber? Ou...
Myla começa a rir.

August tira as mãos do rosto.

— Do que você está *rindo*?

Myla encosta o rosto no braço do sofá, ainda rindo baixo. Algumas jujubas caem no chão.

— É que você está apaixonada por um fantasma dos anos 70 que vive no metrô e, *mesmo assim*, é exatamente a mesma história de sempre.

— Ela não é um fantasma, e não estou apaixonada — August diz, revirando os olhos. — O que você quer dizer?

— Quero dizer que você embarcou numa amizade homoerótica da garota sáfica. É tudo fofo no comecinho e então você começa a criar expectativa, e é impossível saber se o flerte de brincadeira é um flerte de verdade e se o abracinho platônico é um abracinho romântico e, quando se dá conta, três anos se passaram, você está obcecada por ela, e não fez nada em relação a isso porque morre de medo de foder com a amizade por causa de coisas da sua imaginação, então vocês trocam cartas de amor carregadas de tensão sexual mas sem jamais admitir isso, e assim vai até as duas morrerem. Com a diferença de que ela *já* está morta. — Ela ri. — Que doideira, cara.

Niko entra na sala, dispondo algumas xícaras de chá sem alça e uma chaleira no baú com um tilintar de porcelana rachada.

— Myla, Jane é nossa amiga — ele diz. — Você precisa parar de fazer piadas sobre ela estar morta. Mas seria *sim* mais maneiro se ela estivesse.

August resmunga.

— Aff... *Vocês dois*.

— Foi mal — Myla diz, aceitando uma xícara. — Só manda uma mensagem para ela, tipo, "Ei, Jane, você é gata. Bora dar uns pegas com consentimento. Beijões, August".

— Exatamente o tipo de coisa que eu falaria.

Myla ri.

— Ah, então fala de um jeito August.

August respira fundo.

— Mas esse é o pior momento possível. Ela *acabou* de lembrar quem é. E não está sendo exatamente fácil.

— Não existe bom momento nessa situação — Myla diz.

— Se não existe bom momento, talvez não exista mau momento também — Niko acrescenta, sem rodeios. — E talvez você possa fazê-la feliz enquanto ela está aqui. Pode ser egoísta tirar isso dela. Pode ser egoísta tirar isso de *você*.

Uma hora se passa, e Myla adormece no sofá enquanto Niko está arrumando o chá. August o observa tirar o saco de jujubas delicadamente dos braços dela e se pergunta se ele vai acordá-la e levá-la para o quarto. Parece estranho e invasivo ver a indecisão perpassar o rosto dele quando ela está acostumada com seus traços seguros e confiantes, mas, depois de um tempo, a expressão se torna algo tranquilo e carinhoso.

Ele pega uma manta do dorso do sofá e a cobre, tomando um cuidado especial para envolver os ombros e os pés. Ele tira o cabelo da testa dela e dá um beijo muito leve para não a acordar.

Apaga a lâmpada e, quando se dirige ao quarto deles, August vê um esboço de sorriso, a dobra suave no canto da boca, uma coisa secreta. Eles vão dormir separados hoje e, por algum motivo, isso aperta ainda mais o coração dela, o laço tranquilo entre os dois que não precisa de um toque constante. A segurança de que a outra pessoa está bem ali em sua órbita, sempre, esperando para ser chamada de volta. Niko e Myla poderiam estar em lados opostos do oceano que respirariam em sincronia.

Um sentimento assombrando no fundo do peito, como na festa de Isaiah, a caminho da estação: de como seria ter alguém que contém um sorriso quando aponta e diz: "É, ali. É ela". Viver ao lado de alguém, beijar e ser beijada, ser desejada.

— Boa noite — Niko diz.

— Boa noite — August diz, a voz embargada.

À noite, em seu quarto, Jane está lá. Ela abre um sorriso caloroso e lento, até enrugar o nariz. Ela se apoia na janela e fala sobre as pessoas que conheceu no trem naquele dia. Está de meias ao pé da cama e diz que não vai a lugar nenhum. Passa o polegar em uma sarda no ombro de August e olha como se ela atraísse seu olhar. Como se não quisesse olhar para mais nada.

August se deita com as mãos no colchão, e Jane está sobre ela, os joelhos nos lençóis. No escuro, é mais difícil de evitar pintar os tons suaves de laranja que entram da rua. Ela consegue vê-los envolvendo o cabelo de Jane, colorindo atrás de sua orelha, roçando a curva suave de seu queixo. Lá está ela. Essa garota, e um desejo tão forte que se crava no fundo dos ossos de August até parecer prestes a quebrá-los.

Ela se pergunta se as coisas seriam diferentes se talvez elas pudessem ter o tipo de amor que não precisa ser anunciado. Algo que se encaixe no ambiente ao redor com tanta facilidade quanto todos os outros seres verdadeiros que já descruzaram as pernas e subiram essa escada.

Seu celular vibra em meio aos lençóis. A mensagem diz:

Rádio. Tomara que não esteja dormindo ainda.

August sintoniza a estação, e a música começa. A pedidos. "In Your Eyes".

O luar se move, um traço fresco de um lado ao outro da cama, e August aperta bem os olhos. Não faz sentido, amar uma garota que não pode pisar no chão. Ela sabe disso.

Mas beijar e ser beijada. Ser desejada. É diferente de amar. E, talvez, se August tentar, talvez elas possam ter algo. Não tudo, mas algo.

August bola um plano.

Myla mandou que ela falasse de um jeito August. O jeito August é um plano.

Depende de algumas coisas. Precisa ser o dia certo e a hora certa. Mas ela já andou na linha Q de ponta a ponta tantas vezes que tem os dados de que precisa, contabilizados com cuidado no verso de um caderno logo abaixo das namoradas de Jane.

Definitivamente não durante os horários de pico de trabalho, nem à meia-noite, que traz uma onda de pessoas saindo de turnos noturnos de hospitais, nem em finais de semana quando passageiros bêbados vomitam ao longo da linha. O horário mais lento, quando há mais chances de o trem estar completamente vazio, é três e meia da madrugada de terça-feira.

Então ela pega tudo de que precisa e guarda nas sacolas reutilizáveis que Niko a obriga a usar sempre. Programa o alarme para as duas da manhã para ter tempo de ajeitar o cabelo e passar um batom que não borre. Demora vinte minutos para decidir o que vestir — escolhe uma camisa de botão para dentro da saia, um par de meias cinza até a coxa comprado no mês passado, suas botinas de salto. Ajeita as meias na frente do espelho, se preocupando com o caimento, mas não há tempo para reconsiderar. Ela tem um trem a pegar.

Senta-se na plataforma e espera. E espera mais um pouco. Jane vai estar em qualquer trem, e August quer que seja um bom. Um novo, com assentos reluzentes e luzes bonitas que mostrem as paradas... e um vagão vazio. Ela está tentando tornar o metrô romântico. Precisa de toda ajuda possível.

Finalmente, um trem com um interior azul-claro bem conservado para, e August pega a bolsa e para atrás da linha amarela como uma adolescente nervosa escolhendo seu par para o baile de formatura. (Ou pelo menos ela imagina que seja assim. August não foi ao baile de formatura.)

As portas se abrem.

Jane está do outro lado do vagão, deitada de costas, a jaqueta enrolada embaixo da cabeça, o toca-fitas equilibrado em cima da barriga, os olhos fechados, um pé balançando com a batida da música. Ela faz um bico com a boca como se estivesse curtindo muito, as linhas de seu corpo relaxadas, lânguidas e transbordantes. Imperdoável, o coração de August se derrete no peito.

Essa é a sua garota.

Jane está, no momento, completamente alheia ao mundo ao redor, e August não consegue resistir. Ela se aproxima de fininho, chega perto do ouvido de Jane e diz:

— Oi, Garota do Metrô.

Jane grita, vira de lado e dá um soco no nariz de August.

— Ai, puta que pariu, Jane! — August berra, deixando as sacolas caírem e levando as mãos ao rosto. — Você é o Jason Bourne?

— Não me assusta desse jeito! — Jane grita em resposta, se empertigando. — Não sei quem é Jason Bourne.

August tira a mão do nariz para examinar: sem sangue, pelo menos. Começou bem.

— É um personagem de filme de ação, um agente secreto que teve as memórias apagadas e descobre que é fodão porque sabe, tipo, atirar nas pessoas e manja de computação sem lembrar de como foi que aprendeu. — Ela pensa por um segundo. — Espera. Talvez você seja mesmo o Jason Bourne.

— Desculpa — Jane diz, mas está rindo. Ela se inclina para a frente, puxando a mão de August. — Você está bem?

— Estou, estou, sim. — Os olhos de August estão lacrimejando, mas nem dói tanto assim, na verdade. Foi mais um soco sonolento de raspão do que um golpe violento que, com certeza, Jane é capaz de dar.

— O que você está fazendo aqui? É madrugada.

— Exatamente. — August coloca as sacolas no assento ao lado de Jane, tirando o primeiro item: uma toalha, que ela estende sobre o banco. — É tão raro estar só nós duas.

— Então a gente vai fazer... uma festa de pijama?

— Não, a gente vai comer — August diz. Seu rosto está quente e vermelho, e não porque levou um soco ainda há pouco. Ela se concentra em tirar as coisas da sacola. Uma garrafa de vinho. Um saca-rolha. Dois copos de plástico. — Tudo que você quiser experimentar. Pensei que a gente podia fazer, tipo, uma degustação.

Em seguida, August tira uma das tábuas de Myla, com um canto chamuscado por uma panela. Depois o Takis, o Zapp's de cebola agridoce, pacote por pacote de Pop-Tarts. Cinco sabores diferentes.

— Um banquete — Jane diz, pegando um pacote de salgadinho. Ela parece um pouco desconfiada, um pouco deslumbrada. — Você me trouxe um banquete.

— É um termo generoso. Tenho quase certeza de que o cara da mercearia achou que eu estava de larica.

August finalmente ergue os olhos e encontra Jane revirando o Takis como se não soubesse o que fazer com o pacote.

— Trouxe isto também — August diz, tirando uma fita cassete do bolso. Ela precisou ir a três lojas diferentes de artigos usados, mas finalmente encontrou: os maiores sucessos de The Chi-Lites. Entrega a fita para Jane, que pisca algumas vezes antes de abrir a tampa do walkman e encaixá-la lá dentro.

— Isso é... bacana. Como se eu fosse uma pessoa normal. É bacana.

— Você é uma pessoa normal — August diz, sentando-se do outro lado da tábua de "petiscos" improvisada. — Em circunstâncias desnormais.

— Quase certeza de que a palavra certa é anormal.

— Cala a boca e abre o vinho — August diz, estendendo a garrafa.

Jane obedece e, depois, abre o pacote de Takis com os dentes, e o cérebro de August repassa rapidamente toda uma apresentação de slides de outras coisas que gostaria que Jane fizesse com os dentes, mas *isso* seria se precipitar. Ela nem sabe se Jane *quer* fazer algo com os dentes. A questão aqui nem é essa. É deixar Jane feliz. É *tentar*.

Elas comem e brindam com seus copinhos de plástico de vinho, e Jane classifica os sabores de Pop-Tart de pior para melhor, com o mais doce (milk-shake de morango) obviamente no topo. The Chi-Lites cantam, e elas dão voltas e mais voltas pela cidade em seu trajeto de sempre. August nem acredita em como se torna natural. Ela quase se esquece de onde estão.

August avalia que, apesar de tudo, para um encontro às três da madrugada com uma garota desconectada da realidade, até que está indo bem. Elas fazem o que sempre fizeram: conversam. É o que August mais gosta, como elas devoram os pensamentos, os sentimentos e as histórias uma da outra com a mesma avidez que dedicam aos bagels, aos bolinhos chineses, ou às Pop-Tarts. Jane conta para August da vez em que arrombou uma porta aos chutes para resgatar uma criança em apuros que acabou se revelando um gatinho especialmente falante,

August conta para Jane que sua mãe deu mole para um bartender por dois meses para conseguir acesso aos registros empregatícios do bar. Elas riem. August quer. É bom.

— Acho que o vinho está fazendo efeito, na verdade — Jane diz, inspecionando o copo de plástico.

Ela fica espiando August em meio aos salgadinhos por um segundo a mais do que o necessário. Às vezes August gosta de pensar que Jane é uma pintura em aquarela, fluida e linda, mais escura em alguns lugares, transbordando a página. Agora, os tons quentes de seus olhos parecem uma pincelada pesada. A curva de seu queixo é um traço caprichado do pincel.

— Ah, é? — August está comparando Jane com um Van Gogh em sua cabeça, então obviamente para *ela* o vinho está fazendo efeito. — Isso é novo, para você, né? Conseguir ficar bêbada?

— Pois é — Jane diz. — Hm. Que coisa, hein?

A fita acaba, e o balanço do trem parece um silêncio grande demais estendido entre elas.

A hora é agora, August pensa.

— Vira a fita — ela diz, e se levanta.

— Aonde você está indo? — Jane pergunta.

— Estamos prestes a passar pela ponte. A gente atravessa essa ponte todo dia e nunca aproveita a vista.

Ela se vira para olhar para Jane, que está sentada na toalha, observando August com olhos desconfiados. August quer dizer algo bonito e profundo e sexy e descolado, algo que faça Jane desejá-la tanto quanto ela deseja Jane, mas, quando ela abre a boca, tudo que sai é:

— Vem aqui.

Jane se levanta, e August paira à beira do momento e tenta imaginar como é essa imagem, as duas se observando a três metros de distância em um trem em alta velocidade, a Estátua da Liberdade passando por trás, a Ponte do Brooklyn, o horizonte reluzente e seu reflexo cintilante sobre a água, as luzes as iluminando através das vigas da ponte. John Cusack e Ione Skye jamais teriam isso.

E, então, Jane olha August nos olhos, cruza os braços e diz:
— Puta que pariu, August!

August folheia mentalmente o plano para esta noite — não, definitivamente não faz parte do plano.

— Quê?

— Eu não aguento mais — Jane diz. Ela caminha até August, os tênis batendo com força no piso do vagão. Está puta da vida. A sobrancelha franzida, olhos vívidos e furiosos.

August tenta entender como é que ela conseguiu estragar tudo tão rápido.

— Você... Você não aguenta o quê?

— August — ela diz, uma na frente da outra. — Isso é um encontro? Estou num encontro agora?

Merda. August se apoia na porta, evasiva.

— Você quer que seja um encontro?

— Não, me fala *você*, porque estou usando todas as minhas cantadas em você há *meses* e não consigo sacar qual é a sua, e você ficava me dizendo que só estava me beijando pela *investigação*, daí parou de me beijar, mas daí me beijou *de novo*, e agora está aí com *essa* roupa e uma porra de uma *meia sete oitavos* e me trazendo *vinho* e me fazendo sentir coisas que eu nem sabia que lembrava como eram, e eu vou ficar *maluca*...

— Espera. — August ergue as mãos. A respiração de Jane está rápida e entrecortada, e August sente de repente que está perto da histeria. — Você *gosta* de mim?

Os punhos de Jane se cerram.

— Você está tirando *sarro* da minha cara?

— Mas eu chamei você para sair!

— *Quando*?

— Aquela vez do drinque!

— *Aquilo* era um encontro?

— Eu... Mas... E você... Todas aquelas meninas de quem você me falou, você sempre era... Você simplesmente *partia para cima*, então pensei que, se estivesse a fim de mim, você teria partido para cima a essa altura...

— É — Jane diz, inexpressiva —, mas nenhuma daquelas meninas era você.

August fica encarando.

— O que você quer dizer?

— Jesus, August, o que você acha que quero dizer? — Jane retruca, a voz embargada, os braços erguidos ao lado do corpo. — Nenhuma delas era *você*. Nenhuma delas era essa garota que surgiu da merda do futuro para me salvar com esse cabelo absurdo e essas mãozinhas lindas e tão inteligentemente sexy, tá, é isso que você quer que eu diga? Porque é a verdade. Todo o resto da minha vida está uma merda, então, você pode... pode, *por favor*, me dizer se estou em um maldito encontro agora?

Ela faz um gesto desamparado, e August está ofegante frente à completa frustração que parece infestada nela, como se Jane estivesse convivendo com essa sensação há meses. As mãos dela estão tremendo. Ela está nervosa. August a deixa *nervosa*.

A ficha cai e se rearranja no cérebro de August — os beijos roubados, os momentos em que Jane mordeu o lábio ou passou a mão na cintura dela ou a chamou para dançar, todas as formas como tentou falar sem falar. As duas são péssimas em falar essas coisas, August se dá conta.

Então August abre a boca e diz:

— Nunca foi só pela investigação.

— Cacete, é claro que não. — Jane puxa August pela curva de sua cintura e finalmente, *finalmente*, a beija.

O começo é intenso, mas logo se dissolve em algo mais delicado. Hesitante. Mais suave do que August esperava, mais suave do que ela foi em todas as histórias que contou para August. É gostoso. É doce. É o que August estava esperando, um deslizar suave de lábios, a presença leve de sua boca, mas August recua.

— O que você está fazendo? — August pergunta.

Jane fica encarando, o olhar alternando entre seus olhos e sua boca.

— Estou beijando você.
— Sim — August diz —, mas não é assim que você beija.
— Às vezes é.
— Não quando você realmente quer alguma coisa.
— Olha, eu... Não é justo — Jane diz, e as lâmpadas fluorescentes iluminam o rubor em suas bochechas. August tem de conter um sorriso. — Você sabe como gosto de ser beijada, mas não sei como você gosta. Você estava... Você estava atuando. Você tem uma vantagem.
— Jane. Como você quiser me beijar é o jeito como eu quero ser beijada, tá?
Uma pausa.
— Ah. — Jane examina o rosto de August, que praticamente consegue ver a barrinha de confiança dela se enchendo, até chegar ao nível Safada Convencida, onde fica normalmente. August reviraria os olhos se não fosse tão fofo. — É assim, então?
— Cala a boca e me beija. Me beija de verdade.
— Aqui? — Ela se aproxima e roça na curva da mandíbula de August.
— Você entendeu o que eu quis dizer.
— Ah, aqui? — Outro beijo, na orelha dessa vez.
— Não me faça...

Antes que August consiga completar a ameaça, Jane a abraça, jogando-a contra as portas do trem. Ela prende August na altura dos quadris, os ombros pressionados contra os dela, a mão envolvendo seu pulso acelerado, e August consegue sentir Jane como um raio em suas veias. Seus joelhos se abrem em um instinto receptivo, e Jane, sem perder tempo, encaixa a perna entre eles, inclinando-se de maneira que August é imprensada pelo próprio peso contra a coxa de Jane.

— Veio tão linda para mim — ela murmura no canto da boca de August, que geme, e elas voltam a se beijar.

Jane Su beija como fala — com uma confiança leve e indulgente, como se tivesse todo o tempo do mundo e soubesse exatamente o que fazer com ele. Como uma garota que nunca esteve insegura sobre nada em toda a sua vida.

Jane beija como se quisesse mostrar o que mais é capaz de fazer se tivesse oportunidade: o balanço de seus quadris quando passa na rua, todas as garrafas de cerveja em que já colocou a boca. Ela quer que August saiba, lá no fundo do seu ser, o som que suas botas fazem no piso de concreto de um show de punk, os lábios partidos e o cheiro doce de sua pele no fim da noite, todas as coisas que consegue fazer. Ela beija como se estivesse criando uma reputação.

E August... August trapaceia.

Porque ela tem *sim* uma vantagem. Ela passou semanas aprendendo do que Jane gosta. Então pega o cabelo dela e puxa, mordisca seu lábio, ergue o queixo e roça o pescoço nos lábios de Jane, só para ouvir os gemidinhos baixos que lhe escapam, embriagada pela sensação de dar a Jane exatamente o que ela quer. É melhor do que qualquer um de seus primeiros beijos, qualquer memória, incandescente e real sob suas mãos. A cidade passa deslizante através da janela, envolvendo-as, e a pele de August está em chamas. Sua pele está em chamas, e Jane está passando os dedos pelas brasas.

— Caralho, essas meias sete oitavos — Jane murmura, passando a mão sobre uma, unhas curtas alisando o lugar onde o elástico aperta a coxa de August. Ela ficou receosa quando as vestiu, com medo de parecer que estava se esforçando demais, preocupada com a gordura da perna apertada pela meia. — Puta que pariu, August!

— Quê... Ah... O que tem as meias?

— Elas são um crime, isso sim — Jane diz, apertando o polegar ali com força suficiente para August gemer, sabendo que vai deixar marca. Jane solta o elástico, que rebate na perna, e a dor aguda perpassa seu corpo e sai por sua boca em um xingamento esbaforido.

— August. — Jane mergulha em seu ombro, cheirando sua clavícula por baixo da camisa, e o cérebro de August volta lentamente à superfície. — August, o que você quer?

— Eu quero... beijar você.

— Você está me beijando — Jane diz. — O que mais quer?

— É vergonhoso.

— Não é vergonhoso.

— É sim para quem nunca fez isso antes — August fala de repente, e Jane fica imóvel.

— É isso? Você nunca transou com uma menina antes?

August sente seu rosto corar.

— Eu nunca transei com ninguém antes.

— Ah — Jane diz. — *Ah.*

— Pois é, eu sei, é...

— Não tem problema — Jane diz com tranquilidade. — Eu não me importo. Quer dizer... eu *me importo*, mas isso não me incomoda. — Ela passa o polegar por dentro da coxa de August, e sua boca se entreabre em um leve sorriso malicioso quando August geme baixo. — Mas você precisa me dizer o que quer.

August observa Jane lamber o lábio inferior, e mil imagens cruzam seu cérebro tão rapidamente que ela sente que pode desmaiar — o cabelo curto de Jane entre seus dedos, seus dentes se cravando nas linhas traçadas no bíceps de Jane, dedos molhados, boca molhada, tudo molhado, a voz grave de Jane uma oitava mais alta, os olhos de Jane ardendo para ela da beira da cama, a parte de trás do joelho de Jane, quilômetros de pele brilhando de suor e a luz entrando pela janela de seu quarto. Ela quer as mãos de Jane segurando os lençóis de sua cama. Ela quer o impossível.

— Quero que você me toque — ela finalmente se obriga a dizer. — Mas a gente não pode.

E o trem para.

As luzes se apagam.

Por um segundo, August pensa que *realmente* desmaiou, até seus olhos distinguirem a silhueta de Jane olhando para ela no escuro.

— Merda — August diz. — O trem acabou de...?

— Pois é.

August pisca, esperando sua visão se acostumar. Ela está súbita e terrivelmente consciente de seu corpo, dos dedos de Jane em sua cintura.

— Luzes de emergência?

Jane fecha os olhos, contando os segundos com a boca. E volta a abrir.

— Acho que não vão acender.

August olha para ela. Jane olha de volta.

— Então a gente está... presa em um trem escuro — August diz.

— Isso.

— Sozinhas.

— Isso.

— Sem chance de ninguém mais entrar.

— Exato.

— Na ponte — August diz, mais devagar. — Onde ninguém pode nos ver.

Ela muda de posição, ajustando o corpo em cima da coxa de Jane, e fecha a boca para conter o som que escapa com o atrito.

— August.

— Não, você tem razão — August diz, movendo-se para afastar a mão de Jane —, é uma má ideia.

Jane aperta mais.

— Isso é literalmente o contrário do que eu ia dizer.

August pisca uma, duas vezes.

— Sério?

— Tipo... e se essa for a única chance que tivermos?

— É — August concorda. É realmente um bom argumento, pragmaticamente falando. Elas têm recursos finitos de tempo e privacidade. Além disso, August vai morrer se Jane não tocar nela nos próximos trinta segundos. O que é outra consideração logística. — Você... Sim.

— Sim? Tem certeza?

— Sim. Tenho. Por favor.

Acontece rápido — August inspira, expira e, de repente, a jaqueta de Jane sumiu, lançada às cegas para o banco mais próximo, e elas estão se beijando, mãos por toda parte, confusas e molhadas e cheias de barulhos baixos. O cabelo de August não para de atrapalhar e, quando ela recua para tirar um elástico do punho e fazer um rabo de cavalo desajeitado, Jane parte para o seu pescoço, a língua lambendo e os dentes mordendo. Tudo fica desfocado, e August percebe que Jane tirou seus óculos e os jogou na direção da jaqueta.

Sabe-se lá como, a camisa de August está desabotoada, e ela não consegue pensar em nada além de querer mais, querer pele com pele. Quer arrancar todas as roupas suas e de Jane, usar os dentes e unhas se necessários, e não consegue — não ali, não do jeito que ela quer. Mesmo assim, ela enfia os dedos pelo cós da calça de Jane, segura a barra da camiseta dela e espera o segundo que Jane leva para interromper o beijo e fazer que sim com a cabeça. Então August tira a camiseta dela, e *ai, Deus*, ali está ela, e isso está acontecendo.

Sob o luar, o corpo de Jane é cinético. Estremece, se tensiona e relaxa sob as mãos de August, uma cintura fina e ossos do quadril pontiagudos, um sutiã preto simples, cordilheiras suaves de costelas, tatuagens deslizando-se para cima e para baixo como tinta derramada por sua pele. E August... August nunca chegou tão longe antes, não de verdade, mas algo toma conta dela, que beija o esterno de Jane, pressiona a boca aberta na curva logo acima do bojo de seu sutiã, naquela entrega devastadora. Todas as partes de Jane são espartanas, práticas, moldadas por anos de sobrevivência e, no entanto, de alguma forma, elas cedem. Ela sempre cede.

August percebe que Jane é mais magra do que ela, e que talvez devesse se preocupar porque seus quadris são mais largos, e sua barriga, mais flácida, mas as mãos de Jane estão nela, abrindo sua camisa, em todos os lugares onde August tem medo de ser tocada — a curva de sua cintura, as celulites de suas coxas, o volume de seus seios. Jane geme e diz, pela terceira vez na noite:

— Puta que pariu, August!

August precisa engolir um suspiro para dizer:

— Que foi?

— Olha só você — ela diz, passando os dedos da barriga de August para seus quadris, perpassando a cintura de sua saia. Ela enfia o rosto embaixo da gola de August, morde seu ombro, dá um beijo ali, depois se afasta e apenas olha para ela. Olha para ela como se quisesse nunca parar de olhar. — Você parece... uma maldita pintura ou alguma bobagem dessas, puta que pariu. Você simplesmente anda por aí assim, o tempo inteiro.

— Eu... — A boca de August tenta formar várias palavras, talvez algumas que façam sentido, mas as mãos de Jane envolvem sua cintura, perpassando as bordas delicadas de seu sutiã, e August perde o controle sobre a fala, e tudo que sai é: — Eu não sabia. Você... Eu não sabia que você pensava essas coisas.

Jane ergue os olhos para ela, um brilho malicioso sob a luz fraca.

— Cacete, garota, você não faz a mínima ideia — Jane diz, e então ela tira a renda da frente.

Há mãos, e bocas, e ponta de dedos, e línguas, e algo entre um silvo e um suspiro escapando de August, e há a respiração quente de Jane sobre sua pele. August tem uma noção geral de que, objetivamente falando, há muitas coisas acontecendo, mas só consegue pensar em desejo — a força, a intensidade, a profundidade de seu desejo, do desejo de *Jane*, tudo contido nos lábios de Jane agora, pressionando e desabrochando através de seu corpo, tão agudo que chega a doer. Jane morde, e August suga o ar entre os dentes.

A mão na coxa de August está erguendo sua saia devagar, o tecido embolando no punho. Quando Jane cochicha no ouvido de August, o algodão do sutiã de Jane encosta em August, o calor insistente do corpo, o roçar insuportável de pele contra pele.

— Quero te chupar — Jane murmura. — Posso?

August abre os olhos de repente.

— Que... que porra de pergunta é essa?

Jane ergue a cabeça de tanto rir, os olhos fechados e lábios inchados, a linha de seu pescoço obscena e maravilhosa.

— Preciso de um sim ou não.

— Sim, beleza. Jesus!

— Meu nome é Jane, na verdade.

E August revira os olhos enquanto Jane se ajoelha.

— Pior cantada que já ouvi — August diz, se esforçando para controlar a respiração, enquanto Jane puxa sua meia com os dentes. O elástico rebate com força, e Jane sorri com o gemido que isso causa. — Essas merdas funcionavam com as garotas dos anos 70?

— Me parece — Jane diz, dando beijos em sua coxa, e August sabe que está tremendo quando passa a mão no cabelo no topo da cabeça de Jane, mas se recusa a demonstrar — que está funcionando perfeitamente agora.

— Sei não.

Os dedos de Jane chegam ao elástico da calcinha de August, que encara um anúncio ridículo de roupas de cama do outro lado do vagão porque, se confrontar a realidade, Jane se ajoelhando entre suas pernas e tirando sua calcinha, vai ter um verdadeiro colapso mental.

— Não fica se achando — diz August.

— Talvez seja bom você usar a porta para se equilibrar.

— Por quê?

— Porque em um minuto suas pernas vão ficar bambas — Jane diz e, quando August finalmente baixa os olhos, boquiaberta, Jane está com um sorriso inocente no rosto. Ergue a barra da saia de August e diz: — Segura isso para mim, por favor? Estou ocupada.

— Vai se foder — August ri, e faz o que Jane mandou.

A verdade: Jane nunca fez uma promessa que não pudesse cumprir.

August vira o rosto para o lado, tentando se segurar contra a solidez da porta a suas costas, a camisa amassando entre as escápulas quando ela estremece, sua respiração embaça o vidro em um ritmo constante, rápido demais. Atrás dela, a cidade está brilhando — as pontes e prédios, o carrossel à beira da água, os pontinhos de barcos ao longe, e ela está tentando fazer um inventário de tudo, da sensação de ter alguém tão impossivelmente perto pela primeira vez. Não acredita que pode ter tudo isso, essa vista e essa garota de joelhos ali diante dela.

August se meteu em um milhão de momentos de Jane com um milhão de outras garotas, mas nenhuma delas pôde ter isto.

Se essa fosse uma das lembranças, ela praticamente consegue imaginar como Jane contaria: uma garota de cabelo comprido amarrado de qualquer jeito, a camisa aberta, o luar tornando a renda de seu sutiã diáfana, sua boca entreabrindo com o som de algo se partindo, a calcinha nos joelhos e parecendo completamente derrotada. Jane ergue os olhos para August, um fio de cabelo escuro caindo no rosto, a boca ocupada, e August sabe que ela própria contaria em cinco palavras: garota, língua, metrô, vi Deus.

August nunca soube — nunca conseguiu entender exatamente o que seria classificado como sexo com alguém que tivesse o mesmo tipo de corpo que ela, por mais que desejasse, por mais que imaginasse com a mão embaixo dos lençóis. Não achou que descobriria, já que nunca tinha feito nada, onde ficava essa linha. Mas isso, *isso* — a boca de Jane nela, dedos molhados, cada gemido e suspiro na respiração de Jane tão excitantes quanto o toque, a troca de se sentir satisfeita em dar satisfação à outra — é sexo. É sexo, e August mergulhou nessa sensação. E quer mais. Quer se afogar nisso.

— Jane — August diz, e a palavra sai fraca, gutural. Seus dedos estão contraídos no cabelo de Jane, então ela se obriga a relaxá-los, vai até sua mandíbula angulosa. — Jane.

— Hm?

— *Porra*, eu... volta — ela diz. — Aqui em cima. Por favor.

Quando August a puxa para outro beijo, consegue sentir o seu próprio gosto na língua de Jane, e isso, mais do que tudo, a forte onda de possessividade que isso derrama sobre ela, é o que a faz puxar e desabotoar a calça jeans de Jane.

É um mistério — August não sabe como pressente o que fazer. Quando se começa a transar com alguém, espera-se uma curva de aprendizado desastrada, mas não é assim. Elas têm um fluxo que nunca fez sentido nenhum desde aquele choque estático no dia em que se conheceram, e é como se ela já tivesse encontrado seu caminho para a calça dessa garota umas mil vezes, como se Jane a tivesse entendido há anos. Ela pensa, em estupor, que talvez seja hora de começar a acreditar em alguma coisa. Talvez na maldita obra divina que é Jane enfiando os dedos nela — esse sim é um poder superior.

Tudo se acaba em um suspiro, um pulo do penhasco que August só vê quando de repente está lá, um beijo com a boca aberta que é mais uma troca quente de respiração do que qualquer outra coisa, dentes e pele, um palavrão murmurado. Jane se inclina para a frente, os ombros contra o peito de August, a mão ainda encaixada na renda do sutiã dela, e August se sente viva. Se sente *presente*, sabe-se lá como, *ali*. Precisa e realmente ali. Ela dá um beijo molhado na bochecha de Jane e sente como se Jane fosse a primeira coisa que ela toca na vida.

— Você tinha razão — August diz.

— Sobre o quê?

— Minhas pernas estão bambas.

Jane ri, e as luzes voltam a se acender.

Jane é a primeira a se mexer, erguendo a cabeça, irritada com as luzes. E é tão ridículo, tão engraçado e inacreditável, tão a cara dela — indignada com o mundo por ousar desafiá-la em vez do contrário — que August tem de rir.

— Tira a mão do meu peito, estamos em público — ela diz, quando o trem volta a se mover.

— Vai se foder — Jane bufa e dá um passo cambaleante para trás para deixar que August abotoe a camisa. Ela observa August erguer a calcinha pelas coxas com um interesse malicioso, parecendo satisfeita consigo mesma, e August coraria se já não estivesse rosa por todo o resto.

Jane abotoa a calça jeans, enfia a camisa dentro, pega os óculos de August de cima de sua jaqueta, e volta a invadir o espaço dela, colocando os óculos em seu rosto com delicadeza.

— Não acredito que você jogou meus óculos — August diz. — Poderiam ter caído no chão e me passado uma infecção bacteriana. Eu poderia ter pegado conjuntivite por sua causa.

— Hmm, isso, me fala mais coisas sujas.

— Não é sexy! — August diz, embora seu sorriso aumente tanto que chegue a doer, mesmo quando Jane a empurra contra a porta. — Eu poderia ter perdido um olho!

— Eu estava com pressa. Fazia quarenta e cinco anos que não transava.

— Tecnicamente — August diz.

— Deixa essa passar, vai — Jane diz, roçando a boca sorridente no pescoço de August.

— Tá — August ri, e deixa.

Elas se beijam de novo, e de novo, beijos derretidos que mal seguram o peso do que acabou de acontecer, e August fica esperando. August fica esperando que uma delas diga algo que mude tudo, mas não dizem. Elas apenas se beijam, até entrarem em uma estação no Brooklyn e um passageiro sonolento entrar com café e cara de poucos amigos, e Jane segura o riso em seu pescoço.

É bom, August pensa, que elas não digam nada. Jane ama como o verão, e tem um motivo para isso: ela não fica por muito tempo no mesmo lugar. August sabe. Jane sabe. Não há nada que nenhuma das duas possa fazer.

É o suficiente, August decide. Tê-la dessa forma, aqui, por enquanto. Hora, lugar, pessoa.

Dez

Novo restaurante Lucille's Burgers abre no French Quarter
PUBLICADO EM 17 DE AGOSTO DE 1972

[*Foto: Uma mulher mais velha de avental está na frente de um balcão, braços cruzados, enquanto uma jovem nos fundos carrega uma bandeja de hambúrgueres.*]

Lucille Clement se lembra de crescer na cozinha de sua mãe enquanto a garçonete Biyu Su entrega pedidos a clientes.

Robert Gautreaux para *The Times-Picayune*

— Então você está dormindo com a Jane?
August se vira, a escova de dentes na boca. Niko está olhando para ela do outro lado do corredor, segurando um cacto poltrona-de-sogra do tamanho de uma bola de basquete nas mãos tatuadas.
Ela conseguiu não dar de cara com ele quando voltou ao apartamento às cinco da manhã com a camisa abotoada errado e um hematoma no formato da boca de Jane no pescoço. Mas ela deveria saber que não tinha como fugir do médium da casa por muito tempo.
Cospe e enxágua a boca.
— Dá para não fazer isso?

— Desculpa, cheguei de fininho? Às vezes eu chego de fininho sem perceber.

— Não, descobrir coisas da minha vida pessoal só de olhar para a minha cara. — Ela guarda a escova de dente. — Além de chegar de fininho.

Ele franze o rosto.

— Não foi de propósito, é só que, tipo... a energia que você está emanando em relação a Jane. Está queimando um novo buraco na camada de ozônio.

— Sabia que o buraco velho da camada de ozônio se fechou?

— Estou com a impressão de que você está fugindo do assunto.

— Posso te enviar um artigo da *National Geographic* que explica a história.

— Não precisamos falar sobre isso. Mas fico feliz por você. Você gosta muito dela, e ela, muito de você.

August olha para o espelho, tendo a rara chance de se ver corar. Vai acontecendo aos poucos, com manchas grandes e nada atraentes. É isso que Jane vê. É um milagre que queira fazer sexo com ela.

Sexo. Ela e Jane fizeram sexo. Ela e Jane provavelmente vão, caso consigam dar um jeito na logística, fazer mais sexo. August não é mais virgem.

Ela se pergunta se deveria estar fazendo algum tipo de jornada mental sobre essa questão. Não se sente nem um pouco diferente. Não parece nem um pouco diferente, apenas com o rosto redondo e vermelho, como um ovo cozido queimado de sol.

— A virgindade é uma construção social — Niko diz tranquilamente, e August olha feio para ele.

Niko faz um gesto vago de "desculpa por ler sua mente". August vai jogar aquele cacto dele pela janela.

— É verdade — Myla diz, a cabeça para fora do quarto, os olhos arregalados atrás dos óculos de solda, ainda usando a boina de cetim da noite anterior. — Todo o conceito é baseado em umas merdas cis--machistas e heteronormativas, isso para não falar colonialistas, de um tempo em que levar uma rola era a única definição de sexo. Se for assim, eu e Niko nunca transamos.

— E nós dois sabemos que isso não é nem um pouco verdade — Niko diz.

— Estou sabendo, nossas paredes são finas e eu tenho ouvidos — August diz, dirigindo-se ao quarto em busca de algo para amarrar o cabelo. — Aliás, que tipo de código de segurança é "casquinha de waffle"?

— Por falar em bisbilhotar — Myla insiste —, ouvi Niko dizer que você está dormindo com a Jane?

— Eu... — August lança um olhar furioso para Niko, que tem a decência de parecer o mais envergonhado possível para os padrões dele, o que praticamente não passa de um movimento um pouco menos jovial dos quadris. — Não dá para chamar exatamente de "dormir". Não tem nenhuma cama envolvida.

— Finalmente! Que foda! Tipo, literalmente!

— *Deus do céu.*

— Você conferiu se ela está em dia com os exames? Dá para pegar IST de um fantasma?

— Ela não é um fantasma — August e Niko dizem em uníssono.

— Certo, enfim, me deixem fazer papel de mãe por um segundo.

— Olha, sim, ela... está tudo bem. — August adoraria que as tábuas bambas da casa finalmente se abrissem embaixo dos seus pés e a tirassem dessa conversa. — Esse assunto já surgiu antes. Eu tenho que me manter a par de tudo que ela lembra, certo?

— Ah, sim, clássico assunto de primeiro encontro — Myla diz do outro lado do corredor. — Que tipo de música você gosta? De onde você é? Você tem ou já teve chato?

— Você acabou de descrever o nosso primeiro encontro, palavra por palavra — Niko observa.

August, que ainda está procurando um elástico, pega sua mochila e a abre em cima da cama.

Seu elástico azul da noite passada cai, e ela tenta não pensar em amarrar o cabelo enquanto os dentes de Jane roçavam sua pele. Com Niko do outro lado da parede, pensar nisso seria o mesmo que projetar uma apresentação de PowerPoint dela sendo chupada no metrô para o apartamento inteiro.

Ela franze a testa com a bagunça em sua bolsa. Uma embalagem de pilhas? De onde isso surgiu?

— Ah — ela diz, se dando conta. — *Eita*.

Meu Deus, ela não acredita que demorou tanto tempo para se dar conta. É por isso que não se pode beijar o seu objeto de investigação. Ela tira o celular da escrivaninha tão rápido que quase o joga pela janela sem querer.

Escreve para Jane, os dedos tremendo.

Pergunta esquisita: pode abrir o compartimento
de pilhas do seu rádio
e me dizer o que vê?

Ao longe, ela escuta Niko e Myla no corredor discutindo marcas de terra para plantio.

Nada? Não tem nada.
Por quê?

Não tem pilhas no seu rádio?

Não.

Você nunca se perguntou como ele funciona?

Imaginei que fosse igual ao meu toca-fitas. Ele
também não tem pilhas. Sou uma aberração
de ficção científica, imaginei que estivesse
incluído no pacote.

Você tinha um toca-fitas mágico esse tempo
todo e nunca pensou em investigar?????
Ou mencionar???????

> Sei lá! Falei para você quando te mostrei
> que não sabia como funcionava! Pensei
> que você soubesse!

> > Eu pensei que você não sabia como
> > ele funcionava porque era muito velho!!!

Nossa, isso é ME chamar de velha.

> asldfjasf se você pudesse morrer eu te esganava

Ela sai correndo do quarto, quase dando de cara com o cacto de Niko.

— Cuidado! A Cecil é sensível!

Ela o ignora, jogando a embalagem no chão na frente dos despertadores que Myla passou a tarde toda maçaricando.

— Pilhas!

— Quê?

— *Pilhas* — August repete. — Quando me vendeu aquele rádio, você me mandou lembrar de colocar pilhas. Então eu comprei, mas... mas estava no meio da névoa de sacanagem induzida por todos aqueles beijos, então esqueci de dar as pilhas para ela.

— Uhum.

— *Mesmo assim ele funciona*. O rádio dela, o toca-fitas... porra, o *celular* dela, eu dei um carregador portátil há algumas semanas, mas nunca a vi usar aquilo. Nenhum dos aparelhos eletrônicos dela precisa de bateria para funcionar. Então quer dizer que...

— ... o que quer que a esteja mantendo no trem tem a ver com eletricidade. — Myla levanta os óculos. — Nossa.

— Pois é.

— Espera. Nossa. É, faria sentido. Não é o trem, é a linha. Talvez ela esteja presa à...

— À corrente. À corrente elétrica dos trilhos.

— Então... então qualquer que seja o evento que a tirou do tempo, pode ter sido elétrico. Um choque, talvez. — Ela se senta em cima dos calcanhares, fazendo latas de água tônica rolarem pelo chão. É impossível saber se são para o projeto ou para a hidratação de Myla. — Mas uma coisa dessa, a voltagem da linha... não entendo como não a matou.

— E ela definitivamente não está morta — Niko intervém, prestativo.

— Também não sei — August diz. — Deve ser mais do que isso. Mas já é alguma coisa, certo? Isso é importante.

— Pode ser — Myla diz.

É uma conversa que dura por dias. August anota pensamentos no braço no meio das provas finais, toma notas no bloco de comandas durante o trabalho, encontra Myla no consultório da Mãe Ivy para conversar sobre o assunto pela centésima vez.

— Lembra a primeira vez que tentei encontrá-la sozinha? — Myla diz. Ela tira um curry e hambúrgueres veganos de uma sacola, o almoço de Niko, que está nos fundos com um cliente, enquanto a Mãe Ivy, do outro lado da loja, olha para elas com desconfiança. — E não consegui? Mas, quando você levou Niko, ela estava lá.

— Lembro. — August olha de soslaio para a Mãe Ivy. Esse não deve ser o assunto mais estranho já discutido ali. Ela baixa a voz mesmo assim. — Mas todos nós já descemos e a encontramos lá em algum momento.

— Mas só depois que *você* nos apresentou. Você é o ponto mais importante de contato. Nós podemos encontrá-la sozinha porque ela nos reconhece através de você.

— Como assim?

— August, você mesma disse... se não vir você por um tempo, ela começa a se desprender. Ela não está em todos os trens ao mesmo tempo... ela está passando de um para outro. *Você* é o que a mantém aqui. É que nem *Lost*: você é a constante dela.

August desaba no banco bambo, chacoalhando a prateleira de cristais atrás. A *constante* de Jane.

— Mas... por quê? — August pergunta. — Como? Por que eu?

— Pensa um pouco. Quais são as sensações? Como seu corpo se comunica com seu cérebro?

— Impulso elétricos?

— E como você se sente quando olha para Jane? Quando fala com ela? Quando toca nela?

— Não sei. Como se meu coração fosse sair pelo cu e me atirar para dentro do manto da terra, talvez.

— Exato — ela diz, apontando um garfo de plástico para August. Myla já começou a comer o curry de Niko. Se ele não acabar de se comunicar com o além em breve, não vai ter mais almoço. — Isso é química. É atração. É, tipo, a tesãolândia. E isso é causado por todos esses impulsos elétricos superpoderosos de suas terminações nervosas até esse cerebrozão lindo que você tem. Se a gente estiver certa e a existência dela for relacionada à eletricidade da linha, todas as vezes em que você a faz sentir alguma coisa, toda vez em que toca ou dá um beijo nela, toda interação que vocês têm gera mais impulsos elétricos, o que significa que você a torna mais... real.

— Quando a gente — August pensa alto. — No outro dia, quando a gente... sabe...

— August, somos adultas, fala logo de uma vez que ela deixou sua perereca assada.

Do outro lado da sala, a Mãe Ivy abre um leque de papel como faz quando está tendo um de seus calores.

— Você pode, *por favor*, falar baixo? — August suplica. — Enfim, antes disso, bem quando eu disse que estava a fim... o trem parou. Então, você está dizendo...?

Um sorriso malicioso se anuncia no rosto de Myla.

— Ai, meu Deus. Ela literalmente deu um curto-circuito no trem porque estava com *tesão*. — Os olhos de Myla brilham com uma admiração absolutamente fascinada. — Ela é um ícone.

— Myla.

— Ela é minha *heroína*.

— Nossa, então... então é isso... é por isso. É um ciclo vicioso entre ela e a linha. É assim que ela sabe quando as luzes de emergência vão acender ou não. É por isso que as luzes ficam malucas quando ela está chateada. Está tudo interligado.

— É por isso que seu plano maluco de beijar pela investigação deu certo. A atração entre vocês é literalmente uma faísca, e é a mesma faísca que está trazendo Jane de volta à realidade. Ela sente alguma coisa, a linha sente, os impulsos elétricos em seu cérebro começam a disparar e isso volta a juntar os pedaços dela. Você é o motivo para ela estar em um só lugar. Você é o que a mantém aqui.

Isso é... muita coisa, August pensa.

Jane manda mensagem para ela à noite, **Senti sua falta hoje**, e August pensa sobre a boca quente dela e suas clavículas sob o luar e *quer*, mas no dia seguinte ela tem uma prova e logo em seguida trabalha até tarde. Então não vai ao trem, e Myla a encontra na Billy e se senta ao balcão com um hambúrguer, retomando a conversa de onde elas pararam.

— Tá, mas por que *eu*? — August pergunta.

— Pensei que já tínhamos superado a sua negação de que ela quer, sim, lamber fondue de chocolate da sua bunda e depois comprar uma casa com você.

— Não, tipo, consigo acreditar que ela... que ela *gosta* de mim — August diz em um tom de quem não consegue acreditar nem um pouco. — Mas ela está naquele trem há muito tempo. Encontrei postagens na Craigslist e anúncios em classificados: as pessoas vêm se apaixonando por ela há anos. Será que ela nunca curtiu ninguém até agora? Por que só se fixou no tempo quando *me* encontrou pela primeira vez?

Myla engole um pedaço enorme de hambúrguer. Não é que Niko obrigue a casa a ser vegetariana, é só que Myla gosta mais de carne quando Niko não está lá para fazer uma expressão vagamente triste sobre o meio ambiente.

— Talvez vocês tenham nascido uma para outra. Amor à primeira vista. Aconteceu comigo.

— Não aceito essa hipótese.

— Isso é coisa de virgem.

— Pensei que você tinha dito que virgindade era uma construção social.

— Do *signo* de virgem, seu pesadelo virginiano. Depois de tudo, você ainda não acredita nas coisas. Típica babaquice de virginianos. — Myla baixa o hambúrguer. — Mas talvez tenha acontecido, tipo, uma faísca a mais quando vocês se conheceram que puxou o gatilho. Do que você se lembra?

Nossa, do que ela se lembra? Além do sorriso, dos olhos doces e da aura geral de anja da guarda punk rock?

Ela tenta lembrar além disso — o joelho ralado, ela puxando as mangas da jaqueta para esconder os arranhões nas mãos, tentando não chorar.

— Eu tinha derramado café nos peitos — August diz.

— Muito sexy — Myla observa, assentindo. — Enxergo o que ela vê em você.

— E ela me deu o cachecol para disfarçar.

— É uma menina dos sonhos mesmo.

— Lembro que teve, tipo, um choque estático quando peguei o cachecol e nossas mãos se tocaram, mas eu estava usando lã e o cachecol era de lã e nunca mais pensei no assunto. Você acha que foi isso?

Myla considera.

— Talvez. Ou talvez fosse um efeito colateral. A energia ficando maluca. Mais alguma coisa?

— Eu tinha acabado de sair do trabalho, e ela me falou que eu estava com cheiro de panquecas.

— Ah. Hm. — Ela descruza as pernas, se debruçando no balcão. — Ela trabalhava aqui, certo?

— Certo.

— E esse lugar tem um… cheiro muito particular, certo?

— Certo… Ah. Ah! Então você acha que foi uma memória sensorial? Como se ela tivesse reconhecido a Billy?

— O cheiro é o ativador de memória mais forte que existe. Pode ter sido isso. Talvez tenha sido a primeira vez que ela encontrou algo que realmente reconhecesse no trem.

— Sério? — August leva a gola da camiseta ao nariz. — Nossa, nunca mais vou reclamar de estar cheirando a panquecas.

— Sabe, se a gente descobrir o que aconteceu, exatamente como a energia dela ficou presa à energia da linha, e conseguir recriar esse acontecimento...

August baixa a gola.

— Podemos desfazer isso? É assim que vamos tirar Jane de lá?

— Isso — Myla diz. — É, acho que pode funcionar.

— E... ela volta para os anos 70 de vez?

Myla pensa.

— Provavelmente. Mas é possível que... tipo, não tem nenhuma regra para essas coisas. Então quem sabe? Talvez seja possível que ela se fixe no aqui e agora.

August fica olhando para ela.

— Tipo... permanentemente?

— Isso — Myla diz.

August se permite cinco segundos para imaginar: a calça jeans de Jane misturada às roupas sujas de August, noites acordadas até tarde e contas divididas, beijos na calçada, café com muito açúcar na cama.

Ela afasta essa ideia, voltando-se para a caixa registradora.

— Mas é improvável.

À tarde, August finalmente se dirige à Q. Não pretendia passar dois dias sem ver Jane depois de terem transado, não mesmo — ela só se empolgou com a investigação. Não tem absolutamente nada a ver com os beijos perfeitos e pra valer em um momento perfeito no meio da madrugada e August estar sem saber como abordar isso em uma tarde normal de quinta-feira.

A caminho da plataforma, ela vê a placa. Mesmo aviso, mesmo prazo: setembro. A Q vai fechar em setembro. Ela pode perder Jane para sempre em setembro. E, mesmo se resolver as coisas, provavelmente vai perder Jane de qualquer jeito — para a década de 70, a época de Jane.

Então, tem isso, e tem também a memória muito recente de gemer que nem louca na Ponte de Manhattan, e tem a ideia de que o que quer que elas sejam uma para a outra é o que torna Jane concreta, e tem August, parada na plataforma, tentando arquivar todas essas informações de maneira organizada em seu cérebro.

Está lotado hoje, mas Jane está sentada, escondida no fim de um banco atrás de uma sacola gigante da Ikea de um passageiro nos fundos do vagão.

— Oi, Garota do Café — Jane diz quando August consegue chegar até lá.

August tenta decifrar o rosto dela, mas seus traços formam sua expressão habitual: um sorrisinho discreto, como se ela estivesse tentando se lembrar de uma piada inocente.

August quer dar um beijo naquela boca de novo. August, para seu desconforto, quer fazer muitas coisas de novo.

— Por onde você andou? — Jane pergunta.

— Desculpa, eu não pretendia... é que tive uma grande revelação sobre seu caso, e provas finais, está tudo uma loucura, mas... enfim, tenho um monte de coisas pra te contar.

— Tudo bem — Jane diz tranquilamente. — Mas desce aqui para contar?

— Quê... — August começa, mas Jane a pega e a puxa para baixo. Ela cai suavemente no colo de Jane. — Opa. Oi.

Jane sorri.

— Oi.

— Ah, é mais confortável aqui embaixo — August diz.

— É, eu fiz reservas.

Tem uma linha tênue que divide um vagão de metrô lotado em pessoal demais e completamente impessoal, tantas pessoas que vira uma confusão e ninguém nota mais ninguém. O espaço de Jane no banco, cercado por mochilas, costas viradas e móveis encaixotados, é quase um lugar íntimo.

August se acomoda, enrolando a jaqueta jeans no colo. A saia se armou na hora de sentar, cobrindo as duas, e ela está plenamente consciente da calça de Jane tocando sua perna nua, os rasgos permitem o contato de pele na pele.

— O que foi? — Jane diz, observando seu rosto.

August imagina como está a própria expressão: uma combinação de tensa e excitada, o que basicamente resume seu ser.

— Preciso te contar sobre o caso — August diz.

— Uhum. Mas o que foi?

— Você sabe o que foi.

Uma das mãos de Jane sobe, abrindo-se na parte de cima da coxa de August. August olha para Jane, e algo aperta seu peito, e ela se pergunta se é isso — a eletricidade. Desejo e química transformados em algo maior, mais profundo e mais suave.

— Escuta — Jane diz. — Você não pode olhar para mim desse jeito e não me dizer em que está pensando.

— Estou pensando... — August começa, e o peito aperta mais, e ela não consegue. Não consegue dizer que tudo está acontecendo por causa da conexão entre elas. Se disser, vai estragar tudo. — Estou pensando em você.

Jane estreita os olhos.

— O que tem eu?

— A... a outra noite. — Não é exatamente mentira.

— Certo — Jane diz. — Acho que a gente não conversou sobre isso.

— A gente precisa conversar?

— Acho que não — ela responde, o polegar traçando uma linha curva na parte de dentro da perna de August. — Mas a gente deveria falar sobre o que você quer.

E... nossa. August consegue sentir: a mudança em seu comportamento, a intenção que faísca em Jane como uma pederneira, Jane descendo os olhos da boca de August para seu pescoço como se estivesse pensando na marca que deixou. August foi ali passar um relatório, mas seu cérebro está tão focado que ela parece prestes a desabotoar a camisa.

Será que é sempre assim? Desejar alguém e saber que é desejada? Como as pessoas conseguem fazer algo de produtivo?

— Quero conversar sobre a investigação.

August quer gritar. Espiritualmente, está gritando.

A mão de Jane para.
— Certo.
— É... é superimportante. Muito importante mesmo.
— Estou vendo.
— Mas.
— Sim — Jane diz.
Seus olhares se encontram. Nossa, é um caso perdido.
— Essa coisa toda que está rolando entre nós é... é muito ruim para a minha produtividade — August diz.
— O que exatamente está rolando entre nós? Você ainda não me disse.
— Essa coisa toda de desejar você há meses, e de enfim ter conseguido, e agora quero o tempo todo — August diz antes que consiga segurar a língua. Ela sente seu rosto ficar rosa. — Nós temos uma data *limite*, e esse lance está me *distraindo*.
Jane sorri, seus olhos castanhos feito uísque e indicando perigo.
— O tempo todo? — Jane pergunta. — Tipo... agora?
Muito perigo.
— Eu quis dizer... não necessariamente *agora*. — Sim, agora. Agora e o tempo todo e sempre. — Preciso te contar sobre o caso.
— Claro — Jane diz. Mas a ponta de seus dedos desliza para baixo da barra da saia de August. Isso arranca um gemido dela. — Vou parar quando você mandar.
Ela ameaça tirar a mão, e August segura seu punho por reflexo.
— Não para.
— Então está bom — Jane diz. — Você me conta sobre o caso, e eu vou... — A mão dela desaparece embaixo do tecido amontoado no colo de August. — Escutar.
August engole em seco.
— Certo.
Ela fala sobre eletricidade e os trilhos, deixando de citar uma coisa ou outra — a parte sobre a conexão entre elas —, e Jane escuta em silêncio as ideias de August sobre círculo vicioso, sensações e memórias.

— Então — August continua —, se conseguir se lembrar o que exatamente aconteceu que deixou você presa aqui, talvez a gente possa encontrar um jeito de recriar o evento e desfazer isso. Como uma reinicialização manual.

— E me mandar de volta para o lugar certo.

— Isso. E então... Então, teoricamente, podemos mandar você de volta para os anos 70. Onde você deveria estar. A menos que a gente não encontre um jeito, daí... bom, não importa. Eu vou encontrar um jeito.

— Certo. — Os olhos de Jane ficam um pouco distantes.

— Então, temos que fazer você se lembrar do que aconteceu no dia em que ficou presa aqui.

— Uhum.

— Alguma ideia?

— Hm — Jane murmura, a mão deslizando para cima, completamente escondida sob a saia de August e a jaqueta em seu colo. — Eu tenho muitas ideias, na verdade.

— Eu... — August balbucia. — Não entendo como você pode estar tão tranquila em relação a isso. É sobre a *sua* existência no plano mortal que estamos falando.

— Olha — Jane diz, os dedos se abrindo para apertar a bunda dela. August agarra a gola de Jane. — Se você estiver certa, estou aqui por um tempo bom, mas não por muito tempo. Então, talvez eu queira me divertir um pouco. Não precisa ser tudo sério o tempo todo.

August pensa na lista, as meninas que Jane beijou em cada cidade, e se pergunta se é isso que Jane quer dela. Talvez. August é diferente das outras garotas, mas a Jane é a Jane, de amores tão ligeiros quanto fogos de artifício, usando mãos e boca e metade do coração. Um tempo bom. Nada sério.

E August, que passou a maior parte da vida levando tudo a sério com um ou outro desvio ocasional para uma piada cínica por motivos de sobrevivência, precisa admitir: Jane tem razão.

— Está bem — August diz. — Você me pegou.

— Eu sei que te peguei — Jane retruca, e lá está: o arranhar lento de unhas no algodão da calcinha de August.

Porra.

— Jane — ela diz, embora ninguém ao redor esteja prestando a mínima atenção.

A mão de Jane fica cuidadosamente imóvel, mas ela se inclina para cima, no pescoço de August, os lábios roçando sua orelha quando diz:

— Me manda parar.

E August deveria. August deveria mandar essa menina parar.

Mas Jane está esfregando os dedos nela, provocando suas terminações nervosas a ponto de deixar seus quadris doloridos, e ela pensa sobre todos aqueles meses de desejo sendo afunilados até virarem uma ponta extraordinariamente afiada, riscando a pele até ela sentir que vai tirar sangue.

Cautela e um canivete. Eram as coisas em que ela confiava. Mas isso que elas têm é ainda mais agudo, e ela não quer parar.

Então, quando o polegar de Jane passa para baixo do algodão, e Jane olha em seus olhos em busca de uma resposta, August faz que sim.

O lance de Jane é que ela é exatamente o que August não é, e funciona. Quando ela é delicada, Jane é dura. Quando ela é áspera e espinhosa e resistente, Jane é cheia de sorrisos generosos e tranquilidade. August está perdida em algo perigosamente parecido com amor, e Jane está rindo. E ali, entre as estações, entre suas pernas, ela está nervosa e tensa enquanto Jane está confiante e calma, deslizando os dedos, úmidos e enlouquecedores, encontrando seu caminho.

Sua mente está amolecendo aos poucos, mergulhando na sensação de poder abrir mão do controle, deixando Jane conduzi-la até os limites.

— Continua falando, docinho — Jane sussurra em seu ouvido.

— Hm… — August balbucia, se esforçando para manter o rosto inexpressivo. O dedo do meio de Jane traça um círculo pequeno e August quer se entregar, desabar ali mesmo, mas não pode se mexer. Ela nunca foi tão grata por haver pessoas que transportam móveis pelo metrô. — *Puta merda.*

Ela sente o sopro quente do riso baixo de Jane em seu pescoço.

— A gente poderia… — August começa. Ela precisa de todo o seu autocontrole para manter a voz baixa. — A gente poderia tentar recriar tudo do verão de 1976 em diante. Eu posso invadir... *porra*... hm, o escritório da Billy e ver se tem... *ah*... hm, se tem algum registro que possa ser útil.

— Invasão de propriedade — Jane diz. O vagão entra sob a luz do sol, e August tem de cravar as unhas no joelho de Jane para manter a compostura. — Você sabe como isso é sexy?

— Eu, hm... — Um grito sufocado. Ela não consegue acreditar que isso está mesmo acontecendo. Não consegue acreditar que está fazendo isso. Não consegue acreditar que em algum momento isso vai ter de parar. — Acho que comportamento criminoso não é muito excitante para mim.

— Que interessante — Jane diz casualmente. — Porque parece que você se excita fazendo coisas que não deveria.

— Não sei se você tem... *ah*... evidências suficientes para embasar essa teoria.

Jane se aproxima e cochicha:

— Tenta não gozar, então.

August pensa que precisa encontrar um jeito de tirar Jane dali só para matar essa garota.

É devagar no começo — pela tensão no ombro de Jane, é óbvio que ela não consegue se movimentar como gostaria, então se contenta em fazer movimentos curtos, preciso e letais —, até não ser mais, até se tornar rápido e superficial. August está falando, tentando fazer palavras saírem de sua boca, engolindo suspiros, tentando não encarar Jane. É a coisa mais idiota que ela já fez desde que pulou entre os vagões, mas seu corpo parece finalmente encontrar algum sentido. Ela morde o lábio durante o clímax, o apagão, seus olhos bem fechados e seus quadris queimando pelo esforço de ficarem parados. Jane beija seu pescoço, logo embaixo do cabelo.

— Bom — Jane diz tranquilamente. As bochechas de August estão ardendo em um tom furioso de rosa, e Jane parece calma e imperturbável, exceto pelas pupilas castanhas arregaladas. — Parece que você tem um ótimo plano.

Então é assim que as coisas vão ser, August deduz enquanto volta para casa, o gosto do beijo de despedida ainda em seus lábios. Ela trabalha no caso e Jane a beija, e elas conversam sobre a primeira coisa, mas não sobre a segunda.

Às vezes parece que existem três Augusts — uma que nasceu esperançosa, uma que aprendeu a arrombar fechaduras e uma que se mudou sozinha para Nova York —, todas segurando canivetes e se atropelando para chegar à frente da fila. Mas, toda vez que as portas se abrem e ela vê Jane no fundo do vagão, ouvindo uma música que sequer teria como estar tocando, sabe que não faz diferença. Todas as versões possíveis de August são completamente loucas por essa garota, não importa qual seja a data limite. Ela vai aproveitar o que pode e, quanto ao resto, vai dar um jeito.

Ela tem o direito de ser uma adulta que faz sexo, sexo com *Jane*, e Jane tem o direito de viver algo que não só tédio ou espera, e é divertido. É *bom*, tão bom que a boca de August vai começar a salivar no meio do turno da noite na Billy só de pensar. Jane parece mais feliz, o que era a intenção inicial, August lembra a si mesma.

Elas são amigas. Amizade semipublicamente colorida em linhas do tempo cruzadas, porque elas sentem atração uma pela outra, estão ali solitárias, e August aprendeu a gostar de se sentir um pouco imprudente. Nunca pensou que tivesse nascido para algum tipo de perigo até conhecer Jane.

Não que ela tenha nascido para Jane.

Ela diz a si mesma muito seriamente que, se alguém nasceu para alguma coisa, é Jane para os anos 70. Essa é a missão. Esse é o caso.

Nada além disso.

August começa um caderno de sexo.

Não que elas estejam transando *tanto* assim. Quando uma pessoa mora no metrô e a outra está trabalhando noite e dia para *tirar* a primeira do metrô, não surgem muitas oportunidades.

Mas ela se acostumou a fazer anotações sobre Jane e, bom, não faz mal nenhum ter um guia de referência. Então, dedica um caderno para catalogar todas as coisas que agradam Jane.

Começa pelas coisas que já sabia. *Puxão de cabelo (dar e receber)*, August escreve no topo da primeira página. Embaixo, *mordida no lábio*, seguida por *meia sete oitavos* e *deixar marcas*. Ela para por um momento, chupa a ponta da caneta e coloca *sexo semipúblico**, acrescentando ao fim da página: **não sei se curte sempre ou se simplesmente está tirando o melhor proveito da situação.*

Depois guarda o caderno na bolsa junto com outros de localizações geográficas (verde), anedotas biográficas (azul), e datas e dados (vermelho), e o atualiza meticulosamente. Se não estiver com o caderno, escreve na mão, e acaba tendo de explicar para Winfield no meio de um turno por que tem as palavras *mordida no pescoço* escritas entre os dedos.

Às vezes acrescenta coisas que não são sexo mas que excitam Jane mesmo assim. *Cabelo comprido* entra para a lista na terceira vez em que ela pega Jane observando-a amarrar o cabelo. Certa tarde, ela se distrai por cinco minutos falando sobre luz ultravioleta e documentos fac-símiles e encontra Jane encarando-a fixamente com a boca entreaberta e a língua salivando entre os dentes. Pega o caderno e escreve: *competência + conhecimentos técnicos de nicho*.

A maioria dos itens, porém, é bastante simples. Ela embarca na Q no meio da noite usando uma meia arrastão para testar uma teoria e, quando sai, cambaleante, uma hora depois, embriagada de tantos beijos, com os fios finos de nylon rasgados em dois lugares diferentes, acrescenta: *lingerie*.

— A gente se conheceria na CBGB — Jane diz ao telefone enquanto August enche a máquina de lavar automática de roupa escura.

Elas estão há um dia e meio debatendo sobre como teriam se conhecido se August tivesse vivido na Nova York dos anos 70. August continua insistindo que elas teriam uma rixa antiga por causa do último exemplar de *O segundo sexo* na biblioteca. Jane discorda.

— Você acha que eu estaria em um dos seus shows de punk satânico? — August pergunta, fechando a porta e se sentando em uma secadora.

— Sim, você teria entrado toda perdida e confusa. Saia curta, cabelo comprido, agarrada à parede, e eu estaria saindo de uma roda punk com o nariz sangrando, veria você e pronto.

August ri, mas consegue imaginar: Jane, toda se achando, sairia do amontoado de corpos feito uma estrela cadente, rosnando e limpando o sangue com o dorso da mão, os olhos borrados de lápis e a gola da camisa com uma mancha de batom de outra pessoa.

— Qual seria a sua cantada?

— Hm — Jane considera. — Seria simples. Pediria um cigarro.

— Mas você não fuma — August comenta.

— E você não tem cigarro. Eu já desconfiava. Mas precisava chegar bem perto para você me escutar mesmo com a música alta, e agora você está olhando para mim e, quando te beijo, tem um gostinho de sangue.

— Uhum — August diz, sentindo um calor subindo pela nuca. Ela cruza as pernas, apertando bem as coxas. — Continua falando.

Quando o alarme anuncia o fim do ciclo de lavagem, Jane já descreveu em muitos detalhes como levaria August para o banheiro da CBGB e cairia de joelhos e deixaria que August passasse os dedos embaixo da gargantilha de couro que ela usava em shows. August volta a baixar a saia, pega o caderno, e escreve: *sangue e hematomas*. Depois *bondage leve*. Ela volta várias linhas e sublinha *sexo semipúblico*.

Junho avança por Nova York como uma das ondas de calor da Mãe Ivy, embaçando janelas e reduzindo a velocidade do trânsito a um rastejar sentimental. É uma época definitivamente nada sexy, mas...

— Não acredito que você não sua — August diz, ensopada de suor a uma da madrugada, as mãos apoiadas na parede de um vagão vazio. Jane beija seu cabelo, passa o polegar sob a barra da camiseta da Billy de August. — Estou morrendo aqui e você parece ter saído de um filme.

Jane ri e passa a língua no pescoço de August.

— Mas você fica com um gosto bom.

— Sabe, se é para ser uma anomalia metafísica, você deveria, tipo, controlar seus poderes mágicos. — Ela abre os olhos quando Jane a vira e a puxa. — Você deveria poder parar o trem quando quisesse. Ou conjurar coisas. Como um sofá. Isso sim seria bom.

— Você está dizendo que bancos de metrô não são bons o bastante para você? — Jane provoca. — Esta é a minha *casa*.

— Você tem razão, desculpa. Realmente adoro como você decorou o lugar. E a vista, bom… — Ela olha para os lábios de Jane, inchados de tantos beijos. Do lado de fora da janela: nada além de paredes de túnel marrom. — É imbatível.

— Hmm — Jane diz. — Boa tentativa.

Ela volta para casa quarenta e cinco minutos suados e delirantes depois, Jane ainda rindo em seu ouvido, atira o short do outro lado do quarto e acrescenta furiosamente à lista: *negação de orgasmo*.

(Jane compensa depois.)

August acha previsível que uma pessoa como ela reaja dessa forma ao entrar para a categoria mística de seres transantes — fazendo listas de itens, abreviações, um ou outro diagrama inútil. Mas não se trata de sua necessidade compulsiva de organização habitual. É que Jane a beija como se estivesse tentando saber tudo sobre August, é a revelação do que seu próprio corpo é capaz de fazer, é saber que Jane está disposta a *fazer* tudo ao seu alcance nos cinco minutos roubados entre estações. August quer retribuir, e seu jeito de conseguir isso é fazendo um plano detalhado.

Então, ela junta as gorjetas para comprar um novo celular para Jane, um aparelho que envie e receba fotos granuladas, e reúne coragem para posar no espelho do quarto. Observa atentamente a foto no celular, o cabelo caído nos ombros, os lábios pintados de vermelho, a renda, a marca desbotada no pescoço voltada para a luz da janela, e quase não consegue acreditar que é ela mesma. Não sabia que tinha isso dentro de si até Jane lhe mostrar esse seu lado. Ela gosta. Ela gosta *muito*.

Clica em enviar, Jane responde com uma série de palavrões. August prende um sorriso contra o travesseiro e escreve: *batom vermelho*.

Nesse meio-tempo, ela arromba a fechadura do escritório dos fundos da Billy e descobre que o lugar não é usado desde 2008. Não há nada além de um armário de holerites amarelados e uma escrivaninha vazia, perfeito para um escritório secundário de detetive. Então é exatamente nisso que ela transforma a sala, nos fundos do restaurante onde ninguém nota se ela passa seus intervalos imersa em uma história digna de ficção científica. Ela fixa cópias de seus mapas nas paredes e folheia os arquivos até encontrar o currículo de Jane de 1976. Depois de um longo minuto olhando e passando os dedos sobre as letras, pendura na parede também.

Ela usa o nome verdadeiro de Jane para finalmente encontrar sua certidão de nascimento — 28 de maio de 1953 — e, como Jane sabe que tem vinte e quatro anos, elas delimitam o período do acontecimento que a deixou presa no metrô entre o verão de 1977 e o verão de 1978.

Ela faz duas cópias de uma linha do tempo e cola uma em seu quarto e a outra no escritório. Verão de 1971: Jane sai de San Francisco. Janeiro de 1972: Jane se muda para New Orleans. 1974: Jane sai de New Orleans. Fevereiro de 1975: Jane se muda para Nova York. Verão de 1976: Jane começa a trabalhar na Billy. Tudo depois: ponto de interrogação, ponto de interrogação, ponto de interrogação.

Ela compra um rádio na loja de Myla, um aparelho prateado dos anos 80 no estilo *Digam o que quiserem*. Ela o esconde no escritório e sintoniza na estação delas. Quando ela está ocupada demais para ir à linha Q, Jane lhe envia músicas.

August começa a mandar músicas em resposta. É o jogo delas, e August finge não pesquisar as letras de todas as músicas e agonizar analisando os significados. Jane pede "I Want to Be Your Boyfriend", e August responde com "The Obvious Child". August pede "I'm on Fire", Jane responde com "Gloria", e August bate a cabeça na parede de tijolos do escritório e se esforça para não derreter no chão.

— O que, exatamente — Wes pergunta, sentando-se ao balcão com um prato de panqueca e observando August desenhar um vagão de metrô na margem do Caderno de Sexo —, você está fazendo?

— Trabalhando. — August desvia automaticamente quando Lucie passa com uma bandeja.
— Eu quis dizer em relação a Jane.
— Só me divertindo — August diz.
— Você nunca *só se divertiu* na sua vida — Wes observa.
August baixa a caneta.
— O que você está fazendo com Isaiah?
Wes enfia um pedaço enorme de panqueca na boca em vez de responder.

Ela continua incomodada com o nome de Jane. Seu primeiro nome, Biyu. Biyu Su. Su Biyu.
Ela o repetiu vezes e mais vezes na cabeça, o digitou em todas as bases de dados, olhou para as rachaduras em seu teto tentando tirá-lo dos armários de arquivos de seu cérebro. Onde é que ela já ouviu esse nome antes?
Folheia suas anotações, retornando à linha do tempo que já traçou. Por que Biyu Su é tão familiar para ela?
Se isso não fosse tão maluco, e se ela não achasse que seria arrastada de volta para o buraco negro da investigação de tio Augie, ela pediria a ajuda da mãe. Suzette Landry pode não ter achado o que estava procurando, mas é boa. Resolveu dois casos antigos e não relacionados no decorrer de seu trabalho. Ela joga sujo, manja muito e nunca desiste. Essa é a melhor e a pior qualidade dela.
Então, quando August atende à ligação noturna da mãe — a mesma que vem mandando para a caixa postal há algumas semanas nebulosas —, ela não planeja comentar sobre Jane. De maneira nenhuma.
Mas sua mãe sabe.
— Por que tenho a impressão de que tem alguma coisa que você não está me contando? — August consegue ouvir a fragmentadora de papel no fundo. Deve ser algum documento que não deveria estar ali.
— Ou alguém?

— Eu...

— Ah, é alguém.

— Eu literalmente só falei uma sílaba.

— Eu conheço a minha filha. Você está com a mesma voz de quando o Dylan Chowdhury sem querer colocou o bilhete de convite para o baile no seu armário no penúltimo ano e depois pediu de volta porque na verdade era para dar à menina que tinha um armário duas portas depois do seu.

— Ai, meu Deus, *mãe*...

— Então quem é ele?

— A...

— Ou ela! Pode ser ela! Ou... ilu?

August não tem nem paciência para se comover com o esforço da mãe para ser inclusiva.

— Não é *ninguém*.

— Para de mentir, menina.

— Tá, beleza — August diz. Quando sua mãe quer uma resposta, ela não para até conseguir. — Tem uma menina que conheci, hm, no metrô. Estamos ficando, mais ou menos. Mas não acho que ela queira nada sério. Ela não está exatamente... disponível.

— Entendi. Bom, você sabe qual é a minha regra.

— Nunca estender o encontro para outro lugar a não ser que tenha confirmado que não tem armas no porta-malas da pessoa — repete August.

— Pode tirar sarro se quiser, mas nunca me mataram.

August poderia explicar que Jane não pode sair do metrô, mas só muda de assunto e pergunta:

— E o detetive Primeaux? Ele ainda é um bosta?

— Ah, deixa eu te contar o que aquele filho da puta ordinário me falou na última vez em que liguei — ela diz, e desata a falar.

August põe o celular no viva-voz, deixando a voz da sua mãe se mesclar ao som de fundo. Repassa a linha do tempo enquanto sua mãe conta que encontrou uma pista de que Augie poderia ter passado por Little Rock em 1974, e o nome de Jane lhe vem à cabeça. Su Biyu. Biyu Su.

— Enfim — sua mãe diz —, há uma resposta em algum lugar. Tenho pensado tanto nele ultimamente, sabe?

August olha para a parede do quarto, para as fotos fixadas com as mesmas tachinhas que sua mãe usava para espetar buracos na parede da sala. Ela pensa em sua mãe, consumida por essa pessoa que não tem como voltar, capaz de viver e morrer por esse mistério que não tem solução. Orientando a própria vida inteira em volta de um fantasma.

— Sei — August diz.

Graças a Deus ela não é assim.

— Meu batom está borrado? — Myla pergunta, virando de lado para piscar para August. O cotovelo dela derruba o celular de Wes, que resmunga enquanto se abaixa para pegá-lo no chão do metrô.

— Espera — Jane diz, se inclinando para limpar uma mancha do batom azul brilhante com a ponta do polegar. — Pronto. Agora você está perfeita.

— Ela está sempre perfeita — Niko diz.

— Que meloso — Wes resmunga. — Você tem sorte que é seu aniversário.

— É meu aniversááárío — Niko cantarola alegremente.

— Um senhorzinho de vinte e cinco anos. — Myla dá um beijo na bochecha dele, borrando o batom de novo.

Niko endireita a bandana vermelha em volta do pescoço como um caubói saindo de uma taberna. Está usando jeans sobre jeans, um *patch* da bandeira americana em um ombro e um cacho caindo artisticamente em seu rosto. Um Bruce Springsteen porto-riquenho no Dia da Independência dos Estados Unidos. Aliás, é quatro de julho, o Dia da Independência dos Estados Unidos.

— Então o que exatamente é Natal em Julho? — August pergunta, ajeitando a camiseta horrível de Dia dos Namorados que comprou no bazar. Tem um Garfield cercado por corações e a mensagem EU VOU SER SUA LASANHA. São necessárias duas tentativas para explicar isso para Jane. — E por que essa é a tradição de aniversário do Niko?

— Natal em Julho — Myla diz, eloquente, com um gesto largo que derruba o celular de Wes de novo no chão — é uma tradição do Dia da Independência no Delilah em que comemoramos o aniversário desta grande nação — ao ouvir isso, Wes faz um som de peido com a boca — com bebidas temáticas e um espetáculo de grandes estrelas da realeza drag fazendo apresentações temáticas de feriado.

— Mas não é só Natal — Niko observa.

— Certo — Myla acrescenta. — Eles ainda *chamam* de Natal em Julho, mas a festa evoluiu para incluir todos os feriados. No ano passado, Isaiah fez um número burlesco de sobremesa de Ação de Graças ao som de "My Goodies" e usou uns tapa-tetas de batata-doce e uma tanguinha de torta de maçã. Foi incrível. O Wes, tipo, saiu do prédio e correu por uns dez quarteirões.

— *Não* foi isso que aconteceu — Wes diz. — Eu saí para *fumar*.

— Claro.

— Também foi assim que eu e Myla nos conhecemos — Niko acrescenta.

— Sério? — Jane pergunta.

— Vocês nunca comentaram isso — August diz.

— É, eu ia muito ao Delilah quando ainda morava com os meus pais — Niko conta. — Todo mundo lá sempre foi muito tranquilo em relação ao que os outros são ou querem ser ou pensam que podem ser. Uma energia boa.

— E eu namorava um dos bartenders — Myla completa.

— Eita, espera — August se volta para Myla. — Você estava com alguém quando se conheceram?

— É — Myla diz, ajustando alegremente o suéter, uma relíquia horrorosa de Chanucá da infância de Wes. — Longe de mim dizer que dei um fora nele no instante em que vi Niko, mas... digamos que a gente teve que esperar que ele mudasse de trabalho para voltar a dar as caras lá.

— Os caminhos do universo — Niko diz sabiamente.

— Os caminhos do meu tesão — Myla ecoa.

— É, vou dar o fora daqui — Wes diz, dirigindo-se à saída de emergência.

— Que doideira — Jane comenta, habilmente pegando-o pelo colarinho. — Não consigo imaginar nenhum de vocês com mais ninguém.

— Não acho que já *estivemos* com outra pessoa — Niko diz. — Não de verdade. Não acho que poderíamos ter estado.

— Me solta. Eu mereço ser livre — Wes diz para Jane, que aperta seu nariz.

— *Enfim* — Myla prossegue. — A gente se conheceu no aniversário de Niko, no Natal em Julho. E a gente conheceu o Isaiah alguns Natais em Julho depois, e ele nos ajudou a arranjar o apartamento. Daí a tradição de aniversário.

— E que tradição — Niko diz.

— Nossa — Jane diz, seu sorriso murchando. — Queria poder ir.

August toca no dorso da mão dela.

— Também queria que você fosse.

Eles chegam à estação e se acotovelam na direção das portas e, quando August está saindo, ela escuta Jane dizer:

— Ei, Landry. Esqueceu uma coisa.

August se vira, e Jane está lá sob as lâmpadas fluorescentes com a jaqueta caindo de um dos ombros e os olhos brilhantes, parecendo algo que August inventou, a personificação de uma noite longa que deixa as pernas cansadas de manhã. Ela se inclina para fora do vagão, só um pouco, apenas o suficiente para irritar o universo, puxa August pela camiseta idiota e a beija com tanta força que, por um segundo, manda uma corrente de faíscas descendo por sua espinha.

— Divirta-se — Jane diz.

As portas se fecham, e Myla solta um assobio baixo.

— Caramba, August.

— Cala a boca. — August fica corada, mas sobe a escada flutuando como se estivesse na lua.

Assim como o Slinky, o Delilah é subterrâneo, mas enquanto o Slinky tem apenas um alvará engordurado assinalando a entrada, o Delilah é cheio de cursivas em néon radiante. Uma seta rosa chamativa aponta para a porta, e o leão de chácara parece o Jason Momoa com orelhas de coelhinho da Páscoa. Ele faz sinal para o grupo atravessar a cortina de miçangas, e o mundo explode em Technicolor.

Do piso ao teto, de uma parede a outra, o Delilah está decorado com arco-íris de luzes de Natal, corações cintilantes de Dia dos Namorados, serpentinas luminosas em tons de vermelho, branco e azul, fileiras de abóboras de Dia das Bruxas com piscas-piscas verdes e roxos, lanternas de Eid al-Fitr penduradas nas vigas. Há um menorá gigante no bar, pinhatas em formato de estrela penduradas sobre as mesas e — fazendo August rir alto — colares de contas do Carnaval de New Orleans espalhados por quase todas as superfícies livres. Nem são colares baratos de plástico, mas dos bons, daqueles que as pessoas na Canal Street são capazes de derrubar quem estiver na frente, mesmo se for uma criança, para pegar.

Mas não é a decoração que enche o salão de vida. São as pessoas. August entende o que Niko quis dizer: tem uma energia boa.

Se jogasse um *eggnog* para cima — um dos drinques festivos sendo servidos em bandejas — em qualquer direção, acertaria um tipo diferente de pessoa. Caminhoneiras, melissinhas, barbies de um metro e oitenta e pouco, estudantes do Pratt com cortes de cabelo horríveis, os magrinhos de vinte e poucos anos que Wes chama de "novinhos de Bushwick", mulheres com pomo de adão, homens sem. Pessoas que não se encaixam em nenhuma categoria mas parecem tão felizes e desejadas ali, como qualquer outra, balançando a cabeça ao som de house e segurando drinques com as unhas pintadas. Cheira a suor, a uísque derramado, a um milhão de perfumes doces passados às pressas em apartamentos minúsculos de três quartos como o de August na ansiedade maluca de chegar àquele lugar, onde as pessoas se amam.

August acha que Jane adoraria.

Os funcionários do bar não parecem guardar rancor de Myla, porque ume bartender quase pula o balcão quando a vê, de pijama de rena e tudo. Em poucos segundos, há quatro taças de uma poção suspeita cor de mijo diante de nós.

— Margaritas de cidra de maçã — ilu diz alegremente, gira e surge com mais quatro copinhos, feito um passe de mágica alcoólico. — E uma rodada da nossa dose mundialmente famosa, Eita Porra, por conta da casa, para os meus amorzinhos.

— Obrigada, Luz — Myla diz com carinho. — Esta é a garota nova, August. A gente adotou em janeiro.

— Bem-vinda à família — Luz diz a ela.

Com um drinque e uma dose nas mãos, August é guiada até uma mesa que acabou de ser liberada por um grupo de góticos carrancudos com acessórios toscos de Dia das Bruxas.

— A Niko — Myla diz, erguendo o copinho de dose. — Nascido em quatro de julho, porque é o sonho americano: fica lindo de jeans e tem uma namorada gata.

— À família — Niko diz.

— Ao álcool — Wes acrescenta.

— Aos suéteres de Chanucá — August completa, e os três viram o copinho.

A dose é horrível, mas o drinque nem tanto, e a companhia é ótima. Niko está com um humor excelente, os braços longos esticados e a cabeça erguida, exalando um ar doce de jovem proletário. Como luar derretido. Ele parece capaz de dar partida em um motor a jato com a força do coração.

Ao lado dele, Myla está radiante, o piercing em seu nariz reluzindo. Niko costuma fazer a barba, mas hoje deixou um pouquinho no queixo, e Myla passa as unhas ali, com uma expressão maliciosa. August percebe que é melhor separar seus fones de ouvido antes de dormir.

— Eles vão, tipo — Wes fala baixo para ela —, se casar em algum momento.

— Eles já são praticamente casados.

— É, só que moram com a gente.

August olha para ele. Wes está sentado de pernas cruzadas com seu jeans justo de sempre e sua camiseta larga, coroado por uma auréola de anjo que Myla prendeu na cabeça dele ao entrar. Parece um querubim zangado.

— Eles não vão nos abandonar quando se casarem, Wes — August diz.

— Talvez sim. Talvez não.

— Por que você está com essa cara? — Myla praticamente grita do outro lado da mesa.

— Wes acha que a gente vai se casar e sair de casa e nunca mais olhar para a cara deles — Niko diz.

Wes fica emburrado. August não consegue não rir.

— Wes. Wes, ai, meu Deus — Myla diz, rindo também. — Tipo, sim, a gente provavelmente vai se casar um dia. Mas nunca largaríamos vocês. Impossível. Tipo, nem se a gente *quisesse*. Provavelmente todos nós vamos nos mudar um dia e comprar uma casa própria com nossos parceiros, mas, cara, mesmo assim. Vamos ser uns vizinhos codependentes do cacete. Vamos todos nos mudar para uma comunidade. Niko nasceu para ser um líder de seita.

— Você fala isso agora — Wes diz.

— Sim, e vou falar depois também, seu mala resmungão — Myla retruca.

— Só estou dizendo — Wes diz. — Eu vi, tipo, uns dez anúncios de noivado diferentes no Instagram neste mês, tá? Sei como funciona! Todos nós passamos da idade de depender dos pais, e de repente seus amigos param de ter tempo de sair com você porque arrumaram alguém e *essa* pessoa vira a melhor amiga deles, eles têm filho e se mudam para um bairro chique no subúrbio, e você nunca mais os vê porque não passa de um velho solteirão solitário...

— Wes! Em primeiro lugar, nós já temos dois filhos — diz Myla, apontando incisivamente para ele e August do outro lado da mesa.

— Desnecessário, mas faz sentido — August diz.

— Em segundo lugar, a gente nunca se mudaria para um bairro chique. Talvez, no máximo... Queens. Mas nunca para o subúrbio.

— Acho que nem me deixam voltar para Long Island desde que derrubei aquele jarro de aranhas na ferrovia — Niko diz.

— Por *que* você... — August começa.

— Em terceiro lugar — Myla continua —, não tem nada de errado em ficar sozinho. Muitas pessoas são mais felizes assim. Muitas pessoas nasceram para ser assim. Mas não acho que você vá ficar sozinho.

— Você não tem como saber.

— Na verdade, apesar de todos os seus esforços nessa sua produção independente de *O barril de Amontillado* em que você é tanto o Montresor *como* o Fortunato, tenho certeza de que vai encontrar o amor. Sabe, um bom amor.

— Por que tem tanta certeza?

— Dois motivos principais. Um, porque você é precioso pra cacete.

Ele revira os olhos.

— E o segundo?

— Está bem atrás de você.

Wes se vira, e lá está Isaiah, maquiado, a cabeça coberta com um lenço fúcsia vibrante, conversando com um casal de peregrinos com fantasias iguais. Isaiah olha para o grupo, e August percebe o segundo em que o olhar dele encontra o de Wes, porque é exatamente quando Wes tenta se esconder embaixo da mesa.

— Não faça isso, cara — Myla diz, dando um chute. — Levanta e encara o amor.

— Não entendo por que você está querendo se esconder sendo que ele mora no apartamento da frente — August argumenta. — Você literalmente vê o Isaiah o tempo todo.

— Falou a August dos seis meses de pânico sapatão.

— Como eu virei o tema da discussão? É o Wes que está escondido embaixo da mesa!

— Ah — Niko diz, sem rodeios —, ele está surtando porque transou com Isaiah depois da festa de Páscoa.

A cabeça de Wes aparece no tampo da mesa, assim como um dedo acusador.

— Ninguém consultou o insuportável Médium de Long Island.

Niko sorri.

— Eu chutei. Meu terceiro olho está fechado esta noite, amigo. Mas valeu pela confirmação.

Wes o encara.

— Eu te odeio.

— Apartamento 6F! — diz uma voz sedosa, e lá está Isaiah, a meio caminho de Annie, maquiado para os deuses, com suas maçãs do rosto devastadoras e seus olhos escuros e cintilantes. — O que você está fazendo, Wes?

Wes pisca por uns três segundos antes de exclamar alto:

— Ah, está aqui! — Balança o celular na frente do rosto. — Deixei cair.

Myla bufa enquanto Wes se levanta, mas Isaiah apenas sorri. August não sabe como ele faz isso.

— Ah, que bom que vocês vieram. A noite vai ser boa! — Isaiah acrescenta em um tom ameaçador: — Espero que tenham trazido um poncho.

Ele sai com um floreio de seu robe, deixando escapar um belo vislumbre de suas pernas compridas em uma legging de couro e uma bunda malhada de tanto dançar de salto e fazer agachamentos para caber nos collants. Wes solta um suspiro de sofrimento profundo.

— É ruim ter que ver ele indo embora, pior ainda ter que olhar para aquela bunda — murmura. — É tudo horrível.

August se recosta, espiando Wes de soslaio, enquanto ele se dedica a rasgar o rótulo da cerveja e emanar uma tristeza abjeta. Então, ela diz:

— Wes. Já ouviu falar de um sapo-peludo?

Wes a olha com desconfiança.

— Isso é, tipo… uma posição sexual?

— É um tipo de *sapo* — ela diz. Ele encolhe os ombros. Ela gira um limão amassado no copo e continua. — Também conhecido como sapo-wolverine ou sapo-do-horror. É uma espécie subtropical superdefensiva e de aparência estranha. Quando se sente atacado ou ameaçado, ele quebra os próprios ossos dos dedos e os força a atravessarem a pele para usá-los como garras.

— Hardcore — Wes diz, inexpressivo. — Tem algum motivo para estar me contando isso?

August ergue as mãos em um gesto que diz "caramba, está na cara". Ele suga os lábios e continua a arrancar o rótulo da cerveja. Parece levemente verde sob as luzes do bar. August tem vontade de estrangular esse garoto.

— *Você* é o sapo-do-horror.

— Eu… — Wes bufa. — Você não sabe do que está falando.

— O quê? De ser abrasiva e emocionalmente fechada por medo de desejar alguma coisa? É, não faço ideia de como é isso.

A noite continua, uma confusão de beijos na bochecha, um banheiro pichado de caneta permanente e batom que diz GÊNERO É UMA FRAUDE e JD MONTERO CUTUCOU MEU ÚTERO, pessoas com pernas peludas em saias plissadas, um baseado manchado de batom rodando. August entra na multidão e se deixa levar: ali está o palco, alguém nos cantos preparando gelo seco e canhões de confete, e ali está Lucie, um raro sorriso em seu rosto, e lá está o bar, pegajoso pelas bebidas derramadas, e…

Opa, espera.

Ela pisca através das luzes intermitentes. Lá está Lucie, o cabelo solto e delineador borrado com glitter que faz seus olhos parecerem muito azuis. August só percebe o quanto ela está próxima quando as unhas de acrílico se cravam em seus ombros.

— Lucie! — August grita.

— Você está perdida? — ela grita em resposta. — Está sozinha?

— Quê? — O rosto de Lucie está entrando e saindo de foco, mas August repara que ela está bonita. Linda, na verdade. De vestido azul cintilante com um xale de pele e botinas brilhantes. August fica tão feliz de ver Lucie ali. — Não, meus amigos estão em uma mesa. Em algum lugar. Eu tenho amigos, e eles estão aqui. Mas, ai, meu Deus, você está incrível! Que legal ter vindo para o show do Isaiah!

— Estou no show do meu namorado — ela diz. Soltou August para olhar o copo de plástico em sua mão.

Mesmo a sessenta centímetros de distância, August sente o cheiro de vodca pura.

— Eita porra, Winfield vai se apresentar hoje?

— Vai.

Alguém passa perto demais, ameaçando derramar sua bebida, e ela devolve com uma cotovelada forte sem nem piscar.

— Que horas?

"Big Ole Freak" começa a tocar, e os gritos são tão altos que Lucie precisa se aproximar para berrar:

— O penúltimo! O show vai começar logo mais!

— É, preciso ir! Mas te vejo depois! Divirta-se! Você está muito linda!

Ela contém um sorriso.

— Eu sei!

Os amigos de August abriram caminho até a beira do palco, e a multidão agitada a empurra até eles enquanto as luzes se apagam e os gritos aumentam.

As cortinas parecem antigas e carcomidas por traças, mas brilham quando a primeira drag as abre e vai até o holofote. Ela é pequenina, mas o salto de suas botas é uma plataforma de vinte centímetros, e a roupa justa de couro verde combina com a peruca verde-pastel cheia de heras enroladas nos fios.

— Olá, olá, boa noite, Delilah! — ela grita no microfone para a plateia estrondosa. — Meu nome é Mary Poppers, e estou aqui representando o Dia da Árvore. Deem um grito pelo meio ambiente! — A plateia grita ainda mais alto. — Sim, isso mesmo, obrigada, nosso planeta está morrendo! Mas a gente está cheia de *vida* hoje, meus amores, porque é Natal em Julho e essas drags já estão prontas para enfiar presente nas suas meias, acender seus menorás, esconder seus ovos, adocicar suas travessuras e fazer todas as merdas que as pessoas fazem no Dia do Trabalho. Você está pronto, Brooklyn?

Começa rápido e não para — um "Party in the U.S.A.", uma drag chamada Maria Ambuceteta fazendo um número de vogue de Dia da Bastilha ao som de "Lady Marmalade" que termina com macarons franceses sendo atirados na plateia. Outra drag entra usando uma fralda cravejada de brilhantes e uma faixa de Ano-Novo e arrasa ao som de "Always Be My Baby", acendendo velas mágicas com uma sincronia perfeita.

A penúltima drag da noite é anunciada: Bomba Bumboclaat. Ela entra com botas até a coxa, um saxofone pendurado no pescoço, um vestido forrado de pele e uma capa, ambos vermelhos. Sua barba cintila com glitter prateado.

É só quando lembra dos cartões da banda de Winfield, com um único integrante, que August se dá conta de quem é a drag no palco e grita por impulso assim que o número começa: aquela versão ridícula de "Santa Claus is Coming to Town" do Springsteen.

— Ei, banda! — Bomba Bumboclaat diz na voz de Bruce Springsteen. Mary Poppers bota a cabeça para fora da cortina.

— Oi! Ei, baby!

— Sabe em que época do ano estamos?

— Sim!

— E qual é, hein? Qual é a época do ano?

Dessa vez, é a plateia que grita:

— É Natal!

Ela leva a mão ao ouvido dramaticamente.

— Qual?

— Natal!

— Ah, Natal!

Bomba Bumboclaat é pura comédia, cheia de gestos sutis que fazem todos gritarem de tanto rir e atirarem notas no palco com os movimentos aparentemente impossíveis de seu rosto. Ela é a primeira a fazer um número de Natal no Natal em Julho, e a multidão estava esperando por isso. Quando manda ver no solo de saxofone, a casa quase vem abaixo.

Depois que ela acaba, o palco está coberto de notas de um, cinco, dez, vinte dólares. Mary Poppers entra com uma vassoura para recolher tudo antes da próxima apresentação.

— Delilah! Vocês são incríveis. Temos mais um show para vocês. Estão prontos para assistir a uma *lenda*? — Todos gritam. Myla estala os dedos no ar. — Senhoras e senhores, por favor, recebam comigo ao palco o que o médico recomendou: Annie Antidepressiva!

As cortinas se abrem, e lá está Annie, de rosa como sempre — saltos plataforma rosa-claros, meias sete oitavos cor-de-rosa enfeitadas com laços vermelhos, um cabelo rosa pastel caindo pela frente do penhoar de chiffon rosa e preso do lado por um chapeuzinho cintilante em forma de coração. Ela está absolutamente deslumbrante.

Sorri sob o holofote, absorvendo os gritos, as palmas e os estalos de dedos, erguendo as luvas de látex cor-de-rosa. Ela sempre pareceu confiante, desde que August a viu pela primeira vez tomando seu milk-shake na Billy, mas no palco, ouvindo a multidão ficando rouca de tanto gritar por ela, August se lembra de Annie dizendo que era o orgulho do Brooklyn. Apesar do tom brincalhão, não era exatamente uma piada.

A música começa lentamente, com cordas suaves e um triângulo sintético, algumas batidas, e então Annie ergue os olhos para a multidão e dubla:

— *Give it to me...*

É "Candy" de Mandy Moore, e a plateia tem cerca de um segundo para reagir antes de ela tirar o robe e revelar um sutiã e uma minissaia feitos inteiramente de coraçõezinhos coloridos de açúcar.

— Ai, meu *Deus* — Wes diz, perdido no delírio da multidão.

Annie pisca e começa a coreografia, desfilando pela passarela que divide o público, abaixando-se para passar o dedo enluvado no maxilar de um rapaz deslumbrado. August sempre viu Annie e Isaiah como dois lados da mesma pessoa, mas no palco ela absorve a luz de um jeito, seus olhos derramam mel... é uma pessoa inteiramente diferente do contador que transportou a escrivaninha de August por seis lances de escada.

Annie volta graciosamente pela passarela, radiante, resplandecente, ardente a trezentos graus — e a música para. A voz dublada da própria Annie entra.

— Quer saber? — ela diz — Foda-se essa música.

Em um instante, as luzes do palco ficam rosa e, quando Annie ergue a mão direita, uma enxurrada de chuva começa a cair no palco.

A música nova é um funk alto e atrevido — Chaka Khan dessa vez, "Like Sugar" — e duas coisas ficam claras muito rapidamente. A primeira, enquanto a água do palco espirra em seus drinques: é por isso que Isaiah sugeriu que eles usassem ponchos. A segunda: Annie fez a roupa com um material solúvel em água.

Em questão de trinta segundos, sua minissaia e seu sutiã se derreteram e, com um rodopio, ela lança o último resquício açucarado para o outro lado do palco, ficando apenas de lingerie de látex vermelho. Dançarinos entram rebolando dos bastidores e a erguem nos ombros, girando-a sob a água que cai, a plateia encharcada e extasiada indo à loucura. August cresceu a uma curta distância da Bourbon Street, mas nunca, jamais, viu nada parecido.

Ela pensa na última mensagem que Jane enviou: uma foto dos fogos de artifício vistos da Ponte de Manhattan:

Manda um beijo para as divas.

Ela está bêbada, mas se lembra de Jane contando sobre os shows de drag que frequentava nos anos 70, os *balls*, as drags que ficavam sem comer por semanas para comprar vestidos, os clubes noturnos cintilantes que às vezes pareciam os únicos lugares seguros. Ela deixa que as memórias de Jane se sobreponham ao presente, como uma dupla exposição, duas gerações diferentes de pessoas caóticas, espalhafatosas, valentes e amedrontadas e valentes mais uma vez, batendo os pés e balançando as mãos de unhas roídas, todas as coisas que compartilham e todas as coisas que não compartilham, as coisas que ela só tem porque pessoas como Jane quebraram janelas e cuspiram sangue para conquistar.

Annie rodopia no palco, e August não consegue parar de pensar que Jane adoraria estar ali. Jane *merece* estar ali. Merece ver isso, sentir a vibração do baixo em seu peito sabendo que esse é o resultado do seu trabalho, ter uma cerveja na mão e uma nota de vinte entre os dentes. Ela estaria livre, iluminada pelas luzes do palco, tirada do subterrâneo e dançando até não conseguir mais respirar, amando tudo. Vivendo.

Jane adoraria isso

Jane adoraria isso. Essa frase volta vezes e mais vezes, Jane erguendo a cabeça e rindo do globo de discoteca, puxando August para um canto escuro e beijando-a até deixá-la tonta. Ela adoraria *isso* especificamente, encontrar um lugar na família de desajustados temperamentais de August, bem ao lado de August.

O segundo em que August se permite realmente imaginar essas coisas é o segundo em que ela não consegue mais fingir — ela quer que Jane fique.

Quer resolver o caso e tirar Jane do metrô porque quer que Jane fique ali com ela.

Ela prometeu a si mesma — prometeu a Jane — que estava fazendo tudo isso para mandar Jane de volta para onde deveria estar. Mas é algo tão ardente e implacável quanto o holofote no palco, e não restou nada no cérebro extremamente bêbado de August para conter essa verdade. Ela quer ficar com Jane. Quer levá-la para casa, comprar uma nova coleção de discos para Jane e acordar ao seu lado toda bendita manhã. Ela quer Jane ali de corpo e alma, dividindo a conta da pizza em cinco, deixando uma nova escova de dentes na pia, violando os termos do contrato de locação.

E nenhuma parte de August está preparada para lidar com nenhum outro resultado.

Ela se vira para o lado, e Wes está ali, assistindo ao show, boquiaberto. O copo está torto na mão dele, e o drinque escorre lentamente na camisa.

August entende. Ele está apaixonado. August também.

Onze

[voz da ariana] yuh @chelssss_
HMMM na Q de manhã vi um menino sendo zoado por dois moleques mais velhos e antes que eu pudesse me mexer uma bofinho gata se meteu e os babacas VAZARAM jesus me socorre pq como é que vou conseguir trabalhar agora que vi um anjo????
7h42 · 8 Nov 2018

O cabelo de Myla está cheirando a batata frita apimentada.

August está com a cara enfiada ali, de ponta-cabeça atrás da orelha de Myla, inspirando os cachos. Cachos e cheiro de batata frita. Lá no fundo, uma essência de maconha ou, talvez, incenso. Ou quem sabe algo queimado. Será que ela pegou fogo ontem à noite? August está ocupada demais praticamente morrendo para tentar lembrar.

Tem alguma coisa enrolada nela, é muito quente, pinica um pouco e, se o estômago de August não se estabilizar em breve, corre risco de levar uma rajada de vômito.

Ela tenta mover o braço, mas Wes está agarrando seu punho com toda a força em um sono profundo. Tem outra coisa grande de formato estranho amassada entre o braço de August e uma das escápulas de Niko. Com o olho entreaberto, ela vê: uma caixa do Popeyes. O que vem à tona: um, uma lembrança enevoada de Niko performando sua expressão mais sóbria diante do caixa do Popeyes no térreo; e dois, um excesso de margaritas de cidra de maçã em seu estômago.

Até onde August lembra, os quatro caíram juntos no sofá assim que atravessaram a porta à noite. Niko e Myla de um lado, enrolados um no outro, a jaqueta de Myla por cima como um cobertor. Wes está meio caído do sofá, os ombros no chão onde costuma ficar um dos tapetes.

Que agora está... enrolado em August?

Noodles vem correndo e começa a lamber alegremente o rosto de Myla.

— Wes — August diz, rouca. Ela cutuca o joelho de Wes com o pé. Ele deve ter se livrado da calça em algum momento antes de eles desmaiarem. — *Wes*.

— Não — Wes resmunga. E não solta o pulso dela.

— Wes — ela diz. — Eu vou vomitar em você.

— Não, não vai.

— Vou, sim. Literalmente. Minha boca está com gosto de cu.

— Problema seu. — Ele entreabre o olho, lambe os lábios secos. — Cadê minha calça?

— Wes...

— Estou de camiseta e sem calça. Sou o Ursinho Pooh.

— Sua calça está na janela perto da TV — diz uma voz, clara e alta demais para o lodaçal de ressaca. August ergue os olhos, e lá está Lucie, glitter ainda em volta dos olhos, fuçando nos armários. — Você falou que ela "precisava tomar um ar".

— Por que — August diz. — Aqui. Por que você está. Aqui?

— Você realmente não se lembra de ter me convidado para o Popeyes — Lucie diz, inexpressiva. — Sorte a sua que o Isaiah sabe sobre o elevador de serviço. Eu teria deixado vocês lá.

— Eita.

— Enfim — ela diz. — Winfield me ajudou a trazer vocês.

— Tá, mas. — August finalmente consegue se soltar de Wes e começa a se desenrolar cuidadosamente para se sentar, mas se arrepende no mesmo instante. — Por que você está *aqui*? Por que não foi embora com ele?

— Porque estava engraçado — ela diz, pegando uma frigideira, triunfante. — Adoro ver gente de ressaca. Grande parte da minha motivação para trabalhar na Billy. — Ela aponta a frigideira para August. — Dormi no seu quarto.

E se volta para pegar uma caixa de ovos na geladeira. August se lembra da primeira semana na Billy, quando Lucie lhe providenciou uma refeição. Há mais um sorriso contido no canto de sua boca, como na noite passada.

— Vou fazer café da manhã — Lucie diz. — É um trabalho ingrato ser sua chefe, mas alguém tem que se responsabilizar.

Mais uma memória retorna neste momento: Wes, depois de três drinques, marcas de batom na bochecha, Isaiah em toda a glória de Annie, peruca e tudo, salvando-o de escorregar em uma poça de vodca no chão do bar, e Lucie rindo. Era para ser a comemoração do aniversário de Niko, mas acabou virando uma noite de cinco copos e calças desaparecidas. Pelo visto, apenas Lucie saiu intacta.

Ao menos, o estômago de August parou de ameaçar fazer *O exorcista* ao vivo e em cores. Ela rola para o chão, e Myla e Niko começam a se mexer.

August tenta recuperar todas as lembranças possíveis: o xale de pele de Lucie, o *eggnog*, água caindo do teto, ela descobrindo que está apaixonada por Jane, o batom de Myla, a bandana de Niko...

Ela está apaixonada por Jane.

Porra, não, é ainda pior. Ela está apaixonada por Jane e quer que Jane fique, e o que pensou que fosse sua válvula de escape emocional para quando Jane voltasse feliz e contente para os anos 70 é apenas um alçapão para sentimentos mais profundos.

A voz de Niko ecoa lá no fundo, da primeira vez que August beijou Jane: *Ah, você fez merda.*

Ela fez merda. Põe *merda* nisso.

August vasculha dentro do peito como se fosse o fundo do bolso da calça jeans em busca de qualquer coisa menos devastadora. A luz forte de uma manhã sóbria deveria enfraquecer esse sentimento, transformar Jane de volta em uma simples crush.

Mas não.

Nunca foi uma simples crush, se August quiser ser sincera; ou deixou de ser a partir do momento em que ela começou a planejar suas manhãs em torno de uma garota que mal conhecia. Seu último resquício de autopreservação foi fingir que bastava ter Jane temporariamente, e ela escondeu esse sentimento como uma nota de vinte dólares nos peitos de Annie Antidepressiva na noite anterior.

— Eu queria nunca ter *nascido* — August geme no chão.

— Retuitado — Wes diz solenemente.

Leva uns vinte minutos, mas eles finalmente se desembaraçam do sofá. Myla, que se arrastou pelo chão até o banheiro e vomitou duas vezes antes de voltar rastejando, parece semimorta e completamente indisposta a desfrutar dos ovos mexidos com eles. Niko já virou uma garrafa inteira de kombucha em uma demonstração impressionante de confiança de que seus intestinos vão resolver as coisas por conta própria. Wes tirou a calça da janela.

August consegue abrir um sorriso sonolento para Lucie enquanto a chefe serve os ovos da frigideira em um prato e joga um monte de garfos na mesa.

— Café da manhã em família — Lucie diz.

E, cara... Está tudo um desastre, mas August ama essa mulher.

— Obrigada — August diz. — Seu turno não é agora de manhã?

Lucie fecha a cara. Está usando uma camiseta de August.

— Billy está reduzindo minhas horas. Ele me falou ontem.

— Quê? Ele não pode fazer isso; você é basicamente a única pessoa que mantém aquele lugar em pé.

— Pois é — ela concorda, séria. — A pessoa mais cara na folha de pagamento.

— Espera aí. — A voz de Myla ecoa abafada pelo piso. Ela ergue a cabeça e estreita os olhos. — O que está rolando na Billy?

August suspira.

— O proprietário vai dobrar o aluguel no fim do ano, então a Billy provavelmente vai fechar e dar lugar a uma franquia de fast food qualquer.

Com o que parece um esforço hercúleo, Myla se ajoelha e diz:

— Isso é inaceitável.

— Billy precisa de uns cem mil para comprar o lugar, e ele não consegue empréstimo.

— Certo, então. — Ela solta um arroto assustador com a boca fechada, abana a cabeça e continua. — Vamos juntar essa grana.

— Somos todos duros — Lucie diz. — Por que você acha que a gente trabalha numa lanchonete?

— Verdade — Myla concorda. — Mas podemos arranjar o dinheiro.

August tenta pensar, mas é difícil quando seu cérebro parece um saco de lixo cheio de meias encharcadas, e não de água, mas sim de álcool. Myla e Niko estavam certos sobre o Natal em Julho... é o tipo de noite inesquecível, *se* você conseguir se lembrar de alguma coisa. Devia ter muito mais gente do que a capacidade máxima permitida...

Ah.

— Espera — August diz. — E se a gente fizesse... um show de drag beneficente.

Myla se anima um pouco.

— Tipo, doar as gorjetas?

— Não, e se a gente cobrasse ingresso? Vendesse fichas para bebidas? A gente poderia usar sua influência no Delilah e pedir para usar o espaço, e doa tudo que ganhar para salvar a Billy.

— Winfield se apresentaria — Lucie oferece.

— Isaiah também — Wes acrescenta.

— Ah, a gente poderia fazer uma temática café da manhã! — Myla diz. — Winfield e Isaiah podem chamar os amigos para se apresentar.

— Eu talvez consiga fazer o Slinky doar algumas bebidas — Niko acrescenta.

Os cinco se entreolham, hesitantes, vibrando com a possibilidade. Lucie se permite abrir um sorriso para eles.

— Gostei da ideia.

★ ★ ★

A primeira semana de julho traz a transformação do apartamento 6F na sede da campanha Salve a Billy.

Niko traz um quadro branco da loja de penhores perto da Mãe Ivy, Myla começa a fazer porções duplas de yakisoba, e eles passam noites inteiras em círculo na sala de estar: Lucie e Winfield, Myla e Niko, Wes, Isaiah, uns garçons aleatórios, e August. Lucie é a líder, tendo como duplo fardo odiar atividades extracurriculares e grandes grupos de pessoas simpáticas ao mesmo tempo em que adora a Billy e conhece bem a logística. Passou a usar um apito prateado pendurado no pescoço como uma orientadora mal-humorada de acampamento só para manter todos na linha enquanto lê planilhas em voz alta.

— Quando vamos fazer isso? — Niko pergunta, enfiando um pedaço enorme de tofu na boca. — Longe de mim ser estraga-prazeres, mas Mercúrio vai continuar retrógrado por mais uma semana, o que não é muito... ideal.

— Tudo bem — August responde. Ela olha para Lucie, que está debruçada sobre requisitos de licenciamento no chão da cozinha. — Vamos precisar de mais tempo para organizar isso tudo de qualquer modo. Além do mais, temos que divulgar, investir em publicidade... dá pelo menos um mês, né?

Lucie concorda.

— Provavelmente.

August se volta para o quadro branco e faz uma anotação. O evento está programado para o meio de agosto. Duas semanas antes de a Q fechar.

— Então, o que você está me dizendo é que reuniu um bando de gays para salvar a Billy com panquecas e um show de drag? — Jane diz quando August conta seus planos.

Jane está iluminada pelo sol na janela do trem. August está tentando não pensar: *Apaixonada, apaixonada, terrível e estupidamente apaixonada.*

— Isso — August diz —, basicamente.

— Isso é sexy pra cacete. — Jane pega August pelo queixo e a beija com força e resplendor, exalando, sob os raios de sol de verão.

Terrível e estupidamente apaixonada, August pensa.

Aos poucos a coisa toda vai ganhando forma. Isaiah e Winfield topam participar e, depois de explorarem o terreno, arranjam mais três drags do Brooklyn. Myla convence o gerente do Delilah a ceder o espaço, Isaiah faz o orçamento, e Wes até convence alguns dos tatuadores do estúdio onde trabalha a montarem uma cabine de *flash tattoos* de graça. Por sorte, a maioria ali tem um pé em um pequeno negócio do Brooklyn — e ninguém quer ver a Billy transformada em uma loja de sucos gourmet caríssimos, porque, afinal, cada um deles pode ser o próximo.

Winfield passa trinta minutos ao telefone para convencer o Billy a aceitar a caridade. Quando consegue, passa para August e fala que ela está encarregada de pensar na comida. Corta para: Jerry e August soltando um vendaval de palavrões, tentando estimar o número de panquecas necessárias por pessoa e o custo disso. Mas eles chegam lá.

Durante todo esse tempo, uma sensação perpassa a pele de August, a mesma de quando ela entrou no Delilah, de quando elas desceram a Q atrás de Isaiah de cartola ou de quando a Mãe Ivy a chama pelo nome, quando o moço da mercearia não pede sua identidade, quando Jane olha para ela como se estivesse guardando mais uma fotografia em seu álbum mental da cidade. É a sensação de que ela mora ali, de que vive ali *de verdade*. Sua sombra já passou por mil faixas de pedestres estragadas e sob um milhão de ferros rangentes de andaimes. Ela já esteve ali, e ali, e ali.

Nova York toma muito dela, às vezes. Mas também dá. Ela pega punhados do ar abafado da cidade e guarda nas rachaduras de seu coração.

E, agora, vai retribuir. *Eles* vão retribuir.

No fim da primeira semana, eles estão sentados em volta de uma pizza, conversando até tarde sobre folhetos, quando o celular de August toca.

Ela pega o aparelho debaixo da caixa: sua mãe.

— Aaaalô.

Uma pausa breve — August se empertiga. Alguma coisa aconteceu. Sua mãe nunca se permite sequer meio segundo de silêncio.

— Ei, August, meu bem. Você está sozinha?

August se levanta, encolhendo os ombros em resposta ao olhar preocupado de Myla.

— Hm, agora não. Espera aí. — Ela atravessa a sala e fecha a porta ao entrar no quarto. — O que aconteceu? Você está bem?

— Estou, estou bem, sim. É a sua vó.

August volta a respirar. Sua vó? A velhota deve tê-la chamado de bebê de proveta de novo ou decidido financiar a campanha de mais um parlamentar republicano. Isso, ela aguenta.

— Ah. O que houve?

— Então, ela teve um derrame ontem à noite e... não sobreviveu.

August desaba na beira da cama.

— Que merda. Você está bem?

— Estou — sua mãe diz no tom que usa quando está folheando documentos, meio distraído e atropelado. — Ela já tinha tomado todas as providências depois que seu vô morreu, então está tudo resolvido.

— Eu quis dizer, tipo... — Ela se esforça para falar devagar. Sua mãe sempre foi tão emotiva quanto um pedregulho coberto de musgo, mas August sente que essa deveria ser uma exceção. — *Você* está bem?

— Ah, sim, eu... estou bem, sim. Eu e ela já tínhamos dito tudo que precisávamos dizer uma para a outra. Faz um bom tempo que superei essa história. É a vida, sabe?

— Sei. É, sinto muito, mãe. Tem alguma coisa que eu possa fazer? Você precisa que eu vá para o enterro?

— Ah, não, meu bem, não se preocupa. Vou ficar bem. Mas tem uma coisa que preciso conversar com você.

— O quê?

— Então, recebi uma ligação do advogado da família ontem à noite. Sua vó deixou um dinheiro para você.

— Quê? — August encara a parede. — Como assim? Por que ela me deixaria alguma coisa? Eu sou o segredo vergonhoso da família.

— Não. Não, essa sou eu. Você é a neta dela.

— Desde quando? Ela mal falava comigo. Nunca me mandou um presente de aniversário.

Outra pausa.

— August, isso não é verdade.

— Como assim, não é verdade? Do que você está falando?

— August, eu... preciso te contar uma coisa. Mas preciso que você não me odeie.

— O quê?

— Olha, seus avós... eles eram pessoas difíceis. As coisas sempre foram meio complicadas entre nós. E acho que eles tinham vergonha de mim porque decidi ter você sozinha. Nunca quis ser a mulherzinha de um marido rico que eles me criaram para ser. Mas eles nunca tiveram vergonha de você.

August range os dentes.

— Eles nem me conheceram.

— Então... eles conheceram, mais ou menos. Eu... os mantinha atualizados, às vezes. E a St. Margaret falava com eles de vez em quando.

— Por que a St. Margaret falava com eles sobre mim?

Outra pausa. Longa.

— Porque eles têm que manter os responsáveis pela mensalidade atualizados sobre o aluno.

O quê?

— O quê? Eles... Eles pagaram minha escola? Esse tempo todo?

— Isso.

— Mas você falou... Você sempre disse que a gente vivia sem grana porque tinha que pagar a St. Margaret.

— Eu pagava! Eu pagava os almoços, as excursões, os uniformes, as atividades extracurriculares, as... as multas da biblioteca. Mas eram eles que pagavam o grosso. Eles mandavam os cheques no seu aniversário.

August é levada de volta para sua infância e adolescência... as crianças olhando para seus tênis baratos, sua mãe dizendo que elas não tinham dinheiro para repor as coisas perdidas no furacão.

— Então, por que a gente vivia dura, mãe? Por que a gente vivia dura?

— Bom, August, assim... não é barato custear uma investigação. Às vezes eu tinha que pagar para conseguir informações, precisei comprar equipamentos...

— Por quanto tempo? Por quanto tempo eles me mandaram dinheiro?

— Só até você se formar no ensino médio, filha. Eu... falei para eles pararem quando você fizesse dezoito, e eles pararam. Eu não queria que eles continuassem ajudando a gente para sempre.

— E se eu quisesse a ajuda deles?

Ela fica em silêncio por alguns segundos.

— Não sei.

— Tipo, com base no testamento, eles teriam ajudado, certo?

— Talvez.

— Você está me dizendo que estou aqui sentada em uma montanha de empréstimos estudantis que só precisei pedir porque você não quis me contar essas coisas?

— August, eles... Eles não são como eu e você, está bem? Eles sempre me julgaram, e teriam julgado nosso estilo de vida, sua criação, e eu não queria isso para você. Não queria que eles tivessem oportunidade de te tratar como me trataram, ou como trataram Augie.

— Mas eles queriam... eles queriam me ver?

— August, você não entende...

— Então, você simplesmente decidiu da sua cabeça que eu não teria uma família? Que seríamos só nós duas? Isso não é uma fantasia de *Gilmore Girls*, tá? Essa é a minha vida, e eu passei a maior parte dela sozinha, porque você me falou que eu estava sozinha, que eu *deveria* estar sozinha, que eu deveria me *contentar* com isso, mas era só porque você não queria que ninguém se metesse entre nós, não é?

A voz da mãe é incisiva, com uma raiva cortante e defensiva que August sabe que também tem dentro de si:

— Você não tem ideia, August. Não tem ideia de como eles tratavam Augie. Meu irmão fugiu porque nossos pais desgraçaram a cabeça dele, e eu não podia perder você desse mesmo jeito...

— Dá para parar de falar sobre o Augie um pouco? Já faz quase cinquenta anos! Ele sumiu! As pessoas vão embora!

Há um momento terrível de silêncio, tempo suficiente para August repetir mentalmente o que disse, mas não o suficiente para se arrepender.

— August — sua mãe diz, ríspida, como um prego se cravando na madeira.

— Quer saber? Você nunca me escuta. Você não se importa com o que eu quero a menos que seja o que *você* quer. Eu falei cinco anos atrás que não queria mais trabalhar no caso, e você não deu a mínima. Às vezes parece que você só me teve porque precisava de uma... de uma maldita assistente.

— August...

— Não, chega. Não me liga amanhã. Na verdade, não me liga mais. Eu aviso quando estiver pronta para conversar, mas eu... preciso que você me deixe em paz por um tempo, mãe. — Ela fecha bem os olhos. — Sinto muito pela sua mãe. E sinto muito por eles terem te tratado que nem lixo. Mas isso não justifica.

August desliga, atira o celular no chão e se joga na cama. Ela e a mãe já brigaram antes — só Deus sabe como são duas cabeça-dura com tendência à frieza quando se sentem ameaçadas dentro de sessenta e cinco metros quadrados. Mas nunca desse jeito.

Ela consegue ouvir todos na sala rindo, e se sente tão isolada quanto no dia em que se mudou.

Durante toda a sua vida, o tormento da ansiedade tornou os outros opacos para ela. Por mais que conhecesse alguém, por mais lógicos que fossem os padrões, por mais que soubesse das concessões que as pessoas seriam capazes de fazer por ela... aquele medo profundo de rejeição sempre impossibilitou que ela enxergasse as coisas direito. Era como a geada que embaça o vidro. Ela nunca teve ninguém, então não se surpreende que ninguém a queira por perto.

August passa a mão pelo lençol e seus dedos encontram algo frio e duro: seu canivete. Deve ter escorregado quando ela largou a bolsa ali mais cedo.

Ela pega a arma e a revira na palma da mão. As escamas de peixe, o adesivo no cabo. Se quisesse, poderia girá-la entre os dedos, soltaria a lâmina e arrombaria uma janela. Sua mãe lhe ensinou a fazer isso. Ela se lembra de tudo. Não deveria ter precisado aprender nenhuma dessas coisas, mas aprendeu.

E agora está usando todo esse conhecimento para ajudar Jane.

Que merda.

Ela imagina que possa tentar. Pode tentar se despedaçar e se reconstruir do zero, ir a todos os quatro cantos do mapa, costurar uma nova identidade com os retalhos de milhares de outras pessoas e lugares. Pode tentar se expandir para preencher uma forma diferente. Mas, no fim do dia, há apenas um lugar ao pé da cama onde os sapatos tocam o chão, e é o mesmo lugar.

É sempre o mesmo lugar.

No dia seguinte, August pega em cima da geladeira o arquivo que sua mãe lhe enviou pelo correio.

Ela não o abriu a princípio, não pensou nele, mas também não jogou fora. Ela quer que ele suma, então o enfia na bolsa e pega a linha Q a caminho da agência de correios. O pacote pesa na bolsa como uma relíquia religiosa de família.

É incrível, na verdade, como a imagem de Jane sentada no lugar de sempre, cutucando a beira do assento com seu canivete suíço, relaxa a tensão em seus ombros.

— Ei, Landry — Jane diz, sorrindo quando August se abaixa para dar um beijo. — Já salvou a Billy?

— Estou trabalhando nisso — August responde, sentando-se ao lado dela. — Já teve alguma epifania?

— Estou trabalhando nisso. O que está pegando? Você está, tipo... toda estática.

— Você consegue fazer esse tipo de coisa? Por causa da eletricidade? Sabe, consegue sentir as frequências emocionais das outras pessoas?

— Não exatamente — Jane diz, apoiando a cabeça na mão. — Mas, às vezes, nos últimos tempos, as suas começaram a transparecer. Não totalmente nítidas, mas como música vindo do quarto do lado, sabe?

Opa. Será que ela consegue sentir uma paixão terrível e estúpida irradiando de August?

— Será que isso quer dizer que você está se tornando mais presente? Tipo quando a gente não consegue ficar bêbada mas depois de um tempo o vinho começa a fazer efeito... Talvez seja um avanço.

— Tomara que sim. — Jane se recosta, passando o braço em volta do ferro ao seu lado. — Mas você não respondeu à minha pergunta. O que está pegando?

August expira e encolhe os ombros.

— Briguei com a minha mãe. É bobagem. Não quero conversar sobre isso.

Jane solta um assobio baixo.

— Entendo. — Um silêncio breve absorve a tensão antes de Jane voltar a falar. — Ah, não deve ajudar muito, mas me lembrei de uma coisa.

Ela ergue a barra da camiseta, exibindo as tatuagens que se estendem da lateral das costelas até a coxa. August já viu todas, quase sempre de relance ou na semiescuridão.

— Lembrei o que esses bichinhos significam — Jane diz.

August olha para os animais tatuados.

— É mesmo?

— São os signos do zodíaco da minha família. — Ela toca nas plumas da cauda do galo que desce por sua caixa torácica. — Meu pai, 1933. — O focinho do cachorro ao lado. — Mamãe, 1934. — Os chifres de um carneiro no quadril. — Betty, 1955. — Desaparecendo pela cintura e descendo até a coxa, um macaco. — Barbara, 1956.

— Uau. Qual é o seu?

Ela aponta para o outro lado do quadril, para a cobra que sobe pela coxa, distante dos outros.

— Ano da Serpente.

A arte é linda, e August não imagina Jane fazendo nenhuma delas antes de sair de casa. O que significa que aguentou horas de agulhada pela família *depois* de ter fugido.

— Ei — August diz. — Tem certeza que não quer que eu...?

Ela já perguntou antes se deveria tentar encontrar a família de Jane. A resposta foi não, e August não insistiu.

— É, não, eu... não posso — Jane diz, voltando a enfiar a camiseta dentro da calça. — Não sei o que é pior: a ideia de que eles estejam procurando por mim, sentindo minha falta e pensando que morri, ou a ideia de que simplesmente desistiram e seguiram tocando a vida. Não quero saber. Eu não... não consigo lidar com isso.

August pensa na própria mãe e no arquivo na mochila.

— Eu entendo.

— Quando fugi de casa — Jane diz depois de alguns segundos. Ela voltou a atenção para o canivete suíço, entalhando uma linha no azul brilhante do assento. — Eu liguei de Los Angeles uma vez e, nossa, meus pais ficaram furiosos. Meu pai falou para eu não voltar mais. E eu até entendo. Foi a última vez que liguei, e eu... realmente achei que era a melhor coisa que poderia fazer por eles. Por nós. Me afastar. Mas pensei neles todos os dias. Todos os minutos de todos os dias, como se estivessem comigo. Fiz as tatuagens para que me acompanhassem.

— São lindas.

— Eu gosto de marcas permanentes, sabe? Tatuagens, cicatrizes. — Ela termina a letra *A* que estava entalhando e passa para a *N* com um risinho baixo. — Vandalismo. Quando se passa a vida fugindo, às vezes essa é a única forma de mostrar sua história.

Ela entalha um sinal de mais embaixo do nome e olha para August, estendendo o canivete.

— Sua vez.

August olha para ela, a faca, e o espaço em branco embaixo do sinal de mais por dez segundos até entender. Jane quer o nome de August junto do seu marcado para sempre na linha Q.

Levando a mão ao bolso de trás, August engole os sentimentos e diz:

— Eu tenho a minha.

Ela abre a lâmina do próprio canivete e começa a trabalhar, riscando um AUGUST desajeitado. Quando termina, ela se recosta, o canivete na mão, admirando o trabalho. JANE + AUGUST. Ela gosta de como seus nomes ficam juntos.

Quando ela levanta o rosto, Jane está olhando fixamente para a mão de August.

— O que é isso? — Jane pergunta.

August segue seu olhar.

— Meu canivete?

— Seu... Onde conseguiu?

— Foi um presente... Minha mãe me deu, era do irmão dela.

— August.

— Sim?

— Não. *August* — Jane diz. August franze a testa para ela. — Era o nome dele. O dono do canivete. Augie.

August fica encarando Jane.

— Como você...

— Quantos anos ele tem? — Jane interrompe, de olhos arregalados. — O irmão da sua mãe... quantos anos ele tem?

— Ele nasceu em 1948, mas ele... ele está desaparecido desde...

— 1973. — Jane completa, inexpressiva.

August nunca contou nenhum desses detalhes para Jane. Era bom ter uma coisa em sua vida que não fosse maculada por essa história. Mas Jane sabe. Sabe o nome dele, o ano e...

— Puta merda! — August exclama.

Biyu Su. Ela lembra onde já viu esse nome antes.

August se atrapalha com o fecho da mochila umas três vezes até conseguir tirar o arquivo.

— Abre — August diz.

Jane hesita com os dedos na borda do envelope pardo. Quando enfim o abre, encontra um retrato de jornal em preto e branco, mas amarelado pelo tempo, colado na primeira página. Jane, algumas tatuagens a menos, nos fundos de um restaurante que acabou de abrir no Quarter. Na legenda, ela é citada como *Biyu Su*.

— Minha mãe me mandou isso — August diz. — Disse que tinha encontrado uma pessoa que talvez conhecesse o irmão dela e a rastreado até Nova York.

Demora um segundo, mas acontece: a lâmpada fluorescente acima delas brilha mais forte e pisca.

— O irmão dela... — Jane começa e para, a mão tremendo quando toca no canto do recorte. — *Landry*. Esse era... era o *irmão* dela. Eu sabia... eu sabia que havia algo de familiar em você.

A voz de August é quase murmurada quando ela pergunta:

— Como você o conheceu?

— A gente morou junto — Jane diz. A voz dela soa abafada pelas décadas. — O menino com quem eu dividia apartamento... aquele de quem eu não conseguia me lembrar. Era ele.

Pela cara que ela faz, August sabe qual vai ser a resposta, mas ela precisa perguntar.

— O que aconteceu com ele?

Jane cerra o punho.

— August, ele morreu.

Jane conta para August sobre o UpStairs Lounge.

Era um bar no segundo andar de um prédio na esquina da Chartres com a Iberville, um jukebox e um palco minúsculo, grades na janela como todos os outros bares da cidade. Um dos melhores lugares para jovens proletários que queriam privacidade. Augie tinha cabelo curto e queixo quadrado, ombros largos na camiseta branca, uma toalha sobre o ombro atrás do balcão.

Era verão de 1973, Jane conta, mas August já sabe disso. Impossível esquecer. Ela passou anos tentando imaginar aquele verão. Sua mãe tinha certeza de que o irmão havia saído da cidade, mas August se perguntava se ele não estava escondido em outro bairro, se não tinha hera subindo pelo ferro fundido da sua sacada, ou se cabos de alta tensão não afundavam sobre os carvalhos na frente da sua janela com o peso de tantos colares do Carnaval de New Orleans pendurados.

Sua mãe tinha teorias: ele havia engravidado uma menina e fugido, feito inimizade com donos de cassino que subornavam o Departamento de Polícia de New Orleans e teve que sumir de vista, se perdido, se casado, fugido da cidade e desaparecido além dos ciprestes.

Mas não, *nada disso*. Jane conta para August que ele era amado. Ela se lembra dele no fogão da cozinha minúscula, ensinando-a a fazer panquecas. Conta que ele franzia a testa na frente do espelho e passava o pente úmido no cabelo tentando domá-lo. Ele era feliz, segundo Jane, embora nunca falasse sobre a família, embora ela o ouvisse pela parede às vezes falando ao telefone com uma voz tão doce que só podia ser com a menininha de olhos verdes e rosto redondo da foto na carteira dele. Augie era feliz porque tinha Jane, tinha amigos, tinha o trabalho no UpStairs e meninos com olhos doces e ombros largos que queriam beijá-lo sob postes de rua. Ele tinha esperança. Ele gostava de protestar, gostava de ajudar Jane a fazer cartazes. Tinha sonhos para o futuro e amigos em toda a cidade, redes de apoio muito unidas, mãos que davam tapinhas em suas costas quando ele entrava em qualquer lugar.

Ele era o cara com quem se podia contar se precisasse transportar um sofá e o cara que ameaçaria quebrar a cara do seu vizinho se ele te chamasse daquilo de novo. Ele fazia as pessoas rirem. Tinha um short vermelho preferido, e Jane lembra muito nitidamente dele usando esse short, fumando um cigarro no alpendre, sentado no degrau de cima, as mãos bem abertas sobre o chão de taco enquanto as primeiras gotas de uma chuva de verão começavam a cair.

Eles conversavam muito sobre seus sonhos, Jane diz. Queriam viajar e dividiam uma garrafa de vinho moscatel enquanto falavam sobre Paris, Hong Kong, Milão, Nova York. Ela falava para ele de sua cidade natal, San Francisco, das florestas enormes e das estradas sinuosas ao norte, e ele falava que sempre, sempre, quis viajar pela Panoramic

Highway, desde que leu sobre a estrada em um livro da biblioteca. Ele adorava livros, trazia pilhas e mais pilhas para casa de sebos e bazares.

Aconteceu no último dia do fim de semana do Orgulho Gay. Embora fosse cerveja liberada, era a melhor noite do verão para gorjetas. Pela primeira vez, ele comentou de sua irmã caçula para Jane enquanto vestia a jaqueta a caminho do seu turno. Ele disse que compraria uma coleção de enciclopédias para o aniversário dela. Estava com medo de que os pais não a estivessem deixando ler o suficiente. Com as gorjetas daquela noite teria a quantia exata para o presente.

Então, naquela noite, no UpStairs, gasolina e fumaça. Então, o teto caiu. Então, fogo, grades nas janelas, uma porta que não abria. Incêndio criminoso. Trinta e dois mortos.

Augie não voltou para casa.

Havia algumas sepulturas não identificadas, Jane explica com a voz baixa, rouca. Não era raro para pessoas como ela e Augie, pessoas queer que fugiam de casa e não queriam ser encontradas, que não tinham famílias que pudessem ou quisessem identificá-las, pessoas que guardavam segredos tão bem guardados que ninguém sequer sabia que estavam escondendo alguma coisa.

E já estava bem ruim. O quarto vazio, as meias enroladas, o leite deixado na geladeira, o pós-barba no banheiro, isso tudo já estava bem ruim. Mas então vieram os meses seguintes.

A cidade mal tentou investigar. Os jornais mencionaram o incêndio, mas não que era um bar gay. Os apresentadores de rádio fizeram piadas. Nenhum político se pronunciou. Igreja após igreja se recusou a realizar os funerais. O único padre que reuniu algumas pessoas para orações quase foi excomungado pela congregação.

Doeu, e doeu mais de uma vez, essa coisa horrível que havia acontecido, essa coisa dilacerante, incompreensível, terrível, e a dor só aumentava, espalhando-se como os hematomas nas costelas de Jane quando os policiais decidiam fazer dela um exemplo.

New Orleans, Jane conta, foi o primeiro lugar que a convenceu a ficar. Foi o primeiro lugar onde pôde ser ela mesma. Havia passado um ano na estrada antes de parar lá, mas, depois de se apaixonar pela cidade e por suas garotas sulistas, começou a pensar que poderia criar raízes.

Então veio o incêndio, ela só aguentou por seis meses até juntar seus discos e cair fora. Se mudou em janeiro de 1974, sem deixar nada em New Orleans além de um nome riscado em alguns tampos de mesa de bar e um beijo numa lápide sem nome. Perdeu contato com todos. Queria se tornar um fantasma, como Augie.

Então, encontrou Nova York. E a cidade fez isso por ela.

Doze

```
Foto dos arquivos de The Tulane Hullabaloo,
o jornal estudantil semanal da Universidade
Tulane, datado de 23 de junho de 1973

    [A foto mostra um grupo de mulheres
    jovens protestando na Iberville Street,
    carregando cartazes e bandeiras na
    terceira Parada Gay de New Orleans.
    No primeiro plano, uma mulher de cabelo
    escuro, calça jeans e camisa de botão
    segura um cartaz que diz SAPATÕES
    CONTRA-ATACAM. No dia seguinte,
    a comunidade gay de New Orleans seria
    afligida pelo incêndio criminoso no
    UpStairs Lounge.]
```

    Na entrada da estação Parkside Avenue, o dedo de August paira sobre a tela do celular pela décima vez em dez horas.
    Houve um tempo em que tio Augie se agigantava como um Clark Kent na infância dela, esse herói misterioso a ser perseguido por retângulos de formulários de registros públicos como painéis de histórias em quadrinhos. Sua mãe lhe contava histórias — ele era doze anos mais

velho, o herdeiro que decepcionara a família tradicional de New Orleans, enquanto a irmã nascida durante a adolescência atribulada dele era um suposto recomeço. Ele tinha o cabelo igual ao de August e o da mãe dela, rebelde, cheio e desgrenhado. Intimidava os agressores na escola, levava sobremesa às escondidas para ela quando a mãe dizia que garotinhas não deveriam comer tanto, guardava uísque e uma caixa de fotografias embaixo de uma tábua do assoalho no quarto.

Ela contava para August da grande briga que escutou certa noite, que Augie lhe deu um beijo caloroso na testa e fugiu com uma mala, que ele escrevia para ela toda semana, até que as cartas pararam de chegar. Ela contou que foi de bonde até a delegacia, mas um policial lhe disse que não podia perder tempo com fugas adolescentes, mais tarde seus pais ofereceram jantar para o delegado que a levou de volta para casa e tiraram os livros dela como castigo.

Agora faz sentido por que Augie fugiu e nunca mais voltou, mais do que quando ela achava que eram apenas briguinhas familiares. August entende por que ele nunca contou para a irmã que ainda estava na cidade, por que seus pais preferiam agir como se ele nunca tivesse existido. Ele era como Jane, só que estava geograficamente mais perto.

Ela não sabe como contar para a mãe. No momento, ela não sabe nem como *falar* com a mãe.

São coisas demais para pensar, são coisas demais para uma mensagem ou um telefonema, então ela guarda o celular no bolso e decide que vai investigar o máximo possível antes de contar para qualquer pessoa.

Só quando o trem da linha Q para, ocorre a August que talvez seja coisa demais para Jane também.

Ela está sentada, olhando fixamente para a frente. Tem um rasgo na gola da sua camiseta e um corte recente no lábio. Está flexionando a mão direita sem parar.

— O que aconteceu? — August pergunta, entrando às pressas no vagão. Ela joga a bolsa no chão, se ajoelha na frente de Jane e segura seu rosto. — Ei, fala comigo.

Jane encolhe os ombros, impassível.

— Um cara me falou umas merdas que prefiro não repetir. Um velho racista homofóbico. O combo de sempre.

— Ai, meu Deus, ele te bateu? Eu vou matar esse filho da mãe.

Ela dá uma gargalhada maldosa, os olhos inexpressivos.

— Não, eu bati nele. O lábio é de quando me tiraram de cima dele.

August tenta passar o polegar na boca de Jane, que recua.

— Nossa — August murmura. — Chamaram a polícia?

— Não. Eu e um cara botamos o escroto para fora na estação seguinte, e duvido que o ego dele aguentaria chamar a polícia por causa de uma chinesinha magrela.

— Perguntei se chamaram por sua causa. Você está machucada.

Jane empurra a mão de August para longe, finalmente fazendo contato visual. August se crispa com seu olhar cortante.

— Não me meto com gambés. Você *sabe* que eu não me meto com gambés.

August se apoia nos calcanhares. Tem algo errado em Jane, na atmosfera em volta dela. Normalmente, é como se August conseguisse sentir a frequência em que ela vibra, como se fosse um aquecedor de ambientes ou um fio elétrico, mas o ar está parado. Estranhamente parado.

— Não, claro, falei bobagem — August diz devagar. — Ei, você está... bem?

— Porra, o que você acha, August? — ela retruca.

— Eu sei... É, é uma merda. — August pensa no incêndio, nas coisas que levaram Jane de cidade a cidade. — Mas juro que a maioria das pessoas não é mais assim hoje em dia. Se você pudesse sair, veria.

Jane se segura em um ferro e se levanta. Seu olhar é afiado, faiscante, duro. O trem faz uma curva. Ela não vacila.

— Não é esse o problema.

— Então qual é, Jane?

— Nossa, você não... Você não entende. Não tem como entender.

Por um segundo, August se sente como na noite seguinte à sessão espírita, quando ela segurou o punho de Jane e sentiu sua pulsação vibrando impossivelmente rápido, quando conversou com Jane como se estivesse à beira de um precipício. Jane parece prestes a pular pela saída de emergência.

— Me deixa tentar.

— Tá, beleza, é, tipo... eu acordei um dia e metade das pessoas que eu amava estava morta, e a outra metade seguiu a vida *sem mim*, e eu nunca tive oportunidade nem de ver isso acontecer. Nunca tive oportunidade de ir aos casamentos ou exposições delas. Não pude ver minhas irmãs crescendo. Não pude contar para os meus pais por que fui embora. Nunca pude corrigir meus erros. Porra, minha amiga Soojung tinha acabado de arranjar um namorado novo que era *tão* irritante, e eu estava prestes a falar para ela dar um fora nele, e nem *isso* pude fazer. Você entende o que estou dizendo? Já pensou em como é para mim?

— É claro que eu...

— É como se eu tivesse *morrido* — ela interrompe. Sua voz embarga no meio. — Eu morri, mas tenho que *sentir*. E, além disso, tenho que sentir tudo que já senti de novo. Tenho que receber as notícias ruins de novo dia após dia. Tenho que lidar com as escolhas que fiz, e não tenho como consertar. Não tenho como fugir disso. É um *inferno*, August.

Certo. É isso. Jane estava surpreendentemente tranquila em relação a toda a sua situação existencial. August sabia que uma crise dessas chegaria a qualquer momento.

— Eu sei. — O assento range um pouco enquanto August se levanta e vai até Jane, que observa de olhos arregalados, como se pudesse fugir a qualquer momento. August se aproxima até chegar perto o suficiente para encostar nela. Não encosta. Mas poderia. — Sinto muito. Mas não... não é tarde demais para corrigir algumas dessas coisas. Nós vamos dar um jeito, vamos mandar você de volta para onde deveria estar, e...

— Caralho do céu, August, dá para parar de agir como se você soubesse de tudo?

— Tá — August diz, sentindo algo defensivo empertigar sua coluna. Jane não é a única que passou o último dia em um humor combativo. — Nossa.

Jane morde o lábio cortado por um segundo, como se estivesse pensando. Ela recua mais três passos, para longe do alcance de August.

— Meu Deus, é... Você tem tanta certeza de que existe uma resposta, mas não tem motivos para acreditar nisso. Nada dessa merda faz sentido.

— É por isso que você age como se não se importasse com a investigação? Porque não acredita que eu possa solucionar?

— Eu não sou uma maldita *investigação* para você *solucionar*, August.

— Eu sei que...

— E se eu continuar na linha para sempre, hein? É tudo interessante e curioso agora, mas um dia você vai ter trinta anos, e eu vou ter vinte e quatro e ainda vou estar *aqui*, e você vai se entediar, e eu só vou ficar. Sozinha.

— Não vou te largar — August diz.

August vê o instinto rebelde de Jane no seu revirar de olhos e diz:

— Pois deveria. Eu largaria.

— É, então não sou como você.

As duas recuam diante dessa frase. August não queria falar isso.

— O que você quer dizer?

— Nada. Esquece. — August cerra os punhos dentro dos bolsos. — Olha, não é comigo que você está brava. Não fui eu que prendi você aqui.

— Não, não foi — Jane concorda. Ela vira o rosto para o outro lado, o cabelo caindo sobre os olhos. — Mas você me fez perceber. Você me fez lembrar. E talvez isso seja pior.

August engole em seco.

— Você não pode estar falando sério.

— Você nem sabe do que estou falando — ela diz, rouca. — August, estou *exausta*. Quero dormir numa cama. Quero minha vida de volta, quero... quero *você* e quero voltar e não posso querer essas coisas ao mesmo tempo, é tudo *muita coisa*, e eu... não quero mais me sentir assim.

— Estou tentando — August diz, desamparada.

— E se não tentasse? E se você parasse?

No silêncio que se segue, August se lembra da sensação de pisar em um pedaço de gelo em uma manhã fria, aqueles poucos segundos de suspensão terrível antes de ralar os joelhos, quando se sente um frio na barriga e o único pensamento é: *Estou prestes a quebrar a cara.*

— Parasse o quê?

— Parasse de tentar. Só... só deixasse isso pra lá. Pegasse outro trem. Não me visse mais.

— Não. *Não*. Eu não posso... não posso simplesmente *ir embora*... se eu for embora, você *some*. É por isso que setembro é tão importante. Sou eu, somos nós, é essa coisa maluca que a gente tem, é isso que mantém você aqui. — Ela se aproxima, cambaleante, agarrando a jaqueta de Jane. — Poxa, eu sei que você sente isso. Na primeira vez que me viu, você me reconheceu... meu nome, meu rosto, meu cheiro, tudo isso fez você se lembrar. — Sua mão desce desajeitadamente para o peito de Jane, sobre o coração. — É isso que mantém você aqui. Não é porra de bolinho nenhum nem música da Patti Smith, Jane, somos nós.

— Eu sei — Jane fala baixo, como se doesse dizer isto. — Eu sempre soube que era você. É por isso que eu não... É por isso que não deveria ter te beijado. Eu olhei para você e me senti mais real do que nunca, aqui dentro. — Ela coloca a mão sobre a de August. — É tão grande que arde. Nossa, August, é bonito, mas machuca tanto. — E, devastadoramente: — E é por sua causa que me sinto assim.

Isso acerta August como um soco.

Ela está certa. August sabe que está. August vem revirando a vida de Jane, mas é Jane quem fica no trem sozinha revivendo tudo.

Algo dentro dela se aperta violentamente, e seus dedos amassam a jaqueta de Jane.

— Só porque não pode fugir não significa que possa me obrigar a fazer isso por você.

Um músculo se contrai na mandíbula de Jane, e August quer dar um beijo ali. Quer dar um beijo nela, brigar com ela e abraçá-la e botar essa mulher tempestuosa à solta no mundo, mas as portas se abrem na estação seguinte, e, por um único segundo, Jane lança um olhar para elas. Seus pés se viram para a plataforma, como se ela pudesse sair, se tentasse, e é isso que faz August sentir um nó na garganta.

— Você quer que eu fique — Jane diz. É uma acusação baixa, um empurrão que ela não tem forças de dar fisicamente. — É essa a questão, não é? Myla disse que eu tenho uma chance de ficar. É por isso que você está fazendo isso tudo.

August ainda está com a mão agarrada à jaqueta de Jane.

— Você não estaria tão brava se parte de você não quisesse isso também.

— Eu não... — Jane aperta bem os olhos. — Eu não posso querer isso. Não posso.

— A gente teve todo esse trabalho.

— Não, *você* teve todo esse trabalho — Jane ressalta. Seus olhos se abrem, e August não sabe se está imaginando as lágrimas contidas ali. — Eu nunca pedi para você fazer nada disso.

— Então o quê? — A parte dela que é toda afiada está despertando. — O que você quer que eu faça?

— Eu já disse — Jane diz.

Seus olhos estão brilhando. Uma lâmpada fluorescente em cima delas queima com um estalo alto.

Se August fosse diferente, essa é a parte em que ela ficaria e brigaria. Mas ela pensa furiosamente que a ideia de Jane não vai dar certo. Não vai ser tão fácil romper esse laço, não em tão poucos dias. Ela vai voltar antes que seja tarde. Ela vai embora só para provar.

Elas estão prestes a chegar à estação seguinte, uma estação grande de Manhattan, com muitos passageiros para embarcar.

— Beleza. Mas isso? — August odeia quando ouve a própria voz sair cáustica e dura. — Tudo isso? Eu fiz por você, não por mim.

As portas se abrem, e a última coisa que August vê em Jane é a firmeza de seu maxilar. Seu lábio cortado. A determinação furiosa a não chorar. Então as pessoas entram, e August se perde na corrente de corpos, lançada para a plataforma.

As portas se fecham. O metrô vai embora.

August procura dentro do coração a coisa amargurada que habita dentro dela e aperta.

August joga a mochila no balcão cinco segundos depois que chega na Billy para o turno da noite.

— Ei, ei, ei, cuidado! — Winfield avisa, tirando uma torta do caminho. — Essa é de amora. É uma senhora especial.

— Desculpa — ela resmunga, sentando-se em um banco. — Semana difícil.

— Nem fala — Winfield diz —, meu zelador está desde quinta falando que vai consertar minha privada. Cada um com seus problemas.

— Você tem razão, você tem razão. — August suspira. — Lucie trabalha neste turno?

— Não. Ela tirou o dia para gritar com funcionários públicos por causa de licenças.

— Então, falando nisso. Eu e a Myla estamos começando a achar que vamos precisar de um lugar maior.

Winfield vira e ergue a sobrancelha para ela.

— O Delilah comporta oitocentas pessoas. Você acha que vamos receber mais do que isso?

— Acho que vamos receber, tipo, o dobro disso. Já vendemos oitocentos ingressos, e ainda falta um mês.

— Puta merda. Como vocês conseguiram isso?

August encolhe os ombros.

— As pessoas amam a Billy. E parece que Bomba Bumboclaat e Annie Antidepressiva fazem muito sucesso.

Ele abre um sorriso grande, exibindo-se sob o brilho encardido das lâmpadas de calor da cozinha.

— Bom, isso eu poderia ter te falado.

August responde com um sorriso sem graça. Ela gostaria de estar tão animada quanto ele, mas a verdade é que está se jogando de cabeça no evento de arrecadação de fundos para esquecer que não recebe mensagem de Jane há dois dias. Jane queria ser deixada em paz, então é isso que August está fazendo. Não pisa na linha Q desde que Jane falou para ela se mandar.

— Quem está de plantão hoje?

— Euzinho aqui, querida. Lá fora está um bafo do capeta. Ninguém vai comprar panquecas hoje à tarde. Somos só nós e Jerry.

— Aff. Beleza. — August desce do banco e dá a volta para bater cartão. — Preciso mesmo falar com Jerry.

Na cozinha, Jerry está levando um balde de batatas raladas da geladeira para a sua bancada. Ele a cumprimenta com um aceno rápido, mas ela chama:

— Ei, Jerry, tem um minuto?

Ele grunhe.

— O que foi, doçura?

— Então, parece que vamos ter o dobro do público estimado para o evento de arrecadação de fundos. Precisamos discutir a logística das panquecas de novo.

— Cacete! Isso vai dar pelo menos uns trinta galões de massa.

— Eu sei. Mas não precisamos fazer panqueca para todos os convidados... tipo, vai ter gente que não come glúten, ou evita carboidrato, e tal...

— Então, digamos, uns vinte galões de massa? Ainda é muita coisa, e nem sei como a gente transportaria tantas panquecas.

— Billy disse que tem uma grelha reserva no depósito. Ele ia vender, mas, se a gente conseguir levar para o evento, você e alguns dos outros cozinheiros poderiam fazer as panquecas lá.

Ele pensa a respeito.

— Isso parece que vai dar um trabalho desgraçado.

— Mas pode dar certo. A gente pode usar o furgão do restaurante para levar a massa.

— É, tem razão, pode dar certo.

Winfield enfia a cabeça pela janela.

— Ei, pode me dar um pouco de bacon?

Jerry olha para ele.

— Para você ou para uma mesa?

— Nenhuma mesa, só estou com fo...

Nesse exato momento, o cano rangente na parede perto da lava-louça finalmente faz o que vem prometendo desde muito antes de August começar a trabalhar lá: estoura.

Água jorra por todo o chão da cozinha, encharcando o tênis de August, chegando até as meias e entrando nos potes de biscoito embaixo da bancada. Ela pula e tenta estancar a rachadura do cano, mas tudo que consegue é redirecionar a maior parte da água para cima de si mesma: camisa, rosto, cabelo...

— Hm — August diz, empurrando um pote de biscoitos para longe do jato com o pé encharcado. O pote cai e biscoitos se esparramam por todos os ladrilhos, flutuando como barquinhos. — Alguém pode me dar uma ajudinha aqui?

— Eu *falei* para o Billy que era só uma questão de tempo até essa merda estourar — Jerry resmunga, chapinhando na água. — Preciso desligar a porra do registro e... cacete!

Com um estrondo colossal, os pés de Jerry escorregam, e ele se espatifa no chão, levando junto um pote de dez galões de massa de panqueca.

— Puta peituda que pariu — Winfield diz ao abrir a porta para a cena: Jerry caído de costas em uma corredeira de massa de panqueca, August encharcada dos pés à cabeça segurando o chafariz de água no cano e biscoitos empapados nadando em torno dos tornozelos. Quando ele pisa na cozinha, escorrega em cima de uma pilha de pratos, que se estilhaçam numa manobra espetacular.

— Onde é que fica o registro geral, Jerry? — August pergunta.

— Não é aqui — Jerry diz, levantando-se com dificuldade. — Maldito prédio antigo. Fica no escritório dos fundos.

O escritório dos fundos...

— Espera — August diz, correndo atrás de Jerry. Ele já está no meio do corredor. — Jerry, não, deixa que eu...

Jerry abre a porta e entra no escritório antes que August possa passar pelo batente.

Ele se estica no canto, o registro enfim fechado, e August o observa batendo o olho nos mapas, nas fotos e nas anotações penduradas nas paredes. Ele se vira devagar, assimilando tudo.

— Que porra é essa? Tem algum sem-teto acampado aqui?

— É... — August não sabe como explicar. — Eu estava...

— Você fez isso? — Jerry pergunta. Ele se aproxima dos recortes que August tirou do arquivo da mãe e colou na parede. — Como você tem uma foto de Jane?

O estômago de August se revira, e ela diz, com a voz fraca:

— Você disse que não se lembrava dela.

Jerry olha para ela por um segundo, antes do sino inconfundível da porta da frente tocar.

— Bom. — Jerry dá as costas e vai em direção à cozinha. — Alguém tem que alimentar o pobre coitado.

Winfield sai pisando nos cacos de canecas de café para atender o cliente, e Jerry consegue dar um jeito na cozinha para pelo menos preparar um prato de comida. Liga para Billy para avisar que eles vão ter de fechar até um encanador ir lá e, mesmo do outro lado do salão, August consegue ouvir Billy resmungando sobre o prejuízo das vendas perdidas e canos novos. Mais algumas semanas ruins para a Billy Panqueca.

Winfield serve ao único freguês uma pilha de panquecas e um suco de laranja e o manda embora, e Jerry fala para Winfield ir para casa.

August fica.

— Você disse — ela diz, encurralando Jerry perto do frigorífico — que não se lembrava de Jane.

Jerry resmunga, revirando os olhos e colocando um pote de manteiga na prateleira.

— Como eu ia saber que tinha uma garçonete fazendo um santuário em homenagem a Jane Su nos fundos do meu restaurante?

— Não é... — August dá um passo encharcado para trás. — Olha, estou tentando descobrir o que aconteceu com ela.

— Como assim, o que aconteceu com ela? — Jerry pergunta. — Ela foi embora. É Nova York, as pessoas vão embora. Fim de papo.

— Não — August diz. Ela pensa em Jane sozinha no metrô. Por mais furiosa que esteja, não consegue parar de imaginar Jane se desvanecendo na linha, se desprendendo. Mas não acha que Jane vai esquecer dessa vez, não depois de todo esse tempo. Talvez, se encontrar provas de que há esperança, consiga fazer Jane mudar de ideia. — Ela nunca saiu de Nova York.

— Como assim? — Jerry pergunta.

— Ela está desaparecida desde 1977 — August diz.

Jerry se apoia na porta para assimilar a informação.

— Jura?

— Juro. — August o encara. — Por que você me falou que não se lembrava dela?

Jerry solta outro suspiro pesado. Seu bigode realmente tem vida própria.

— Não tenho orgulho de quem eu era na época. Não tenho orgulho do amigo que fui para ela. Mas eu nunca a esqueceria. Aquela menina salvou minha vida.

— Como assim? Modo de dizer?

— Literalmente.

Os olhos de August se arregalam.

— Como?

— Então, sabe, nós éramos amigos. Quer dizer, ela era amiga de todo mundo, mas eu e ela morávamos no mesmo quarteirão. A gente enchia o saco um do outro o dia inteiro na cozinha e, depois do trabalho, ia para um bar e tomava umas Pabst e falava de mulher. Mas um dia ela veio para o trabalho e disse que ia se mudar.

— Sério? — August exclama, e ele faz que sim.

Isso é novo. Isso não está na linha do tempo.

— É. Disse que tinha recebido notícias de um velho amigo que ela achava que nunca mais veria de novo, e ele a convenceu a ir. Depois do último dia dela na cidade nunca mais a vi. Foi em julho de 1977.

Fomos para Coney Island para ela se despedir do Atlântico, andamos na roda-gigante, tomamos um monte de cervejas. E depois ela me arrastou para a linha Q, e me deixa falar o tipo de babaca que eu era: lá estava eu, mais bêbado que a tia Naomi na circuncisão do meu primo, andei até a beira da plataforma e vomitei as tripas e, depois, caí de cara.

August leva a mão à boca.

— Nos trilhos?

— *Bem* em cima dos trilhos. Maior babaquice da minha vida.

— O que aconteceu?

Ele ri.

— Jane. Ela pulou e me tirou.

— Puta merda! — August arqueja. É a cara de Jane se jogar nos trilhos para salvar uma pessoa como se não fosse nada de mais. — E depois?

Jerry lança um olhar para ela.

— Menina, você sabe o que aconteceu em Nova York em julho de 1977?

Ela repassa seus arquivos mentais. Filho de Sam. O nascimento do hip-hop. O apagão.

Espera.

A voz de Myla surge em sua cabeça. *Mas vai que algum grande acontecimento...*

— O apagão — August diz. Sua voz sai aguda e tensa.

— O apagão — Jerry confirma. — Eu desmaiei em um banco e, quando acordei, estava um caos do caralho. Quase não consegui chegar em casa. Acho que a perdi na confusão, e o ônibus dela era de manhãzinha. Então foi isso. Nunca mais a vi.

— Você não tentou ligar para ela? Confirmar se ela tinha chegado bem?

— Você sabe o que um apagão significa, né? Eu mal conseguia descer a rua para ver se ela estava em casa. Enfim, ela esqueceu meu número depois dessa. Eu até entendo, depois que quase matei nós dois. Foi isso que me fez parar de beber naquele ano.

August engole em seco.

— E você nunca mais ouviu notícias dela?
— Não.
— Posso fazer mais uma pergunta?
Jerry resmunga, mas diz:
— Claro.
— Ela estava se mudando... para a Califórnia, não era?
— Quer saber... é, acho que era, sim. Como você sabe?
August pendura o avental no ombro, já a caminho da porta.
— Palpite de sorte.
Ao sair, ela passa no escritório dos fundos e tira o cartão-postal da parede.

Em uma lojinha de eletroeletrônicos alguns quarteirões depois, ela compra uma luz negra e entra em um beco. Aponta a lâmpada para o selo, como sua mãe fazia com documentos antigos em que a tinta havia se apagado, e revela a sombra de onde os números ficavam. Ela não achou que a data exata fosse importar, até agora.

Um código de área de Oakland na parte de baixo. *Sonhos de moscatel*. A cidade natal de que Jane havia falado para ele enquanto bebiam vinho no alpendre. August consegue imaginá-lo com seu short vermelho e seu cabelo desgrenhado, cruzando a Panoramic Highway sob a luz dourada do sol.

O carimbo é de abril de 1976.

Augie não morreu naquela noite em 1973. Ele foi para a Califórnia.

— Isso é tipo um episódio de *CSI* — Wes diz com a boca cheia de pipoca.
— Vou encarar como um elogio — August diz.

Ela termina de fixar a última fotografia e, precisa admitir, lembra *sim* uma série investigativa de horário nobre. Mas não tem nenhum barbante em volta das tachinhas ainda. August se orgulha disso. Barbante é o que a separa de uma verdadeira teorista da conspiração — também conhecida como Suzette Total.

(Ela ainda não incorporou o que descobriu sobre Augie na linha do tempo. Não existe no mundo canetinha com tinta suficiente para anotar todas as informações desse caso, e menos ainda neurônios em sua cabeça para compreendê-lo. Uma coisa de cada vez.)

Myla e Niko saíram para jantar, mas August não podia esperar, então só Wes e seu pote gigante de pipoca a observam andar de um lado para o outro na frente do quadro branco na cozinha. Ele parece profundamente entediado, o que significa que está adorando e achando tudo muito divertido.

— Tá, então — ela diz, ajeitando os óculos no nariz com a ponta da caneta. — Nós sabemos o seguinte.

— Diga o que sabemos, August.

— Obrigada pelo apoio, Wesley.

— Meu nome é Weston.

— É... porra, você é da família Vanderbilt ou coisa do tipo?

— Foco, August.

— Certo. Beleza. Sabemos que Jane estava nos trilhos durante o pico de energia que causou o apagão de 1977. Então, minha teoria: a onda de energia nos trilhos que já são supereletrificados criou algum tipo de... fenda temporal pela qual ela escapou e, agora, ela está presa à eletricidade dos trilhos.

— Muito *Doctor Who* isso aí — Wes diz.

— Myla acha que, se conseguirmos recriar o acontecimento, podemos tirá-la da fenda temporal. Basta... encontrar uma forma de recriar as condições do apagão de 1977.

— Não seria muita sacanagem? Sabe, mesmo se a gente conseguir encontrar alguma forma de fazer isso, o que não vai acontecer, o apagão foi, tipo... considerado uma coisa ruim por todo mundo. Você estaria transformando a cidade inteira em uma versão de *Uma noite de crime*.

— Você está certo. Precisamos encontrar uma maneira de focar apenas na linha de Jane. E é aí que entra isso.

August aponta a caneta para a foto no canto superior direito.

— O Centro de Controle de Energia do Transporte da Cidade de Nova York. Localizado em Manhattan, na West Fifty-third. Os edifícios desses dois quarteirões controlam a energia de todo o sistema de metrô, com várias subestações. Se conseguirmos ter acesso, podemos descobrir qual subestação controla a Q e encontrar uma forma de criar uma oscilação de energia... o que pode dar certo.

— Estou adorando essa TED Talk — Wes diz. — Só não sei exatamente como você planeja resolver a parte do *se*.

Nesse exato momento, eles ouvem o tilintar conhecido dos cinco milhões de chaveiros de Myla enquanto ela destranca a porta.

— Ei, a gente trouxe uma quentinha se vocês... ai, meu Deus — Myla para enquanto atravessa a porta, Niko trombando nas costas dela. — Vocês começaram sem mim?

— Eu...

— Você me manda mensagem dizendo que, abre aspas, encontrou a maior pista de todas e que está prestes a resolver essa porra, fecha aspas — Myla diz, jogando o skate no chão com fúria justificada —, e nem me espera ter a tarde livre para pegar o quadro branco. Nossa. Pensei que podia confiar em você.

— Olha, não posso falar com Jane sobre isso — August diz. — Eu precisava fazer *alguma coisa*.

— Vocês ainda estão brigadas? — Niko pergunta.

— Estou dando um tempo. — August estende uma caneta para Myla, que olha feio para ela antes de pegar. — Ela disse que queria ficar em paz.

— Aham, e não tem nada a ver com esse seu jeito de automaticamente dar gelo nas pessoas quando se sente rejeitada ou magoada?

— Não responda, é uma armadilha — Wes grita no sofá. — Niko está usando os poderes dele para o mal.

— Eu não estava lendo a mente dela. Só a personalidade.

— *Enfim* — August continua —, ela vai se acalmar. E pode não estar falando comigo, mas isso não muda o fato de que está presa no purgatório nebuloso...

— E não estamos todos? — Wes acrescenta, e August atira uma pilha de post-its na cara dele.

— E somos os únicos que podemos resolver isso. Então vou continuar tentando.

Niko lança um olhar enigmático para ela antes de se deitar no sofá com a cabeça no colo de Wes. August faz um resumo rápido do que descobriu até agora.

— Você está esquecendo uma parte — Myla observa. — Simplesmente estar perto da Q quando o apagão aconteceu não é o suficiente para ela ficar presa. Devia ter milhares de pessoas nos vagões e nas estações durante essa oscilação, e nenhuma delas ficou presa. Tem alguma outra variante que você não está levando em consideração.

August se recosta na geladeira

— Merda... É, claro, você tem razão.

— Você não conversou com Jane? Falou para ela o que descobriu?

— Ela me falou para deixá-la em paz. Mas... acho que, se eu conseguir contar sobre isso, ela pode se lembrar do resto.

Myla dá um tapinha no ombro dela e volta a se virar para o quadro.

— Então, basicamente, quando acontece um negócio desses, e uma pane é causada por um pico de energia, no caso, um raio, na verdade acontecem dois picos. O primeiro sobrecarrega a linha e faz as luzes se apagarem. E o segundo. — Ela aponta para August com a caneta. — Sabe quando você era criança e a eletricidade acabava durante uma tempestade e quando voltava, tinha um meio segundo em que as luzes voltavam fortes demais? Esse é o segundo pico. Se nós, de alguma forma, conseguirmos fazer isso... vamos ter duas oportunidades.

August balança a cabeça. Ela acha que pode funcionar.

— E como vamos ter acesso à subestação?

Myla franze a testa.

— Aí já não sei. Posso dar uma perguntada por aí e ver se alguém que fez o curso de engenharia comigo tem algum contato, mas... sei lá.

— Tá — August diz.

Ela já está pensando em planos reserva. Será que eles conhecem alguém com experiência em espionagem? Ou que estaria disposto a transar com um segurança em nome da causa?

— Mas você tem um problema maior — Myla diz.

August volta a se concentrar.

— Qual?

— Se tudo isso estiver certo, e for um evento elétrico... quando eles cortarem a energia em setembro, você não só não vai conseguir mais vê-la. Ela pode simplesmente... se apagar.

— Quê? Não, não pode ser... o trem já quebrou antes, com Jane dentro. E ela ficou bem.

— Sim, o *trem* quebrou. Mas ainda havia energia na linha. E talvez fosse tranquilo antes de você, porque Jane não ficava muito no mesmo tempo ou espaço para estar presente quando cortassem a energia dos trilhos para manutenção, mas, se estivermos certos em relação à força do laço entre vocês, ela está fixada no aqui e agora. Não tem como fugir do corte de energia.

As consequências dessa constatação se desenrolam: Jane ficaria bem se não estivesse presa no aqui e agora. Já devem ter cortado a energia da Q umas cem vezes, mas Jane sempre escapava, até August surgir. Até August se apaixonar por ela e ficar sedenta pelos beijos dela e se transformar em um peso que prende Jane em um só lugar.

Se ela não der um jeito nisso, Jane pode desaparecer para sempre. Do agora. Do passado. De qualquer lugar.

Talvez Jane esteja certa. Isso é *sim* culpa dela.

— *August!* — Myla grita na porta do quarto. — August!

Ela enfia o rosto no travesseiro e resmunga. São sete da manhã, e ela só chegou do trabalho há umas quatro horas. Myla está apostando alto a própria vida.

A porta se escancara, e lá está Myla, os olhos desvairados, uma solda em uma das mãos e um cordão de luzes na outra.

— August, é um *nervo*.

August estreita os olhos de trás de uma muralha do próprio cabelo.

— Quê?

— Minha escultura. Aquela em que estou trabalhando há, tipo, uma vida. Eu... eu estava olhando para ela do jeito errado. Pensei que deveria estar fazendo algo grande, mas estava bem diante dos meus olhos com todo esse lance da Jane... os galhos, as luzes, as partes móveis... é um *nervo*. É isso que eu *faço*! Eletricidade do coração! É essa a perspectiva!

August vira para olhar para o teto.

— Caramba. Que... genial.

— E *não é*? Não acredito que não pensei nisso antes! Preciso agradecer a Jane na próxima vez em que encontrar com ela...

O rosto de August deve expressar algo trágico, porque Myla para e exclama:

— Ai, merda. Você *ainda* não está falando com ela?

August balança a cabeça.

— Cinco dias já.

— Pensei que você fosse voltar depois de três!

August se revira para o lado e abraça o travesseiro.

— É, isso foi antes de saber que tentar salvar a vida dela pode causar sua morte. Agora sinto que talvez ela esteja certa em querer que eu a deixe em paz.

Myla suspira, recostada no batente.

— Olha, lembra o que a gente comentou assim que você se mudou e eu te fiz escutar Joy Division? A gente vai dar um jeito. A gente já tem um quase plano.

— Eu acho que sei tudo, mas não sei — August resmunga. — Talvez eu tenha começado um relacionamento em um nível de dificuldade muito maior do que as minhas capacidades.

— Ah, a gente entrou na zona do martírio. Com isso eu não posso te ajudar. Mas boa sorte! Conversa com Jane!

Myla deixa August nos lençóis que não veem uma máquina de lavar há séculos, sentindo pena de si mesma, com gosto de milk-shake de morango no fundo da língua.

Seu celular vibra na cama emaranhada.

Deve ser mais uma mensagem passivo-agressiva da sua mãe, ou Niko no grupo de casa perguntando se alguém precisa de arroz do mercado. Ela grunhe e pega o celular debaixo da bunda.

Ela prende a respiração. É Jane.

Liga o rádio.

Pega o final de uma música dos Beach Boys, terminando em um silêncio afetuoso antes da voz do locutor matinal assumir o comando das ondas.

— Essa foi "I Know There's an Answer" do álbum *Pet Sounds*, e você está ouvindo WTKF 90.9 FM, sua rádio de confiança para o novo, o velho, de tudo um pouco, desde que seja bom. A próxima música é um pedido de uma ouvinte assídua que gosta das antigas. E essa é uma das melhores. É dedicada a August… Jane pede desculpas.

A introdução começa, bateria e cordas, e August reconhece de imediato. A primeira música que despertou uma lembrança, a música que tocou em sua tentativa desajeitada de primeiro encontro. A música que diz que Jane estaria perdida se August a deixasse agora. "Oh girl", The Chi-Lites.

Oh, girl, I'd be in trouble if you left me now…

Seu celular cai com força no peito.

A canção vibra nas pequenas saídas de som e a música cresce, tristonha e melancólica, e ela imagina aquele vinil que Jane mencionou. Pela primeira vez, imagina Jane, 1977, sozinha e viva.

É difícil acreditar que as cores eram iguais naquela época, nítidas e vibrantes, não desbotadas em um tom granulado de sépia, mas lá está. Cordas, vocais distantes e Jane. Lá está a pele dela brilhando dourada sob as luzes da calçada, e ela levando um embrulho de discos novos para casa. Lá está a pilha de livros em sua mesa de cabeceira. Lá está o restaurante indiano de que ela gostava, os cigarros que filava quando estava estressada, a vizinha que cozinhava os *pierogi* horríveis, um tubo de pasta de dente enrolado na ponta com CREST escrito nas letras garrafais de uma fonte que saiu de linha.

Lá está o vermelho vivo de seus tênis, recém-saídos da caixa, o sol que brilhava sobre o chão de taco, o espelho em que ela ajeitava o topete, o céu azul. Ela está lá. Deixando para trás apenas o que deseja deixar. Exatamente onde deveria estar.

Jane está no trem pensando em casa, e August está em casa pensando em Jane morando com ela, preparando café da manhã, criando uma vida juntas. Parece que faz um milhão de anos que ela se sentou diante de um prato de batata frita na Billy e falou para Myla que elas tinham de ajudá-la, custe o que custasse. Mesmo que fosse para perdê-la. August realmente acreditava nisso.

Mais uma mensagem. Jane.

Volta.

Talvez essa seja a pior coisa que August pode fazer. Talvez seja a única coisa que pode fazer.

Ela sai da cama e pega as chaves.

Treze

Transcrição de rádio da WTKF 90.9 FM
Transmissão em 14 de novembro de 1976

STEVEN STRONG, LOCUTOR: Essa foi "Unchained Melody" dos The Righteous Brothers, e você está escutando o Mix da 90.9, seu lugar para ouvir tudo que desejar ao toque de um botão. Espero que estejam quentinhos aí, Nova York — está uma noite fria lá fora. Na sequência, temos um pedido de Jane do Brooklyn, que queria ouvir uma música dos nossos jovens britânicos preferidos. Aí vai "Love of My Life", do Queen.

Jane não está no trem.
 August tenta passar pela multidão, mas o corredor está lotado e ela é baixa demais para olhar por cima das pessoas. Acaba sendo empurrada para o fim do vagão, e sobe no único assento vazio para ver se a altura ajuda.
 Não ajuda.

Ela sente um nó na garganta. Jane não está lá. Ela nunca não esteve lá antes.

Não, não, não, não é possível. Faz poucos dias que August não a vê, menos de uma hora que recebeu mensagens dela. Aquela música estava no rádio *agora há pouco*. August não entende perfeitamente como funciona esse laço entre elas, mas não pode ser tão frágil. Jane não pode ter desaparecido. Não pode ser.

Ela desce do banco, pânico formigando os ossos de seus dedos e punhos.

August não teve tempo suficiente. Elas passaram meses desenterrando Jane, uma pá de cada vez, e Jane deveria estar viva. Jane deveria estar viva, mesmo se não fosse ao lado dela.

O metrô faz uma curva, e August se desequilibra. Bate com os ombros na parede de metal do vagão.

Talvez elas tenham se desencontrado. Talvez ela possa descer na próxima parada e tentar outro vagão. Talvez, se August pegar um trem no sentido oposto, Jane esteja lá, como sempre, um livro na mão e um sorriso malandro no rosto. Talvez ainda haja tempo. Talvez...

Ela olha pela janela ali da ponta.

Tem alguém sentado no último banco do outro vagão, olhando distraidamente na direção dela. A gola da jaqueta erguida em volta do queixo, o cabelo escuro caindo sobre os olhos. Um semblante muito triste.

— Jane!

Mas Jane não consegue ouvir. No máximo deve estar vendo o contorno caricatural da boca de August pronunciando seu nome, e isso é suficiente. É suficiente para fazê-la pular do assento, e, pelo que August consegue distinguir, gritar seu nome em resposta. Talvez seja a melhor coisa que August já viu na vida.

Jane corre para a saída de emergência, e August vai ao encontro dela. A porta se abre com facilidade, e lá está a plataforma minúscula de que ela se lembra tão bem. Jane está na outra ponta, ao alcance de August, pendurada nos fundos de um vagão em alta velocidade. August estava enganada: *esta* é a melhor coisa que já viu na vida.

No fundo, não existem momentos perfeitos, principalmente quando está tudo uma merda, quando se vive duro em uma cidade cruel e as suas feridas doem tanto. Mas ali está o vento soprando e o peso de meses, e uma garota pendurada na saída de emergência de um metrô, o vagão rugindo em volta delas, as luzes do túnel acesas, e o momento parece perfeito. Insano, impossível e perfeito. Jane a segura pelo pescoço, bem ali entre os vagões de metrô, e a beija como se fosse o fim do mundo.

Então Jane solta August quando o túnel acaba e a luz forte do sol as ilumina.

— Desculpa! — Jane grita.

— *Eu* que peço desculpa!

— Tudo bem!

— Dá para fechar a merda da porta? — um homem grita atrás dela.

Ai, cacete. Verdade. Há outras pessoas no metrô.

— Melhor correr para cá antes que me joguem desse vagão!

Jane ri e pula, pegando os ombros de August no caminho, e as duas caem para dentro. August segura Jane a poucos centímetros de trombarem no moço irritado com boné de beisebol.

— Já acabaram? — ele pergunta. — Isto aqui é um metrô, e não a merda do *Diário de uma Paixão*. Querem que todo mundo fique preso nesta merda enquanto eles catam a merda dos restos de um casal lésbico da merda dos trilhos...

— Você está certo! — Jane diz com uma gargalhada levemente histérica, erguendo a mão de August e puxando-a para o outro lado. — Não sei o que a gente tinha na cabeça!

— Na verdade, eu sou bissexual! — August acrescenta, com sinceridade, para o homem às suas costas.

Elas abrem caminho até o outro lado do vagão, passando por carrinhos de bebê e guarda-chuvas, joelhos de calças cáqui e sacolas de compras, até um espaço livre perto da última barra, e Jane se vira para ela.

— Eu fui...

— Você estava...

— Eu não queria...

— Eu deveria ter...

Jane para, segurando uma gargalhada. August nunca ficou tão feliz em vê-la, pelo menos não desde que Jane deixou de ser uma ideia febril, nos primeiros dias. Ela não é mais uma ideia — ela é Jane, a Jane cabeça-dura, a Jane fugitiva, a Jane desbocada, a Jane ativista com os punhos ralados e o coração mole. A garota presa na linha com o coração de August no bolso da calça jeans surrada.

— Você primeiro — Jane diz.

August apoia o ombro no ferro, chegando mais perto.

— Você não... não estava totalmente errada. Eu estava *mesmo* fazendo isso por você ou, pelo menos, acho que estava. Mas não, eu não queria que você fosse embora. — Seus instintos lhe dizem para olhar para qualquer lugar, mas ela não faz isso. Olha no fundo dos olhos de Jane e continua: — Eu queria... Eu quero que você fique aqui, comigo. E isso é uma merda, me desculpa.

Há um segundo de silêncio, e Jane fica olhando para ela, até que tira a mochila e entrega para August algo do bolso lateral.

— Você não é a única que tem cadernos — Jane diz, baixinho.

É um Moleskine pequeno e surrado, aberto em uma página coberta pela caligrafia confusa de Jane. *Overwatch. Frank Ocean. Easy Mac. Apple vs. PC. Uber Eats. Barack Obama. Supergatas. Instagram. Harry Potter. Tubinho de iogurte. Star Wars. O que é uma pré-sequência?*

— O que é isso?

— É uma lista. De coisas e pessoas que você mencionou, ou Niko ou Myla ou Wes, ou que eu ouvi no trem. Preciso me atualizar em muitas coisas.

August ergue os olhos para examinar o rosto de Jane. Ela parece... nervosa.

— Há quanto tempo você está fazendo isso? — August pergunta.

Ela passa a mão nos fios curtos da nuca.

— Alguns meses.

— Você... você quer saber todas essas coisas? Nunca me perguntou. Eu pensei que não quisesse saber.

— Eu não queria, no começo — Jane admite. — Eu queria voltar, estava tão decidida a chegar lá que não ligava para mais nada. Não queria saber de nada que pudesse dificultar as coisas. Mas então lá estava você... e eu queria saber o que fazia de você *você*, e eu... Sei lá. — Ela bate a ponta do pé no piso. — Em algum momento concluí que... não seria tão ruim ficar. Poderia ser bom.

August aperta o Moleskine junto ao peito.

— Eu... eu sei que falei que... Mas não pensei que você realmente quisesse ficar. Você está falando sério?

— Parte de mim, sim. Você tinha razão. É muito mais do que simplesmente voltar para onde eu estava. Por exemplo, eu ando nesse trem todo dia, e vejo casais gays andando de mãos dadas em público, na frente de todo mundo, e, na maioria das vezes, ninguém mexe com eles, e isso é... não sei se você faz ideia de como isso é doido para mim. Eu sei que as coisas não são perfeitas, mas pelo menos, se eu ficasse, seria diferente da minha época. — Ela estava olhando fixamente para as cutículas, mas ergue os olhos. — E eu poderia ficar com você.

August fica boquiaberta.

— Comigo.

— É, eu... Eu sei o que isso me custaria, mas... sei lá. Toda essa... Essa confusão... me assusta pra cacete. — Ela engole em seco, cerra o maxilar. — Mas a ideia de ficar com *você* não me assusta nada.

— Eu não... Eu achava que era só diversão para você.

Isso a faz soltar um riso breve, baixo.

— Eu queria que fosse, mas não é. Nunca foi. — Seus olhos têm um jeito de absorver a luz fluorescente encardida do trem e transformá-la em algo novo. Agora, quando ela ergue os olhos para August: estrelas. A maldita Via Láctea. — O que é para você?

— É... Você... É... Nossa, Jane, é... Eu quero você — August diz. Não é eloquente nem descolado, mas é verdadeiro, finalmente. — Seja lá o que isso quer dizer, como você me quiser, enquanto você estiver aqui, é isso que é para mim, e talvez pareça desesperado, mas eu...

Ela não chega a terminar, porque Jane a puxa para beijá-la, bebendo o resto da frase.

August toca no rosto dela e abre os olhos, afastando-se para perguntar:

— O que *isso* quer dizer?

— Quer dizer que eu... Você... — Jane arrisca. Ela se aproxima para outro beijo, mas August a impede. — Certo... Tá, eu quero isso aí. Eu quero o que você quer.

— Tá. — August lambe os lábios. Têm gosto de quarto limpo, casa cheia e nota dez em tudo. Seu próprio paraíso particular. — Então, estamos... Estamos juntas até não estarmos mais, se esse for o caso.

— É — Jane diz.

É simples assim, uma sílaba saindo da língua de Jane, dois pares de tênis encostados, e essa longa sequência de querer mas não ter e ter mas não saber, resumida em uma palavra.

— Certo — August diz. — Por mim tudo bem.

— Mesmo se eu acabar indo embora?

— Não importa — August diz, ainda que importe. Importa, mas não faz diferença. — O que quer que aconteça, eu quero você.

Ela fica na ponta dos pés e dá um beijo em Jane, breve, delicado, como um flash que dispara, e Jane diz:

— Mas, caso eu acabe ficando... você precisa me ensinar sobre a minha lista.

August abre os olhos.

— Sério?

— Tipo, eu não posso simplesmente entrar no século XXI sem saber como o aifive funciona...

— *Wi-Fi*.

— Viu! — Ela aponta para August. — A ponta do iceberg, Landry. Você tem muita coisa para me ensinar.

August sorri. O trem para na Union Square e os passageiros começam a sair, liberando alguns assentos.

— Certo. Senta aí. Vou te explicar sobre *Velozes e Furiosos*. Vai dar uma hora nisso aí.

Jane se senta, apoiando o pé e cruzando as mãos atrás da cabeça.

— Cara — ela diz, erguendo os olhos para August. — Estou tendo um ano e tanto.

August espera até o dia seguinte para comentar.

Às vezes, o processo de trazer as memórias de Jane de volta parece místico e profundo, como se elas estivessem escavando em torno de uma magia invisível, desenterrando raízes delgadas. Mas, muitas vezes, é assim: August enfia uma latinha de Pabst em um saco de papel pardo e leva para o metrô no começo da tarde que nem uma bêbada, na esperança de que o cheiro de cerveja barata arranque alguma coisa do cérebro de Jane.

— Certo, então — August diz ao se sentar. — Eu descobri uma coisa e... não contei porque a gente não estava se falando, mas preciso contar agora porque você precisa se lembrar do resto. Pode ser muito importante.

Jane a observa com desconfiança.

— Certo...

— Beleza, então, hm, primeiro me deixa te dar isso aqui. — August entrega a latinha, olhando feio para um turista que para de ler seu guia para observar as duas. — Não precisa beber, mas Jerry comentou que vocês dois sempre tomavam essa cerveja, então pensei que o cheiro pudesse ajudar.

— Certo — Jane diz. Ela abre a lata. O turista solta um som de desaprovação, e Jane revira os olhos para ele. — Você vai ver coisas piores do que essa no metrô, cara. — Ela se volta para August. — Estou pronta.

August limpa a garganta.

— Então... você já ouviu falar do apagão de 1977? O blecaute gigantesco que atingiu quase a cidade inteira?

— Hm... não. Não, acho que isso foi depois que fiquei presa aqui. Mas deve ter sido um caos.

— É, então... se lembra do Jerry? O cozinheiro da Billy?

Jane faz que sim, sua boca se erguendo em um sorriso afetuoso.

— Lembro.

— Eu conversei com ele sobre você, e ele... hm, acho que ele me contou como você ficou presa.

Jane está levando a Pabst ao nariz, mas baixa a lata quando ouve isso.

— Como assim?

— É, ele... a última vez em que ele te viu foi no seu último dia em Nova York. Vocês dois foram para Coney Island e encheram a cara, e estavam esperando a Q quando o apagão aconteceu. Ele disse que nunca mais te viu. E, se aquele era para ser o seu último dia, isso explicaria por que nenhum dos seus amigos estranhou quando você desapareceu. Eles acharam que você simplesmente tinha dado um perdido.

— Que eu tinha me perdido?

— Não — August diz, contendo um sorriso. — É, sabe, uma expressão para quando a pessoa some sem dar nenhuma explicação.

— Ah, então, eles... eles acharam que eu simplesmente fui embora sem me despedir?

Isso faz August parar.

Ela se inclina, toca o joelho de Jane.

— Quer descansar um pouco?

— Não — Jane diz, encolhendo os ombros. — Tudo bem. Qual é a pergunta?

— Minha pergunta é se você consegue se lembrar de mais alguma coisa que aconteceu naquela noite.

Jane fecha bem os olhos.

— Estou... Estou tentando.

— Ele disse que caiu nos trilhos, e você pulou para ajudá-lo a subir de volta.

Os olhos dela se fecham, a mão ainda em volta da cerveja. Algo tênue perpassa seu rosto.

— Eu pulei... — ela repete.

A porta se abre em uma nova estação, e o turista passa por elas, a mala na mão esbarra no joelho de Jane. A cerveja dela se derrama da lata sobre a manga da jaqueta, pingando na calça jeans.

— Ei, babaca, olha por onde anda! — August berra. Ela estende a mão para secar a cerveja, mas os olhos de Jane se abriram. — Jane?

— Ele derramou cerveja. Jerry. A gente... A gente estava na praia, tomando as Pabsts que eu tinha levado na mochila. Estávamos no meio de uma onda de calor, e ele ficou reclamando que eu carregava minha jaqueta de couro para todo lado, mas falei que ele simplesmente não entendia minha devoção ao estilo de vida punk, e a gente riu. E ele... — Seus olhos se fecham, como se ela se perdesse na memória. — Ai, caramba, daí uma onda tirou o equilíbrio dele e ele derramou a cerveja toda, e eu falei que era melhor a gente voltar para casa antes que eu tivesse que tirar aquele bobalhão encachaçado do meio do Atlântico. A gente foi pegar a Q, e ele começou a vomitar, depois caiu nos trilhos. Eu... Eu lembro que ele estava usando uma maldita camiseta do Creedence. E eu o ajudei a subir, mas aí eu... ah. Ah.

Ela abre os olhos, encarando August.

— O quê?

— Eu tropecei. Deixei minha mochila cair, e tudo... tudo que amo está aqui dentro, então eu estava tentando pegar, e aí tropecei. E caí. No terceiro trilho. Eu lembro de ver o terceiro trilho bem na minha cara, e pensei: "Porra, já era. É assim que vou morrer. Que burrice do cacete". E depois... não lembro de mais nada.

Ela parece assustada, como se tivesse acabado de reviver tudo.

— Você não morreu.

— Mas deveria ter morrido, certo?

August tira os óculos e esfrega os olhos, tentando pensar.

— Eu não sou a Myla, mas... acho que você tocou no terceiro trilho no momento exato do pico de energia que causou o apagão. Deve ter sido uma explosão de energia tão grande que fez mais do que te matar. Jogou você para fora do tempo.

Jane considera isso.

— Até que é legal, pensando assim.

August põe os óculos de volta, piscando até enxergar Jane direito e buscando sinais de alerta que podem ter passado despercebidos na última vez em que ela comentou algo importante. Não vê nenhum.

Ela prende a respiração. Tem mais uma coisa.

Ela tira do bolso o cartão-postal da Califórnia e o entrega para Jane, apontando para a assinatura.

— Tem mais. Pode parecer doideira, mas eu... acho que Augie mandou isso para você. Só não entendo como. Você lembra?

Ela o revira nas mãos, tocando o papel como se tentasse absorvê-lo em sua pele.

— Ele está vivo — ela diz devagar. Mas não como se já soubesse. Parece novidade. August já mostrou esse cartão-postal para ela uma dezena de vezes, mas essa é a primeira em que ela olha com reconhecimento. — Veio do nada. Eu não... eu nem sei como ele me encontrou. Levei um puta susto quando recebi porque tinha certeza de que ele estava morto e de que eu estava recebendo uma correspondência do além. Quase não liguei para o número, mas acabei ligando.

— E era ele?

— Era — Jane diz com um aceno lento. — Aconteceu alguma coisa no caminho dele para o trabalho naquela noite. Nem lembro o quê... algum vizinho precisava de ajuda, um pneu furado ou coisa do tipo. Ele faltou do trabalho. Era para ele estar lá quando o incêndio aconteceu, mas ele faltou. Ele não estava. Ele sobreviveu.

August solta o ar.

Ele contou, Jane diz, que não conseguia suportar ter sobrevivido enquanto seus amigos morreram, então foi embora, destroçado e atordoado pelo luto. Pegou um carro emprestado, dirigiu para longe de New Orleans, acordou de ressaca três dias depois lá pra Beaumont e decidiu não voltar. Começou a beber demais, pegar carona, se perdeu por um ano ou dois, até um caminhoneiro o deixar em Castro, e alguém o tirar da sarjeta e falar que buscaria ajuda.

— Ele estava bem — Jane lembra, sorrindo um pouco. — Estava sóbrio, tinha dado um jeito na vida. Tinha um namorado fixo. Estavam morando juntos. Ele parecia feliz. E me falou que achava que eu deveria voltar para casa, que San Francisco estava pronta para pessoas como nós agora. *Vamos cuidar um do outro, Jane.*

— Jerry disse, bom, ele me disse que você estava se mudando de volta para a Califórnia.

— É, foi... pelo que Augie falou da família dele... foi isso o que me convenceu. Ele achava que tinha perdido a chance de reencontrá-la, e eu... eu vi além da culpa por um segundo. Percebi que não precisava perder a minha chance de reencontrar a minha família.

Ela engole em seco, passando a palma da mão na costela, o cachorro tatuado ali em homenagem à mãe. August espera até ela continuar.

— Nova York foi... Foi legal. Foi muito legal. Me deu muitas coisas que eu não tinha desde New Orleans. Era como se eu finalmente tivesse entendido quem eu era. Como *ser* quem eu era. E eu queria que a minha família conhecesse essa pessoa também. Então mandei minha coleção de vinis para Augie, e eu ia ligar para ele quando chegasse lá.

— Eles sabiam? — August pergunta. — Sua família, eles sabiam que você ia voltar?

— Não. Não falo com eles desde 1971. Eu estava com medo demais para ligar.

August assente.

— Posso perguntar mais uma coisa?

Jane, ainda examinando a caligrafia, faz que sim sem erguer os olhos.

— Ele disse... Augie falou para você por que ele parou de escrever para a família?

— Hmm?

— Ele escrevia para a minha mãe toda semana, até o verão de 1973. Ela nunca mais recebeu notícias dele depois disso.

— Não, ele... Ele me falou que ainda estava escrevendo para ela. Disse que fazia anos que ela não respondia, e ele achou que ela não queria mais saber dele, mas ele continuou escrevendo. — Os olhos dela se ergueram do cartão para o rosto de August, estudando-a. — Ela nunca recebeu essas cartas, não é?

— Não — August diz. — Não recebeu.

— Que merda. — Fica no ar: alguém deve ter interceptado as cartas. August tem uma boa ideia de quem seja. — Que rolo do cacete.

— Pois é. — August leva a mão à de Jane na costela e aperta.

Elas seguem em silêncio por algumas estações, observando o sol se pôr atrás dos prédios, até Jane se levantar e começar a andar de um lado para o outro no corredor como sempre faz, uma tigresa em cativeiro.

— Então, se você estiver certa sobre como fiquei presa — diz, voltando-se para August —, como isso pode ajudar a me tirar daqui?

— Se a gente conseguir... recriar o acontecimento de alguma forma e fazer você tocar no terceiro trilho como tocou da outra vez, talvez isso resolva.

Jane assente.

— Você conseguiria fazer isso?

Ela está se reanimando, guardando as memórias nas costas como bagagem, estalando os dedos como se estivesse se preparando para uma briga. August mataria por essa mulher. Espaço e tempo não são nada.

— Acho que sim — August diz. — A gente teria que causar um pico, e precisaria de acesso aos controles de energia da subestação que administra esta linha, mas estou quase lá. Estou esperando pelos registros públicos para saber qual subestação é exatamente.

— Então só depende de... invadir uma propriedade pública e não se eletrocutar.

— Isso, basicamente.

— Parece simples — Jane diz com uma piscadinha. — Já tentou um coquetel molotov?

August bufa.

— Cara, como você conseguiu não entrar para a lista do FBI? Teria tornado esse mistério todo tão mais fácil de resolver.

Myla concorda com a teoria de August. Então, agora, elas têm um plano. Mas, quando não estão tentando dar um jeito de desligar parte da rede elétrica de Nova York, estão vendendo uma quantidade de ingressos equivalente ao dobro da capacidade do Delilah para o Panquecapalooza da Billy, o que significa que precisam encontrar um lugar novo em duas semanas. Elas já pesquisaram bares, casas de shows, galerias de arte, bingos — tudo reservado ou cobrando uma taxa que elas não têm como bancar.

Para August, são noites servindo mesas e dias divididos entre pesquisa de subestações e contratempos logísticos no planejamento de um evento beneficente enorme. No tempo que resta, ela fica na Q, os dedos entrelaçados aos de Jane e tentando decorar tudo a respeito dela enquanto ainda pode.

Sua mãe já desistiu de mandar mensagem, e August realmente não sabe o que dizer. Não pode contar por telefone o que descobriu. Mas também não está pronta para vê-la.

No fundo, August sabe que é uma merda esconder essa informação, assim como foi uma merda quando sua mãe escondeu coisas dela. Pelo menos, diz a si mesma, está fazendo isso para protegê-la. Mas talvez seja exatamente o mesmo que sua mãe pensou.

É uma linha de pensamento que sempre a leva de volta a Jane. Ela pensa na família de Jane, seus pais e irmãs, todos sem saber o que aconteceu com ela. August verificou os registros tantas vezes que sabe que nunca houve nenhuma queixa de desaparecimento de Su Biyu. Até onde a família sabia, Jane fugiu e não queria ser encontrada.

August se pergunta se algum deles guarda caixas de arquivos como sua mãe. Quando isso acabar, de um jeito ou de outro, ela vai encontrá-los. Se Jane voltar para o passado, provavelmente vai encontrá-los por conta própria. Mas, se ficar ou se... enfim, se ela *se for*, a família merece saber.

É nisso que ela está pensando quando bate cartão do turno noturno e pega seu Especial da Su na janelinha. Pessoas que vão embora, pessoas que ficam para trás. A Q fecha em um mês, a Billy, em quatro, e tudo vai estar acabado a menos que eles encontrem um jeito de impedir.

Myla devia ter alguma notícia, porque não parou de lançar olhares incisivos para August desde que chegou à lanchonete com Niko.

— Então... — ela diz, enfim, quando August se senta em sua mesa. — Lembra que eu estava, tipo, procurando todos os meus ex--colegas da Columbia para descobrir se alguém tinha algum contato que trabalha no metrô?

August engole um pedaço do sanduíche.

— Lembro.

— Então... eu encontrei.

— Sério? Quem? O que ele faz?

— Hm — Myla diz, observando sua panqueca absorver o xarope lentamente —, na verdade ele trabalha no Centro de Controle de Energia do Transporte.

— Como assim? — August diz, quase estourando o pote de ketchup. — Você está me zoando? É perfeito! Já conversou com ele?

— É, então, hm... — Então eles presenciam uma coisa rara: Myla constrangida. — Essa é a questão. É meio que... meu ex.

August a encara. Ao lado dela, Niko continua a comer um bolinho de canela serenamente.

— Seu ex — August diz, inexpressiva. — Aquele que você largou na noite em que conheceu *esse cara*.

Ela aponta para Niko com um garfo, mas ele não parece nem um pouco incomodado, mastigando como uma vaca contente.

— É, então — Myla diz, se encolhendo. — Pensando agora, talvez não tenha sido meu melhor momento. Meu lado libriano falou mais alto. Mas, em minha defesa, ele, tipo, era um pé no saco. Vivia se achando.

— Ele ainda está bravo?

— Assim, hm. Ele me bloqueou nas redes sociais. Eu descobri através de um amigo de um amigo que fala com ele. Então...

August quer gritar.

— Então, temos uma pessoa perfeita exatamente no lugar que precisamos acessar, mas não podemos usar essa pessoa porque você não conseguiu fechar as pernas.

— Falou a mulher que vive sendo chupada na maciota por uma aparição no metrô — Myla rebate.

— O coração tem razões que a razão desconhece, August — Niko diz com sinceridade.

— Eu vou matar vocês dois. O que vamos fazer?

— Certo, então — Myla diz. — Eu tenho uma ideia. Temos o evento de arrecadação de fundos da Billy, não temos? Obviamente precisamos de um espaço. Andei pesquisando lugares não convencionais, como espaços públicos, depósitos condenados...

— Eu pensei que você estava falando de uma ideia para salvar Jane.

— Já chego nessa parte! Você já viu como são as subestações?

Ela tem quase certeza que já leu e olhou quase todas as informações sobre subestações que existem ao longo das últimas semanas, então:

— Já.

— Elas têm um ar meio retrô tecnopunk industrial, né? Eu estava aqui pensando: e se a gente convencesse a prefeitura a deixar a gente usar o Centro de Controle para o evento? As pessoas vivem desativando estações de metrô para instalações de arte. A gente poderia dizer que gosta da estética e quer um lugar com uma capacidade maior para trazer mais pessoas. Posso entrar em contato com o Gabe e ver se ele ajuda... ele trabalhava no Delilah, talvez seja solidário à causa. *Depois* que a gente estiver lá dentro, é só distrair o pessoal enquanto eu mexo na linha, o que deve ser fácil com uma festa desse tamanho. Acho que só vou precisar de alguns minutos.

August fica olhando para o outro lado da mesa.

— Então... sua ideia é... um grande golpe. Você quer que a gente dê conta de um grande golpe. — August aponta fracamente para Niko, que desistiu de comer faltando ainda um quarto do prato. — Niko não dá conta nem do bolinho de canela.

Niko dá um tapinha no estômago.

— Ele enche.

— Não é um golpe — Myla sussurra. — É... um crime elaborado e planejado.

— Dá exatamente na mesma.

— Olha, você tem alguma outra ideia? Porque, se não, acho que a gente deveria arriscar. E, se der certo, também dá para arrecadar uma caralhada de dinheiro para a Billy.

August escuta o murmúrio das mesas, o raspar de garfos e, talvez, se ela se esforçar, Lucie xingando a caixa registradora. Ela ama esse lugar. Jane também ama esse lugar.

— Tá — August diz. — A gente pode tentar.

É uma ideia da Jane, na verdade, que encaixa uma das últimas peças cruciais.

— Tenho quase certeza de que, se você consegue andar entre os vagões, também consegue andar sobre os trilhos — August diz. — Então, na noite da festa, quando Myla provocar o pico de energia, você deve conseguir encostar no terceiro trilho. Mas não sei como vamos confirmar isso antes. A Q está sempre rodando, então não tem nenhuma hora para testar. A gente poderia pular, mas não tem como garantir que estaria fora dos trilhos em segurança antes do trem seguinte.

Jane pensa e pergunta:

— E a R/W?

August franze a testa.

— O que tem?

— Olha — Jane diz, apontando para o mapa do metrô colado ao lado das portas. — Bem aqui, na Canal Street, as duas se separam da Q. — Ela traça a linha amarela descendo a ponta inferior de Manhattan e cruzando o rio, até onde encontra as linhas azul e laranja em Jay Street. — São os dois únicos trens que correm nesse trilho.

— Você tem razão.

— Eu só vi o Wes umas três vezes, mas em todas eles reclamou que a R não estava funcionando no dia. Talvez, se a gente achasse um dia em que a R/W estivesse suspensa, desse para pular pela saída de emergência na Canal e seguir os trilhos da R/W em direção à prefeitura e, talvez, *talvez*, seja perto o suficiente da Q para eu conseguir andar neles. A gente poderia até tentar ver aonde consigo ir.

August pensa. Ela não tem tanta certeza de que isso vai funcionar, mas Jane vem se tornando muito mais sólida no *agora* ultimamente. Enraizada de maneira tangível na realidade. Talvez meses antes ela não conseguisse fazer isso, mas é possível que a linha dê um pouco de folga para ela agora.

— Beleza — August diz. — A gente só precisa torcer para dar uma merda no metrô.

Como era de se esperar, não demora para dar uma merda no metrô. Três dias depois, Wes manda uma mensagem furiosa a caminho do trabalho:

Conforme solicitado, segue a sua notificação
de que a R/W está fora de operação.

August responde:

Oba!!!

Me fodi, mas manda ver aí.

August encontra Jane no último vagão da Q e, quando o metrô para na estação Canal, elas abrem a porta o mais discretamente possível.

— Certo — August diz —, só, sabe, não esquece que o terceiro trilho conduz 625 volts que definitivamente matariam uma pessoa e deveriam ter te matado antes. Então, sabe. Hm. — Ela olha para os trilhos e se pergunta quantas vezes Jane Su consegue brincar com a morte. — Toma cuidado.

— Pode deixar — Jane diz, pula para fora do trem e...

Assim como naquele primeiro dia em que elas tentaram todas as estações, Jane desaparece.

August a encontra seis vagões depois, e elas voltam a atravessar o trem e tentam mais uma vez.

— Que saco — Jane diz ao ressurgir atrás de August como uma Loira do Banheiro exasperada.

— A gente precisa continuar tentando — August diz. — É...

Antes que August consiga terminar a frase, Jane passa por ela e pula da plataforma — mirando exatamente o terceiro trilho.

— Jane, não...!

Ela cai em pé, os dois tênis plantados firmes no terceiro trilho, e sorri. Nenhum choque. Nenhum fio de cabelo chamuscado. August fica embasbacada.

— Eu sabia! — Jane comemora. — Eu sou parte da eletricidade! Ela não pode me fazer mal!

— Você... — Os freios do trem desengatam, e August precisa prender a respiração e pular, lançando-se na direção oposta de Jane. Ela cai na terra batida ao lado dos trilhos, rasgando um joelho da calça jeans, e se vira para olhar para a cara presunçosa de Jane. — Você poderia ter *morrido*!

— Tenho quase certeza de que não posso morrer — Jane diz, como se não fosse nada de mais. — Pelo menos, não dessa forma. — Ela avança pelo trilho, um pé na frente do outro, seguindo na direção da bifurcação. — Vamos! O próximo trem vai chegar daqui a pouco!

— Caralho, você é inacreditável — August resmunga, mas limpa a poeira da roupa e vai atrás.

Quando elas chegam à relativa segurança do túnel na direção da prefeitura, a luz da estação começa a diminuir, e elas são iluminadas apenas pelas luzes azuis e amarelas em volta do túnel. É estranho ir andando ao lado de Jane sem nenhuma interrupção, mas, quando Jane grita de alegria na escuridão ecoante, é contagioso. Ela começa a correr e August corre atrás, o cabelo esvoaçando e o piso duro dos trilhos embaixo dos sapatos. Sente que poderia correr para sempre se fosse com Jane.

Mas os passos de Jane param de maneira abrupta.

— Ah — ela diz.

August se volta para ela, sem ar.

— O que foi?

— Eu não consigo... acho que não consigo ir mais. É... é uma sensação esquisita. Errada. — Ela leva a mão ao centro do peito, como se estivesse tendo uma azia existencial. — Ai, credo. É, é isso aí. Não consigo passar daqui.

Ela se senta no terceiro trilho.

— Mas é legal mesmo assim, né?

August concorda.

— É, e esse é só, tipo, um gostinho. Um aperitivo. Um petisquinho da liberdade. A gente vai conseguir te libertar pra valer.

— Eu sei. Acredito em você — Jane diz, olhando para August com sinceridade.

August se abaixa na frente dela, sentando-se com cuidado em um trilho. Ela já leu que os outros dois trilhos são muito pouco eletrificados, apenas o suficiente para transmitir sinais, então imagina que não tenha problema.

— A gente pode ficar sentada aqui por um tempo, se quiser.

— É — Jane diz, abraçando um joelho. Ela espreguiça os braços como se estivesse tentando tocar o máximo de ar possível, mesmo nos confins abafados do túnel. — Aqui é gostoso.

— Eu tenho... — August apalpa o fundo da mochila. — Hm, uma laranja, se quiser dividir.

— Ah, quero, por favor.

August a joga para ela, que a pega no ar com facilidade.

Nos últimos tempos, August foi parando de estudar Jane. Parou de buscar pistas em todas as expressões ou comentários casuais, e é bom simplesmente *ver* Jane. Escutar o som da voz grave falando sobre nada, observar seus dedos descascarem a laranja sem esforço, se banhar na companhia dela. August se sente como um dos pacotinhos de creme que sempre mistura no café de Jane, mergulhada em açúcar e calor.

Jane empilha pedaços da casca no joelho e divide a laranja em gomos. Quando August estende a mão para pegar sua metade, encosta a ponta dos dedos no dorso da mão de Jane e dá um gritinho, saltando para trás ao sentir um choque curto e abrupto.

— Eita — Jane diz. — Tudo bem?

— Tudo — August diz, chacoalhando a mão. — Você virou, tipo, *condutora*.

Jane ergue os dedos diante do rosto, ficando ligeiramente vesga para examiná-los.

— *Legal*. — Então repara que August está olhando. — O que foi?

— Você está... É só que eu gosto de tudo em você. — Ela abana as mãos ao ver o sorriso que surge no rosto de Jane. — Para! Que meloso! O que eu falei foi meloso!

— *Tudo* em mim? — Jane provoca.

— Não, definitivamente não gosto desse sorrisinho metido a besta. Esse é o que eu mais odeio.

— Ah, acho que é o que você mais gosta.

— Cala a boca — August diz. Ela torce para que a escuridão esconda o rubor.

Jane ri, enfiando um pedaço de laranja na boca.

— Mas é louco se você parar para pensar. — Ela lambe uma gota de suco do lábio inferior. — Você meio que sabe tudo que tem para saber sobre mim.

August bufa.

— Não pode ser verdade.

— É, sim! E eu era tão misteriosa e sexy.

— Assim, você está literalmente sentada no terceiro trilho que conduz eletricidade neste exato momento, então... ainda misteriosa. Agora, *sexy*... hmm. Aí eu já não sei.

Jane revira os olhos.

— Ah, vai se foder.

August ri e desvia da casca de laranja que Jane atira nela.

— Me fala algo sobre você que eu não saiba, então — ela diz. — Me surpreenda.

— Tá, mas você precisa me falar alguma coisa também.

— Você já sabe mais sobre mim do que a maioria das pessoas.

— Isso é prova de que você vive como se fosse uma agente infiltrada que não pudesse revelar sua identidade civil, e não de que me contou muita coisa.

— Tá — August cede. Jane aperta o próprio nariz, e August faz uma careta... ela sempre se rende para Jane. As duas sabem disso. — Você primeiro.

— Tá... hmm... ah, eu fiz amizade com uma ratazana do metrô.

— Você *o quê*?

— Olha, é um tédio aqui embaixo! — Jane diz, na defensiva. — Mas tem uma ratazana branca que passeia na Q às vezes. Ela é enorme, do tamanho e quase do formato de um melão. O nome dela é Bao.

— Que nojo.

— Eu amo Bao. Às vezes dou comidinha para ela.

— Você é um pesadelo.

— Pode julgar se quiser, mas eu sou a única que vai ser poupada da Grande Insurreição Inevitável dos Ratos. Sua vez.

August pensa e diz:

— Eu colei em uma única prova em toda a minha vida. Penúltimo ano do ensino médio. Eu tinha virado a noite vasculhando registros públicos com a minha mãe e fiquei sem tempo para estudar, então arrombei a fechadura da sala do meu professor, descobri qual era a pergunta e decorei uma página inteira do livro antes da hora da prova.

— Cacete, como você é *nerd*. — Jane bufa. — Nem colar isso é. É... estar injustamente preparada.

— Desculpa, mas achei muito ousado na época. Sua vez.

— Minha mãe começou a ficar grisalha com uns vinte e cinco anos e tenho quase certeza de que isso também vai acontecer comigo. Ou pelo menos teria acontecido se eu não estivesse, sabe...

Jane faz um gesto vago para expressar toda a inefabilidade do seu ser. August aponta dois dedos para Jane e dispara uma arminha imaginária.

— No quarto ano, eu decorei toda a tabela periódica e todos os presidentes e vice-presidentes em ordem cronológica, e ainda lembro.

— Eu vi *O exorcista* no fim de semana de estreia e fiquei sem dormir por quatro dias.

— Eu odeio picles.

— Eu ronco.

— Eu não consigo dormir se estiver tudo em silêncio.

Jane faz uma pausa e diz:

— Às vezes eu acho que me perdi no tempo porque não pertencia de verdade à minha origem e o universo está tentando me dizer alguma coisa.

É um comentário leve, casual, e August a observa tirar outro gomo da laranja e comê-lo sem cerimônia, mas August conhece Jane. Não é fácil para ela dizer coisas como essa.

Pensa no que pode oferecer em troca.

— Quando eu era pequena, depois do Katrina... lembra que contei para você sobre o furacão? — Jane faz que sim. August continua: — Teve um ano em que fui transferida para outras escolas até minha escola antiga reabrir e a gente poder ir para casa. E minha ansiedade ficou... forte. Tipo, *muito* forte. Então, me convenci de que, como a probabilidade estatística de algo acontecer na vida real exatamente como eu imaginava era muito baixa, se eu imaginasse as piores coisas possíveis em detalhes vívidos, poderia reduzir matematicamente as chances de uma catástrofe. Eu me convenci de que o meu cérebro tinha esse poder sobre as projeções de probabilidade do universo. Ficava deitada à noite pensando em todas as piores coisas que poderiam acontecer como se fosse a minha obrigação, e não sei se algum dia cheguei a romper esse hábito.

Jane escuta em silêncio, assentindo. Uma das coisas que August mais adora nela é que não sai caçando palavras nas entrelinhas quando August para de falar. Ela sabe deixar um silêncio cair, deixar uma verdade respirar.

Então Jane finalmente diz:

— Às vezes gosto de levar um tapa na bunda durante o sexo.

August, pega desprevenida, solta uma gargalhada.

— Como assim? Você nunca me pediu para fazer isso.

— Meu anjo, tem muitas coisas que eu gostaria de fazer com você que não podem ser feitas em um metrô.

August engole em seco.

— Faz sentido.

Jane ergue as sobrancelhas.

— E aí?

— E aí o quê?

— Você não vai anotar isso no seu caderninho de sexo?

— Meu... — O rosto de August enrubesce na hora. — Não era para você saber disso!

— Você não é nada discreta, August. Uma vez eu juro que chegou a pegar o caderno antes mesmo de eu abotoar a calça.

August se lamenta. Ela sabe exatamente de qual anotação Jane está falando. Página três, seção M, subtítulo quatro: *superestimulação*.

— Alguém me mata agora — August diz, tampando o rosto com as mãos.

— Não, é bonitinho! Você é tão nerd. É fofo! — Jane ri, sempre se divertindo ao fazer August sofrer. É detestável. — Sua vez.

— Não mesmo, você já expôs uma coisa sobre mim que eu não sabia que você sabia. Estou me sentindo muito vulnerável.

— Ai, meu Deus, você é impossível.

— Não vou.

— Então temos um impasse. A menos que você venha aqui me beijar.

August tira as mãos do rosto.

— Para ser eletrocutada? Tenho quase certeza de que, se eu te beijar agora, vou literalmente morrer.

— Essa é a sensação sempre, não é?

— Ai, meu *Deus* — August resmunga, embora seu coração faça algo humilhante com essas palavras. — Cala a boca e come sua laranja.

Jane mostra a língua, mas obedece, terminando sua parte e lambendo a ponta dos dedos quando acaba.

— Eu sinto falta de laranjas — ela diz. — Mas laranjas boas de verdade. Você precisa começar a fazer compras em Chinatown.

— Ah, é?

— É, lá na minha casa, minha mãe me levava para todos os mercados todo domingo de manhã e me deixava escolher as frutas porque eu sempre tive um sexto sentido para coisas doces. As melhores laranjas que dá para encontrar. A gente comprava tantas que não cabiam na sacola e eu levava algumas nos bolsos.

August sorri consigo mesma enquanto imagina uma Jane pequenininha, bochechas rechonchudas e sapatos desamarrados, andando pela feira com os bolsos cheios de frutas. Imagina a mãe de Jane como uma jovem com o cabelo preso riscado por fios grisalhos prematuros, pechinchando com um açougueiro em cantonês. San Francisco, Chinatown, o lugar que fez Jane.

— Qual vai ser a primeira coisa que você vai fazer quando voltar para 1977? — August pergunta.

— Não sei. Tentar pegar aquele ônibus para a Califórnia, acho.

— Você está certa. Aposto que a Califórnia sente a sua falta.

Jane assente.

— Pois é.

— Sabe — August diz —, se isso der certo, a essa altura você vai ter quase setenta anos.

Jane faz careta.

— Ai, meu Deus, que bizarro.

— Ah, é. — August ergue os olhos para o teto do túnel. — Aposto que você tem uma casa cheia de lembrancinhas do mundo todo, porque passou os trinta e poucos mochilando pela Europa e pela Ásia. Sinos de vento para todo lado. Nada combina com nada.

— Os móveis são bons e resistentes, mas eu nunca cuido do quintal — Jane intervém. — É uma selva. Nem dá para enxergar a porta.

— A associação de moradores odeia você.

Jane ri.

— Ótimo.

August deixa um momento de silêncio passar antes de acrescentar, com cuidado:

— Aposto que você está casada.

Sob a luz baixa, ela consegue ver o sorriso de Jane se fechar, um canto da boca repuxando.

— Sei não.

— Tomara que esteja — August diz. — Talvez alguma garota tenha finalmente chegado na hora certa, e você se casou com ela.

Jane encolhe os ombros, contorcendo os lábios. A covinha aparece em um lado.

— Ela vai ter que conviver com o fato de que eu sempre vou desejar estar com outra pessoa.

— Ah, vá — August diz. — Não é justo. Ela é uma boa moça.

Jane ergue a cabeça e revira os olhos, mas sua boca relaxa. Apoia as mãos no trilho e inclina a cabeça para trás.

— E se eu ficar? Qual vai ser a primeira coisa que você vai fazer?

Há umas mil coisas que August poderia dizer, umas mil que queria fazer. Dormir ao lado dela. Comprar um frango para ela na churrascaria do outro lado da rua. Brighton Beach. Prospect Park. Beijá-la entre quatro paredes.

Mas ela diz apenas:

— Levar você comigo para casa.

Antes que Jane possa responder, um facho de lanterna corta a escuridão na ponta do túnel que dá na prefeitura. Jane vira o rosto.

— Ei! Quem está aí? — uma voz rouca grita. — Sai do túnel, porra!

— *Gambé* do caralho — Jane diz, pulando e esparramando casca de laranja para todo canto. — Corre!

Elas correm de volta pelo túnel na direção de Canal Street, Jane tropeçando de tanta pressa, mas sem nunca cair do terceiro trilho e, em algum momento perto da bifurcação, elas desatam a rir. Uma gargalhada alta, esbaforida, incrédula, histérica, enchendo os trilhos e apertando os pulmões de August enquanto ela avança pela linha. Quando elas chegam à Q, um trem acabou de parar na estação, e Jane dá um pulo e se segura no cabo de trás do último vagão.

— Vem! — ela grita, virando-se para pegar a mão de August.

August se segura e deixa que o punho forte de Jane a puxe para cima.

— Esse é o nosso lance? — Jane grita por cima do barulho enquanto são levadas na direção do Brooklyn. — Dar uns beijos entre os vagões do metrô?

— Você ainda não me beijou!

— Ah, verdade. — Jane tira o cabelo desgrenhado de August da frente do rosto e, quando seus lábios se encontram, o gosto é de laranjas e eletricidade.

August fica no trem até tarde da noite, até os vagões começarem a se esvaziar e o itinerário se estender mais e mais. Ela espera pela hora mágica e, pela maneira como passa a mão na sua cintura, Jane também está esperando.

Não tem nenhuma escuridão conveniente dessa vez, nenhuma parada em um momento perfeito, mas tem um vagão vazio e a Ponte de Manhattan, e Jane a aperta, os quadris se mexendo, as respirações curtas e os beijos molhados. Ela pensa que poderia se sentir suja por ficar ali com Jane dessa forma, mas o louco é que ela finalmente entende tudo. Amor. Todos os contornos do amor. O que significa tocar em alguém dessa forma e, ao mesmo tempo, querer passar uma vida com essa pessoa.

Como um delírio, a imagem de Jane com sua casa, suas plantas e seus sinos de vento surgem em sua mente, e August também está lá, os contornos de seu corpo surgindo em uma cama antiga. Jane se encaixa entre suas pernas e ela pensa: *cinquenta anos*. Jane morde seu pescoço e ela pensa em porta-retratos e cartões de receita manchados. Jane se contorce sob o toque de seus dedos e ela pensa: *lar*. Seus olhos se fecham tanto diante da boca de Jane como para uma boa noite de sono.

Eu te amo, ela pensa. *Eu te amo. Por favor, fique. Não sei o que vou fazer se você for embora.*

Ela pensa, mas não diz. Não seria justo com nenhuma das duas.

Catorze

(CL) nova york > brooklyn > comunidade > contatos perdidos

Publicado em 12 de outubro de 2004

Mulher de All Star vermelho na linha Q (Brooklyn)

Desculpa se esse não é o lugar certo para isso, mas não sei bem em que outra seção postar. Não estou procurando uma relação romântica. Eu estava na Q com meu filho na quarta à noite quando uma moça de cabelo curto de vinte e poucos anos se aproximou e ofereceu para ele um broche da jaqueta dela. Era um broche do orgulho gay da década de 70, claramente uma relíquia muito bem cuidada. Meu filho tem 15 anos e não está sendo fácil na escola desde que ele se assumiu neste ano. Essa gentileza fez a semana dele. Se você for essa moça, ou achar que talvez a conheça, por favor, me avise. Eu adoraria agradecer.

No fim, basta uma ligação para Gabe aceitar encontrar Myla para tomar um café.

— O que eu posso dizer? — Myla comenta, vestindo uma blusinha extremamente fina. — Sou inesquecível.

— Vou com você. — August pendura a mochila no ombro, confirmando que o canivete e o spray de pimenta estão lá. — Pode ser um plano para ele ficar a sós com você e praticar uma vingança sangrenta.

— Opa, *Dateline*, calminha aí — Myla diz, chacoalhando o cabelo. — Adoro a desconfiança instintiva contra o macho branco cis hétero, mas Gabe é inofensivo. Ele é só insosso. Tipo, muito insosso, mas se acha muito interessante.

— Como ele arranjou um trabalho no Delilah?

— Ele é de uma daquelas famílias de Nova York, então o pai é o proprietário. Ele é muito hétero.

— E você namorou ele porque...?

— Olha — Myla diz —, todos cometemos erros na juventude. O meu, por acaso, tem um metro e noventa e é a cara do Leonardo DiCaprio.

— *O regresso* ou *A origem*?

— Você me subestima pra cacete se acha que vou me contentar com menos do que *Romeu + Julieta*.

— Caramba, beleza, acho que entendi. — August encolhe os ombros. — Mas vou com você mesmo assim.

Gabe mora em Manhattan, então elas pegam a Q para atravessar o rio, Jane encaixada entre as duas enquanto elas a atualizam das últimas novidades do plano.

— Devo dizer que estou impressionada — Jane responde, passando o braço em volta dos ombros de August. — Esse é definitivamente o crime mais organizado de que já participei.

— *Quando* você vai me contar dos outros crimes? — August pergunta.

— Eu *já* te contei. Quase todos eram vandalismo. Ocupação. Perturbação da ordem. Uma ou outra invasão de propriedade privada. Alguns furtos. Um incidente de incêndio criminoso, mas eu estava usando máscara, então ninguém tem como provar.

— Esses são alguns dos crimes mais atraentes — August comenta. — Para gente que curte crime. Muito Bender do *Clube dos Cinco.*

— Esse é... — Myla começa.

— Eu sei — Jane diz. — August me contou sobre *Clube dos Cinco.*

Myla assente, tranquilizada.

August insiste em entrar no café um minuto antes para manter o disfarce, então se senta ao balcão com um café gelado quando Myla entra. August tenta identificar qual dos jovens de vinte e poucos anos com café preto e caderninhos surrados poderia ser Gabe, até que um de franja e queixo pontudo acena para Myla. Ele usa uma camisa de flanela amarrada em volta da cintura e um botton desbotado do Pickle Rick na bolsa. August não consegue imaginar o que ele e Myla já tiveram em comum. Chega a ser quase patético o quanto ele parece feliz em vê-la.

August se recosta, toma o café e dá uma olhada na lição de casa da subestação que deu a si mesma nessa semana. Já identificou a qual subestação elas precisam ter acesso, então agora é só confirmar que conseguem entrar na sala de controle. Myla vai cuidar do resto.

Myla e Gabe conversam por uma hora, até que ela dá um abraço de despedida e gesticula como quem diz *me liga!* antes de sair. August espera um minuto, observando enquanto o garoto olha fixamente para Myla. Ele parece prestes a chorar.

— Eita — August murmura a caminho da porta.

Encontra Myla digitando no celular no fim do quarteirão.

— Parece que isso correu inesperadamente bem.

Myla sorri.

— Pelo visto, o cara me bloqueou nas redes sociais porque "não suportava ver como eu estava" sem ele. O que, bem, não julgo. A vagaba aqui está espetacular. — Ela ergue o celular. — Ele já me mandou mensagem.

— O que ele falou sobre o evento?

— Ah, essa é a melhor parte. Pega essa visão: ele arranjou esse trabalho porque o tio é um dos gerentes, então ele acha que não vai ter problemas para convencê-los a nos deixar usar o espaço. O bom e velho nepotismo ao resgate.

— Puta merda. — August pensa em Niko sacando o ás de espadas do baralho de tarô, em todos os jades que ele escondeu pelo apartamento recentemente. Pode ser sorte, mas August não consegue evitar a sensação de que tem um dedinho dele nessa história. — E agora?

— Ele vai conversar com o tio e me ligar amanhã. Eu vou à Billy para combinar com a Lucie de transportar as coisas para o lugar novo.

— Legal, vou com você.

Myla ergue a mão.

— Não. Você tem outras coisas para resolver.

— O quê?

— Precisa pensar em como vai conversar com Jane — ela diz, apontando para a estação da linha Q no fim da rua. — Porque, se a gente levar isso adiante e der certo, pode ser que vocês nunca mais se vejam, e segundo Niko vocês ainda têm muitas coisas a dizer uma para a outra.

August olha para ela, o pôr do sol do verão refletindo em seus óculos escuros e cintilando sobre a calçada de Manhattan. A cidade se move ao redor como se elas fossem seixos no leito de um rio.

— É... a gente vai ficar bem — August diz. — Jane sabe o que sinto por ela. E... e, se for para terminar assim, não tem nada que a gente possa fazer. Não tem por que estragar o pouco tempo que temos ficando tristes por conta disso.

Myla suspira.

— Às vezes é importante ficar triste, August. Às vezes a gente tem que sentir certas coisas justamente porque elas merecem ser sentidas.

Myla a deixa na esquina, olhando para os topos pontiagudos dos edifícios carregados pela luz rósea e laranja.

Como conversar com Jane? Por onde começar? Como explicar que August tem medo de amar porque há um poço no meio do seu peito e ela não sabe onde é o fundo? Como falar para Jane que August barricou esse poço anos antes, e que essa coisa — nem mesmo amor, mas a *esperança* de amar — arrancou as barricadas que não tinham nada a ver com amor?

Ela está em uma calçada de Nova York, com quase vinte e quatro anos, e volta a se ver como a primeira versão de si mesma, a que tinha esperança. Que desejava coisas. Que chorava com Peter Gabriel e acreditava em videntes. E tudo isso começou quando ela conheceu Jane.

August conheceu Jane, e agora quer um lar, que seja feito para ela, que ninguém possa lhe tirar porque habita dentro dela como um pequeno e estranho terrário de vidro cheio de plantas que crescem e rochas que brilham e estatuetas tortas, caloroso com uma vista de cobertura para as mãos manchadas de tinta de Myla, para o sorriso maroto de Niko e para o nariz sardento de Wes. Ela quer um lugar que a acolha, coisas que fiquem com o formato do seu corpo mesmo quando ela não estiver lá, um lugar, um propósito e uma rotina feliz e familiar. Ela quer ser feliz. Ficar bem.

Ela quer sentir isso tudo sem medo de se foder em algum momento.

Ela quer Jane. Ela ama Jane.

E ela não sabe como falar nada disso para Jane.

Leva uma semana para Gabe entrar em contato: eles confirmam o Centro de Controle como local do evento, e Lucie distribui listas de tarefas personalizadas como caixinhas de suco em um jogo de futebol infantil.

— Essas são boas — August diz, olhando a sua. — A gente deveria sair mais vezes.

— Não, obrigada — Lucie diz.

Ela e Niko são encarregados de se reunir com o gerente do Slinky para conseguir a bebida e, depois de uma conversa numa sala dos fundos que envolve Niko prometendo ao cara uma leitura mediúnica gratuita e as empanadas da sua mãe, eles voltam ao apartamento com doações de bebidas riscadas da lista.

— Já conversou com Jane? — Niko pergunta, subindo a escada.

Ele não entra em detalhes sobre o que elas precisam conversar. Os dois já sabem.

— Por que você está me perguntando se você já sabe? — August retruca.

Niko a observa com um olhar doce.

— Às vezes as coisas que devem acontecer precisam de um empurrãozinho.

— Niko Rivera, capanga do destino desde 1995 — August diz, revirando os olhos.

— Gostei. Parece que ando por aí com um bastão cheio de pregos.

Quando eles chegam à porta da frente, ela se abre, e Wes sai carregando panfletos amarelos vibrantes nos dois braços.

— Opa, aonde você está indo? — Niko pergunta.

— Lucie colocou panfletos na minha lista. Winfield acabou de trazer.

— *PANQUECAPALOOZA DRAG & ARTE EXTRAVAGANZA PARA SALVAR A CASA DE PANQUECAS DE BILLY PANQUECA* — August lê em voz alta. — Deus do céu, deixaram o Billy escolher o nome? Ninguém na família dele sabe editar.

Wes dá de ombros, a caminho da escada.

— Só sei que tenho que pregar todos na área.

— Fugir não vai ajudar! — Niko diz atrás dele.

August ergue a sobrancelha.

— Fugir do quê?

Nesse exato momento, Isaiah sobe para o último lance de escadas. Ele e Wes param, a dez degraus de distância um do outro.

Niko tira um palito de dente do bolso do colete e o morde com toda a naturalidade do mundo.

— Disso.

Depois de dez segundos de silêncio tenso, Wes pega seus panfletos e sua expressão transtornada e desce a escada às pressas. August consegue ouvir os tênis pulando de dois em dois degraus até lá embaixo.

Isaiah revira os olhos. Niko e August se entreolham.

— Deixa que eu vou — August diz.

Ela encontra Wes na rua na frente do prédio, xingando um grampeador enquanto tenta fixar um panfleto em um telefone público.

— Opa — August diz, aproximando-se. — Esse grampeador tentou criar alguma intimidade emocional com você?

Wes fecha a cara.

— Que engraçadinha.

August pega metade dos panfletos de Wes.

— Me deixa ajudar, pelo menos?

— Beleza — ele resmunga.

Eles descem o quarteirão, Wes atacando postes elétricos e placas enquanto August enfia panfletos em caixas de correio e entre grades de janelas. Winfield deve ter deixado uns quinhentos, porque, quando eles chegam à metade de Flatbush, as pilhas mal mudaram de tamanho.

Depois de uma hora, Wes se vira para ela e diz:

— Preciso fumar.

August dá de ombros.

— Fica à vontade.

— Não. — Ele enrola os panfletos restantes e os enfia no bolso de trás da calça jeans. — Preciso fumar *um*.

De volta ao apartamento, Wes a leva até a porta de seu quarto e diz:

— Se contar para Niko ou Myla que deixei você entrar aqui, eu vou negar, esperar meses até você esquecer qualquer ameaça de vingança e dar todas as suas coisas para aquele cara do segundo andar cujo apartamento fede a cebolas.

August afugenta Noodles, que está mordiscando seus calcanhares.

— Entendido.

Wes abre a porta, e lá está seu quarto, exatamente como Isaiah o descreveu: bonito, organizado e elegante, madeiras leves, roupas de cama cinza-escuras, seus próprios desenhos enquadrados e pendurados nas paredes. Ele tem o gosto de alguém que cresceu com o que há de melhor, e August pensa na herança que Myla mencionou. Ele abre uma caixa de charutos ornamentada na mesa de cabeceira e pega um isqueiro prateado e pesado e um baseado.

August vê as vantagens do corpo esguio de Wes quando ele salta com facilidade pela janela aberta da saída de incêndio. Ela tem o quadril mais largo e não é nem de longe tão graciosa; quando o alcança, está sem ar, enquanto ele está sentado no terraço, apoiado em um dos aparelhos de ar-condicionado, acendendo o baseado sem uma gota de suor.

August se recompõe ao lado de Wes e se vira para a rua, admirando as luzes do Brooklyn. Não é silencioso, mas é um fluxo calmo e constante de barulho ao qual ela já está acostumada. August gosta de imaginar que, se prestar bastante atenção, consegue ouvir a linha Q descendo no quarteirão de baixo, levando Jane noite adentro.

Ela precisa conversar com Jane. Sabe disso.

Wes passa o baseado, e ela aceita, grata por qualquer pretexto para parar de pensar.

— Em que parte de Nova York você nasceu? — ela pergunta.

Wes solta uma lufada de fumaça.

— Eu sou de Rhode Island.

August para com o baseado a caminho da boca.

— Ah, só imaginei porque você é tão...

— Babaca?

Ela estreita os olhos para ele. Está cinza e escuro ali em cima, cortado pelo laranja, amarelo e vermelho da rua lá embaixo. As sardas do nariz dele viraram um borrão.

— Eu ia dizer purista de Nova York.

O primeiro trago arde ao descer, acumulando-se no alto de seu peito. Ela só fumou uma vez antes — em uma festa, tentando desesperadamente agir como se soubesse o que estava fazendo —, mas imita Wes segurando a fumaça por alguns segundos antes de soltar pelo nariz. Parece tranquilo até ela passar os próximos vinte segundos com o rosto escondido no braço.

— Eu me mudei para cá quando tinha dezoito anos — Wes diz quando August para de tossir, felizmente sem comentar a incapacidade dela de lidar com a fumaça. — E meus pais basicamente me cortaram da árvore genealógica um ano depois quando se tocaram de que eu não ia voltar para a faculdade de arquitetura. Mas pelo menos eu ainda tinha essa merda dessa cidade assustadora, cara e fedida.

Ele diz a última frase com um sorriso.

— Sei. Myla e Niko meio que... comentaram alguma coisa.

Wes dá um trago, a ponta do baseado brilhando mais forte.

— Pois é.

— Minha, hm... minha mãe. Os pais dela eram super-ricos. Muitas expectativas. E eles, hm, basicamente agiram como se ela não existisse também. Mas minha mãe também é bem maluca.

— Em que sentido? — Wes pergunta, batendo as cinzas antes de passar o baseado outra vez.

August consegue segurar o segundo trago por mais tempo. Sente em seu rosto, se espalhando sob a pele, começando a relaxar.

— Ela passou a vida inteira me falando que meus avós não queriam nada comigo, então nunca tive uma família de verdade. E algumas semanas atrás descobri que era tudo mentira, agora que eles estão mortos, então...

Ela não menciona o filho que eles esqueceram ou as cartas que interceptaram. A essa altura, ela sabe que também não ia querer nada com a família da mãe, mesmo depois de descobrir que eles se importavam com a neta. Mas ela é filha de Suzette Landry, o que significa que é difícil largar o osso.

— É por isso que você não tem falado com ela? — Wes pergunta.

August volta a olhar para ele.

— Como você sabe que não estou falando com minha mãe?

— É bem fácil notar quando a pessoa do cômodo ao lado para de conversar aos berros com a mãe por telefone toda manhã ao raiar do dia.

August faz uma careta.

— Foi mal.

Wes pega o baseado dela e o segura entre o polegar e o indicador. Parece distante, com uma brisa desgarrada soprando as pontas dos seus cabelos.

— Olha, nenhum pai é perfeito — ele diz finalmente. — Por exemplo, você sabe que Niko vem de uma família de operários católicos de Long Island, certo? Eles foram muito tranquilos em deixar que o filho começasse a transição supercedo, e *adoram* a Myla. Mas a mãe ainda acha que ele vai para o inferno porque é *médium*. Tipo, ela manda mensagem para ele toda semana com versos da Bíblia aconselhando a não mexer com demônios. Totalmente tranquilos e incríveis em todos os aspectos, a não ser por literalmente acharem que ele venera o diabo.

— Jesus.

— Foi o que *eles* disseram. Mas, cara, beleza. É aceitável. Já pessoas como os meus pais, como os pais da sua mãe... são outro nível. Por exemplo, eu queria estudar arte, e meus pais ficaram falando: ótimo, você pode desenhar prédios, e depois assumir a firma um dia, e não, não vamos pagar terapia. E, quando eu não consegui fazer o que eles queriam, já era. Cortaram a grana e me disseram para não voltar para casa. Eles se importam com as *aparências*. Se importam em ter vantagem para contar no seu grupinho de babacas da Ivy League. Mas, no minuto em que o filho precisa de alguma coisa... sabe, precisa *mesmo*... vão dizer que ele é uma grande decepção por pedir.

August nunca encarou por esse ângulo.

Todo dia ela vê Wes se acovardar e foder com a própria vida, e nunca diz uma palavra, porque sabe que ele carrega um peso enorme nas costas. Já com a mãe, ela nunca teve essa empatia. Nunca pensou em transpor a dor dele para a dor dela na tentativa de entender melhor.

Uma das últimas palavras dele fica na cabeça dela, uma pedra no fundo da piscina, seu cérebro oscilando em volta. *Decepção*. August se lembra do que ele falou depois que Isaiah os ajudou a transportar o colchão.

Ele não merece uma decepção.

— Se serve de consolo, você nunca foi uma decepção para mim desde que a gente se conheceu. — August franze o nariz para ele. — Na verdade, eu diria até que você superou as minhas expectativas.

Wes dá um trago e solta a fumaça com uma gargalhada.

— Obrigado.

Ele apaga o baseado e se levanta.

— E... sabe. Para constar. — Com cuidado, August se levanta. — Eu, hm, sei como é passar um longo tempo sozinha de propósito, só para evitar o risco do que poderia acontecer se eu não estivesse sozinha. E, com Jane... Duvido que haja um primeiro amor mais fadado ao fracasso, mas vale a pena. Provavelmente vai partir meu coração e, mesmo assim, vale pena.

Wes evita os olhos dela.

— Eu só... Ele é tão... Ele merece o melhor. E o melhor não sou eu.

— Não é você quem decide isso.

Wes parece que está pensando em alguma resposta quando vem um som lá de baixo. Alguém abriu uma janela do último andar, e então começa: Donna Summer em um volume totalmente desrespeitoso, saindo do apartamento de Isaiah.

Eles se encaram por um segundo até desatarem a rir, trombando um no outro. Donna canta sobre alguém que deixou um bolo na chuva, e Wes leva a mão ao bolso de trás, vai até a beira do terraço e atira para a noite uma centena de panfletos que passam voando pela saída de incêndio, pelas janelas, pelo cheiro quente e salgado da Popeyes, trombando na calçada e sendo soprados pela brisa, envolvendo semáforos e levados na direção dos trilhos ao ar livre da Q.

Na tarde anterior ao evento de arrecadação de fundos, na véspera da tentativa de mandar Jane de volta, August finalmente cumpre a profecia de Niko e entra na Q.

Ela escolhe uma estação mais distante da habitual, Kings Highway perto de Gravesend, porque vai ter menos gente no trem perto do fim da linha. Nessa altura, o trilho é mais elevado, passando por janelas do terceiro andar de bairros residenciais. O sol brilha forte, mas o vagão está fresquinho.

Como era de se esperar, Jane está sentada nos fundos, com fones de ouvido e olhos fechados.

August fica perto da porta, observando-a. Talvez seja a última vez em que ela possa ver Jane sob o pôr do sol.

Sente um aperto no peito — e sabe que Jane sente o mesmo às vezes — que diz que ela deveria fugir. Poupar-se da mágoa, sair deste trem e trocar de cidade, trocar de faculdade, trocar de vida até encontrar algum outro lugar onde talvez possa ser feliz de novo.

Mas é tarde demais. Ela poderia viver mais cinquenta anos, amar e passar por umas cem cidades, milhares de catracas e comprar passagens de avião, e Jane ainda estaria lá no fundo do seu coração. Essa garota do Brooklyn que August não consegue esquecer.

O metrô sai da estação, e August caminha contra no sentido oposto, até o banco de Jane.

Jane abre os olhos quando August se senta.

— Ei — diz, tirando os fones de ouvido e deixando-os em volta do pescoço.

August inspira para olhar para ela, guardando na memória o ângulo em que o sol bate na ponta curva de seu nariz, as linhas de sua mandíbula e seu lábio inferior carnudo.

Então pega na bolsa uma embalagem prateada de Pop-Tarts.

— Eu trouxe para você — August diz, oferecendo o pacote. — Já que de onde você vem não tem a de milk-shake de morango.

Jane guarda o pacote com cuidado no bolso da frente da mochila. Olha para August com a cabeça um pouco inclinada para o lado, avaliando a expressão dela.

— Amanhã é o grande dia, hein?

August tenta sorrir.

— É.

— Está tudo pronto?

— Acho que sim. — Ela providenciou tudo, só faltou submeter os amigos a uma simulação real. Eles estão o mais preparados possível. — E você? Está pronta?

— Assim, pelo que entendi, existem três resultados possíveis amanhã. Eu volto, eu fico ou eu morro. — Ela encolhe os ombros, como se não fosse nada de mais. — Eu preciso estar tranquila em relação a qualquer um deles.

— E está?

— Não sei — Jane responde. — Eu não quero morrer. Não queria morrer quando *era* para eu ter morrido. Então, prefiro acreditar que vai ser uma das duas primeiras.

August concorda.

— Eu gosto dessa atitude.

Há uma despedida aí, em algum lugar. Há uma conclusão escondida nas pernas casualmente jogadas de Jane e nas suas vozes baixas demais. Mas August não sabe como desenvolver o que tem a dizer. Se fosse um caso fácil de resolver, ela encontraria uma resposta, a circularia com caneta vermelha e a fixaria na parede: aí está, a coisa que ela precisa dizer para a garota que ela ama. Ela descobriu.

Em vez disso, diz:

— Tem mais alguma coisa que você queira, antes de amanhã?

Jane se ajeita, colocando um pé no chão. O pôr do sol a faz brilhar, e ela é iluminada ao sorrir suavemente para August, um dentinho da frente torto. August ama aquele dente. Parece tão idiota e bobo amar o dente torto de Jane podendo estar prestes a perdê-la para sempre.

— Eu só queria dizer... — Jane começa, e segura a frase como se tivesse água na boca até engolir e continuar: — Obrigada, acho. Você não precisava me ajudar, mas ajudou.

August solta uma risada.

— Eu só ajudei porque achei você gata.

Jane toca o queixo dela com o nó dos dedos.

— Há motivos piores para quebrar as leis de tempo e espaço.

Próxima parada: Coney Island. A estação onde a longa viagem de Jane na Q começou anos antes, onde elas vão tentar salvá-la. Devagar, a roda-gigante surge na paisagem ao longe. Elas a viram umas mil vezes dali, iluminada nas noites de verão, lançando linhas amarelas e verdes para o céu da manhã. August já contou para Jane que a roda-gigante continuou em pé quando metade do parque foi destruída. Ela sabe que Jane gosta de histórias de sobrevivência.

— Não, hm... — Jane diz, limpando a garganta. — Se eu voltar amanhã. Não perca tempo demais comigo. Quero dizer, não me entenda mal... espera um tempo respeitoso e tal. Mas, sabe. — Ela ajeita o cabelo de August atrás da orelha, passando o polegar pela bochecha. — Só lembra de deixar as pessoas nervosas. Ninguém deve te subestimar.

— Está bem — August diz com a voz embargada. — Vou anotar isso.

Jane está olhando para August, e August está olhando para Jane, e o sol está se pondo, e o problema todo é que está bem ali entalado na garganta das duas, mas elas não falam. Elas sempre foram péssimas em falar essas coisas.

Em vez disso, August se aproxima e beija Jane na boca. É suave, trêmulo como o balanço do trem, mas muito mais sereno. Seus joelhos se trombam, e os dedos de Jane se emaranham nas pontas de seu cabelo. August sente algo quente e úmido na bochecha. Não sabe se é ela mesma ou Jane quem está chorando.

Às vezes, quando se beijam, é como se August conseguisse ver. Apenas por um segundo, consegue ver uma vida fora desse trem. Não um futuro distante, não uma casa. Um presente imediato se desenrolando como um filme: sapatos em uma pilha perto da porta, uma gargalhada sob as luzes do bar, uma caixa de cereal dividida no sábado de manhã. Jane com a mão em seu bolso de trás. Jane subindo a escada do metrô em direção à luz da rua.

Quando elas se separam, August encosta a cabeça no ombro de Jane, apertando a bochecha no couro. Tem cheiro de antigo, como uma trovoada, como graxa de motor e fumaça, como Jane.

Há tanto a dizer, mas tudo que ela diz é:

— Eu era muito solitária antes de conhecer você.

Jane fica em silêncio por alguns segundos. August não olha para ela, mas sabe como a sombra de postes e terraços deslizam sobre os traços de seu rosto e as curvas suaves da boca. Ela sabe tudo aquilo de cor. Fecha os olhos e tenta imaginá-la mais uma vez, em qualquer outro lugar.

A mão de Jane envolve a sua.

— Eu também.

Quinze

 pessoasdacidade

[A foto mostra um homem branco de cabelo ruivo sentado em um trem do metrô segurando uma sacola de compras. No fundo, ligeiramente desfocada, uma mulher de cabelo escuro lê um livro, usando fones de ouvido, uma jaqueta de couro amassada embaixo do braço.]

pessoasdacidade Meus pais se separaram quando eu era criança, e perdi contato com meu pai, mas eu sabia que ele estava em Nova York. Eu me mudei para cá um ano depois que minha mãe morreu. Não suportava a ideia de ter um pai ainda vivo e nem mesmo tentar ter uma relação com ele, sabe? Estou procurando por ele desde que cheguei. Pai, se estiver vendo isso, eu perdoo você. Vamos comer um hambúrguer.

15 de maio de 2015

— Juro por Deus, se eu tiver que encher mais um desse... — Wes diz enquanto dá um nó com os dentes em um balão vermelho.

— Vai se acostumando — Myla diz. Ela está amarrando vários em um arco-íris de fitas. — Faltam uns duzentos para acabar.

Sem ânimo, Wes mostra o dedo do meio para ela. Myla sopra um beijinho.

August olha o celular. Três horas para se abrirem as portas da mais ambiciosa — e única — festa que ela já organizou na vida. Seis horas para o plano deles entrar em ação. Sete horas para Myla sobrecarregar o circuito e deixar a linha sem luz.

Sete horas para Jane talvez ir embora para sempre.

E ali está August, enchendo um gato inflável de três metros com óculos escuros e uma guitarra.

A loja de decoração de festa perto do trabalho de Myla doou os itens mais encalhados, e eles tiveram de levar todos os animais infláveis gigantes que conseguiram encontrar — tudo que fosse alto o suficiente para bloquear uma câmera de segurança. Os balões vão dar conta do resto.

— Precisa de alguma coisa? — Gabe pergunta, rodeando Myla como um mosquito enorme com cabelo asa-delta. Parte do acordo com a prefeitura era que o tio de Gabe supervisionaria o evento e, pelo visto, o tio de Gabe está pouco se fodendo, porque mandou o sobrinho em seu lugar. Eles têm de ficar mudando de assunto toda hora que o Gabe chega perto demais para que ele não descubra que o lance todo é em parte um disfarce para um crime contra a cronologia.

— Na verdade — Myla diz. — Eu adoraria um McFish. Aah, e um chá de bolhas.

— Ah, hm... claro, beleza.

Gabe sai, olhando feio para Niko quando pensa que ninguém está vendo.

— Acho que ganhamos mais uma hora — Myla diz depois que ele sai. — Vocês acham que eu deveria me sentir mal em relação a isso?

— Eu ouvi quando ele estava explicando disparidade salarial para Lucie — Wes diz. — Ele disse que acredita estar "sabotando o capitalismo" porque "escolheu" não pagar o próprio aluguel.

— Eca — Myla sussurra. — Beleza, então, vamos seguir o plano.

O Plano, conforme apresentado no quadro branco e, depois, apagado minuciosamente para destruir todas as evidências: Um. Eles esperam a festa atingir a capacidade máxima. Dois. Myla usa seus poderes de sedução para tirar o crachá de Gabe. Três. August sai discretamente para encontrar Jane na Q. Quatro. Wes cria uma distração para afastar os seguranças da porta da sala de controle. Cinco. Myla sobrecarrega a linha enquanto Jane espera no terceiro trilho.

August amarra seu último balão e envia uma selfie para Jane — língua para fora, sinal de paz, o cabelo estático do látex cheio de hélio.

teje presa

August quase cospe o chiclete com a resposta de Jane. Ela nunca deveria ter apresentado Jane a Myla. Jane vai levar o humor dos anos 2020 direto para a década de 70.

Nossa, como August vai sentir saudades.

Enquanto Lucie e Jerry preparam a estação de panquecas, o círculo de artistas do Brooklyn de Myla começa a trazer esculturas, pinturas e relevos em madeira de cachorros feios para o leilão silencioso. Há pulseiras para amarrar, talões de bebida para contar, luzes, um palco e um sistema de som para montar, placas de gênero de banheiro para cobrir com fotos de pratos de café da manhã.

— Veste essa, Wes — August suspira, jogando a última camiseta da Casa de Panquecas de Billy Panqueca para ele.

— Esta é pequena. Você sabe que uso GG.

— Faça-me um favor, você deveria usar M infantil — diz uma voz alta, e é Isaiah, sobrancelhas já cobertas, entrando com uma arara cheia de roupas de drag e um séquito de filhas drag semimontadas. Winfield vem atrás e, quando eles desaparecem nos fundos para se maquiar, Wes faz biquinho, veste a camiseta P e vai até o canto onde seus amigos do estúdio de tatuagem montaram a cabine.

Seis barris e dez engradados de bebida são descarregados do minifurgão emprestado, cortesia do Slinky e outros bares da região, e Lucie dá os direcionamentos para alguns dos garçons ajudantes da Billy que estão encarregados de pendurar lâmpadas nas vigas sobre a pista de dança improvisada e preparar o palco para o show. Depois que Myla manda ver na iluminação, August tem de admitir que o lugar está incrível, com seus traços brutalistas, alavancas antigas gigantes e tubos de fios sujos transformados sob a luz.

Perto das oito da noite, August não consegue acreditar, mas eles realmente conseguiram.

— Está pronto, velhote? — August pergunta, amarrando o cabelo enquanto assume seu lugar ao lado de Jerry, perto da grelha.

Ele e um pequeno exército de cozinheiros vão virar panquecas a noite toda, e August e Lucie vão servi-las para os bêbados e famintos.

— Nasci pronto, doçura — Jerry diz com uma piscadinha.

Ela sabia, matematicamente, que eles tinham vendido mais de dois mil ingressos para a noite de hoje. Mas uma coisa é ver o número, e outra inteiramente diferente é ver tantas pessoas em carne e osso, dançando e chegando ao bar improvisado. Jerry e os cozinheiros despejam a massa na grelha, e August se dá conta de que eles podem, sim, salvar a Billy e a Jane em uma única noite.

A primeira hora passa em uma algazarra de cor, barulho e xarope de bordo. Estudantes de arte vestindo Fila seguem o leilão silencioso, admirados pela escultura enorme, cintilante e espasmódica de Myla, que ela batizou de ISSO DÁ NOS NERVOS. As pessoas fazem fila para que Wes ou outra pessoa do estúdio tatue algo impulsivo em seus braços. As primeiras drags sobem ao palco, girando sob as luzes e soltando piadas pesadas no microfone.

Fica mais e mais e mais barulhento.

Lucie se aproxima, tentando encher um prato com panquecas antes que um estudante bêbado da NYU de macacão de veludo e meio cabelo cor-de-rosa beba todo o xarope de cortesia.

— A gente não vendeu fichas de bebidas demais?

August vê duas meninas perto delas alternando entre uns amassos e discussão violenta e mais amassos no decorrer de quatro segundos.

— A gente estava tentando fazer com que eles doassem mais.
— Vocês viram Myla? — pergunta alguém à direita.

É Gabe, esbaforido e suado, um chá gelado decantando rapidamente em uma das mãos e um saco amassado do McDonald's na outra.

August o olha de cima a baixo.

— Cara, não acho que ela queira mais aquele McFish, não. Faz, tipo, umas quatro horas.

— Merda — ele diz, e olha para o pandemônio ao redor a tempo de ver Vera Harry se jogar do palco e começar a surfar na multidão. — As coisas ficaram, hm, meio malucas depois que eu saí.

— Pois é — August diz. Os pneus do Tesla de Gabe talvez tenham sido furados por um canivete em formato de peixe antes da missão dele, para mantê-lo ocupado por algumas horas. August prefere não comentar. — Quer beber alguma coisa?

A noite segue ruidosa. Os rapazes da agência de correios ao lado da Billy fazem um duelo de dança destrambelhado, uma pessoa com um piercing no lábio emborca duas White Claw ao mesmo tempo, corpos pulando e dançando enquanto a drag também conhecida como Winfield assume o palco com a barba magenta e apresenta um número elaborado sobre socialismo ao som de "She Works Hard for the Money" remixado com discursos de Alexandria Ocasio-Cortez.

O brunch de Páscoa de Isaiah foi uma loucura. Natal em Julho foi um caos. Mas esse, sim, é um verdadeiro Deus nos acuda de enfiar o pé na jaca no nível tem uma pessoa tatuando o Chuckie dos *Rugrats* enquanto um drag king chamado Nabo Dylan faz um número de ginástica artística. O pote de gorjetas perto da grelha de panquecas está transbordando. August tem a impressão de que as pessoas mais gays e estranhas de Nova York vieram todas para essa pista de dança, cheirando a calda, maconha e laquê. Se ela não estivesse duplamente ocupada com seu trabalho de panquecas e o plano de Jane, Myla e Niko a teriam arrastado para lá em uma nuvem de glitter.

A sensação que ela teve no Delilah volta, puxando seu cabelo, fazendo seu coração bater mais forte. *Jane deveria estar aqui*. Não em um trem esperando que essa festa a tire do purgatório. Aqui, neste lugar, com toda a sua rebeldia, em um lugar cheio de gente que ia adorar estar com ela.

— E por que estamos aqui hoje? — Bomba Bumboclaat grita no microfone.

— Billy! — a multidão grita.

— Quem está na esquina da Church com a Bedford há quarenta e cinco anos?

— Billy!

— Quem vai ficar por mais quarenta e cinco anos?

— *Billy!*

— E o *que* nós *dizemos* para a *especulação imobiliária*?

A multidão inspira em uníssono, inalando fumaça, gelo seco e cheiro de tinta, e todos gritam em uma voz retumbante, os dedos do meio erguidos para as luzes:

— *Vão se foder!*

Bomba Bumboclaat deixa o palco, e o alarme toca no celular de August.

Está na hora.

Os dedos de August estão suados no celular.

Ela consegue. Ela *consegue*.

August se inscreveu em um daqueles serviços de videoconferência na semana anterior para que eles pudessem manter uma ligação em grupo enquanto tentam colocar o plano em ação — a versão pirata dos rádios de comunicação de *Missão impossível*. Ela passa por baixo de um amontoado de balões e faz a ligação.

Myla entra primeiro, depois Wes, Niko e, por fim, Jane. Ela sabe exatamente onde todos estão, porque definiram suas localizações previamente: Wes fez um intervalo da cabine de tatuagem para fumar um cigarro perigosamente perto de uma lata de lixo cheia de copos de papel encharcados de álcool. Myla ronda a pista de dança para ficar de olho em Gabe enquanto ele enche o copo. Niko monitora todo mundo pelo parapeito do andar de cima.

— E eu estou no metrô — Jane diz. — Sabe, caso alguém esteja se perguntando.

August coloca a ligação no viva-voz e enfia o celular de ponta--cabeça no bolso da frente da camiseta, como fez na noite da festa de Isaiah. Só que não é apenas Jane que está em seu bolso desta vez. É a família inteira.

— Todo mundo pronto?
— Prontinha — Myla diz.
— Mais pronto impossível — Wes diz.
— Eu gosto quando você vem toda chefona do crime — Jane acrescenta.
— Essas panquecas estão fantásticas — Niko diz de boca cheia. — Fala para o Jerry que eu disse que ele está mandando bem.
— Os guias espirituais falaram se isso vai funcionar ou não? — Jane pergunta.

August vê Niko lamber e levantar o dedo lá em cima.

— Hmm. Estou com um ótimo pressentimento.
— Boa! — Myla diz. — Bora lá.

August não consegue vê-la em meio à multidão, mas consegue ouvir pelo viva-voz enquanto se move.

— Ei, Gabe? — Myla diz. — Posso conversar com você por um segundo?

A voz de Gabe vem fraca através da linha.

— Claro, o que foi?
— Não, eu quis dizer... *a sós*. — Myla carrega a última parte. Ela já ouviu Myla usar esse tom com Niko em casa mais vezes do que gostaria, normalmente precede uma explosão de música alta vinda do quarto deles, e nessas ocasiões August sempre desce para um jantar extralongo no Popeyes.

— *Ah*. Beleza, claro.

Ela o arrasta para um almoxarifado que eles descobriram mais cedo, e August finalmente entrevê os dois, a mão de Myla no cotovelo dele. O crachá de Gabe continua onde esteve o dia todo: pendurado no pescoço. August vê Myla virar o rosto para o lado e falar com o celular escondido na alça do sutiã, a cabeça baixa para ele não ver sua boca se mexendo.

— Niko, tudo que estou prestes a dizer para esse cara é uma completa e total mentira, e eu te amo e quero casar com você e adotar uns cem corvos de três olhos ou qualquer outra esquisitice que você queira em vez de filhos — ela murmura.

— Eu sei — Niko responde. — Você acabou de me pedir em casamento?

— Ai, merda, talvez?

Myla abre a porta e empurra Gabe para dentro.

— Estou muito bravo com você — Niko diz. — Eu já tenho uma aliança em casa.

— Ai, meu Deus, sério? — pergunta Jane.

— Mazel! — Wes exclama.

— *Gente* — August diz.

— Certo — Myla diz. — Aqui vou eu. Vou colocar vocês no mudo agora.

Myla enfia a mão dentro da camiseta para abaixar o volume do celular, mas deixa o microfone ligado.

— Ei, Gabe. Desculpa incomodar. Mas eu... queria muito agradecer a ajuda.

August quase consegue "ouvir" o garoto ficando vermelho.

— Ah, não foi nada. Qualquer coisa por você, Myles.

— *Myles?* — Wes e August murmuram juntos, repugnados.

— Eu queria dizer que... sinto muito pelo que aconteceu entre nós. Eu fui tão babaca. Não sei o que tinha na cabeça. Você merecia mais.

— Obrigado por falar isso.

— E eu... Eu sei que você tem todo o direito de me odiar. Mas, porra, eu ainda penso em você o tempo todo.

— Sério?

— Sério... Quando Niko está dormindo, às vezes, eu penso em você. Aquela vez, no elevador do meu alojamento, lembra? Eu fiquei dois dias sem andar.

— Eita — Wes diz.

— Amador — Niko comenta.

— E especialmente quando escuto aquela música que você gostava... lembra? Às vezes toca, e penso: nossa, o que será que o Gabe anda fazendo? Eu realmente perdi um homem bom. — Ela suspira para aumentar o efeito dramático. — Senti saudade. Eu nem sabia o que você estava fazendo nos últimos dois anos. Você se escondeu bem de mim, hein?

— Ah, para ser sincero, só ando trabalhando muito. E, sabe, curtindo muito jejum intermitente. E cigarro eletrônico. Esses são, tipo, meus dois hobbies principais.

— Hobbies? — Wes diz, inexpressivo.

— Eu gostaria de saber o que essas coisas significam... — Jane pergunta.

— Psiu — Niko sussurra —, está ficando bom.

— Uau — Myla continua. — Eu adoraria saber sobre essas coisas qualquer hora...

— Na verdade é bem interessante. Eu li que programadores do Vale do Silício passam vinte, vinte e duas horas sem comer ou só suplementando com um shake para substituir refeições. Aparentemente, pular refeições e restringir nutrientes faz o tempo passar mais devagar, então você consegue fazer mais coisas no seu dia. É assim que eu tenho tempo para trabalhar aqui *e* começar a fazer meu plano de negócios para minha linha de cartuchos de cigarro eletrônico.

— Ai, meu Deus — August diz.

— É, hm — Myla gagueja. — Uau. Você sempre foi tão... criativo. Eu...

— Sim! — Gabe diz, subitamente animado. Esse não era o plano. — Estou prestes a desenvolver minha primeira linha de produtos, depois vou para os testes de mercado. Meu conceito é, tipo, cartuchos salgados. Já notou que só existem sabores doces? Mas que tal um cigarro com sabor de frango frito? Ou...

— Isso é transcendente — Niko diz, e parece estar com a boca cheia de panqueca.

— Ela vai ter que matar esse homem — Wes diz. — É o único jeito.

— ... de pizza de pepperoni, de cheeseburguer com bacon, sabe? E, para os vegetarianos, tem toda uma linha com sabores de burrito de feijão, queijo nacho e paneer tikka masala...

— Eu vou vomitar — August diz.

— Enfim, ainda estou procurando investidores. Que bom que você curtiu a ideia. Está sendo difícil vender.

— É, as pessoas têm noções preconcebidas limitadas sobre, hm, que sabores querem fumar? Mas, enfim...

— Quer saber? Tenho algumas amostras no carro... comentei que comprei um Tesla no ano passado? Quer dizer, tecnicamente, meu pai comprou, mas, sabe como é, vou lá buscar alguns para você experimentar.

— Ah, não precisa fazer isso...

— Tranquilo, Myles.

— Não, Gabe... *merda*. — Há um barulho na linha enquanto Myla pega o celular e tira a ligação em grupo do mudo. — Não consegui o crachá.

August dá meia-volta. Do outro lado da multidão está Gabe, a caminho da porta.

— Foda-se, eu pego — August diz ao telefone, e ela pega o pote mais próximo de massa e corre na direção dele.

No amontoado de corpos, é fácil fingir um tropeço nos últimos passos — bem no peito de Gabe, massa de panqueca esparramando por toda parte, no pescoço e no cabelo dele, encharcando a jaqueta da Members Only.

— Ai, cacete, desculpa! — August grita em meio ao barulho da festa. Gabe ergue as mãos em choque, enquanto ela tira uma toalha do avental e começa a limpar a massa. — Eu sou um desastre, ai, meu Deus.

— Esta jaqueta é *vintage*! — ele exclama.

E basta isso — a preocupação pela jaqueta idiota — para ele não notar quando ela passa a mão embaixo da toalha e solta o crachá do cordão.

— Mil desculpas — August repete, enfiando o crachá no bolso de trás. — Eu... eu posso te passar meu PayPal para você me cobrar pela lavanderia.

Ele solta um suspiro pesado.

— Deixa pra lá.

E sai andando. August dá um aceno arrependido para ele, depois se inclina para o celular no bolso da frente.

— Peguei.

— Essa é a minha garota — Jane responde.

— Ai, graças a Deus — diz Myla. — Pensei que eu teria que fumar um vindalho de cordeiro.

— Nenhum crime contra a natureza será cometido hoje — August diz. — Tirando o grande crime, claro. Me encontra no banheiro, Niko?

— Estarei lá.

— Certo, Jane — August diz. — Vou desligar, mas devo chegar aí em dez minutos. Só... não sai daí.

— Acho que dou conta — Jane diz, e August desconecta.

Ela passa o crachá para Niko, que bate uma leve continência e sai andando. Ele vai encontrar Myla perto da sala de controle depois que tudo estiver no lugar. Só mais um passo: criar a distração.

— Está pronto? — August pergunta a Wes, chegando ao lado dele perto da lixeira.

Wes sorri e ergue a sobrancelha.

— Para cometer um incêndio criminoso em uma festa gigante? Eu nasci para isso.

— Certo — August diz, desamarrando o avental. — Vou dar o sinal quando chegarmos à ponte. Eu vou...

— Onde você estava? — diz Lucie atrás dela. Merda. Ela parece prestes a soltar palavrões em tcheco. August dá meia-volta e se depara com a chefe, furiosa, um frasco de xarope de bordo na mão como se fosse uma granada. — Essa gente. *Pesadelo.* Preciso de *ajuda.*

— Eu... — Como é que ela vai se livrar dessa? — Desculpa, eu...

— Ela teve uma ideia genial — diz outra voz conhecida, e lá está Annie Antidepressiva em pessoa, peruca e vestido, uma pilha de panquecas de pelúcia equilibrada em cima da cabeça. — Eu vou assumir o turno dela. — E aponta para o pote de gorjetas. — Consigo duplicar aquilo em quinze minutos.

Lucie alterna o olhar entre Annie e August, estreitando os olhos. August faz cara de quem planejou isso.

— Beleza — Lucie diz. — A gente tenta por meia hora. — Ela aperta o ombro de August com a ponta de uma de suas unhas de acrílico. — Depois você volta a trabalhar.

— Claro, sem problema. — Depois que Lucie sai andando, August se volta para Annie, que está lustrando as unhas tranquilamente nos peitos falsos. — Como você...

— Vocês acham que eu sou burra? Como se não estivesse na cara que estão aprontando alguma. Olha só para o Wes. Ele está suando que nem um porco no trem. Não preciso saber o que *é*, mas, sabe, posso ajudar.

Wes olha para Annie por cinco segundos, e diz:

— Ai, pelo amor de Deus, estou apaixonado por você.

Annie pestaneja.

— Dá para falar isso sem parecer que está prestes a vomitar?

— Eu... hm... — Ele engole em seco o que estava prestes a dizer. — Na verdade, sim, eu estou. Sim. Estou apaixonado por você.

— Olha, estou muito feliz por vocês dois — August diz —, mas temos um cronograma aqui...

— Certo. — Annie sorri. Ela é uma supernova.

— Certo — Wes diz. Nenhum deles nem finge estar olhando para August.

— Eu vou te beijar — Annie diz para Wes. — Depois vou servir umas panquecas para uns bêbados, e você pode me explicar o porquê mais tarde.

— Tá bom — Wes diz.

Eles se beijam. E August sai correndo.

A Times Square é luminosa, incandescente e abrasadora vista pelos óculos de August.

Como a maioria das pessoas que mora no Brooklyn, ela nunca vai ali, mas é a estação da linha Q mais próxima do Centro de Controle. As ruas estão quase vazias a uma da madrugada, mas mesmo assim August precisa saltar por uma pessoa fantasiada de Hello Kitty caída na calçada e fazer uma curva abrupta para não dar de cara com um carrinho de comida árabe.

Ela desce voando a escadaria do metrô, corre pela plataforma e ali, em um alinhamento estranho e perfeito do universo, um trem da Q está esperando por ela com as portas abertas. Ela entra no vagão exatamente quando as portas começam a fechar.

Com o impulso, ela vai parar do lado oposto do corredor, dando um susto tão grande em um casal bêbado que eles quase derrubam o embrulho de comida para viagem.

À direita dela, uma voz diz:

— Bela entrada, Garota do Café.

E lá está Jane. A mesma de sempre: alta e sorridente, a garota dos sonhos de August. A jaqueta está pendurada nos ombros, a bolsa arrumada como se esse fosse seu primeiro dia de aula. Como ela entraria naquele ônibus para a Califórnia se chegasse a tempo. August engole o riso e deixa o movimento do trem a levar até Jane.

— Incrível. Veio correndo até aqui, e ainda assim está com cheiro de panquecas — Jane diz abraçando August.

Elas atravessam Manhattan, cruzam a ponte e entram no Brooklyn, onde August dá a deixa para Wes, que responde **fogo no parquinho** com uma foto de guardas correndo para apagar as chamas na lixeira designada.

— Certo — August diz, virando-se para Jane e estendendo a mão. — Mais uma vez pelos velhos tempos?

Com as mãos entrelaçadas, elas pulam de vagão em vagão, de plataforma em plataforma, como fizeram tantos meses antes na primeira vez em que Jane arrastou August pela saída de emergência. August nem consegue se lembrar de sentir medo.

O número de passageiros diminui a cada vagão, até chegarem ao último, que está vazio.

O metrô passa pela Parkside Avenue, onde tudo começou. Está escuro demais para ver os ladrilhos pintados ou as trepadeiras, mas August consegue imaginar os prédios baixos, os salões de manicure e as casas de penhor na beira dos trilhos, fechados durante a noite. Ela imagina os fantasmas de Nova York saindo das escadas e de dentro de estantes para olharem pela janela e se despedirem de Jane.

— Acho que é melhor eu te devolver isso — Jane diz, tirando o celular do bolso. — Não quero causar um paradoxo ou coisa assim levando esse troço para os anos 70.

— Mas e se eu precisar... — August diz automaticamente. — Ah. Certo. Claro. É óbvio que não.

Ela pega o celular e o guarda no bolso.

— Eu também, hm — Jane hesita antes de tirar a mochila das costas e despir a jaqueta. Então a estende também. — Quero que você fique com isso.

August a encara. O olhar de Jane é suave, algo contrai a covinha do lado de sua boca, exatamente igual e completamente diferente de como fizera ao lhe oferecer o cachecol na manhã em que se conheceram.

— Eu não posso... não posso ficar com a sua jaqueta.

— Não estou pedindo, estou mandando. Quero que você fique com ela. E vai saber? Talvez eu fique, e você pode me devolver logo depois.

— Beleza — August diz, levando a mão à bolsa. — Mas você precisa levar *isto* com *você*.

É uma polaroide, a que Niko tirou das duas na noite do brunch de Páscoa, antes de August solucionar, sem querer, parte do mistério com um beijo. Dentro do quadradinho, Jane está gritando de rir, um maço de dinheiro preso no peito e uma coroa na cabeça, o pano de fundo constante da linha Q. Ela está com uma marca de batom vermelho na lateral de seu queixo anguloso. Sob o braço, está August, escondida do caos, olhando para Jane como se Jane fosse a única pessoa do planeta. Seu batom está borrado.

Não é a única foto que August tem das duas juntas, mas é sua preferida. Se Jane puder ter ao menos uma coisa para se lembrar dela, tem que ser essa foto.

Jane passa um segundo olhando a polaroide antes de guardar e pendurar a mochila no ombro de novo.

— Combinado.

August veste a jaqueta por cima da camiseta da Casa de Panquecas de Billy Panqueca, virando-se sob as lâmpadas fluorescentes para se exibir. É surpreendentemente leve sobre seus ombros. As mangas são um pouco compridas demais.

— E aí? Como estou?

— Ridícula — Jane diz com um sorriso largo. — Horrível. Perfeita.

Elas atravessaram o Brooklyn rapidamente, mal tinha gente nas últimas estações.

August olha para o painel. Última parada.

— Ei — ela diz. — Se você voltar.

Jane assente.

— Se eu voltar.

— Você vai contar para as pessoas sobre mim?

Jane bufa.

— Está me zoando? É claro que vou.

August aperta as mãos dentro das mangas da jaqueta de Jane.

— O que vai dizer?

Quando Jane volta a falar, sua voz muda, e August a imagina em um pufe gordo de um apartamento cheio de fumaça em julho de 1977, algumas garotas suadas sentadas no chão ao redor para ouvir a história dela.

— Tinha uma garota. Tinha uma *garota*. Que eu conheci num trem. Na primeira vez que a vi, ela estava ensopada de café e cheirava a panquecas, e era bonita como uma cidade que você sempre quis conhecer, sabe aquela viagem que a gente espera anos e anos para fazer no momento certo e, assim que chega lá, precisa experimentar tudo, tocar em tudo e decorar o nome de todas as ruas? Eu tinha a impressão de que já a conhecia. Ela me lembrava de quem eu era. Tinha lábios macios, olhos verdes e um corpo inesquecível. — August a cutuca com o cotovelo, Jane sorri. — Um cabelo inacreditável. Teimosa, afiada como um canivete. E eu nunca, jamais, quis que uma pessoa me salvasse até ela me salvar.

Com as mãos tremendo, August pega o celular.

— Eu não te salvei. Você salvou a si mesma.

Jane assente.

— Eu percebi que não se faz isso sozinha.

E isso, August pensa, enquanto acha o número de Myla, *só pode ser verdade.*

— Tudo pronto aí? — August pergunta quando Myla solta palavrões do outro lado da linha. — Estamos quase lá.

— Tá — Myla grunhe, como se estivesse manipulando alguma máquina pesada. — Foi um saco, mas só falta mais uma alavanca para desativar a linha. Deixa a Jane no lugar e eu vou avisar quando for a hora.

August se vira para Jane enquanto os freios gritam na estação. É agora.

— Pronta?

Ela abre um sorriso corajoso.

— Pronta.

Com uma das mãos na maçaneta da saída de emergência e a outra emaranhada no cabelo de August, Jane lhe dá um beijo longo e profundo, conduzindo-o como se fosse uma música, fazendo desse beijo toda uma criação própria. Sua boca é doce e quente, e August retribui, tocando o rosto de Jane como se quisesse gravar para sempre os traços dela na palma de sua mão. Acima, as letras piscam no painel anunciando a estação.

August não consegue conter um sorriso... ela vai sentir falta de beijos que quebram coisas.

As portas se abrem, e August sai para a plataforma sozinha.

Já passou das duas da madrugada, o parque de diversões fechou, cada metrô passa apenas uma ou duas vezes por hora, o que lhes dá um intervalo perfeito, sem ninguém para impedi-las. August fez um plano minucioso, cronometrou com perfeição.

Quando olha para baixo, Jane está na saída de emergência descendo em direção ao terceiro trilho. Parece tão pequena vista dali de cima!

Ela desce com cuidado para os trilhos, escondida atrás do trem estacionado, e August se senta à beira da plataforma, bem na faixa amarela, as pernas pendendo.

— Certo — Jane diz lá embaixo.

Ela inspira fundo, segura o ar no peito, chacoalhando as mãos. Vista de cima, poderia ser qualquer pessoa. Como se pudesse voltar a subir para a plataforma e subir a escada dois degraus por vez para a noite quente. Ela olha para os trilhos, entrevendo a liberdade, e August se pergunta se essa é sua última oportunidade de ver o sorriso de Jane, suas pernas compridas, seu cabelo preto e macio penteado para trás.

E se for a última vez?

E se for a última oportunidade de August?

Wes falou para Isaiah. Winfield deve falar para Lucie todos os dias. Niko e Myla vão se *casar*. E August? August vai deixar a garota que mudou sua vida inteira desaparecer sem nem mesmo falar para ela porque tem medo de se machucar.

August sente o canivete no bolso, pesado e leve ao mesmo tempo.

Cautela é o caralho.

— Ei, Garota do Metrô.

Jane se vira para ela, as sobrancelhas erguidas, e August pega o celular e coloca o microfone no mudo.

— Eu te amo.

Sua voz ecoa pelo teto de vidro, pelos trens prateados estacionados na lateral dos trilhos, na direção da rua e da praia iluminada pelo luar do outro lado.

— Eu te amo pra cacete, completa e desastrosamente, e não posso… não posso ir adiante sem te contar — continua. Jane está olhando com a boca entreaberta de surpresa. — Talvez você já saiba, talvez seja óbvio e falar isso só torne as coisas mais difíceis, mas… nossa, eu te amo.

A boca de August continua se mexendo, quase gritando para os trilhos vazios, e ela mal sabe o que está dizendo agora, mas não consegue parar.

— Eu me apaixonei por você no dia em que te conheci, e depois me apaixonei pela pessoa que você lembrou ser. Eu pude me apaixonar por você *duas vezes*. Isso é... Isso é *mágico*. Você é a primeira coisa em que eu acredito desde que... Desde que eu me entendo por gente, tá? Você é... Você é um filme e o destino e todas essas coisas bestas e impossíveis, e não só por causa dessa merda de metrô. É por sua causa. É porque você luta e se importa, porque é sempre gentil, mas nunca fácil, e se recusa a deixar que tirem isso de você. Porra, você é minha heroína, Jane. Não estou nem aí se você não se acha a mulher ideal. Você é.

As duas últimas palavras flutuam entre as ripas dos trilhos elevados, descendo pelos pés de Jane até o chão lá embaixo. Jane ainda está olhando para August, os olhos brilhando, os pés parados. A segundos de ir e inesquecível.

— Claro — Jane diz. Sua voz vem lá do fundo, bem do meio do seu peito: sua voz de protesto, projetada para a plataforma. Poderia acordar os mortos. — É claro que eu te amo. Eu poderia voltar e ter toda uma vida e envelhecer e nunca mais te ver, e você ainda seria a pessoa certa. Você foi... você é o amor da minha vida.

A voz de Myla soa pelo bolso de August.

— Prontas?

Sem desviar os olhos de Jane, August pega o celular e tira a ligação do mudo.

— Estou pronta — Jane diz.

August inspira, apertando os punhos.

— Ela está pronta.

— *Agora*.

E tudo fica escuro.

Silêncio, nada além do choque da escuridão. As ruas ali perto também ficam escuras, assustadoramente quietas e paradas. Os pulmões de August se recusam a soltar o ar. Ela se lembra do que Jane disse, do dia em que elas dançaram com estranhos em um trem parado. *As luzes de emergência.*

As luzes se acendem, e August pensa que vão iluminar um trilho deserto, mas lá está Jane, os pés no terceiro trilho. Esse tipo de choque teria matado qualquer pessoa. Mas ela não parece nem assustada.

— Ai, meu Deus — August diz. — O que... Você está...?

— Eu... — A voz de Jane está rouca, quase estática. — Não sei.

Ela faz um movimento estranho e espasmódico com o pé, tentando dar um passo para fora dos trilhos.

Não consegue.

— Não... — August tem de engolir em seco duas vezes para fazer sua garganta cooperar. Ela aproxima o celular da boca. — Não funcionou, Myla. Ela continua presa.

— Merda! Tinha alguma coisa errada? O momento não foi perfeito? Tem certeza de que ela estava tocando no terceiro trilho?

— Sim, estava. Ainda está no terceiro trilho.

— Ela está... certo. Então, ela não se machucou?

— Não. Tem alguma coisa errada no trilho? — August se inclina, tentando ver melhor. — Eu deveria...

— Não toque nele, August, pelo amor de Deus! Não tem nada de errado no terceiro trilho. Ela só está... Ela ainda está no meio-termo.

— Certo — August diz. Jane ergue os olhos para ela, mais pálida de alguma forma. Exaurida. — O que eu faço?

— Ela tem que continuar tocando no trilho — Myla diz. — Se eu cortei a energia da linha e ela ainda está aí, quer dizer que a eletrificação residual no trilho é o que a está mantendo aqui por enquanto.

— Por *enquanto*? O quê... Por que não funcionou?

— Não sei. — Myla está grunhindo e sem fôlego, como se mexendo em alguma coisa. — Nunca vamos conseguir gerar um pico tão forte quanto o que a prendeu... tipo, porra, essa estação é em parte movida a energia solar agora, o que é todo um outro fator. A esperança era de que um pico *próximo* daquele fosse suficiente.

— Então... então é isso? — August diz, inexpressiva. — Não vai funcionar?

— Tem mais uma chance. O segundo pico, lembra? Quando eu desfizer o que fiz e restaurar a energia, vai ter outro pico. A gente pode... A gente pode torcer para dar certo. Pode ser que ainda tenha um pouco de carga restante do primeiro. Isso pode ajudar.

— Certo — August diz. — Certo, quando é o próximo pico?

— Me dá mais alguns minutos. Vou passar o celular para o Niko. Só... Só fala com ela.

August enfia o celular de volta no bolso da frente e olha para Jane. Sem energia correndo pela linha, ela... Bom, ela não parece bem. Toda a cor se esvaiu de seu rosto. Lá se foi aquele brilho de verão. Até seus olhos parecem sem luz. É a primeira vez que August olha para ela e realmente vê um fantasma.

— Ei — August grita. — Vai ficar tudo bem.

Jane ergue a mão na frente do rosto, examinando os próprios dedos.

— Não sei, não.

— Você ouviu Myla, certo? Temos mais uma chance.

— Sim — Jane diz vagamente. — Não... Não estou me sentindo bem. Estou esquisita.

— Ei. Ei, olha para mim. Você vai sair daqui hoje, de um jeito ou de outro. Custe o que custar, está bem?

— August...

August consegue ver ali, nos olhos dela, uma fraqueza que não tem nada a ver com eletricidade. Ela está perdendo a esperança.

— *Jane* — August grita, levantando-se. — Não ouse perder a esperança, está me ouvindo? Você sabe que suas emoções afetam a linha, certo? O que você sente, agora, está te segurando a essa carga. É o que está te mantendo viva. Não solte. Lembra quando a gente brigou, e você queimou uma lâmpada? Lembra quando você parou a porra do trem inteiro só porque... porque queria *trepar?* — Contra a vontade, um sorriso se abre no rosto de Jane, e ela ri baixinho. — Vamos lá, Jane, aquilo foi tudo você. Você também tem poder aqui.

— Certo. — Ela fecha os olhos e, quando volta a falar, é consigo mesma. — Certo. Eu vou viver. Eu *quero* viver.

— Quase lá — diz a voz de Niko no bolso de August.

E August... August pensa no que acabou de dizer.

Os nervos no corpo de Jane, os impulsos elétricos, os ciclos viciosos, um cachecol, mãos que soltam faíscas ao se tocar. O que Jane sente. O que August sente. *O amor da minha vida.*

Ela desce da plataforma.

Os olhos de Jane se abrem com o som dos pés de August pisando nos trilhos.

— Opa, opa, o que você está fazendo?

— Qual foi a única coisa que funcionou? — August cruza os dois primeiros trilhos, equilibrando-se na linha. Um passo em falso, e ela cairia. — Esse tempo todo, Jane. Qual foi a coisa que fez tudo isso acontecer?

August vê o exato momento em que Jane entende: seus olhos se arregalam, assustados, furiosos.

— *Não.*

— Dez segundos — Niko diz.

— Vamos lá — August diz. Ela está a centímetros de distância. — Eu estou certa. Você sabe que estou certa.

— August, não...

— Jane...

— *Por favor...*

— O que é, Jane? Qual é a única coisa que poderia pôr fim a isso?

E lá estão elas. August e Jane, o terceiro trilho e o que August está preparada para fazer. Jane olha para August como se ela estivesse destroçando seu coração.

— É você — Jane diz.

— *Agora* — diz a voz de Niko, e August não pensa, não respira, não hesita.

Ela pisa no pé de Jane para se firmar no trilho, puxa o rosto de Jane com as duas mãos e a beija com toda a força.

Dezesseis

Carta de Augie Landry para Suzette Landry
Selada em uma caixa postal em Metairie,
Los Angeles

28/04/1973

Oi, Suzie,

    Como você está? Desculpa por não ter passado em casa. Eu recebi o cartão de aniversário que você me mandou — muito obrigado!!! Adorei o desenho que você fez para mim. Que pássaro é aquele?

    Estou muito bem! Arrumei um emprego e meus colegas são como uma família para mim. Não é a mesma coisa que você, mas é legal. Às vezes, quando meus clientes falam dos filhos, eu falo de você. Todos concordam que você é a menina mais inteligente de que eles já ouviram falar. Não se esqueça do que eu falei: não dê ouvidos à mamãe e ao papai, vá à biblioteca e leia todos os livros que quiser.

    Acho que você adoraria a menina que divide apartamento comigo. Ela é inteligente e divertida, *assim como você, e não leva desaforo para casa. Talvez um dia eu apresente vocês duas.*

Tenho muito orgulho de você, Suzie. Desculpa se não posso passar em casa. Penso em você todos os dias, e sinto muito a sua falta. Quando você for mais velha, vou explicar tudo, e espero que você entenda. Conhecendo você, acho que vai entender, sim.

Todo o meu amor,
Augie

Há um momento, no meio-termo.

August acorda no sofá de entulho na sala de estar, cercada por uma névoa pantanosa de sálvia e lavanda queimando, um zumbido na orelha, o corpo todo dolorido. A jaqueta de Jane está sobre ela como um cobertor.

Ela consegue se lembrar dos trilhos, da expressão no rosto de Jane, de uma luz incandescente em seu corpo. Então acorda.

Mas há um momento no meio-termo.

Myla acaricia seu cabelo suavemente e diz que Wes e Isaiah chegaram à estação primeiro e a encontraram na plataforma. Na ponta do sofá, Wes abraça os joelhos junto ao peito. Ele está com um olho roxo — pelo visto, August não queria ir sem Jane. Pelo visto, ela resistiu.

Eles a levaram de volta para casa e, assim que Niko e Myla conseguiram sair da festa, pegaram a Q para voltar. Estava funcionando de novo. Eles não viram Jane.

Ela desapareceu. Já tinha desaparecido quando Wes e Isaiah chegaram à estação.

Mas houve um momento. Logo depois que August a beijou.

Ela não sabe como, mas não doeu. Foi um calor que passou queimando por seu corpo, envolvendo tudo, como pisar no asfalto úmido e quente sob um sol de quarenta graus e sentir uma brisa soprar o calor do chão em volta das suas pernas. Seus olhos estavam fechados, mas, por um momento, antes de tudo ficar preto, ela viu alguma coisa.

Ela viu uma esquina. Carros marrons retangulares estacionados ao longo da pista. Grafite em prédios que não existem mais. Ela viu, por um segundo, como se espiando por entre as persianas antes de elas se fecharem, o tempo de Jane. O lugar onde ela deveria estar.

E agora August está aqui.

— Deu certo — August diz, quase histérica, antes de virar para o lado e vomitar no tapete.

O que ela descobriu é que a vida sem Jane continua.

Tem o aluguel para pagar, turnos no trabalho para cumprir. O cachorro precisa passear. O bilhete do metrô precisa de carga. As aulas começam, e August tem de se inscrever para a formatura e experimentar um capelo, uma capa e uma batina. A linha Q fecha para a manutenção. Eles contam o dinheiro que conseguiram arrecadar: sessenta mil. Faltam quarenta para salvar a Billy, mas estão trabalhando nisso.

A cidade se movimenta, avança, ilumina, berra e cospe fumaça por entre os bueiros como sempre. August mora ali. Essa enfim é uma sensação real o tempo todo, mesmo que seja a única. Nova York é a cidade onde o coração dela se despedaçou. Nada ancora uma pessoa a um lugar como isso.

Na primeira semana, ela deixa o rádio ligado. Pede permissão a Lucie para escolher a estação na Billy, escuta nos fones de ouvido andando na rua, pega o aparelho de som quando desmonta o escritório e o leva para o quarto. Jane não vai pedir músicas, mas às vezes August jura que consegue senti-la do outro lado, cantarolando na mesma frequência. A estação acrescentou tantas músicas delas à programação ao longo do ano que às vezes ela escuta uma ou outra, Michael Bolton ou Natalie Cole, e é um consolo saber que Jane esteve ali. Que tudo aconteceu de verdade. São as coisas que ela deixou para trás: músicas, o nome riscado no trem e uma jaqueta que August deixa no encosto da cadeira diante da escrivaninha, mas nunca usa.

Na manhã de sábado, a voz do locutor surge pelas caixas de som enquanto ela está dobrando a roupa no quarto.

— Certo, ouvintes, tenho uma coisa especial nesta manhã. Normalmente não aceitamos pedidos feitos com antecedência, mas essa ouvinte em particular foi tão leal a nós que, quando ligou na semana passada e pediu que tocássemos uma música hoje, decidimos abrir uma exceção.

Ah. Ah, não.

— Esta é para você, August. Jane diz: "Por via das dúvidas".

"Love of My Life" começa a tocar, e August deixa as meias caírem no chão e se joga na cama.

No dia seguinte, pega um trem diferente para Coney Island, o último lugar em que a viu. Os tetos arqueados, metal e vidro se estendendo sobre ela. August sai na mesma plataforma, mas desce os degraus para a rua, à sombra da roda-gigante.

Na beira da praia, tira os sapatos, amarra um ao outro pelos cadarços e os pendura no ombro para andar na água com os pés descalços. É quase outono, mas ainda há centenas de famílias, adolescentes e jovens pálidos de vinte e poucos anos sentados em toalhas de praia enchendo a cara de suco com álcool. Ela passa por todos eles e afunda as canelas da calça jeans na areia molhada pela maré.

A água corre pelos seus pés, e ela contempla o horizonte do oceano Atlântico, pensando em Jane ali com uma mochila cheia de cerveja contrabandeada uma vida antes.

Pensa na Costa do Golfo da sua cidade, gerações da sua família absorvendo aquela água em seus poros, furacões nas ruas e no apartamento minúsculo de dois quartos em que ela cresceu, o que isso lhe tirou, o que lhe deu.

Pensa na baía de San Francisco, na família de Jane. Os Su. Se pergunta se Jane já chegou em casa, se atravessou correndo o batente do apartamento em cima do restaurante em Chinatown e encontrou o doce na lata de metal em cima da geladeira, se ela e as irmãs se arrastaram para a beira da água sob a Golden Gate. Talvez, quando criança, Jane olhasse para o Pacífico e se perguntasse o que foi deixado para trás quando seus tataravós foram embora de Hong Kong, o que levaram consigo.

August não teve coragem de verificar os registros ainda para descobrir o que aconteceu com Jane depois de 1977. Ela não está pronta para saber. O que quer que Jane tenha feito, onde quer que tenha estado, August torce para que tenha sido feliz.

Aprendeu o luto com sua mãe, e com Jane. Olhou nos olhos delas e descobriu que vale a pena sentir o que está sentindo agora; uma distância, mas uma distância nova, quando alguém que está longe ainda parece próximo.

Ela pensa que não vai demorar muito para que a distância pareça injusta. Foram apenas oito meses. Elas conviveram por apenas oito meses. Em um ano e meio, vai ter passado mais tempo longe do que perto de Jane. Essa é a pior parte. Oito meses se reduzindo a nada. Sem nunca mais ser exatamente a pessoa que era com Jane. Jane está agora em algum outro lugar, mas a pessoa que era ao lado de August não existe mais. Ambas deixaram de existir, e ninguém mais no mundo sente essa perda.

Quando ela chega em casa à noite, areia no cabelo, Niko está à sua espera.

Ele serve uma xícara de chá para ela como fez no dia em que eles se conheceram, mas adiciona um toque de rum. Põe um disco para tocar, e eles se sentam com as pernas cruzadas no chão da sala, deixando o incenso que ele acendeu queimar até virar brasa.

Niko normalmente vive em um eixo y, ficando mais alto quanto mais fala, no entanto, quando se vira para ela, não há nada de grande ou expansivo nele. Apenas um suspiro baixo e a curva de sua boca ao segurar a mão dela.

— Lembra quando você veio conhecer a gente antes de se mudar? Quando toquei na sua mão?

— Lembro.

— Eu vi isso. Não... Não que isso ia acontecer. Mas vi que você tinha algo que poderia chegar ao outro lado. Que poderia fazer coisas impossíveis acontecerem. E vi... Vi muita dor. No seu passado. No seu futuro. Desculpa não ter falado antes.

— Tudo bem — August responde. — Eu não teria mudado nada. Ele assente, girando a xícara devagar.

O disco passa para outra música, antiga, cordas e vocais petulantes em uma melodia baixa, pesada, como se tivesse sido gravada em uma sala cheia de fumaça.

Ela não está prestando muita atenção, mas escuta alguns versos, que falam de amar a aparência, o som e até o fedor de Nova York.

— Gostei dessa música — ela diz, recostando a cabeça na parede. Seus olhos estão rosados e sensíveis. Nos últimos tempos, August tem quebrado muito a própria regra de não chorar. — De quem é?

— Hmm, essa? — Niko apoia a cabeça em cima da dela e aponta para a escultura no canto. — É Judy Garland.

A mãe de August faz uma visita em outubro.

O começo é tenso. Quando Suzette fala, sua voz falha. Ela claramente está se esforçando para se manter firme. Diante disso, August fica ainda mais compreensiva, consegue ouvir as velhas defesas cortantes da mãe tentando trespassar toda a resistência. August entende. Ela aprendeu muito nesse último ano que também tem tudo isso dentro de si.

Sua mãe nunca foi de viajar, e definitivamente nunca tinha ido a Nova York, então August a leva para visitar os pontos turísticos — o Empire State Building, a Estátua da Liberdade — e também à Billy, para que conheça o trabalho da filha. Suzette imediatamente simpatiza com Lucie. Pede panqueca e paga a conta. Lucie traz um Especial da Su para August sem que ela peça.

— Senti saudade — a mãe diz, arrastando um pedaço de panqueca em uma poça de calda. — Muita. Até mesmo das fotos de cachorros feios que você me mandava. Do seu jeito de falar rápido demais quando tem uma ideia. Desculpa se dei a entender que não amava tudo em você. Você é meu bebê.

É mais sentimento do que ela demonstra desde que August era criança. E August a ama, infinitamente, incondicionalmente, ainda que Suzette goste mais de agir como amiga do que como mãe, ainda que seja difícil e teimosa, incapaz de abrir mão das coisas. August também é assim, igualzinha. Puxou isso da mãe, assim como todo o resto.

— Também senti saudade. Os últimos meses... bom. Muita coisa aconteceu. Teve várias vezes em que pensei em te ligar, mas eu... não estava pronta.

— Tudo bem. Quer conversar sobre alguma coisa?

Isso também é novo: o ato de perguntar. August a imagina indo trabalhar na biblioteca e revirando as prateleiras, pegando livros que falam sobre dar apoio emocional sendo mãe, fazendo anotações. Ela prende um sorrisinho.

— Eu namorei por alguns meses — August conta. — Hm. Acabou agora. Mas não porque a gente queria. Ela... Ela teve que ir embora.

Sua mãe mastiga, pensativa, e engole antes de perguntar:

— Você a amava?

Talvez Suzette ache uma perda de tempo e de energia amar alguém tão intensamente quanto a filha ama. Mas August se lembra do arquivo que queima como se estivesse fazendo um buraco em sua bolsa, as coisas que precisa contar para a mãe depois. Talvez ela vá entender, afinal.

— Sim — August sente gosto de molho de pimenta e calda na boca. — Amava, sim. Amo.

À tarde, elas caminham pelo Prospect Park, sob o sol de outono que atravessa as folhas amareladas.

— Lembra daquele arquivo que você me mandou no começo do ano? Sobre a amiga de Augie que se mudou para Nova York?

Sua mãe se empertiga um pouco. O canto dos lábios se contrai, mas ela está se contendo fisicamente, tentando não parecer animada ou ansiosa demais. August a ama ainda mais por isso. Quase muda de ideia em relação ao que está prestes a fazer.

— Lembro — ela diz, a voz cuidadosamente neutra.

— Então, eu investiguei. E eu, hm... a encontrei.

— Você a encontrou? — Ela abandona qualquer fingimento e para no meio da trilha. — Como? Eu não consegui encontrar nada além de umas duas contas de água e luz.

— Ela ainda atendia pelo nome de batismo às vezes quando conheceu Augie, mas, quando chegou aqui, começou a usar um nome diferente o tempo todo.

— Uau. Então, já conversou com ela?

August quase sente vontade de rir. Se ela conversou com Jane?

— Sim, conversei.

— E o que ela disse?

Elas chegam a um banco isolado perto da beira da água, tranquilo e distante dos corredores, dos gansos e dos sons da rua.

August aponta para ele.

— Quer sentar?

Lá, no banco, ela tira seu próprio arquivo, um novo.

Nas semanas seguintes à partida de Jane, August não procurou por ela, mas procurou pelo tio. Tudo que encontrou está na pasta de papel pardo que entrega à mãe. Um cartão-postal com a caligrafia dele, da Califórnia para Nova York. Um número de telefone, que ela enfim conseguiu localizar em um antigo anúncio de classificados e que a levou a um depósito, cujos registros, por sorte, foram rigorosamente conservados. O nome do homem que dividia o número e o apartamento com Augie em Oakland, e que agora está em um casamento feliz com outro homem, mas ficou sem palavras por um momento quando August lhe contou ao telefone que era sobrinha de Augie.

Uma cópia de uma carteira de motorista falsificada com uma foto dele, alguns anos mais velho desde a última vez em que sua mãe o viu, usando um nome diferente. Depois de se meter em encrenca a caminho da Califórnia, ele tinha parado de usar o nome de batismo. Isso já tinha virado passado para ele em 1976, quando escreveu para Jane, e por esse motivo elas nunca conseguiram encontrá-lo depois de 1973.

O último item é um recorte de jornal sobre um acidente de carro. Um homem solteiro de vinte e nove anos morando em Oakland destroçou seu conversível em agosto de 1977. Ele estava dirigindo pela Panoramic Highway.

Ele morreu, mas não como Jane pensava. Ele morreu feliz. Morreu correndo atrás de um sonho, amado, sóbrio e bronzeado na Califórnia. O homem que ele deixou ainda tem uma caixa no porão com fotos — Augie sorrindo na frente das Painted Ladies, Augie abraçando uma sequoia, Augie sendo beijado perto da árvore de Natal. Há cópias delas no arquivo também, com uma cópia em carbono de uma carta que ele escreveu para a irmã caçula em 1975, prova de que nunca parou de tentar falar com ela.

Sua mãe chora. É óbvio que ela chora.

— Às vezes... às vezes você só precisa sentir — August fala para ela. Ela olha para a água enquanto sua mãe abraça o arquivo junto ao peito. Acabou. Finalmente acabou. — Porque merece ser sentido.

Sua mãe passa essa noite no antigo colchão inflável, no chão ao lado da cama de August, e, no escuro, fala sobre o que pode fazer com o tempo livre agora que o caso está resolvido. August sorri vagamente para o teto rachado, ouvindo as ideias dela.

— Talvez cozinhar. Talvez eu finalmente aprenda a fazer bolos. Talvez comece a fazer cerâmica. Aah, você acha que vou gostar de kick-boxing?

— Pela quantidade de aulas de defesa pessoal que você me obrigou a fazer aos treze anos, acho que gostaria, sim.

Ela pega a mão de August pendurada no colchão, e August imagina a mesma cena quando era criança e tinha um pesadelo. Ela sempre amou August. Isso nunca deixou de ser verdade.

— Mas uma coisa — sua mãe diz. — Essa... essa tal de Biyu. Aquela que morou com Augie. Posso me encontrar com ela?

De repente, o nó na garganta de August é quase grande demais para que ela responda.

— Eu adoraria que você pudesse — ela consegue dizer. — Mas ela não mora mais aqui.

— Ah. — Suzette aperta a mão de August. — Tudo bem.

E, por mais surpreende que seja, ela para mesmo de fazer perguntas.

August continua acordada por mais uma hora depois que a mãe pega no sono, olhando fixamente para a parede. Se, depois de todos esses anos, Suzette Landry conseguiu se desapegar do caso, talvez, um dia, August também consiga se desapegar de Jane.

Há muitas impossibilidades na vida de August. Muitas coisas que acontecem apesar de todas as forças contrárias, embora todas as leis deste e do outro mundo digam que não deveria dar certo.

É novembro, e ainda faltam 14.327 dólares para a Casa de Panquecas de Billy Panqueca não fechar as portas para sempre, quando a mãe dela liga para dizer que a herança de sua avó foi partilhada e que ela deve receber um cheque na semana seguinte. Ela não pensa muito no assunto — afinal, sua mãe disse que não havia sobrado muita coisa.

August tem de assinar o recibo quando o envelope chega, e fica tão distraída discutindo com Wes sobre qual sabor de pizza eles vão pedir que quase se esquece de abrir.

É leve, fino. Parece tão irrelevante quanto uma restituição de imposto de renda de alguém que recebe salário mínimo e sabe que a Receita Federal só vai mandar um chequezinho de merda no valor de trinta e seis pilas. Ela passa o dedo embaixo da cola mesmo assim.

Para August. Assinado embaixo. Bem ali, no valor total: quinze mil dólares.

— Ah — ela diz. — *Ah*.

Três meses depois que Jane se foi, o dinheiro da avó de August — o dinheiro de uma mulher que August viu duas vezes na vida, que pagou pela sua educação por treze anos em respeito à tradição mas que não se deu ao menor trabalho de procurar pelo próprio filho — discretamente cobre a diferença.

Ela segura o cheque nas mãos e pensa na caixa que sua mãe encontrou no sótão de seus avós, todas as cartas nunca abertas de Augie, e se sente mal. Ela não merece esse dinheiro. Ela não quer esse dinheiro. Deveria ir para algum lugar onde possa ser transformado em algo bom.

Então, procura os números da conta no escritório dos fundos, transfere o dinheiro para Billy anonimamente e bate cartão como se fosse um dia qualquer. Anota seus pedidos, toma um café. Dá um toquinho em Winfield quando ele bate cartão. Repassa um pedido de panquecas da mesa sete. Olha fixamente para o ponto na parede perto do banheiro masculino ao qual ela devolveu a foto que tinha roubado do dia da inauguração.

A porta da frente se abre, e lá surge Billy, enchendo o batente com seu metro e oitenta e tanto de altura, os olhos arregalados, uma camada de suor na testa larga e calva.

Lucie fica paralisada quando sai da cozinha e o vê, pratos de panquecas equilibrados em ambos os braços.

— O que foi? O que aconteceu?

— Deus aconteceu — ele diz. — Conseguimos o dinheiro. Vamos comprar a unidade.

E, pela primeira vez em sua carreira, Lucie derruba um pedido no chão.

É uma tarde de sábado, mas eles acabam de servir as mesas e fecham o restaurante, Lucie empurrando o último freguês pela porta com uma sobremesa grátis para viagem para expulsá-lo mais rápido. No minuto em que a pessoa sai, ela fecha a porta e vira a placa com o lado que diz FECHADO para fora.

— Fechado para uma festinha particular — Lucie diz, caminhando até o bar e puxando Winfield para um beijo furioso.

— Assim até eu vou beber — Jerry grita pela janela da cozinha.

August sorri, fervilhando de alegria.

— Saúde.

O restaurante inteiro explode em caos — garçons gritando ao telefone para os funcionários que não estão ali, Jerry perguntando aos berros para Winfield por que ele nunca contou para ninguém sobre Lucie, Lucie especulando com Billy de onde o dinheiro saiu. Billy coloca Earth, Wind & Fire para tocar nas caixas de som e aumenta o volume, e um garçom ajudante corre para a loja de bebidas no fim do quarteirão e volta com uma caixa cheia de garrafas de champanhe.

As pessoas começam a entrar. Não clientes, mas garçons antigos que ficaram sabendo da notícia e queriam comemorar, um casal de fregueses que é tão próximo de Billy que ele pessoalmente ligou para contar, cozinheiros ainda cheirando ao segundo emprego em outro restaurante da região. August não comentou com ninguém sobre o dinheiro — nem mesmo com Myla, Niko ou Wes —, então, quando manda uma mensagem para o grupo, eles chegam em vinte minutos, esbaforidos e com os tênis descombinados. Isaiah aparece mais ou menos quando a quinta garrafa é estourada, sorridente, puxando Wes para o seu lado e aceitando uma taça de champanhe que chega até ele.

August chegou a Nova York quase um ano antes, sozinha. Não conhecia ninguém. Pensava em passar despercebida como sempre passou, mergulhar em todo aquele cinza. Hoje, sob as luzes néon do balcão, embaixo do braço de Niko, os dedos de Myla agarrados à fivela do seu cinto, ela mal sabe o nome desse sentimento.

— Você fez bem — Niko fala para ela, com aquele sorriso distante, estranho, que abre toda vez que sabe alguma coisa que não deveria saber.

Ela abaixa a cabeça.

— Não sei do que você está falando.

Jerry puxa um engradado de batata da cozinha, e Billy sobe nele, erguendo uma garrafa inteira de espumante.

— Tudo que eu queria era manter o negócio da minha família em pé. E não foi fácil, como as coisas andam mudando por aqui. Meus pais deram tudo de si para este lugar. Eu fazia minha lição de casa naquele balcão. — Aponta para o balcão, e todos riem. — Conheci minha esposa naquela mesa. — Aponta para uma mesa do canto, onde o vinil está rachado no meio do assento e um dos lados está afundado demais. August nunca entendeu por que aquela mesa não foi substituída. — A festa de aniversário da minha primeira filha foi aqui... Jerry, você fez o bolo, lembra? E estava uma *bosta*.

Jerry ri e mostra o dedo do meio para ele, que solta uma gargalhada tão alta que faz o salão tremer.

— Mas, enfim — ele diz, mais sério. — Eu só... Eu me sinto abençoado por poder manter esse lugar. E ter pessoas em quem confio. — Ele aponta a cabeça para Lucie, Jerry e Winfield, abraçados perto de uma mesa. — Pessoas que amo. Por isso, queria fazer um brinde. — Ele ergue a garrafa e, em todo o restaurante, pessoas erguem xícaras de café, copos de suco e copinhos de isopor para viagem. — À Casa de Panquecas de Billy Panqueca, que serve a boa gente do Brooklyn há quase quarenta e cinco anos. Quando minha mãe abriu este lugar, ela me disse: "Filho, você precisa criar um lugar para chamar de seu". Então, eu criei um lugar para chamar de nosso.

Todos comemoram, barulhentos, felizes e um pouco zonzos, o som transbordando pelo lugar, perpassando os tampos de fórmica, o piso grudento da cozinha e a foto ao lado do banheiro masculino do primeiro dia em que a Billy alimentou a vizinhança.

Exatamente quando Billy dá um gole, a porta da frente se abre.

O salão está ocupado demais tomando champanhe para notar, mas, quando August olha, há uma moça à porta.

Parece perdida, um pouco chocada, cambaleante. Seu cabelo é muito preto e curto, penteado para trás, e suas bochechas estão coradas pelo frio de novembro lá fora.

Camiseta branca, jeans rasgados, mandíbula angulosa, um braço fechado de tatuagens. Uma única covinha ao lado da boca.

August talvez tenha empurrado uma cadeira da frente. É possível que um frasco de molho de pimenta tenha caído no linóleo e se estilhaçado. Os detalhes são confusos. Tudo que ela sabe é que atravessa o salão em questão de segundos.

Jane.
Impossivelmente, aqui. Agora. Seus tênis vermelhos plantados no piso preto e branco.

— Oi — Jane diz, e sua voz é a mesma.

Sua voz é a mesma, seu rosto é o mesmo, e, quando August ergue as mãos e pega os ombros dela desesperadamente, eles são exatamente os mesmos de sempre sob seu toque.

Sólida. Verdadeira. Viva.

— *Como...?*

— Não sei — ela diz. — Num segundo eu estava... estava com você nos trilhos, e você estava me beijando e, então, eu... abri os olhos e estava na plataforma, e estava *frio*, e eu sabia. Eu sabia quando era. Eu não sabia onde mais procurar por você, por isso vim aqui. Eu precisava confirmar que você estava... bem.

— Que *eu* estava bem?

— Eu não acredito que você fez aquilo, August, você poderia ter *morrido...*

— Eu... eu pensei que você tivesse voltado...

— Você me libertou...

— Espera. — August mal consegue ouvir o que Jane está dizendo. Seu cérebro ainda está lento. — Faz só um segundo para você?

— É, isso, quanto tempo faz para você?

Seus dedos apertam a camiseta de Jane.

— Três meses.

— *Ah.* — Ela olha para August como olhou naquela noite nos trilhos, como se seu peito doesse. — Ah, você pensou que eu estava...

— É.

— Eu estou... — ela diz, mas não termina a frase, porque August passa os braços em volta da cintura dela e se joga em seu peito.

Os braços de Jane envolvem o pescoço de August em um abraço firme e apertado, e August inspira o cheiro dela, doce, quente e, por baixo de tudo, ligeiramente estranho e chamuscado.

Todos esses meses. Todas as viagens subindo e descendo a linha. Todas as músicas na rádio. Tudo, todo o trabalho, todas as tentativas, as experiências e os esforços de ver além do que ela conseguia, tudo por isso. Tudo pelos seus braços em volta de Jane em uma lanchonete numa noite de sábado.

Sua garota. Ela está de volta.

Dezessete

Foto dos arquivos da New York Magazine,
de uma série de retratos de lanchonetes
do Brooklyn, datada de 2 de agosto de 1976

    [A foto mostra um prato de panquecas
    com uma porção de bacon nas mãos de
    uma garçonete, iluminada pelo brilho
    azul e rosa das lâmpadas de néon que
    envolvem a lateral do balcão da Casa
    de Panquecas de Billy Panqueca.
    Embora o rosto da garçonete esteja
    fora do quadro, várias tatuagens
    estão visíveis no braço esquerdo:
    uma âncora, caracteres chineses,
    um pássaro vermelho.]

August a leva para casa.

Um temporal começa a cair no instante em que elas saem da Billy, mas Jane simplesmente se vira para ela sob a fúria da chuva e sorri. Jane na chuva. Isso é novidade.

— Para onde vamos, meu anjo? — ela pergunta, gotas de chuvas deslizando para dentro de sua boca.

August pisca para afastar a água dos olhos.

— Acho que você não quer pegar o metrô, quer?

— Vai se foder — ela diz, e dá risada.

August pega a mão de Jane, e as duas entram no banco de trás de um táxi. Assim que a porta se fecha, ela pula para o colo de Jane, passando uma perna por cima de seus quadris, e não consegue parar, não quando pensou que jamais fosse ver Jane novamente. Os dedos de Jane apertam sua cintura, os de August se entrelaçam no cabelo de Jane, e elas se beijam com tanta força que todos os dias que perderam se retraem como um mapa sendo dobrado, como as páginas fechadas de um caderno, como se não fossem tempo algum.

A boca de Jane involuntariamente se abre, e August parte para cima. Roça no lábio inferior carnudo com os dentes e encontra a língua dela, que solta um gemido baixo e dolorido, apertando com mais força.

A primeira vez que Jane a beijou de verdade foi como um alerta. Dessa vez, é uma promessa. É um suspiro aliviado do fundo do peito. É um sinal bem claro do destino em que August nunca pensou que acreditaria.

— Vocês vão me dar o endereço ou não? — o taxista pergunta no banco da frente, com uma voz absolutamente entediada.

Jane dá uma gargalhada, alta e enérgica, junto à boca de August, que se recosta para dizer:

— Parkside com a Flatbush.

Na calçada do Popeyes, August deixa as chaves cair, e um caminhão de mudança passa por uma poça funda de lama na rua, encharcando as duas.

— Merda — August diz, tirando os óculos sujos e pegando as chaves na sarjeta. — Eu imaginei essa cena muito mais cinematográfica.

Ela se vira para Jane pingando, completamente suja e um pouco desfocada, mas sorrindo, ainda lá. Simplesmente lá, ainda, sabe-se lá como, contrariando todas as malditas leis do universo.

— Não sei, não — Jane diz, erguendo o polegar para limpar o rímel borrado embaixo dos olhos de August. — Para mim, você está ótima.

August solta uma gargalhada delirante e, no alto da escada, empurra Jane pela porta da frente do apartamento.

— Banho — August diz —, estou coberta de óleo da rua.

— *Tão* sexy — Jane provoca, mas não discute.

Elas trombam em direção ao banheiro, deixando um rastro de sapatos e roupas molhadas. August abre o chuveiro — sabe-se lá como, por algum milagre, pela primeira vez desde que se mudou, a água já está quente.

Jane a empurra contra a pia do banheiro e a beija e, quando August finalmente está apenas de sutiã e calcinha encharcados, ela abre os olhos.

Continua vivendo esses momentos em que precisa olhar fixamente para Jane, como se, caso tirasse os olhos dela por tempo demais, Jane fosse desaparecer. Mas ali está ela, no banheiro de August, o cabelo molhado e espetado para o lado em que August estava puxando, de sutiã preto e shortinho. Lá estão seus quadris, suas coxas nuas e o resto de suas tatuagens — os animais que sobem e descem pela lateral do seu corpo.

August abaixa a mão e passa os dedos pela língua da cobra logo abaixo da cintura de Jane. Jane sente um calafrio.

— Você está aqui — August diz.

— Eu estou aqui — Jane confirma.

— Como se sente?

Há uma pausa enquanto os olhos de Jane se abrem e se fecham, as pontas de seus dedos roçando a porcelana da pia atrás de August.

— Permanente — diz, como se fosse uma frase completa.

A mão de August sobe pelas costas dela, para o fecho de seu sutiã.

— A gente precisa conversar sobre o que isso significa.

— É — Jane diz. — Eu sei. Mas eu... — Ela se abaixa, beijando o alto da bochecha de August. Ela está se movendo de novo, incansável, finalmente solta da coleira. — Posso pensar nisso depois. Agora só quero estar aqui, tudo bem?

E August, que passou todos os minutos dos meses anteriores desejando poder tocar Jane mais uma vez, diz que *sim*.

Elas conseguem tirar o que restava das roupas molhadas dos corpos molhados e então, no chuveiro, se dissolvem uma na outra, estabanadas e atropeladas. August perde a noção de quem lava o cabelo de quem ou de onde vem a espuma. Toda a paisagem do mundo se torna a pele dourada, as linhas pretas fluidas de tinta e uma sensação de flores brotando no peito. August beija Jane, Jane beija August, várias vezes, para sempre.

Era para ser apenas uma ducha — August jura —, mas tudo está molhado, quente e escorregadio e é tão fácil e natural deslizar a mão entre as pernas de Jane, e Jane se entrega, e faz tanto tempo. O que mais ela poderia fazer?

— Cacete, eu senti tanta saudade — August suspira.

Pensa que a frase se perdeu no barulho do chuveiro, mas Jane escuta.

— Estou aqui — Jane diz, lambendo água do pescoço de August. August substitui a mão pela coxa, enquanto Jane faz o mesmo, e elas se movem juntas, Jane com a mão na parede para se equilibrar. Sua voz embarga quando ela repete: — Estou aqui.

Elas se beijam, Jane roçando a perna nela, que se sente afundar em uma névoa de desejo, pele derretida e bocas. É demais, e ao mesmo tempo não é suficiente, então elas saem aos tropeços da banheira e as costas de August vão parar no tapete do banheiro, e Jane a beija como se quisesse desaparecer dentro dela, mãos para todo lado.

— Espera — Jane diz, recuando.

August segura o punho dela.

— Por quê... *ah*... — August geme com a mudança de ângulo antes de Jane tirar os dedos completamente. — Pelo amor de Deus... por *que* você parou...

— Porque não quero trepar com você no chão do banheiro — Jane diz, beliscando o quadril de August.

— A gente transava no metrô — August diz. Sua voz sai mal-humorada e petulante. Ela não liga. — O chão do banheiro já é um avanço.

— Não sou *contra* o chão do banheiro. Aliás, tem muitos lugares no apartamento onde pretendo trepar com você. Eu só gostaria de começar pela cama.

Ah, verdade. A cama. Elas agora podem transar na *cama*.

— Vem logo então — August diz, levantando-se com dificuldade e puxando uma toalha.

Ela abre a porta e cruza o corredor até o quarto sem nem sequer pensar em como Jane vai enxergar seu corpo. Isso é mais do que uma prova de tudo que passaram juntas.

— Você é tão *irritante* — Jane diz, mas vai logo atrás, fechando a porta e puxando August, jogando a toalha para o outro lado do quarto de qualquer jeito, como fez com os óculos de August naquela noite na Ponte de Manhattan.

Ela empurra August para a cama, e August consegue sentir a pele quente e cheirosa do banho por toda parte, e está enlouquecendo. A cintura e os quadris de Jane, sua bunda dura e suas coxas, costelas, seios, cotovelos, tornozelos. August está perdendo a cabeça. É uma herege perpétua subitamente dominada por uma gratidão divina a seja lá o que possibilitou esse momento. Está com água na boca, e sente gosto de mel, mas talvez seja porque o gosto de Jane é tão doce quanto o cheiro.

Jane lhe dá um empurrãozinho, e ela desaba nos lençóis.

Fica ali, observando Jane olhar ao redor do quarto — a escrivaninha minúscula cheia de livros da faculdade, o cesto de roupas dobradas com capricho perto do guarda-roupa, o vaso de cacto no batente da janela que Niko lhe deu de aniversário em setembro, os mapas e linhas do tempo que ela não teve coragem de tirar das paredes. A jaqueta no encosto da cadeira. O quarto é como August: discreto, nada chique, cinza sob a tempestade vespertina e cheio de Jane.

— É, para mim está bom — Jane diz. — Tenho algumas sugestões sobre a decoração, mas a gente conversa sobre isso depois.

Ela ainda está a poucos metros da cama, nua e nunca tímida, e August nem mesmo finge não estar olhando para todo aquele corpo pela primeira vez. Jane é sempre óbvia e inevitavelmente deslumbrante, com suas pernas compridas e curvas suaves, seus quadris angulosos e suas tatuagens. Mas August descobre que ama coisas que nunca lhe passou pela cabeça amar. As covinhas de seus joelhos. As curvas de seus ombros. A maneira como seus pés descalços tocam o chão arranhado.

— O que foi? — Jane pergunta.

— Nada — August diz, virando-se para encostar a bochecha no travesseiro. Os olhos de Jane acompanham seu cabelo úmido caindo nos ombros e costas. — Acho fofo como você acabou de se convidar para morar comigo.

Jane revira os olhos e se joga na cama, e August pula, ri e deixa Jane deitá-la de costas, já perdendo o fôlego.

— Você é sempre tão — ela diz, beijando a pele embaixo da orelha de August, sua mão direita traçando um caminho em sua barriga — sensível.

— Não... não me zoa.

— Não estou zoando. — Ela gira o dedo em um pequeno círculo provocante e August geme outra vez, agarrando os lençóis. — Eu amo isso em você. É divertido.

Quando August abre os olhos, Jane está em cima dela, o rosto doce e deslumbrado. Por causa de August. É para August que ela está olhando desse jeito. Pelo visto, August pode literalmente rachar o tempo, mas ainda não consegue acreditar em como Jane olha para ela.

— Você sabe que ainda te amo, certo? — A frase sai da boca de August tranquilamente. Depois de perder Jane, ficou mais fácil dizer. — Embora faça meses para mim. Nunca deixei de te amar nem um pouco.

Jane encosta os lábios no centro do peito de August.

— Fala de novo.

August solta um som baixo e ansioso quando ela volta a se mover.

— Eu te amo. Eu... eu te amo.

Jane a pressiona contra o colchão e diz:

— Estou aqui. Não vou embora.

É um luxo. Os parâmetros mais básicos da privacidade — uma porta, um apartamento vazio, uma tarde se estendendo diante delas — são um luxo. Nenhum horário de metrô ou passageiro barulhento. Nenhuma lâmpada fluorescente. O toque apenas pelo luxo do próprio toque, toques vorazes porque podem ser vorazes. Jane continua observando seu rosto, e August não consegue imaginar que expressão está fazendo, mas Jane está sorrindo, e tira ainda mais seu fôlego saber que Jane fica excitada por excitar August. August quer mais, quer tudo que pode ter, quer se afundar e nunca mais voltar.

A primeira vez é rápida — foi tempo e saudade demais para ela aguentar mais do que alguns dedos e minutos — e, quando August para de tremer, Jane a beija até ela voltar a si.

— Meu Deus — August diz, recuando —, vem aqui em cima.

— Eu estou aqui em cima. Estou beijando você.

— Não. — August lambe os lábios e passa a ponta do dedo no inferior. — *Aqui*.

— Ah — Jane expira. — *Ah*, está bem.

Jane a beija mais uma vez e, então, sobe pelo corpo de August, ajeita os joelhos até estar na altura dos ombros de August, apoiando as mãos na parede. August consegue sentir o calor que irradia dela como luz do sol úmida.

— Está pronta?

— Não faz pergunta idiota — August responde.

Ela pensou nisso mais vezes do que Jane pode imaginar.

— Eu só queria... *porra*, beleza, pergunta idiota, foi mal... cacete, eita, *porra*.

August pensa no verão em New Orleans, copos de gelo e xarope adocicado, tangerina, morango e madressilva escorrendo por seu queixo e grudando em seus dedos, o ar abafado de vapor e suor. Jane mexe os quadris, perseguindo a sensação, gemidinhos baixos escapando por sua boca mais e mais rápido até ela se entregar. As pontas dos dedos de August se cravam entre as coxas e o quadril, e August ama isso, ama Jane, ama a pele aveludada das pernas de Jane em seu rosto, ama o gosto de Jane em seus lábios e sua língua, ama como ela se movimenta em ondas de instinto desesperado sem nenhum indício de vergonha. August poderia aprender a viver sem respirar só para ficar assim para sempre.

Quando acaba — não de vez, nunca acaba de vez entre elas, mas, quando Jane chega ao clímax e não aguenta mais —, Jane a beija desajeitadamente, inebriada e eufórica. Ela está com o cheiro de August, e essa é uma revelação inteiramente nova — seu corpo e o de August, todas as formas como eles podem continuar um no outro.

Nunca parece haver um começo ou um final. Antes, era o que as circunstâncias permitiam, mas agora é uma confusão de toques, um beijo se misturando ao outro, um deslizar infinito, uma maré contínua. As duas dão e recebem, se alternam entre gemer e soltar palavrões e se ajoelhar. Poderiam ser horas ou dias, August pensa, quando seu cérebro ainda é vagamente capaz de pensar. Jane ajeita um travesseiro embaixo do quadril de August e encaixa os joelhos de August sobre seus ombros, e August se entrega.

Jane parte para cima dela de novo, mortal com boca e dedos. Ela se move como arte. Encontra todas as peças que seguram August no lugar e vai tirando uma por uma até August sentir que está se esparramando. August está no mar, é argila em mãos que sabem criar uma vida do zero, é uma garota embaixo de outra garota em uma cama em que as duas quase morreram para chegar.

— É isso — Jane sussurra quando August mal consegue escutar os sons desesperados e zonzos que escapam da própria boca. Ela está com a mão e o quadril entre as coxas de August, seguindo cega e incansavelmente qualquer resposta que o corpo de August dê. Jane transa como se elas duas fossem o centro do universo. August está nas estrelas. — Tão linda assim, meu bem, nossa, eu te amo...

August goza outra vez com as mãos no cabelo de Jane, os olhos fechados, o corpo trêmulo, e não é apenas o toque. Até na ponta dos dedos, chamuscando todas as suas sinapses, é um amor tão grande que não pode ser detido, a plenitude insuportável e perfeita de tudo. Impossível.

Depois, quando o sol está se pondo e as luzes dos postes se acendem, August sente o pulso de Jane contra o seu e imagina todas as fiações que correm por cima e por baixo da rua sincronizados com ela. Não é mais assim que funciona. Mas parece.

— Sabe o que é louco? — Jane diz, quase pegando no sono.
— O quê?
— Você é a pessoa mais importante que já conheci. E nem era para a gente se conhecer.

O tempo, Myla explica para elas depois, não é perfeito.

Não é uma linha reta. Não é simples e organizado. As coisas se cruzam, se sobrepõem, se fragmentam. As pessoas se perdem. Não é uma ciência exata.

Então, Jane não voltou para 1977. Elas abriram uma porta e August teve um vislumbre por uma fenda, mas Jane não ficou lá. Também não surgiu magicamente no momento exato de tempo em que deixou August. Ela foi parar na região geral do agora, assim como as meias dela vão parar na região geral do cesto de roupa suja quando ela as joga do outro lado do quarto de August.

As primeiras semanas são atribuladas. Jane está feliz como é por natureza: imperturbável, sociável, rindo alto noite adentro. Até que de repente não está mais. Ela é grata por estar ali, mas há momentos que a arrancam dessa gratidão. Quando ela pensa, por exemplo, em contar para alguém um trocadilho péssimo que faz no jantar e se dá conta de que essa pessoa estaria em 1977, ou quando para diante do retrato de Augie que August colocou na geladeira. Quase toda noite, ela se deita seminua na cama, passando os dedos sobre as tatuagens nas costelas, sem parar.

— Eu deveria ter morrido naquela noite, e não morri — Jane diz certa manhã, debruçada no batente da janela de August, olhando para a rua. Fala isso com frequência no começo, como uma meditação. — De uma forma ou de outra, eu nunca mais veria a minha família de novo. Pelo menos, assim, eu posso viver.

Ela diz que tem sorte. Voltou do mundo dos mortos. Sabe de muita gente que não teve a mesma oportunidade.

Dias se passam e, aos pouquinhos, ela vai se acomodando na nova vida. E, a cada dia, fica mais fácil.

Embora adore roubar roupas de todos eles, Jane aceita dar uma volta até a H&M para comprar um guarda-roupa só dela. Em troca, convence August a deixar de ser tão resistente em relação à quantidade de coisas que possui e comprar uma bendita estante, que elas começam a encher aos poucos: livros, fotos, a coleção de cassetes de Jane, os cadernos de August. Myla leva Jane para sua loja de discos preferida e começa a ajudá-la a se atualizar na música contemporânea. Ela acaba curtindo muito Mitski e André 3000.

Jane se dedica a aprender tudo sobre a vida no século XXI e fica obcecada pelas invenções modernas mais aleatórias. Estações de autoatendimento no mercado a assustam, assim como cigarros eletrônicos e quase todo tipo de rede social, mas ela fica fascinada pelo Chromecast e pelos burritos de cinco camadas de carne do Taco Bell. Passa uma semana inteira maratonando *The O.C.* na Netflix na hora do trabalho de August e termina a série com um carinho por Ryan Atwood e muitas perguntas sobre a moda do começo dos anos 2000. Compra uma dezena de sabores de miojo no mercadinho e come na frente do laptop de August, falando sozinha enquanto assiste a *mukbangs* no YouTube.

Elas vão ao brunch com Niko e Myla, jantam com Wes e Isaiah. Passam semanas experimentando todas as comidas que August nunca teve a chance de levar para ela no trem — costeletas de porco gordurosas, potes fumegantes de *queso*, caixas enormes de pizza. Quando os pais de Myla descobrem que a amiga dela tem uma namorada chinesa, mandam uma caixa de biscoitos de amêndoa caseiros, e não demora para Jane passar uma tarde de domingo ao telefone com a mãe de Myla ajudando-a a praticar seu cantonês. August compra toda uma prateleira de Pop-Tarts de milk-shake de morango no mercado, e elas passam o resto do dia dançando no quarto de calcinha, se empanturrando de cobertura e confeitos cor-de-rosa e espalhando beijos açucarados por toda parte.

Assim que Jane arranja um cartão de metrô, ela começa a passar longos dias vagando por Chinatown, plantada na mesa de uma loja de bolinhos chineses em Mulberry ou na fila para pedir *bao* em Fay Da, observando os velhos jogarem baralho no Columbus Park. Às vezes, August vai com ela e se deixa guiar pela rua Mott, mas Jane quase sempre vai sozinha. Sempre volta para casa tarde, com os bolsos cheios de embalagens de bolos chineses e sacolas plásticas pesadas de laranja.

Jane se integra perfeitamente ao apartamento, como se sempre tivesse morado lá. Ela é a atual campeã de Bang de Rodinhas e uma presença constante nos shows de Annie Antidepressiva. Passa horas discutindo gênero com Niko (Myla quer que eles comecem um podcast, e consequentemente August precisa explicar o que são podcasts para Jane, que fica viciada em *Call Your Girlfriend*) e vivem trocando calças jeans. Certa noite, August os escuta falando sobre como a tecnologia de cintaralhos evoluiu desde os anos 70 e volta correndo para a cama. Cinco dias de processamento e envio depois, ela acorda com o corpo deliciosamente dolorido e compra um donut vegano para Niko em agradecimento.

Wes traz um kit de tatuagem do trabalho e no sofá da sala faz uma tatuagem em Jane, que deixa a mão de August branca de tanto apertar. Ela escolheu fazer duas pontes em linhas finas pretas na parte interna dos braços, logo acima do cotovelo: a Ponte de Manhattan no esquerdo e, no direito, embaixo da âncora, a Golden Gate.

As duas descobrem que fazer coisas que tenham uma conexão com a vida antiga de Jane faz bem para ela. Jane cozinha *congee* no café da manhã como o pai fazia, passeia na loja de antiguidades de Myla dando opiniões sobre móveis dos anos 60, participa de protestos, leva August para fazerem trabalho voluntário em clínicas de portadores de HIV. Quando descobre que a maioria das pessoas da idade delas nunca nem *ouviu falar* do UpStairs Lounge, Jane passa uma semana furiosa fixando panfletos escritos à mão pela vizinhança até August ensinar como publicar um texto no Medium. Viraliza. Jane continua escrevendo.

As melhores noites são aquelas em que elas saem para dançar. Jane gosta de todo tipo de música, desde shows de bandinhas mequetrefes da região a baladas barulhentas com luzes fortes, e August acompanha, mas insiste teimosamente que não vai dançar. Sempre dura uma meia hora e, de repente, lá está ela na multidão observando Jane mover os quadris e bater os pés e abrir um sorriso em meio à escuridão enevoada. Ela poderia ficar no bar, mas perderia aquilo.

Myla mexe alguns pauzinhos, recusando-se a revelar seus métodos, e simplesmente chega em casa certa tarde com uma identidade falsa para Jane, com direito a foto e data de nascimento em 1995. Com o documento na mão, August a leva para preencher uma ficha na Billy, e Jane começa como cozinheira na semana seguinte, entrando rapidamente no ritmo das alfinetadas bem-humoradas e comentários ofensivos de Lucie e Winfield e o resto da trupe. Jerry dá uma boa e longa olhada quando ela para na grelha ao seu lado, balança a cabeça e volta a fritar bacon.

Às vezes, no caminho do metrô para casa, August olha da rua para a janela do seu quarto e pensa nas centenas de milhares de pessoas que passam por ali. Um quadradinho em uma imagem grande demais para ser vista toda de uma vez. Nova York é infinita, mas é composta, em um pedacinho, pelo quarto atrás daquela janela, o enquadramento revelando os livros dela e de Jane amontoados.

August junta as sobras do último empréstimo estudantil para comprar uma cama box de casal, com colchão e tudo, e Jane parece estar no paraíso quando pula em cima pela primeira vez, tão eufórica que faz August comprar um edredom também. Ela está se dando conta de que daria praticamente tudo que Jane quisesse. E percebe que isso não é um problema.

(Jane finalmente faz o sonho de August virar realidade: monta uma cama. É exatamente tão devastador quanto August sempre imaginou.)

Na primeira noite em que dormem na cama nova, August acorda com Jane de conchinha atrás dela, o tecido esgarçado de uma das camisetas gigantes de Wes contra sua pele. August se vira e aperta o rosto na curva entre o pescoço e o ombro de Jane, inspirando o cheiro dela — um aroma doce, sempre, sabe-se lá o porquê, como se corresse açúcar em suas veias. Na semana passada, August a viu afugentar um cara com uma placa racista na Times Square e depois quebrar a placa ao meio com o joelho. Mas ainda assim Jane é açúcar cristalizado. Uma garota-canivete com coração de algodão-doce.

Ela se mexe um pouco, se esticando nos lençóis, abrindo os olhos para August sob a luz da manhãzinha.

— Nunca vou me cansar disso — murmura, estendendo a mão para apalpar o ombro de August e depois seu peito.

August cora e depois pestaneja, surpresa.

— Ai, meu Deus.

— O que foi?

Ela se aproxima, passando os dedos no cabelo esparramado no travesseiro.

— Você está com um fio branco.

— Como assim?

— É, você está com um fio branco! Você não falou que sua mãe ficou grisalha supercedo?

Ela desperta de repente, sentando-se e jogando as cobertas para o lado.

— Ah, eu quero ver!

August a segue até o banheiro, a barra da camiseta de Jane balançando em volta das coxas nuas, uma delas com um roxo na parte interna, como uma pétala de rosa delicada. Foi August quem deixou lá.

— Está atrás da orelha direita — August diz, observando Jane se inclinar na frente do espelho para examinar o reflexo. — Isso, olha, bem aí.

— Ai, meu Deus. Ai, meu Deus. Estou vendo. Eu não tinha nenhum fio branco.

E é isso, mais do que qualquer coisa — mais do que a cama nova, mais do que as Pop-Tarts, mais do que todas as vezes em que Jane a fez morder a fronha. É um cabelo branco que faz tudo parecer concreto, finalmente. Jane está ali. E vai ficar. Vai viver ao lado de August pelo tempo que elas quiserem, ficando com cabelos brancos e rugas, adotando um cachorro, se tornando um casal de pessoas velhas sem graça que cuidam do jardim nos finais de semana, em uma casa com sinos de vento, um quintal selvagem e uma associação de moradores irritados. Elas podem ter isso.

August a abraça por trás diante da pia e Jane ergue a mão automaticamente, entrelaçando os dedos nos dela.

— Escova os dentes — August sussurra em seu ouvido. — A gente tem tempo para uma rodada antes do café da manhã.

Mais tarde, August a observa.

Tem uma coisa que Jane gosta de fazer quando August se abaixa sobre ela. August está a poucos centímetros, na cama, montada em seu quadril ou sentada nos calcanhares entre as pernas de Jane, tentando decidir aonde quer ir primeiro, e Jane faz uma coisa. Fecha os olhos e estende os braços para os lados, roça o dorso dos dedos nos lençóis, arqueia as costas um pouco, move o quadril de um lado para o outro. Mais nua do que qualquer pessoa no mundo já esteve, com um sorriso grande e silencioso de lábios fechados, entregue e se deleitando. Deixando-se embrenhar como se fosse o maior dos luxos estar ali na cama de August, sob a atenção de August, sem qualquer vergonha, qualquer medo, contente.

Faz August se sentir confiante, poderosa, capaz e admirada — basicamente toda a lista de coisas que ela passou vinte e quatro anos tentando descobrir como sentir. E por isso tem uma coisa que ela faz em troca, toda vez: abre as mãos em cima das coxas de Jane e diz:

— Eu te amo.

— Uhum, eu sei — Jane diz, os olhos entreabertos para observar August tocando-a, e esse é um ritual comum entre elas. Um ritual comum e alegre.

Uma semana depois que se forma na faculdade, August dá um arquivo a Jane.

Jane franze a testa, tomando um último gole de café sobre a pia da cozinha.

— Eu descobri o que quero fazer — August diz.
— Para comemorar sua formatura? Ou, tipo, na vida?

É uma boa pergunta. Ela andava sofrendo pelas duas coisas ultimamente.

— Os dois, na verdade. — August pula para se sentar no balcão. — Então, lembra quando eu tive aquela grande crise em relação ao meu propósito na vida, e você me falou para confiar em mim mesma?

— Uhum.

— Bom, andei pensando nisso. No que me traz confiança em mim mesma, no que sou boa. O que gosto de fazer, sem pensar no *dinheiro* que dá ou sei lá. E estou resistindo a isso há um bom tempo, mas a verdade é: resolver coisas, encontrar pessoas. Esse é o meu lance.

Jane ergue a sobrancelha. Fica maravilhosa sob a luz da cozinha, linda e amarrotada de manhã. August pensa que nunca vai parar de se sentir sortuda por ter essa visão.

— Encontrar pessoas?

— Eu encontrei você — August diz, esfregando o queixo de Jane. — Ajudei a encontrar Augie.

— Então, você quer ser... uma investigadora particular.

— Tipo isso. — August desce e começa a andar de um lado para o outro da cozinha, falando rápido. — É... Sabe quando viraliza um tweet de alguém dizendo: "Essa menina virou minha melhor amiga durante um cruzeiro de carnaval, só lembro do primeiro nome dela, Twitter, agora é com você", e três dias depois tem, tipo, uns cem mil compartilhamentos e alguém consegue encontrar uma pessoa aleatória com base em praticamente nenhuma informação e ajuda a promover um reencontro? As pessoas poderiam me contratar para fazer isso.

Depois de um longo tempo, Jane diz:

— Não entendi praticamente nada do que você acabou de falar.

Certo. Nos últimos tempos, August às vezes esquece que Jane cresceu com cartuchos e linhas de telefone fixo.

— *Basicamente* — August diz —, se alguém tiver um parente perdido sobre quem queira saber mais, ou um meio-irmão que a pessoa nem sabia que tinha até o pai ficar bêbado e comentar no Natal, ou ainda se alguém quiser encontrar aquele amigo da escolinha de quem mal se lembra... eu poderia resolver. Sou *ótima* nisso. Não precisa ser meu trabalho em tempo integral... ainda tenho a Billy. Mas posso fazer isso também. E acho que talvez seja uma coisa boa. Posso fazer muita gente feliz. Ou... pelo menos ajudar as pessoas a seguirem em frente.

Jane deixa a caneca na pia e puxa August pela coxa para dar um beijo em sua bochecha.

— É uma ideia incrível, meu bem — ela diz, recuando. E aponta para a pasta no balcão. — Então, o que é isto?

— Certo, então. Essa. É meio que... minha primeira tentativa nesse lance de encontrar pessoas. E, antes que você abra, quero dizer que não tem absolutamente nenhuma pressão. Não quero que você sinta que precisa fazer alguma coisa, muito menos antes de estar pronta. — Jane abre a pasta. — Mas...

August observa o rosto dela mudar enquanto folheia as páginas. Jane pega uma foto de um clipe de papel para examiná-la com mais atenção.

— Essa é...?

— É a sua irmã — August diz, a voz falhando ligeiramente. — Betty. Ela ainda mora na região de San Francisco. Tem três filhos: dois meninos e uma menina. Essa é ela no casamento do mais velho. E esse é... é o marido do filho dela.

— Ai, meu Deus. — Ela vai até uma das cadeiras Eames e se senta com cautela na ponta. — August.

— Eu encontrei sua outra irmã também — August diz e vai até a cadeira e se ajoelha entre os pés descalços de Jane. — E seus pais... seus pais estão vivos.

Jane olha fixamente para o arquivo, boquiaberta, os olhos distantes.

— Eles estão vivos.

— Pois é. — August aperta o joelho dela. — É muita coisa. E desculpa se for muita coisa. Sei que você ainda está se acostumando com tudo isso. Mas... eu te conheço. Posso ver como você sente falta deles. E sei como foi para a minha mãe nunca saber. Então, se você achar que consegue... Bom, a gente estava mesmo pensando em fazer uma viagem depois da minha formatura.

Jane levanta o rosto, finalmente. Seus olhos estão úmidos, mas ela não parece chateada. Nervosa, talvez. Impressionada. Mas não brava.

— O que eu falaria para eles? Como poderia explicar isso?

— Não sei. Isso é com você. Você poderia... poderia falar que é neta da Biyu. Poderia inventar uma história sobre o que aconteceu. Ou você... poderia falar a verdade e ver o que rola.

Ela pensa nisso por uma longa respiração silenciosa, passando o dedo pela irmã na foto. Faz cinquenta anos que elas não se veem.

— E você vai comigo?

— Vou — August fala com carinho. Jane pega em sua mão. — É claro que vou.

Uma semana depois, a tempo do Natal, Isaiah dá uma carona para elas até a rodoviária, Wes no banco da frente e os outros quatro espremidos no banco de trás.

— Você vai se sair bem — Myla diz, esticando o braço por cima de Niko para apertar a bochecha de Jane. O anel prateado cintila em seu anelar; ela e Niko estão usando alianças de noivado. — Eles vão adorar você.

— É claro que eles vão adorar a Jane — Niko diz, com sua voz da sabedoria. — Vocês estão levando lanchinhos?

— Sim, pai — Jane e August dizem em um tom monótono em uníssono.

— Tragam uma lembrancinha para mim — Wes diz no banco da frente.

— Saleiro e pimenteiro — Isaiah acrescenta. — A gente precisa de um saleiro e um pimenteiro. No formato da ponte Golden Gate.

— Não precisa, não — Wes diz.

Ele está passando cada vez mais tempo no apartamento de Isaiah do outro lado do corredor. Quando vem para casa, em geral é para deixar no balcão da cozinha uma dúzia de bolinhos caseiros sem dizer uma palavra e depois desaparecer noite adentro.

— Mas eu *quero* — Isaiah choraminga.

Wes faz uma careta.

— Beleza. Saleiro e pimenteiro.

Eles chegam à rodoviária dez minutos antes do horário de partida do ônibus. A mão de Jane segura as passagens com firmeza. Os outros quatro dão beijos estalados de despedida e fazem tchauzinho, e elas seguem para a porta do ônibus de mochilas nas costas.

Faz semanas que Jane não usa a calça jeans rasgada, nem a jaqueta, preferindo calças pretas justas, camisas largas de botão, moletons de gola larga. Mas, hoje, sua calça justa está fazendo par com a jaqueta de couro de 1977, que cobre os ombros como uma segunda pele. Ela não disse nada, mas August sabe que, para Jane, a jaqueta vai ajudar.

— Então, esse cara, o antigo namorado de Augie... Ele está mesmo com os meus discos?

— Isso — August diz. — Ele disse que chegaram no dia em que Augie foi embora. E nunca os jogou fora. — August ligou para o viúvo de seu tio quando Jane comprou as passagens, e ele aceitou se encontrar com a suposta prima de segundo grau de Jane Su. Além disso, vai conhecer Suzette. August vai levar a mãe para passar as festas de fim de ano na Califórnia e apresentá-la à sua namorada. É um fim de semana importante.

— Mal posso esperar para ver minha família — Jane diz, balançando com nervosismo sobre os calcanhares. — E conhecer esse cara. E conhecer sua *mãe*.

— Já eu estou ansiosa para a tal receita familiar inesquecível de frango frito de que você vive falando.

Elas descobriram que o restaurante dos pais de Jane em Chinatown ainda está aberto. É administrado por uma das filhas, a Barbara.

Jane morde o lábio, olhando para a ponta das próprias botas. São novas — couro preto pesado. Ainda estão sendo laceadas.

— Sabe — Jane diz. — Minha família. Se eles... enfim, se tudo correr bem, eles vão me chamar de Biyu.

August encolhe os ombros.

— Ué, é o seu nome.

— É que eu andei pensando bastante, na verdade — Jane olha para ela. — O que você acharia se eu atendesse sempre como Biyu?

August sorri.

— Vou chamar você do que você quiser, Garota do Metrô.

A fila vai avançando até elas serem as últimas fora do ônibus, segurando as passagens nas mãos suadas. Talvez seja loucura. Talvez não haja como saber exatamente como vai ser. Talvez isso não seja um problema.

À porta, Jane se vira para August. Parece nervosa, um pouco enjoada até, mas seu maxilar está firme. Ela viveu porque queria viver. Não há nada que não possa fazer.

— Tem grandes chances de ser um desastre — Jane diz.

— Isso nunca nos impediu antes — August responde e a puxa para dentro do ônibus.

Carta de Jane Su para August Landry

Escrita em uma folha de papel pautado arrancada do caderno de sexo de August, sobre o qual Jane definitivamente não deveria saber, escondida no bolso de uma jaqueta na noite da Panquecapalooza Drag & Arte Extravaganza para Salvar a Casa de Panquecas de Billy Panqueca. Descoberta meses depois em um ônibus para San Francisco.

August,

August August August.

August é uma hora, um lugar e uma pessoa.

    A primeira vez que experimentei uma nectarina, minhas irmãs eram tão pequenas que nem podiam entrar na cozinha. Eram só meu pai e eu nos fundos do restaurante, eu sentada em cima da bancada. Enquanto ele fatiava, roubei um pedaço, e ele sempre me falou que soube nesse momento que eu seria encrengueira. Ele me ensinou o nome. Adorei a sensação na minha boca. Era agosto, fim do verão, mas não estava quente, e as nectarinas estavam mais maduras. Então, quando me lembro desse momento penso que você, August, foi aquela hora.

    Na primeira vez que me senti acolhida depois de sair de casa, New Orleans estava despejando o verão nas minhas costas. Eu estava apoiada na grade de ferro fundido do nosso alpendre, e estava tão quente que quase queimava, mas não chegava a doer. Um amigo que eu não tinha a intenção de fazer estava na cozinha preparando carne e arroz, e deixou a janela aberta. O vapor chiava contra o ar úmido, e pensei que eles eram iguais, assim como a baía de San Francisco era igual ao rio Mississippi. Então, August, para mim você foi aquele lugar.

A primeira vez que me permiti me apaixonar, não estava nem um pouco quente. Estava frio. Janeiro. Havia gelo nas calçadas — pelo menos é o que me disseram. Mas essa menina era como nectarinas e alpendres para mim. Ela era tudo para mim. Era um longo inverno, depois uma primavera ansiosa, depois um verão suado e, depois, aqueles últimos dias a que nunca pensei que chegaria, aqueles que se estendem mais e mais até parecerem capazes de durar para sempre. Então, August, você foi essa pessoa.

Eu te amo. O verão nunca acaba.
Jane

(CL) nova york > brooklyn > comunidade > contatos perdidos

Publicado em 29 de dezembro de 2020

Procurando alguém? (Brooklyn)

Todos temos fantasmas. Pessoas que passaram por nossa vida, que estão lá em um momento e no momento seguinte não mais — amigos perdidos, histórias familiares que se apagam com o tempo. Sou uma pesquisadora e investigadora freelancer, e posso encontrar pessoas desaparecidas. Me manda um e-mail. Vai que eu posso ajudar.

Agradecimentos

Por onde começar?

Assim como o livro, estes agradecimentos passaram por inúmeras versões. Uma das primeiras falava do medo de não corresponder às expectativas de um segundo lançamento, mas percebi que era meio deprimente. O que eu realmente queria falar sobre este livro? Que foi difícil de escrever? É óbvio que foi difícil de escrever. É um romance que se passa no metrô. Caramba, gente.

A verdade é que, mesmo quando este livro estava tentando me dar uma surra na saída da escola, eu adorei cada segundo, porque é o projeto esquisito, divertido e erótico do meu coração. Ainda não acredito que tive a oportunidade de fazer isso.

Eu amo este livro. Amo August, cheia de espinhos de cacto enquanto sonha com um lar, e Jane, minha garota explosiva que se recusou a morrer. Amo esta história porque é uma busca por família, uma busca por si mesmo apesar de todas as forças contrárias, quando o mundo disse que não há lugar para você. Amo esta história porque é uma história em que gays renascem, em vez de morrer. Fico muito grata por poder contá-la. Fico muito grata por você, leitor, ter decidido lê-la.

Há muitos agradecimentos que devo fazer aqui. Antes de tudo, tenho de agradecer à minha agente atenciosa e incansável, Sara Megibow, por sempre estar lá para me apoiar pessoalmente, segurar meu coração e lutar pelo que é bom para mim. Não tem ninguém em quem eu confie mais para defender meu trabalho. Um milhão de obrigadas à minha editora, cuja reação quando ofereci uma comédia romântica lésbica sobre viagem no tempo no metrô foi: "Que esquisito. Você deveria escrever, sim". À minha equipe na St. Martin's Griffin, incluindo DJ DeSmyter, Meghan Harrington e Jennie Conway, bem como à minha maravilhosa editora de produção, Melanie Sanders; à capista, Kerri Resnick; à ilustradora da edição norte-americana, Monique Aimee; à Anna Gorovoy, que fez um trabalho incrível nas páginas internas da edição original; às equipes de venda e marketing, aos livreiros e blogueiros e a todos que deram uma mãozinha para botar este livro no mundo.

À minha melhor amiga e guia mais indispensável nas tramas, Sasha Smith, muito obrigada pelas batatas da sua mãe. Um agradecimento infinito aos primeiros leitores: Elizabeth, Lena, Leah, Season, Agnes, Shanicka, Sierra, Somaya, Isabel, Remy, Anna, Elisabeth, Rosalind, Grace, Leah, Liz (sim, três Elizabeths diferentes leram este livro e, sim, duas delas têm esposas), Lauren (esposa da terceira Elizabeth), Courtney, entre outros. A colegas de escrita que tiveram a gentileza e a generosidade de ler e opinar, incluindo Jasmine Guillory, Helen Hoang, Sarah Gailey, Cameron Esposito, Julia Whelan e Meryl Wilsner: admiro muito vocês, e ainda estou muito eufórica por terem gostado do meu livro. À minha atriz perfeita do audiolivro em inglês, Natalie Naudus, obrigada por dar vida às minhas meninas. Muito obrigada aos meus amigos do ramo por tornar tudo isso menos assustador — vocês sabem quem são.

Às minhas leitoras sensíveis, atenciosas e minuciosas, Ivy Fang e Christina Tucker, obrigada pela dedicação e cuidado. Um agradecimento enorme às fontes de pesquisa que usei para este livro, incluindo, mas não apenas, *Stone Butch Blues, Tinderbox: The Untold Story of the Up Stairs Lounge Fire and the Rise of Gay Liberation, The Stonewall Reader*, a instalação Stonewall 50 da Biblioteca Pública de Nova York e o GLBT History Museum em San Francisco.

À minha família, obrigada por me criarem como alguém que corre atrás do que quer. Obrigada pelo vocabulário para falar sobre amor e pela capacidade de sentir isso. À minha família de Fort Collins e à minha família de Nova York, obrigada pelas tardes no jardim e pelos piqueniques com distanciamento social no parque, por serem uma base constante de calor e cuidado.

A K, obrigada por acreditar em mim, por sempre me apoiar e por todos os bolos chineses. Você me deu coisas que eu achava que só existiriam para mim na ficção. Eu te amo.

Ao leitor queer, obrigada por existir. Grande parte desta história fala sobre construir uma comunidade. Fico muito feliz por estar na comunidade com você. Seja rebelde. Ame-se intensamente. Pegue a energia dessas páginas e se envolva diretamente na sua comunidade. Cuide dos outros. Saiba que você é querido, amado e esperado por milhões de nós.

A todos os leitores, sou uma das muitíssimas vozes queer na ficção, mas, embora sejam muitas, ainda não é suficiente. Cada um de nós merece ser ouvido. Quando fechar este livro, busque um autor queer de quem você nunca ouviu falar e compre o seu livro. Não pare com uma obra só. Existem muitos para amar, e apoiá-los cria um espaço para outros autores queer publicarem também. Além disso, apoie a lanchonete de pessoas negras da sua região, o bairro imigrante da sua cidade, ou o bar de drag mais próximo.

Obrigada por permitirem que este livro exista. Por me enxergarem. Por enxergarem esta história. Vejo vocês na próxima. Até lá, lutem muito e sejam bons com aqueles que vocês amam.

1ª EDIÇÃO [2021] 4 reimpressões

ESTA OBRA FOI COMPOSTA POR OSMANE GARCIA FILHO EM BEMBO
E IMPRESSA PELA GRÁFICA BARTIRA EM OFSETE SOBRE PAPEL PÓLEN NATURAL
DA SUZANO S.A. PARA A EDITORA SCHWARCZ EM MAIO DE 2023

A marca FSC® é a garantia de que a madeira utilizada na fabricação do papel deste livro provém de florestas que foram gerenciadas de maneira ambientalmente correta, socialmente justa e economicamente viável, além de outras fontes de origem controlada.